新潮文庫

オペレーションZ

真山仁著

オペレーションZ＊目次

【主な登場人物】

江島隆盛　内閣総理大臣
周防篤志　財務省主計局課長補佐
中小路流美　財務省国際局課長補佐
盛田正義　財務省大臣官房参事官
土岐吾朗　財務省課長補佐
根来勲　財務省主計局長
高倉　財務事務次官
友坂　財務省広報室長
丸山　財務大臣官房長
大熊嘉一　財務大臣
小寺肇　内閣官房長官
松下　総理政務秘書官
梶野　前内閣総理大臣

町田哲也　厚労省年金局長
伏見善克　厚労省政策統括官付社会保障担当参事官室・室長補佐

児玉　　　　晩光新聞政治部記者
橋上　　　　暁光新聞政治部長
宮城慧　　　上智大学准教授
桃地実　　　ＳＦ作家
綾部望美　　女優
苫野修一　　ＩＭＦ財務局長

坂本潤一　　晴野市長
飯干亜紀　　晴野市企画課長
川上美奈　　晴野市職員
紺野　　　　北海道管区行政評価局担当官
花岡重治　　晴野市前市長
藤本　　　　窪山市長
楠正春　　　百人村村長
周防由希子　篤志の妻
盛田彌生　　正義の妻

オペレーションZ

政治家や指導者たちを、将来志向の大人ではなく短期的な考えしかしないように訓練してしまえば、己の作り出した怪物と対面させられる峡谷にはまってしまうことになる

ジョン・モールディン&ジョナサン・テッパー
『エンドゲーム――国家債務危機の警告と対策』

荒々しい未来へ向かって、扉は開かれねばならない

小松左京『ユートピアの終焉』

プロローグ

二〇〇一年、アルゼンチン・ブエノスアイレス、初夏を思わせる一一月の午後――。

防弾ガラス装備のSUVから降りた江島隆盛《えじまたかもり》は、激烈な異臭に襲われた。生ゴミ、腐臭、さらには何か得体の知れぬ発酵臭も混ざって、その重苦しさに息が詰まりそうだった。

路肩に乗り上げた車の大半がタイヤを失い、店々のショーウィンドウはことごとく割れて商品は跡形もない。

案内役のアルゼンチン財務省の官僚が「これをお使いください」と言って、厚手のマスクを差し出した。内側にはミントの芳香剤が貼《は》り付けてある。

アルゼンチンは国家破綻《デフォルト》に陥っていた。かつてオックスフォード大で共に机を並べた同国財務大臣の支援要請を受けて、江島は総理特使としてブエノスアイレスに飛んだのだ。

アルゼンチン経済は、アルゼンチンタンゴを踊るように、めまぐるしく情熱的に揺れ動く——。

世界屈指の農業大国で二度の世界大戦の影響も受けなかったことから、二〇世紀半ばまでアルゼンチンは、南米トップの富裕国だった。平均六％もの経済成長を三〇年連続で記録したこともあり、国民一人当たりのＧＤＰ（国内総生産）が世界第四位だったこともある。

だが、その一方で、一九八八年から一年間は、物価が五〇倍にも跳ね上がるハイパーインフレも経験した。また、その後の数年で、先進国に比肩《ひけん》するまでの驚異的な回復を見せたこともあった。だがこの年、再び経済危機に見舞われ、ついに国際通貨基金《IMF》管理下となるに至った。

ハイパーインフレに陥った時に、自国の通貨をドルと連動するドルペッグ制にするという荒療治で切り抜けたツケを払わされたのだ。その後も世界の支援を受けて立ち直りを図ろうとするのだが、すぐに脚腰が弱って自立が難しくなる——その繰り返しで、アルゼンチン国民にとっては破綻《はたん》騒ぎはもはや日常茶飯事だった。にもかかわらず友人が江島にＳＯＳを送ってきたのだから、この度の破綻はよほど深刻なのだろう。

もっともアルゼンチンに向かうこと自体は、むしろ江島を喜ばせた。アルゼンチン人気質が、江島の性に合うのだ。情熱的で友情に厚く、垢抜《あかぬ》けないがウソがない。そして、理より情、個より絆《きずな》を大切にする独特の文化は、土と共に生きてきた日本人と似ていた。

それにスペイン語でbuenos（良い）aires（空気、風）、すなわち順風を意味する首都ブエノスアイレスの美しさは格別だった。ヨーロッパ文化の影響を色濃く受けた大理石の建物と石畳の道は、雨上がりの夕暮れが特に美しい。カフェでワインを飲んでいる時にバンドネオンの音色が聞こえてくるとあまりにも抒情的で、詩が書けなくても詩人の気分に浸れる。タンゴとワインと地平線まで続く草原《パンパ》、そのすべてが、江島を惹《ひ》きつけた。

だが、そんな街の面影が、無惨《むざん》に崩壊していた。

「行政サービスが滞り、ゴミの収集がままならない。火事や交通事故などで助けを呼んでも、警察も消防も誰も来ない。そして、暴動や略奪が昼夜関係なく横行し、もはや都市としての機能はほとんど残っていない」

我が街の凋落《ちょうらく》を嘆くアルゼンチン財相カルロス・ペーニャは、両手で頭を抱えた。もはやこの臭気も気にならないのか、マスクも着用していない。

「この一ヶ月で、小麦の値段が六割も上がった。いずれ、週に引き出せる上限額が二五〇ドルに制限される預金封鎖を発動せざるを得なくなる」

それでも、経済が回復する保証はない。すべては、アルゼンチン政府と中央銀行がIMFの指導をどれだけ遵守《じゅんしゅ》できるかにかかっていた。

「タカ、一杯引っかけていかないか」

SUVが待機するところまで戻ってきた時に、カルロスが言った。声が疲れきっている。日はまだ高いが、江島も飲まずにはいられなかった。

「あの店は、まだあるのかな」

「ハポネスか。どうだろう」

カルロスが運転手に行き先を告げている。

「カフェ・ハポネス」という名のビストロだった。ハポネスとは日本人という意味で、初めてブエノスアイレスを訪れた時、カルロスが連れて行ってくれた店だった。別に日本料理を出すわけではないのだが、〝日本風〟と銘打った肉じゃがもどきが旨《うま》かった。

泥だらけのSUVが、痛々しい光景を晒《さら》す目抜き通りを疾走する。市街地とは思えぬ悪路の衝撃を、江島は全身で受け止めながら公設第一秘書の松下《まつした》に言葉をかけた。

「この光景を俺たちは、しっかりと脳裏に刻んでおくんだ。栄枯盛衰は世の習い、いつ我が国にこんな事態が起きるとも限らない」

「命がけで財政再建に取り組んでこそ国会議員だと先生がおっしゃる意味を、ようやく痛感致しました」

生真面目《きまじめ》な松下は、殺伐とした街をカメラで撮り続けている。

店はかろうじて営業を続けていた。ただ、出せるのはワインとオリーブだけだという。

カルロスと江島は窓際《まどぎわ》の席に陣取り、随行員達は少し離れた場所に座った。

濃厚な赤ワインを入れたカラフェがテーブルに置かれると、江島自ら随行員らにも酒をついで回った。

「アルゼンチンの強さを私は信じている。朝が来ない夜はない。アルゼンチンの新しい夜明けに期待しようじゃないか」

そう言って乾杯した。

一気にワインを飲み干して、ようやく人心地がついた。旧友はため息をついて窓外の風景を見つめている。

「サミュエルソンの言葉を思い出したよ。世界の国々は、四つのタイプに分類できる。

『豊かな国』『貧しい国』『日本』『アルゼンチン』」と江島が諳《そら》んじると、カルロスが乾いた笑い声を上げた。

ノーベル経済学賞受賞者の米国人、ポール・サミュエルソンが、一九九〇年代に好んで用いたこのジョークは、日本とアルゼンチンは、経済学者の常識では測れない国だという意味だ。

「こんなに激しいデフォルト・タンゴを踊り続けるのは、さすがに疲れたよ」

二杯目を飲み干したところで、カルロスが呟《つぶや》いた。

「何を言っている。君は、何時間でも踊り続けられる男じゃないか。踊って踊って、踊り続ければ、やがて喝采《かっさい》を浴びるぞ」

本当は、二度と世界経済の潮流に乗って踊るべきではないと江島は思っている。グローバル・スタンダードなんぞに欺《だま》されず、自国にとって最良の経済政策を選択し、我が道を行く者だけが生き残る。

それが分かっていても、日本もまた、欧米の投資家なくしては立ちゆかない。しかも、バブル崩壊という煮え湯を飲まされた過去などすっかり忘れて「日本は、まだまだ大丈夫。国家破綻なんかしない」と高をくくっている。

愚かなことだと思う。仕組みを知る者が見れば背筋が凍るような国債発行の状況も、

「国内で対応」という常套句《じょうとうく》に頼り切って、臭いものに蓋《ふた》をしたままだ。

一歩間違えば、日本だってたちまちアルゼンチンと同じ泥沼に足を取られるというのに相変わらずの先延ばしで、現実から目を逸《そ》らしている。

国家と国民の未来を守りたい。そう思って政治家になったのに、いつの間にか俺もまた、かけ声だけが威勢の良い理想ばかりを語っている。

既に、日本という国家の財政破綻の時限装置はカウントダウンを刻み始めている。

俺は、それを命がけで止める――。

*

二〇〇八年五月、東京・霞《かすみ》が関《せき》、突然の雨が窓を打つ午後――。

財務省で予算編成を担当する主計官の一人、盛田《もりた》正義《まさよし》は農水省の新年度予算案に関する提案書に目を通すと、担当主査を呼びつけた。

土岐《とき》吾朗《ごろう》――若手の出世頭だそうだが、小生意気で血気盛んという、財務官僚らしからぬ男が、長身を誇示するかのようにデスクの前で直立した。

「君、これは、なんですか」

「農水省の新年度予算のラフラフ案です」

この男は、盛田を小馬鹿《こばか》にするような態度をしばしば取る。

「日本語で説明しなさい」

「平成二一年度、一般会計予算における農林水産省の予算提案書仮草案でございます」

盛田は黒縁の眼鏡を外して、土岐を見上げた。

「仮草案などという日本語が、いつ誕生したのですか」

「不勉強で、存じません。この文書は、農業を成長産業の柱にという大胆な改革策のため、『骨太』に提案する前に農水省が主計官のご意見を伺いたいとのことで渡された文書です」

『骨太』とは経済財政諮問《しもん》会議のことを指す。同会議は毎年六月に、来年度予算策定に向けて「骨太の方針」という総論を作成し、各省庁から具体案を募る。

来年度の方針は「新たなる成長産業の創出」で、農水省が政策の大転換を行う意向とは聞いていた。だが、そのために予算大幅増を求めているのは、大胆にもほどがある。

「こんな予算案は、論外でしょう」

「しかし主計官、この大改革は、日本に革命をもたらします。財務省としても後押しすべきです」

「却下です」

「お言葉ですが、総理は、新しい産業の創出を、政策の大きな柱に掲げておられますが、決め手を欠いております。そんな中、輸出産業として農業を改めて精査したところ、国際競争力が充分ある作物が多数存在することが判明したのです。だとすれば、ここは世界に打って出るべきです」

「土岐君は農水省に出向したいようだと、主計局長に具申致しましょうか」

「おっしゃっている意味が分かりません」

「兼業農家や農協に対する補助金をカットして、その分を輸出農家への支援に回すとか、産業化のための構造改革費を大胆に計上するとあります。しかし、これほどの大がかりな変革は、時間をたっぷりと費して各方面と調整した上で実施するものです。こんな拙速なやり方は認められません。それでも、この政策を推し進めたいのであれば、君は農水省に籍を移して汗をかきたまえ」

土岐が舌打ちしたのを、聞き逃さなかった。

「私の説明不足でした。この案は、大臣と農水省幹部の間で何度もミーティングを重ねた上で、財務省の予算的な理解と支援があれば、官邸に上げたいと考えているそうです」

愚か者め、財務省を交渉道具に使ってどうするんだ！

「つまり、財務省の予算的なお墨付きを得た上で、総理に相談するということですか」

「まさしく！　主計官、これは歴史的大変革なんです。財務省として応援すべきではないでしょうか」

「総理説得のために、財務省が道具にされるのですよ。君はそれをどう考えているんですか」

「大改革の遂行のために、事前に財務省の了解を得るのは通常の手続きじゃないですか！」

盛田は暫《しば》し沈黙した。勘案しているのではなく、土岐の余りの愚かさに爆発しそうな怒りを鎮《しず》めるためだ。

「私は認めません。いや、財務省はこんなふざけた失礼な案を認めるわけにはいきません」

「なぜですか！」

土岐が大声を張り上げたせいで、職員の視線が二人に集まった。盛田にとっては、最も嫌な状況だ。

「従来、莫大《ばくだい》な予算を計上していたものを一気にゼロにすれば、本来は不要だったものを農水省は詐取し続けていたということになります。そこは、喜んで削って差し上げましょう。しかし、新たな政策については、先に経済財政諮問会議の承認を取っていただきます」

だが、土岐は立ち去らなかった。

「土岐君、不愉快です。私の目の前から立ち去りなさい」

本当に、こんな輩《やから》が若手の出世頭だとしたら、土岐の入省年次の者はろくでもない集団だ。早急に秘書課長の耳に入れておく必要がある。

立ち去らない土岐の代わりに、盛田は自ら席を立った。

＊

二〇一五年七月末、山形県・百人村《ももと》、季節外れの暴風雨が吹き荒れた翌朝――。

夜が明けるのを待って村一番の桃農園に飛んできた村長の楠正春《くすのきまさはる》は、その光景を前に呆然《ぼうぜん》と立ち尽くした。

緩やかな斜面に広がる桃畑は、一夜にして壊滅した。あと半月もすれば収穫時期を迎える桃が、泥水の中に沈んでいる。

「雨が降り始めてすぐ、少しでも被害を防ごうと農園までやってきたんだげんど、あの雨と風じゃあ到底収穫などできね。諦《あきら》めて戻るしかながったんだ。こんなことになるなら、一個でも二個でも助けてやりたかった……」

農園主がへたり込んで悔しがっている。

この村に富をもたらす貴重な宝物が、無に帰した。

くずおれて悔し涙を流す幼なじみの横に、楠はしゃがみ込んだ。

「太郎ちゃん、誰が悪いわげでもね。あんな暴風雨に襲われるなんて、誰も考えてねがったんだから。だから、気を落とさず」

「けど、俺たちは、こいつを売って生きてきたんだべ。村だってそうだろ。桃だけが、村の宝じゃねえのか」

「あれだけの酷《ひで》え災害だったんだ。ちゃんと、俺が県に掛け合って、激甚《げきじん》災害の指定を取ってくる。そうすれば、損害は僅《わず》かで済むはずだ」

本当だろうか。役場を出る際、総務課長に確認したところ、被害が局所的かつ限定的で、国の激甚災害指定は難しいのではと言っていた。

いや、どんなことをしても、災害被害を県なり国なりで手当てしてもらわなければ、村民は生きていけない。

桃の被害は、ここだけではない。ほぼ、村全域の農園が打撃を受けていた。

そうでなくても、今年度は想定外の出費ばかりが続いている。四月には役場庁舎の耐震構造に問題ありと指摘されて、早急に対処せよと県から命じられた。そのため急遽《きゅうきょ》、予算確保に奔走した。何とか、県の補助金とつきあいの長い信金からの支援で一息ついた。

さらに、今月になって、隣市の市民病院の閉鎖問題の余波が来た。山形市内まで足を延ばすしかなく、村のお年寄りの通院費用が嵩《かさ》んだのだ。それで、無料送迎バスを運行することを村議会が決定し、その予算確保に追われた。

その上、来年度から、地方交付税交付金の支給額が一律数パーセント減額されるという噂《うわさ》もある。このままでは、村は破綻してしまう。そんな危機感が募っていた矢先の嵐《あらし》だった。

今年は桃の豊作が予想されていただけに、あまりにも酷《むご》すぎる仕打ちだった。

百人村は、戦後満州から引き揚げてきた山形県出身者が、再起を懸けて村を作ろうと蔵王《ざおう》連峰麓《ふもと》の窪地《くぼち》のような土地に移住して誕生した村だ。

最初の開拓者の数は、約五〇人。せめて人口が倍になるまでは頑張ろうと、百人村と命名したのだ。

開拓者たちの生活は過酷を極めた。

四方を山に囲まれた盆地は、慢性的に水不足に悩み、冬は豪雪に埋もれて陸の孤島となる。過去には、一ヶ月余り他の自治体から孤立したという記録まである。

土地は瘦《や》せ、平地が少ない上に水も乏しく、長い間、自家用の米すら収穫できなかった。

そこで、村の特産物をと改良に改良を重ねた商品作物が「ピーチ１００」だったのだ。

楠の父である二代目村長が、村の特産物を作ろうと考えたのが始まりだ。水源確保のために、村民総出で溜池《ためいけ》を掘り、灌漑《かんがい》用水を作った。そして、県や国からの補助金も受け、農園用地を五〇ヘクタールにわたって開墾した。そこに、山形県内で生産していた三つの品種の木や苗木を買い求めて、植林した。

良質の桃を生産するには、日照時間と夜間の気温が決め手になる。百人村は、夜間の気温は夏でも二〇度を下回る。気温が低いと、木が体力を消耗しないため、糖度の高い実がなるのだ。

特産物と言えるようになるまでには、苦労の連続だったが、村民が生きるためだと、村を挙げて取り組んだ末にピーチ１００が誕生した。

山形県の桃と言えば、東根《ひがしね》市が知られているが、近年はピーチ１００の方が東京の高級果物店などで人気を呼ぶに至った。

勢いを駆って三年前には、村と地元農協の共同出資で、ピーチ１００を積極的に売り出すための設備整備と販路拡大を狙《ねら》った第三セクターも立ち上げた。その成果がようやく現れてきた最中《さなか》だった。

開村以来村民は、創意工夫と助け合いの精神を貫き、今日まで静かな暮らしを続けてきた。人口も、昭和四五（一九七〇）年に九一一人というピークを記録後、減少傾向にあるが、それでも四〇二人が暮らしている。

今年は、開村七〇周年を迎える節目の年だというのに、村は破綻への道をひた走っているではないか。

こんなことではいけない。

とにかく、カネだ。カネの工面をせねば。

もう一度幼なじみの農園主を励ました後、楠は自家用のジムニーに戻った。村長車を含め、二年前にすべての公用車を処分して以来、楠自らがハンドルを握って、県内を飛び回っている。

エンジンをかけると、無線で役場を呼び出した。この辺りは、携帯電話も通じないのだ。

「こちら、新田《にった》です、どうぞ」

総務課長が応じた。

「太郎農園もダメだった。壊滅だ」

課長から返事がなく、ノイズだけが聞こえる。

「課長、聞こえてるのか」

「失礼しました。聞いております、どうぞ」

「俺は、県庁に行ってくる。知事に直接、激甚災害申請を談判してくるから。それと、山形中央銀行の頭取にも話をつけてくる」

村の危急存亡の秋《とき》なのだ。知事だって無下にはすまい。

「畏《かしこ》まりました。早速、関係各所に連絡致します、どうぞ」

律儀《りちぎ》に話し終えるたびに「どうぞ」を言い添える総務課長の家も桃農家だった。その上、彼の父親は、農協の組合長でもある。居ても立ってもいられないだろう。

問題山積だ。だが、負けるわけにはいかない。

こういう時こそ、村長の腕の見せ所だ。

雲間から太陽が顔を覗《のぞ》かせた。

今まで、どこにおったんだ。

恨めしそうに一睨《ひとにら》みすると、楠は泥まみれの悪路に車を走らせた。

＊

二〇一七年五月、東京霞が関、五月晴《さつきば》れが一転、激しい雨に見舞われた夕刻——。

財務省から出向中の総理秘書官補・周防篤志《すおうあつし》は、その日の職務を終えると、挨拶《あいさつ》もそこそこに官邸を出た。「面白い人を紹介するから」という財務省広報室長の友坂《ともさか》に呼び出されていた。

友坂は大学時代のゼミの先輩で財務省では一〇期上、社交的で省内でも一目置かれている。その人脈は霞が関内に止《とど》まらず、経済界やアーティストや文筆家にも友人が大勢いた。今夜のような誘いもしばしばで、霞が関以外にネットワークを広げられない周防には、ありがたい存在だった。

それにしても、今夜の相手は誰だろう。友坂はやけに勿体《もったい》ぶって名前も明かさない。よほどのサプライズがあるということに違いない。

そのせいか何となく気が急《せ》いて、奮発してタクシーに乗った。行き先は、赤坂にある「重箱」という鰻屋《うなぎや》だ。

バブル崩壊期に吹き荒れた大蔵省接待汚職事件（世間では、ノーパンしゃぶしゃぶ事件として記憶されている）以来、財務官僚は、コーヒー一杯でも接待を受けるなと厳命されていて、友坂の会合も飲食代はもちろん全員自腹だった。

手持ちのカネで足りるだろうか。今更ながら、スマートフォンでネット検索して、その店が、東京でも指折りの名店であることを知った。しかも、目安の予算も周防の小遣いが一気に吹っ飛びそうな額だ。

タクシーが赤坂のネオン街を抜けて、裏通りに入る。

「ここかな」

車が停まった店は、いかにも高級という構えだ。

雨はさらに激しさを増していたが、目の前が軒先という距離だったので傘をささなかった。それが誤算でたちまちずぶ濡《ぬ》れになってしまった。

格子戸《こうしど》を開けて友坂の名を告げると、仲居が座敷に案内してくれた。

「よお、お疲れ！」

障子を開けると、友坂が振り返って手を上げた。

「すみません、遅くなりまして！」

「いや、我々も今始めたところだ。先生、彼が我が省のエースにして、先生の大ファンでもある周防篤志です」

友坂が「先生」と呼んだ相手を見て、周防は固まってしまった。

まさか！

癖の強い銀色の髪、逆三角形の顔に尖《とが》った顎《あご》、そして小さな眼……。

「失礼ですが、桃地実《ももちみのる》先生ですか！」

「凄《すご》いな、こんな化石のような作家を知っとるなんて、君はミューにでも乗ってきたのか」

桃地の名を世に広めた傑作『時の旅人』で主人公が操縦する時空移動機《タイムマシーン》の名前だ。周防は子どもの頃、ミューに乗ってみたくてたまらなかった。その憧《あこが》れの乗物を考え出した作者本人と話せるとは！

桃地実、八七歳。日本を代表するSF界（本人は、空想作家と称する）の巨人で、いずれ現実社会でも問題となりそうな萌芽《ほうが》を取りあげ、近未来を舞台に警鐘を鳴らす作風は、世代を問わず多くのファンに支持されている。日本列島が大地震と津波によって海の藻屑《もくず》と消えていく『ニッポン崩落』や、日本の稲に対策不能の伝染病が蔓延《まんえん》した上に、世界的な飢饉《ききん》が重なって、異常な食糧不足に陥る『赤い稲』、さらには、核戦争の愚かさを描いた『サイロ』など、大作を発表し続け、ドラマや映画原作としても引っ張りだこだった。

「あの、私、大ファンなので、すっかり舞い上がってしまいまして。大感激です！」

「周防は先生こそが、ノーベル文学賞を受賞すべきだと常日頃言ってますよ」

「なんと！　嬉《うれ》しい！　周防さん、握手しよう。だが、今日からはピュリッツァー賞を獲《と》るべきだと言ってくれ。私はそちらが欲しい」

いきなり身を乗り出した桃地が両手を差し出した。周防は慌《あわ》ててそれに応《こた》えた。柔らかく温かい手だった。

興奮のあまり頭が熱くなっている。

「友坂さん、桃地先生とお知り合いだなんて、今まで一度も言ってくれなかったじゃないですか」

「いや、そんな親しい関係じゃないんだ。俺が仲良しなのは、こちらの編集者」

くたびれた背広を着て正座していた中年の男性が挨拶した。

「立川書房って、ＳＦの老舗《しにせ》の？」

　また、舞い上がりそうになった時、いきなり桃地が、周防のグラスにビールを注いできた。光栄すぎて手が震えた。

「とりあえず、まずは乾杯しよう！」

　桃地は九〇歳近い老人とは思えない飲みっぷりでビールを一気に飲み干した。さすがに何ごとにもパワフルだと感心していたら、桃地が深いため息をついた。

「実は先日、余命宣告をされてねえ。それで、日本の未来を担《にな》う次世代に遺言になるような作品を残したいと思っているんだ」

「そんな……」

「まあ、年寄りが死ぬのは不幸でもなんでもない。気にしなさんな。それよりもだな、君は、今の日本の国家財政についてどう思う？」

　桃地の巨体が前のめりになって周防に問いかけてきた。話の流れが見えない……。

「すまんすまん、いくら財務官僚でもやぶからぼうに詰め寄られたら困るよな。順序をすっ飛ばして、気になることだけ口にするのは私の悪い癖だ。許してくれ。遺言とか抹香臭い話は忘れてくれ。私はとにかく現代日本の行く末が心配でたまらんのだよ。そこで国の未来の鍵《かぎ》を握る財務官僚と意見交換したくてな。こんな日本になったのは我々の世代の責任もあるだろうが、もはやそんな後ろ向きな反省ばかりしていても埒《らち》が明かん。事態が深刻なら、一刻も早く手を打つべきだ。それで、ぶっちゃけどうなんだ？　国家財政の最前線にいる君のホンネを聞きたい」

「大変不健全で、一刻も早く対処すべきだと思っております」

「だが、あんたら役人は、考えてはいても、行動しない」

言い訳しようとするのを、桃地の大きな手が止めた。

「君らは、あろうことかこの国の借金を一〇〇〇兆円以上も積み上げたまま、放置している。これが破綻したら、どうなる？　日本社会だけでなく世界経済が瓦解《がかい》する。バブルもリーマン・ショックも子供騙《だま》しに思えるほどの大惨事《カタストロフ》が起きる。それがどんな恐ろしいことかを我々は声を大にして訴えなければならない」

それは、ありがたい！　ぜひ、やって戴《いただ》きたい！

周防は大きく頷《うなず》いた。

「それで、先生は日本の財政の未来を憂《うれ》えて、警鐘を鳴らす作品をお書きになるとおっしゃっている。ついては、専門家のアドバイスが欲しいとのことで、おまえが大の桃地先生ファンだったのを思い出した」

それは光栄ではあるが、不可解でもある。こんな美味しい話を、なぜ友坂は僕に振るんだ。

良き先輩ではあるが、友坂は政治家を目指しているらしく、目立つ仕事が好きだ。これはまさに目立つ仕事だというのに。そこまで考えてようやく気付いた。

そうか、これは財務官僚としては、まずい頼み事なんだ。

確かに財政再建は、財務省にとって喫緊かつ重大な課題ではある。だからと言って、下手をすれば国が財政破綻するなんて、財務官僚としては口が割けても言えないフレーズだ。しかし桃地は「国家破綻《デフォルト》危機を放置する愚かさ」を叫びたいと言っている。

つまり、僕は生け贄《いけにえ》ということか。

それでも、国家の負債が積み上がるのを何とかしたいと日々焦《あせ》っている周防にとって、桃地の「遺言」は、ぜひ世に出して欲しい。

「今の日本人は、みんなバカになった。恋愛やら自分探しやらばかりに夢中で、空想小説なんぞに見向きもしない。そんなバカどもでも、年寄りから見れば愛《いと》おしい存在だ。そこでバカにでも分かるように〝目の前にある危機〟を警告しなければ、死んでも死にきれん。だから人生最後の一念発起だよ。デフォルトが起きたこの国の末路を、年寄りだからこそ見える未来を、せめて次世代が生き残れるだけの智恵《ちえ》を、一字漏らさず書き遺《のこ》したい。だから、周防君、ぜひ私を助けてくれ。タイトルは『デフォルトピア』だ」

尊敬する相手からそこまで言われて、迷うようならファンなんか止《や》めちまえ――。

「先生、その作品、私は一読者としても、財務官僚の端くれとしても読みたいです。微力ながら、全身全霊でお手伝いさせてください」

＊

二〇一七年六月、国際通貨基金《IMF》勤務最終日、ニューヨークは朝から雨だった――。

中小路《なかこうじ》流美《るみ》は、帰国の挨拶をするために幹部の部屋を回った。充実した二年間だった。そして、自分にはドメスティックな財務省より、ＩＭＦの方が性に合っていると痛感した。

日本初のＩＭＦ専務理事になるという密《ひそ》かな夢は、今や確信的なゴールに変わっている。

「挨拶は終わったかね？」

その部屋の主は、日本人としては最高位のポスト、財務局長を務める苫野《とまの》修一《しゅういち》だった。全員の挨拶回りが終わったら、顔を出すようにと言われていた。

「はい。寂しい限りですが、拝命したすべての業務を終了致しました」

「いや、まだ終わっていないよ。一緒に来てくれ」

どこへ向かうのか見当もつかなかったが、黙って苫野に従った。そして上司は中小路がまったく想定していなかったドアをノックした。

「お待たせしました。中小路を連れて参りました」

広い執務室の窓際に置かれたプレジデントデスクから、長身の女性が立ち上がった。

ソフィア・バーグマン専務理事だった。

まさか、専務理事直々にお別れの言葉をかけてくださるなんて！

滅多なことでは動じない中小路もさすがに緊張した。

「ルミ！　二年間の勤務お疲れ様でした。あなたを手放すのは惜しいけれど、あなたの帰国を首を長くして待っている人が祖国にもたくさんいるでしょうから、諦めるわ」

そうだったらありがたいけど、私のことなんて、財務省は別に何とも思っていない。

「よろしければ私を引き抜いてくださいませんか」

「その言葉をしっかり心に刻んでおきます。ところで、あなたに託したいことがあります」

ただの挨拶ではなかったのか。

「まずは、これをタカに渡してください」

専務理事は、封書を差し出した。

「恐れ入ります。タカとは、どなたでしょうか」

「ああ、ごめんなさい。ミスター江島のことよ」

「我が国の副総理の江島隆盛ですか」

「そう。彼から依頼事があってね。それについての回答を、直接渡して欲しい」

異例だった。そのような文書を外交ルートではなく、わざわざ中小路に託すとは。

「畏まりました。ただ、私は江島副総理と面識がございませんが」

「私から封書を預かってきたと彼を訪ねてください。きっと会ってくれます」

「お急ぎですか」

「できれば、早いほうが嬉しい」

有給休暇が溜《た》まっているので、暫《しばら》くヨーロッパを旅行するつもりだった。しかし、他ならぬ専務理事からの頼まれ事だ。ひとまず帰国するしかないか。

「ところで、あなた、ゼブラ・リポートを知っている?」

「もちろんです」

かつて、日本の政府関係者や政治家の間で、日本の財政破綻を警告するリポートが出回った。破綻回避の方策として、一〇項目が提示されていたのだが、どれも実現不可能に近いとされたトンデモ・リポートだった。

たとえば、年金は一律三〇％カット、国債の利払いは五年から一〇年停止、消費税は二〇％等々、歳出の大削減と富裕層や大手企業への増税策が並んでいた。出所も不明だったが、識者の間ではＩＭＦの手によるものではないかという噂がまことしやかに囁《ささや》かれていた。

「当初、ＩＭＦは関与を強く否定していました。それは間違いないのだけれど、今となっては、あのリポートの実行を強く日本に求めるべきだったと後悔しています」

「お言葉ですが、専務理事、そんなことをする権限が、ＩＭＦにあるとは思えませんが」

思わず言うと、隣で苫野が慌てた。それでも、専務理事は笑っている。

「その通りね。でも、ミスター江島はあのリポートを断行すべきだと考えている。その足がかりのために、ＩＭＦとして発言してほしいと言ってきた」

本当だろうか。

江島には、猛牛《ブル》というあだ名がある。一度決めたことは、何が何でも強気で押しまくるからだ。しかし、さすがにあの提案は到底受け入れられない。それをIMFサイドから強要しろとは、何を考えているんだ。

「現総理は、そうでもないようだけれど、ミスター江島は切実に危機感を抱いている。それは、私もスコットも同様よ」

「スコット……。もしかして米国大統領スコット・ウィリアムズですか」

「そう。その親書には、江島さんからの要請があれば、私たちIMFはどんな支援も惜しまないという旨《むね》が書かれています」

そんなものを、私に託すのか。

「あなたの役目は、伝書鳩《ばと》じゃない。もっと重大なお願いがあるの」

中小路は思わず居住まいを正していた。

「日本の官邸と財務省の動きを、私たちに教えて欲しい」

「つまり、私にスパイになれと？」

「違う。日本とIMFの架け橋になって欲しいの」

第1章　国家破綻《デフォルト》させる気か

1

二〇一七年一〇月六日、抜けるような青空が広がる午後――。

静岡県磐田《いわた》市内に一軒しかない吉野家《よしのや》は、磐田市役所に近い国道一号線沿いにある。

望月翔平《もちづきしょうへい》はそこで、つゆだく大盛りの牛丼《ぎゅうどん》を掻《か》き込んでいた。毎日これじゃあ体に悪いんだけどなぁと反省しながら遅い昼食を終えた時に、カウンターに置いたスマートフォンがメールの着信を告げた。

吉永《よしなが》のおばちゃん――スマホの画面に発信者名が出ている。

おっ、久しぶりだな。

おばちゃんは生保レディで、翔平が九年前に自動車部品商社に就職した時から、何かと世話になっている。押しは強くないのだが世話焼きで、時には保険の営業などそっちのけで、親身なアドバイスをくれるので長いつきあいが続いている。しかも、その見返りに保険成約を求めるようなことはしないから、ついこちらから契約したくなるのだ。

　母の医療保険付き養老保険を皮切りに、結婚直後には妻を受け取り人にした終身保険、子どもが生まれたら学資保険もお願いした。吉永のおばちゃんが素晴らしいのは、契約後もおつきあいが途切れないことだ。お得な財テク情報や賢い節税方法があると言っては会いに来て、困ったことはないかと聞いてくれるから、こちらもつい頼ってしまう。そういえば長男の保育園が決まらなくて途方に暮れていた時も、便宜を図ってくれた。

　翔平はお茶をすすりながらスマホを見た。

【緊急拡散希望！　大切なお客様へ】大至急ご契約されている保険をご解約ください。弊社が経営難に陥っており、保険でお約束したことが実現できない可能性があります。これは極秘情報です。日頃から大変お世話になっている皆様にだけ、特別にお知らせします。一刻も早く、保険のご解約を！

「マジか」

　続いて妻から電話が来た。

「今、吉永のおばちゃんからメール来たんだけど」

「俺の所にも来た」

「これって、スパムよね？」

おばちゃんのメールアドレスが乗っ取られたのだろうか。

「電話で確認してみるよ」

「私、電話したんだけど、つながらなくてすぐに留守電になる」

おばちゃんが所属する生保会社の営業所は、車で数分のところにある。

「営業所に行ってみるわ。でも、念のために、保険の証書だけ用意しておいて」

「えー、冗談やめてよ。帝国生命って日本一の生保なんでしょ。そんなの怖いよ」

郵政民営化でかんぽ生命が総資産日本一位になったらしいが、「あれは元は国営だから、最初から民間で頑張っている中では、帝生がずっと一番」だとおばちゃんは胸を張っていた。

だが、先週の日経新聞に「大赤字を出した」という記事が出て、テレビなんかでも騒がれていた。

「どんだけデカくても、潰《つぶ》れる時は潰れるさ、なんてね」

翔平は電話を切るとレジを済ませて、ライトバンに乗り込んだ。

帝国生命浜松支社磐田営業所は、ＪＲ磐田駅前に五階建てのビルを構えている。駅にまっすぐ至る県道五六号線に入った途端、渋滞に捕まった。この時刻だと普段はガラガラの道なのに。

「なんで？」

もしかして、俺と同じような奴《やつ》らが殺到しているとか？

不安になって同僚に電話した。奴もおばちゃんのクライアントだ。

「吉永のおばちゃんから変なのが来たぜ」

こちらが尋ねる前に言われた。

「ああ。ヨメさんにも来てる。スパムじゃね？」

「だといいけど。総務部長んところにもメールきたらしくて騒いでるぜ。おっさん、小心者だからなぁ。おまえ、今どこ？」

もし悪戯《いたずら》だったら、それに踊らされたバカだと笑われるかもしれない。正直に、駅前にいるとは言えなかった。

「営業先に向かってるんだけど、カミさんからＬＩＮＥがきたんで」

「そうか。じゃあ、何か分かったら、すぐに知らせるよ」

車が少し動いたが、またすぐに詰まった。これじゃあ埒《らち》が明かない。Ｕターンしようとした時に、コイン・パーキングに「空」の文字が見えた。すかさず駐車して歩道に出たら、通行人もいつになく多い。

「あの、何かあったんですか?」

人の良さそうな中年婦人に声をかけた。

「さあ」

「もしかして帝生に行こうとされてます?」

「そうだけど?」

夏に戻ったような暑さのせいか、不安のせいか分からない汗が首筋を流れた。

考える前に体が動いて、営業所のビルに駆け込んだ。玄関ホールが人でごった返している。ハンドマイクを持ったスーツ姿の男性が声を張り上げた。

「皆様にお知らせします。弊社が経営危機にあるというメールが届いた方がいらっしゃるようですが、そのような事実はまったくございません。どうか、ご安心なさってください!」

「吉永さんを出せよ!」という怒号に、至る所から「そうだ!」と声が上がる。

俺と同じようなのが、こんなにいるのか!

「吉永は、現在、休暇中でして連絡が取れません。ただ、皆様宛《あ》てに届いたとみられるメールは、吉永本人がお送りしたのではないようです、メールアドレスの乗っ取りです。ですから、皆さん、どうか落ち着いて」

「一体、どうなってるの⁈　来月で養老年金が満期になる人は大丈夫なの？　お金はもらえるの？　責任者出しなさいよ」

初老の女性が叫んだ。それが引き金になったように、大騒ぎが起こった。

対応する所員の様子を見ているうちに、これは本当かもしれないと翔平は思った。

どうしたらいいんだろう。おばちゃんの言う通り解約するのが正解なのか？

入社した直後に母を受け取り人として契約した貯蓄型の養老保険は、それなりの額のものだ。独り暮らしの母の、まさかの時の医療費や老人ホームの入所費用の足しにするつもりで、こつこつ積み立ててきたのだ。なのに中途解約すると返戻金《へんれいきん》は大きく減額されてしまう。それだけは、我慢ならなかった。

とりあえずヨメさんに相談してみよう。群衆から離れて翔平は電話をかけた。

呼出し音を聞きながら空を見上げると一機のヘリコプターが現れた。

ヘリのボディにテレビ局のロゴマークが見えた。

2

金融庁を出る時は青空が見えていたのに、雨雲が立ちこめてきた。首相官邸の正面玄関で車を降りた江島の頬に一滴、雨粒が落ちた。

雨かと思う間もなく、官邸番の記者数人に取り囲まれた。

「副総理、何か急用ですか」

官邸に顔を見せる者に官邸番の記者たちは、用向きを尋ねる。時に重大事態で呼ばれた者が、ぽろっと情報を漏らすことを期待しているのだ。

だが、衆議院議員生活二五年余の江島にぬかりはない。

「そばを食いに来たんだよ。ここのそばは永田町一だからな」

そんなバカげた用向きがあるか、と普通なら詰《なじ》られる。だが、実際に江島は週に二度は、官邸にそばを食べに来ているから、疑う者はいなかった。

「まだ、どこも感づいていないようだな」

若い記者たちをやり過ごしてエレベーターに乗り込んだところで、公設第一秘書の松下に尋ねた。

「時間の問題かも知れません。すでに、磐田市にある帝生の営業所上空には、テレビ局のヘリが何機か旋回しているという情報があります」

影のように控え、国内外にアンテナを張り巡らす松下は何かにつけて悲観的だ。いや、地獄の閻魔《えんま》さんの前でも明るく振る舞えると豪語する江島でさえも、今日ばかりは心底ブルっていた。

一時間ほど前、国内生保大手である帝国生命の静岡県内の営業所で突然、解約騒ぎが起きたらしいのだ。金融庁の担当部署が帝国生命に確認したが、「そんな事実はございません」と、木で鼻をくくったような回答があったと報告してきた。

一度はそれで安心したが、すぐに江島の心配性の虫が騒ぎ始めた。帝生といえば火種に心当たりがあったからだ。

先月、江島の指示で、帝国生命を特別検査した。生保に対して行うのは異例中の異例だったが、公式には、「財務状況に疑義が生じたため」としか発表していない。だが、実際はもっと深刻な理由があった。

帝生が一昨年に買収したヨーロッパ最大の保険企業の粉飾決算が発覚したのが半年前で、本社のあるスイスの検察当局に経営陣が逮捕され、同社はたちまち経営破綻《はたん》寸前に陥った。そのとばっちりが親会社である帝生にまで及んだのだ。

やがて「帝生は連鎖破綻するのではないか」という噂《うわさ》が流れ、金融担当大臣も兼務する江島は「徹底的に調べて膿《うみ》を出せ」と命じていた。そして、三日前に「大きな損失はあったが、経営基盤には問題なし」と金融庁長官から直々の報告があり、胸をなで下ろしたばかりだった。

その矢先に、また帝生がらみの火種が撒《ま》かれた。

これは緊急事態だと覚悟を決め、江島は官邸の副総理室に向かった。その時、松下の携帯電話が鳴った。電話に出た松下が、みるみる血相を変え、執務室のテレビをつけた。

ＮＨＫが臨時ニュースを報じている。

〝現在までに、既に三〇〇人以上が帝生の磐田営業所に詰めかけ、次々と保険の解約を求めています。帝生の生保レディが、自社の経営が危機的なので、大至急解約して欲しいと上得意に触れ回っていると、ＳＮＳなどで広まったのが発端だともいわれています〟

「副総理、帝生が一〇年物の国債を一兆円分売却するので受けてくれと、野島証券に頼み込んでいるそうです」

送話口を手で押さえた松下が、解約騒ぎの対策として、現金が大至急必要なのだと報告した。

「で、野島は？」

「断ったそうです」

何て、バカなことを。

「よし、野島の社長には俺から頼む」

大蔵官僚を経て政界に身を投じた後も、江島は国内外の金融機関との太いパイプの維持に努めている。野島証券の社長とのつきあいも長く深い。

社長の携帯電話を呼び出すと、相手はすぐに出た。

「ああ、江島さん、ちょうどお電話しようと思っていたところでした」

「帝生の件ですな」

「そうです。申し訳ないが、政府でご対処願いたい。できれば、全額。最低でも三分の二を、政府なり日銀で買って戴《いただ》けないでしょうか」

その一言を聞いた途端、みぞおちのあたりが締めつけられたように苦しくなった。

「おやおや天下の野島証券が、そんな弱気でどうするんです。一兆円ぐらい、右から左でしょう」

無茶は承知だった。だが、政府や日銀が買うわけにはいかない。

「ご冗談を。先週の新規国債入札でも、財務省から無理を言われて、当方の心づもりの二倍も引き受けさせられて往生したんです」

日本では国家の赤字が一〇〇〇兆円を超えても、財政破綻しない。このしぶとさは、国内の金融機関が手分けして日本国債の大半を買い取っているからだ。

なのに、そのバランスを梶野《かじの》総理が崩してしまった。

カジノミクスという金融緩和策の一環として、日銀は一〇年物の新規国債の七〇％を債券ディーラーから買い続けている。それによって大量の現金《マネー》を市場に放出して、意図的にインフレを起こそうとしたのだ。その結果、国債を買う国内の投資家が激減した。

実施直後は日銀による国債の大量買取は一七〇兆円までと決めていたのを、思うような成果が出ないために日銀は二度にわたり延長し、最終的に二三〇兆円まで積み上げた。さらにいきなりの撤退は金融の混乱を招くという理由から、買取は漸減《ぜんげん》という方針を取った。しかし、一旦《いったん》消えてしまった投資家はすぐに戻っては来ない。そもそも国債は、金融商品としてはうまみが少ない。そのうえ愚かなカジノミクスのせいで国債に対する購買意欲が下がってしまった。

「御社が日本国のためにひとかたならぬ御尽力に努められていることは、重々承知しております。感謝してもしきれません。だからこそ、今回も」

「三〇〇億。弊社が買い取れるのはそれだけだと、先ほど帝生に回答しました。あとは、引受先を自力で探すようにと」

胃液が逆流してきそうだった。

「そうですか……、では私どもで善処致します。ただ、他社に働きかけるお手伝いだけはお願いしますよ」

「もちろん、やれることはやります。しかし、ここはお国の出番では？」

いや、お国が出たら終わるのだ。

理屈の上では、市場に国債が売れ残ってしまったら、日銀が買えばいい。日銀には、それぐらいの余力がある。それに、必要とあらば札を印刷するという蛮行も可能だ。

だが、そんなことをしたら、ヘッジファンドの餌食《えじき》になる。

市場で売れ残った国債を日銀が買えば、不要になった日本国債は全部日銀が買いあげますと宣言したも同然だ。

それを知った途端、ヘッジファンドは、売り浴びせろ、空売りもかけろ！　と一気に襲いかかってくる。

またたくまに国債は暴落して、のみならず為替、株式の三重暴落という奈落《ならく》に落ちるだろう。そして日本国債の買い手が見つからなければ、その先は国家破綻《デフォルト》へまっしぐらだ。

「それは、間違いないのですか」

松下の叫び声が耳を打った。ふり向くと、松下は携帯電話を握りしめたまま棒立ちになっている。

「どうした？　松下」

「ただいま、長官と話しているのですが、総理が日銀に買わせると約束したそうです」

松下から携帯電話を奪うように受け取った。

「あんた、なんで止めなかったんだ」

金融庁長官は電話の向こうで固まっている。

「総理がそう請け合ったのであれば、よろしいのではないかと思いまして」

そもそもおまえのボスは俺だぞ、と言いたいのを堪《こら》えた。

「あんたも、昔は大蔵の飯を食ってきたんだろ。ここで日銀が介入なんぞしたら、世界中のヘッジファンドから売り浴びせられるという想像力が働かないのか」

「もちろん、そのように総理に進言いたしました。そうしたら、心配するな、任せろとおっしゃって」

　大バカ者めが！

　浅薄な知識しかないのを棚に上げて、総理は何でも自分でやりたがる。特に目立つことが大好きで、後先考えずに独断専行する。

　江島は携帯電話で話を続けながら、部屋を飛び出した。

「いいか、今すぐ帝生本社に行って、社長に売却を取りやめるように言うんだ」

「それは、監督官庁として行き過ぎでは。それに帝生本社は大阪ですし」

　金融庁長官は、融通が利《き》かない。何事も杓子定規《しゃくしじょうぎ》に事を運ぼうとして、最前線に立つのを嫌う。だが、今はそんな悠長なことを言っている場合ではない。

「バカ！　そんな瑣末《さまつ》なことなんぞ気にするな。今すぐ大阪へ飛べ」

　副総理の執務室は、総理執務室から最も遠い場所にある。江島は七五歳とは思えぬ速度で回廊を走ったが、総理秘書官室に着いた時には、さすがに息が切れ、膝《ひざ》に手をついて喘《あえ》いでしまった。それでも江島は「大至急総理に会いたい！」と政務秘書官に向かって叫んだ。

「相済みません。総理は先ほどお出かけになりました」

「何だって！　どちらに行かれたんだ」

この一大事に、あの男は何をしている。

「歯医者にいらっしゃいます」

普段は冷静な政務秘書官が、怯《おび》えたように後ずさりした。

「すぐに呼び戻せ。帝生で取り付け騒ぎが起きている上に、奴らは一兆円分の国債を売却しようとしているんだ。この一大事に歯の治療なんかしてる場合か」

「それにつきましては、既に処理済みでございます」

財務省から出向中の総理秘書官が代わりに答えた。確か、盛田と言ったはずだ。

「どう処理したんだ」

「総理ご自身が日銀総裁とお電話で相談されました。そして、良きに計らえとおっしゃられて」

怒りの限界を超えた。

「バカ！　おまえ、それでも財務官僚か。デフォルトさせる気か！」

小心者の顔が青ざめ、唇が震えていた。

「日銀総裁に電話して、即刻、中止させるんだ！」

「それは総理のご意向に反します」

「なら、私が説得するから、電話口に日銀総裁を呼び出せ」

どいつもこいつも、なんだ、この危機感のなさは。総理がお調子者の間抜けなんだから、周囲を固める官僚たちは盤石《ばんじゃく》であるべきなのに。

江島は断りもなく総理執務室に乗り込んだ。

「副総理、増岡《ますおか》総裁がお出になりました」

盛田からコードレスフォンを受け取ると、江島は精一杯愛想よく挨拶《あいさつ》した。

「いきなり何のご用です」

不機嫌な声が返ってきた。

「帝生の国債を、そちらで買うのはやめてください」

「あなたに指示される筋合いではないと思いますが」

ならば、正しいことをやれよ、このバカ！

「しかし、総裁、もし日銀がお買いになると、ヘッジファンドに売り浴びせられますぞ。それでもよろしいのですか」

「ヘッジーねえ。過去に何度か、そういう事態があったけれど、全部撃退しているんです。心配ご無用」

「そんな暢気《のんき》なことでどうするんです。日本を破綻させた日銀総裁として歴史に名を刻むおつもりですか」

「副総理、いくらなんでも無礼ですな。じゃあ、あなたが買い手を見つけてくださるとでも言うんですか」

この男はこうしていつも小馬鹿《こばか》にしたような口調で、人の神経を逆撫《さかな》でする。

「お任せ下さい。この江島隆盛が、必ず処理致しますから」

「では、お手並み拝見といきましょうか。マーケットが閉まる三〇分前まで待ちましょう。それでも解決しなければ、お国のために我が日銀が、収拾に乗り出します」

日銀はおまえのもんじゃねえぞ！　そう口に出せたらさぞや気分が良いだろう。

形式的な挨拶を返して電話を切ると、江島は執務室の窓際《まどぎわ》に立って深呼吸した。

落ち着け。感情的になったら、思考が停まる。

果たして誰が無理を聞いてくれるのか。必死で考えた。

何人もの顔が浮かんでは消え――。

「そうか、あいつなら何とかしてくれるか」

振り返ると盛田に声をかけた。

「市場で売れ残っている国債の額がいくらか、大至急調べてくれ」

動いたのは、盛田の背後にいた補佐役の秘書官補だった。周防という若手キャリアで江島が密《ひそ》かに目をかけている。上司と異なり秘書官補は、迅速な反応で部屋を飛び出した。

この場に、彼がいてくれたのはラッキーだ。

江島は老体に鞭《むち》打って再び部屋を飛び出した。総理官邸内では、訪問者は案内に先導されて動くのがルールだが、今はそんなことに構ってはいられない。江島は牛のような体格で案内を押しのけて、エレベーターに乗り込んだ。

「お車は裏に回しますか」

江島の後からエレベーターに乗り込んだSPが尋ねた。

「いや、堂々と正面から出るよ」

玄関フロアには、大勢のマスコミが待ち構えている。それを承知でここから出て行くつもりだった。

「大臣、帝生問題は解決しましたか」

官邸詰めが長い通信社の記者がすかさず声をかけてきた。

「何のことかね?」

「冗談なしですよ。帝生の解約騒ぎと、一兆円の国債売却問題ですよ」

「帝生が経営危機というのはデマだから。国債も、市場がちゃんと処理します。ご安心を」

「じゃあ、やっぱり日銀が買うんですね」

そこで江島は足を止めた。

「いや、それは、絶対にない！　日銀は、びた一文カネを出さないよ。さっきも言ったとおり、この問題は、民間の金融機関の間で迅速に処理される。いいね諸君、もし、日銀が買い取りなんて冗談でも書いたりしたら、たちまち日本が滅びるからな。今回ばかりは軽挙厳禁だ」

副総理の口から日本が滅びるというフレーズが出て、記者たちは息を呑《の》んだ。

「ヘルベチカ銀行に行ってくれ」

固まっている彼らを後に公用車に乗り込むと、江島はジュネーブに住む同行トップに電話を入れた。

日本のメガバンクは決済が遅い。それは証券会社も同様だ。また、迅速に対応したとしても、政府からごり押しされたという噂が必ず出る。それを避けるなら、外資系に買わせるのがベターだ。

世界有数の巨大投資銀行であるヘルベチカ・フィナンシャルグループの会長は、江島が英国留学した時の友人だった。彼には二つほど大きな貸しがある。それを即刻返してもらう。

＊

一〇日後、帝生ショックは何とか一段落したものの、投資家の日本経済に対する不信感の払拭《ふっしょく》までは叶《かな》わず、国債の利回りの高騰《こうとう》を招いた。これは高い利子を払わなければ、国債の買い手がつかないという意味で、国債の暴落を意味した。続いて円安が加速し、株式の下落が止まらなくなってしまった。

ヒステリックに騒ぎ立てるだけで、何も行動できない総理に代わって、江島が官邸、財務省、日銀、そして日本の金融機関の陣頭指揮を執って、ようやくデフォルトを回避した。その間、脳裏に何度アルゼンチンで嗅《か》いだ腐臭が蘇《よみがえ》ってきたことか。

そしてこの日、騒動の端緒となった生保レディの悲劇が報道された。

「今すぐ保険の解約を！」というメールを契約者に送信したのは、「吉永のおばちゃん」ではなかった。彼女は〝事件〟の二日前に、友人と台湾旅行に出かけていた。出国時に空港でスマートフォンが故障し、使用不能になった。

そのため、所長が吉永に連絡したが繋《つな》がらなかった。所長が彼女の娘に連絡し、こうやく本人と話ができたときには、既に収拾不能の事態になっていた。故障している間に、吉永のスマートフォンのアドレスから、問題の解約を勧めるメールが発信されている。

状況を考えると、何者かが、吉永に「なりすまして」騒動を起こしたとみられた。にもかかわらず吉永は帰国直後に記者会見を開かされ、身に覚えのない「罪」を謝罪した。さらに、テレビのワイドショーや週刊誌などで、謎《なぞ》の解明がおもしろおかしく議論された。そして、吉永についても、事実無根のデマはもちろん、個人情報までもが拡散した。

結局、吉永は帝生の生保レディを辞職し、メディアの取材攻勢から逃れるために、ホテルを転々とした。

そして、この日、愛知県のホテルの一室で首を吊《つ》って亡《な》くなっているのが発見された。

残された遺書には〝なぜ、こんなことが起きてしまったのか。それを自分で解明して、私の大切な契約者の皆さんにお伝えしようと頑張ってきました。でも、もうこれ以上生きていけなくなりました。最後に残されたのは、死んで皆様にお詫《わ》びするという選択肢だけです〟と綴《つづ》られていた。

さらにその一〇日後、何とか苦境から脱出できる兆《きざ》しが見えた日、梶野総理が突如、辞意を表明した。理由は、持病の心臓病の悪化だった。激務に耐えられないという医師の診断書を残して、梶野は官邸を去った。

あまりの無責任ぶりに国民が呆《あき》れ返る中、この修羅場を乗り越えるための総理後任として、江島副総理に期待が集まった。

江島は何度も固辞したが、最後は与党保守党が一枚岩となって支援するという約束を取り付けて、総理就任を受諾した。

総理を引き受けたからには、パンドラの箱を開けてやる。——それは大改革実行の決意だった。

3

突き抜けるような青空がまぶしい一一月初旬の休日——。

朝食を終えた盛田は、出入りのワイン業者から届いたパンフレットを見て声を上げた。

「なんですか、この値段は」

サロン・ブリュット・ブラン・ド・ブラン　一三〇〇〇〇円
シャトー・マルゴー　二〇〇六　一七〇〇〇〇円
ル・モンラッシェ　グラン・クリュ　一一〇〇〇〇円

いずれもが、半年前の一・五倍以上じゃないか。

「円安のせいですよ。ワインだけではなく、全《すべ》ての輸入品は、軒並み一・五倍から二倍になりましたわ。今年は、ワインの購入は見送りましょう」

妻の彌生《やよい》は、ため息交じりに言った。毎年、シャンパン、赤白各一本ずつ、とっておきを購入するのが、夫婦の楽しみだったのに。

「海外渡航費用やホテル代も跳ね上がり、これじゃあ淑子《よしこ》さんのウィーン留学も考え直さないといけないですから」

長女の淑子は、東京芸大でバイオリンを学び、来年秋から、ウィーンへの留学を検討していた。

「暫《しばら》くすれば落ち着くさ。だから、そんなに節約する必要はないよ」

「暫くって、いつまでですか？　帝生ショックは落ち着いたっていうけど、ずっと円安株安が続いているでしょ。そして、この物価高。政府には、もっと頑張ってもらわないと」

連日、妻は口を開くと愚痴ばかりが続いている。盛田も気持ちは同じだが、財務省に籍を置く官僚としては、いかんともしがたいもどかしさしかない。

ワインの件は一度忘れようと新聞を開くと、

物価高いつまで？　政府の施策、後手に

カジノミクスの物価上昇策が裏目に

という見出しが、目に飛び込んできた。

記事によると、株と円の同時安によって、消費者物価の暴騰が止まらない、という。輸入品のみならず、原料を輸入に頼っている電力、ガスなどのエネルギー関係費は、来月には大幅な値上げとなる見込みだし、ガソリンに至っては連日値上がりが続いている。また、株の全面安によって、日本が保有してきた資産はバブル経済崩壊時の水準まで消失したらしい。こうした金融市場の下落で、外国人投資家が軒並み東京株式市場から撤退し、日本の株安はさらに「悲惨なレベル」に暴落するだろうとまで書いてあった。

一つ間違えば、国家破綻《デフォルト》危機だったのに、メディアは喉元《のどもと》の危機を回避した政府の成果を忘却し、国民の怒りを煽《あお》る記事ばかり載せている。

デフォルトしていたら、この程度では済まなかったのだ。感謝してもらわないと。

帝生ショック以降、日本社会には全てが逆回転を始めたと思えるほどネガティブなムードが蔓延《まんえん》している。まるで七〇年代のオイルショックの再現のように、物品の奪い合いや買い占めが横行している。

だが、我が財務省が存在する限り、これ以上の経済の悪化はあり得ない。だから、もっとメディアは希望と期待を込めた記事を掲載すべきなのだ。

「そう言えば昨日、野島証券の新井《あらい》さんから電話があって、私たちが保有している株の大半が半値に下落しているが、まだ売らなくていいかと聞いてきましたわ」

「バカな。こんな一過性の現象にあたふたする必要なんてないよ。株価はまもなく持ち直すし、円安も止まる。だから、うろたえずそのまま保有するように伝えてくれ」

いきなり新聞が奪われ、間近に彌生の厳しい顔つきがあった。

「財政や経済のことは、私には分かりません。でも、あなたは、まもなく経済は回復するとおっしゃるけど、どんどん酷《ひど》くなるばかり。私は自分の資産については、外国の銀行に預けることにしました」

長男のアドバイスだという。長男の和義《かずよし》は、盛田家の系譜を破って財務省に入省せず、米系投資銀行に在籍している。そして、母を唆《そそのか》したようだ。

「君の資産の大半は、金《きん》で保有しているんだ。わざわざ外国の銀行に預けることはない」

「金はそうするわ。でも、私名義の三〇〇〇万円分の株は、和義に全て判断を任せました。そして、一億円ほどある預金は、ドル建てでシンガポールのプライベートバンクに預けることにしましたわ」

腹立たしかった。妻個人の資産とはいえ、それは、夫が奉職している財務省への謀《む》反《ほん》であり、夫への裏切り行為だ。だが、盛田は妻と諍《いさか》いを起こしたくなかった。

「好きにしなさい。だが、もう一度だけ言っておきます。日本経済はまもなく回復します」

「あら、じゃあ一つだけ教えてくださいな。連日、自宅にお戻りになる度に、江島などに総理を任せては日本は滅びると愚痴ってらっしゃるのに、どうやって経済が回復するのかしら」

総理なんて誰がやっても変わらないんだ。我が財務省が健在な限り、日本の繁栄は維持される。いや、維持されるはずだった。

だが、梶野前総理が、日本を破滅の縁まで追いやり、続く江島は、口を開く度に

「大胆な財政再建を断行する」と嘯《うそぶ》く。

本当に総理は誰がやっても同じなのだろうか。

盛田の不信感は募るばかりだ。

4

一一月中旬の夕刻、帰り支度をしている周防の携帯電話に、桃地からの着信があった。

一瞬出るのを躊躇《ためら》ったのだが、失礼はできないと応じた。

「先生、ご無沙汰《ぶさた》してしまって」

「構わんよ。色々大変だったろうから。それで、ちょっとご飯でもと思ったんだが、今からどうだね？」

桃地の誘いは概《おおむ》ねこんな感じだ。早くても前日、大抵はその日の午後になって、不意に「会いたい」と呼び出しがある。さすがにこの一ヶ月は、一分たりとも官邸から離れられない状況が続いたので、七回連続で「申し訳ありません。厳しいです」と断っていた。

八七歳という高齢になっても桃地は衰え知らずだ。先端科学知識の吸収にも積極的で、新しい機器にも興味津々《しんしん》だ。スマートフォンも女子高生レベルで扱えるし、インターネット電話サービスだって使いこなしている。

帝生ショックが起きた日の深夜には、先生からのＬＩＮＥとＳｋｙｐｅ《スカイプ》が鳴り続けた。

――私の予言は的中したみたいだな。だが、現実の日本がデフォルトするのはまだ早いぞ。私の方は、プロットがようやく完成したばかりだしな。ここは、総理に頑張ってもらって、持ち堪《こた》えてくれんとな。

あの時は、何を勝手なことを言っていると、怒りを覚えたが現実は、桃地の「デフォルトピア」という小説の構想と怖《おそ》ろしいほどに酷似していた。

――ある日、機関投資家が保有する日本国債を手放す。それからは、崖《がけ》を転がり落ちるように、破綻ドミノが始まるんだ。田舎の無知な噂話がＳＮＳで拡散し、生命保険会社で取り付け騒ぎが起きる。それが全国に広がったかと思っているうちに、当の生保が保有している一〇兆円もの日本国債を手放すと宣言。それを日銀が買い取ったものだから、世界中のヘッジファンドの餌食《えじき》となり、日本は瞬《また》く間《ま》に奈落《ならく》の底に堕《お》ちていく――。

桃地はまるで未来を見通しているのかと思うほど、帝生ショックと全く同じ展開だった。

ここは、先生に会っておくべきだと決めて、桃地の誘いに応じた。桃地が指定したのは、新橋のすっぽん料理「牧」だった。生き血や生レバーなどレアな料理に加え、締めの鍋《なべ》が絶品だという。

それにしても、鰻《うなぎ》にすっぽんと、周防でさえ胸焼けしそうなスタミナ料理を欲する桃地には、驚くばかりだ。

溜池山王《ためいけさんのう》から銀座線で新橋駅に向かい、グーグルマップに案内されて目指す店に行き着いた。

「おっ、来たな」

この日の桃地は、渋い大島の着物を粋《いき》に着こなしていた。恐縮する周防を無理矢理上座に据えて、帝生ショックの対応を労《ねぎら》ってくれた。乾杯のあと、店の名物だという生き血と胆汁の食前酒を戴いた。

「株の暴落は止められそうかね」

自身は微温燗《ぬるかん》を飲みながら、桃地が聞いてきた。

帝生ショック後、日本国債の価値が下がったために、東京株式市場が暴落を続けている。日本経済に対する信頼が失墜したのだ。それでも外国為替が円高であればまだ回復の芽もあった。だがショック以降は円も暴落を続けている。

円は、一ドル一五〇円を突破し、株価は遂《つい》に七〇〇〇円を割り込んでしまった。

「無理な介入はせずに、日本経済の信用回復をじっくりと待つ戦略で耐えています。実際、いつ大暴落するかという恐怖はありますが、少しずつ下落スピードは収まってきていますし、これ以上の円安は他の貿易国の利益をそこなうというムードも出てきているので、あと一息かと」

連日、経済アナリストや財界は、もっと政府は積極介入せよと叫んでいる。しかし、江島総理は全く取り合わず、スタンスを変えていない。

「江島《ブル》にしては珍しく我慢しているわけか。で、江島は総理としてどうだね?」

「ご本人は、総理の器にあらずなどとおっしゃっておられますが、さすがに帝生ショックを間一髪で収めた豪腕ぶりには感動しました。その後の危機対応も見事で、江島総理でなければ、もっと悲惨な事態になっていたと思います。あの方なら、このピンチを何とか乗り切ってくださるのではという期待感が、我々官僚の間でも広がっています」

「大絶賛じゃないか。だが、彼は大風呂敷《おおぶろしき》は広げるが、理想主義に走りすぎて実現力に欠けるという印象があるんだが」

　よく知ってるな。桃地は博覧強記な上に、時事ネタから芸能ニュースまで守備範囲は広い。その上、分析も的確だった。

「そういう評価をされる方が多いですね。でも、私は尊敬しています」

「ほお？」

「政治は理想と行動の葛藤《かっとう》からしか結果を生まないというのが、総理の信条です。勉強家ですし、若手の我々のような者の意見にも耳を傾けてくださる。何より、ご自身の体面より未来が幸福になるために泥を被《かぶ》る姿勢に感動します」

「君は、感激屋だからなあ」

　食事を共にするのは今日で四回目だが、ＬＩＮＥやＳｋｙｐｅで頻繁にコミュニケーションを取っていることもあって、すっかり周防の本質は見抜かれていた。

　すっぽんの煮こごりと卵豆腐が出てきた。桃地は、それを旨《うま》そうに頬張っている。

「江島は口を開けば財政再建こそが政治家としてのライフワークだと言ってるからな。つまり本気で財政改革に取り組むつもりなんだな？」

　いくら大ファンの作家であっても、総理秘書官補という総理側近の一人である以上、周防が答えられる範囲には限界がある。

周防が答えあぐねているのを見かねて、桃地が言った。

「小康状態は保っているが、デフォルトの危機が去ったわけではなかろう。江島はこの異常事態をどう打開するつもりなんだね？」

それは、周防も知りたいところだ。

総理就任から半月余り、破綻危機のリスクが徐々に薄れていく中、メディアも江島の次の一手に注目していた。

「私には想像もつきません。でも、何らかの準備をされているようにも思えます」

「なんだ、やけに意味深だな。君は今、官邸付きで総理に近い場所にいるから、そういう感触があるんだな」

あるようでもあり、ないようでもある。

秘密主義の梶野前総理と異なり、江島は開かれた官邸を標榜《ひょうぼう》する。メディアとのやりとりも巧みで、社交性も高い。それが、崖っぷちにあった政府と国民に希望を与えたのは、間違いない。

その一方で相当な策謀家で、一旦動き始めたら猛進するから「猛牛《ブル》」というあだ名があるのだ。緊急事態を脱したら、突拍子もない奇策を打つのではないかという憶測が官邸内にはあるし、メディアなどは既にそうと決めつけている。

「総理に近いと言っても、所詮《しょせん》私は、総理秘書官の補佐という下《した》っ端《ぱ》です。感触を得るのも難しいです」

桃地は手酌で酒を注ぎ、一人「乾杯《サンテ》」と言ってあおった。

「日本が崖っぷちで踏み止《とど》まり、デフォルトを回避するために、江島は何をなすべきか。それについて私なりに考えてみたんだ」

着物の懐から取り出した奉書を、桃地が差し出した。見事な毛筆で「建白書」と表に書かれてある。

「失礼します」と断って、周防は中を改めた。

〝革命とは何ぞや――。

大増税か歳出の大削減しかない。

大増税で天国へ―― au ciel《オ シエル》!

一、消費税三〇%――一%で二兆円税収アップとして、四四兆円アップ!

二、農地の固定資産税見直し――現在の農地面積は約四七〇万ヘクタール。農地の課税は、一般農地の場合、一〇アール当たり一〇〇〇円。これを一〇倍にする。それでも、一般宅地の数十分の一に過ぎないが、税収は、四〇〇〇億円アップ!

三、携帯電話利用税――計算できんかった！
四、外国貯蓄税――海外にカネを貯《た》め込む奴から税金をふんだくる！
五、海外進出法人税――海外進出して日本人から職を奪う企業から、ふんだくる！
六、ブラック企業税――過労死やパワハラ認定された企業に課税！
七、海外企業法人税――本社がどこにあろうと、支店や営業所があれば、法人税を払え！
八、寄付無税化の徹底――若者への奨学基金や子育て支援について国の基金を設け、ここへの寄付は無税に。そして、この基金を使って、国の負担を軽くする。〟
これらの増税案が皆通れば、国庫は随分楽になる。

「先生の増税案は、いずれも皆魅力的ですね」

「そう思うか！　このひと月、ない知恵を絞った力作だ。君が太鼓判を押してくれるなら、ぜひ明日からでも、実行に移してくれ」

「私個人としては大賛成で、即実行したいところなのですが、ここに戴いた提案は、いずれも弊省や税制審議会等で既に検討され、却下されたものばかりです」

「何をバカな。今は有事なんだ。再考を促したまえ」

その通りだ。だが、増税する場合、必ず大きな損害を被《こうむ》る可能性のある業界が出てくる。すると民業圧迫という声が上がる。さらには「不公平税制」という指摘も巻き起こる。

さらに、農地への課税などになると、食糧安全保障を担《にな》っている農地に課税とはけしからんという主張がまかり通って相当にハードルが高い。与党の大票田である農村票を確保するためでもある。

そのため、近年では、徴収した新税は、ある特定の目的にだけ用いるという特定財源として理解を求める場合が増えた。復興税がその好例といえよう。消費税を五％から八％に上げた時は、「社会保障と税の一体改革」というお題目で、増税分は社会保障関係費にしか充《あ》てないと約束して増税した。

これらの諸条件をクリアして、しかも手っ取り早いのが、国民各人から広く薄く徴収する税である消費税の増税なのだ。しかし、国民生活を圧迫するような税は、国民から支持されないために、国会議員は進めたがらない。携帯電話利用税など、周防も主税局に在籍した時、先輩たちと実現に奔走したが、通信業界の事業圧迫以上に、今やライフラインの一つとなった携帯電話の利用に負荷をかけることは、国民生活の圧迫に繋がると却下された。

そうした様々な事情を桃地に説明しても、一蹴《いっしゅう》されるのは分かっていた。
だから、周防はそれ以上反論せず、歳出削減案の建白書に目を転じた。

〝大削減で、共に地獄へ！――pour《プール》 l'enfer《ロンフェール》！
一、介護は国がやるな。年金で足りない部分は補塡《ほてん》するな。
二、公務員半減。
三、国会は衆議院だけでいい。
四、道州制への移行と、市町村の廃止。
五、高齢者海外移住計画――満州や豪州に、老人を移住させよ。拒否者については、一人当たり、三億円払わせよ。
六、国から地方や企業への補助金制度の廃止――今後は、融資の利子補塡を優先させよ。〟

「先生、削減案の六番目ですが、これは具体的にはどんなイメージなんですか」
周防が「建白書」を読んでいる間も、桃地はよく飲み、食べた。周防に問われると、酒をあおって料理を流し込んだ。

「補助金てのは、百害あって一利なしなんだ。カネは、金融機関が貸せば良い。で、国の事業の場合は、利子だけを国が持つようにすれば、カネは少なくて済むだろ」

なるほど、政府開発援助《ODA》で行われるやり方を、国内で積極的に取り込むということか。

「人は、恵んでもらったカネでは、一生懸命結果を出そうとせんものだ。成功のためには、緊張感がいる。だから、融資という形式を取る。そうすれば、不要なものを作れなくなるから、無駄な陳情は減るし、借金を返すために必死で頑張るだろ」

これは良いアイデアだった。この発想を、政府はもっと取り入れるべきだ。バブル崩壊以降、金融庁の締め付けもあって、金融機関は必要以上にリスクを警戒して、融資を渋っている。しかし、経済の血液と言われる金融が活発にならないと、日本は再生しない。

とはいえ、削減案の大半は、財務省内でも一度は検討の俎上《そじょう》にのせられたものばかりだった。しかしいずれもが、諸事情で提案すらできずにいる。

「増税が難しいなら、せめてこれぐらいの大胆な削減案がいるぞ」

「おっしゃる通りです。しかしこれでは、国家の延命のために国民に死ねと言ってるようなものです」

「死にはせんよ。物は試しと、江島にやらせてみろ」

そんな権限など、周防にあるわけがない。そもそも、こんな酷い政策をやるために周防は入省したわけではない。

「先生、すぐに実行するのは無理です」

「そうか。情けないな。ところで削減案の冒頭にある介護について、ぜひ、君を連れて行きたい場所があるんだ。百人村《ももと》ってご存知かな。蔵王山麓《さんろく》にある人口四〇〇人ほどの寒村なんだが」

「確か、ピーチ100っていう桃の美味《おい》しいところでしたっけ？」

「さすがだな。同じ『もも』という名が付くのが縁で、たまに避暑に出かけるんだが、この村が二年前に財政破綻の危機に陥ったんだ」

だが、百人村が、自治体の破綻にあたる財政再生団体に転落したと聞いた覚えはない。

「村長と村民の頑張りで、何とかピンチから脱出した。その理由というのが、面白くてね」

桃地の話では、高齢化率四〇％を超える百人村で、村による介護サービスを最小限に縮小し、村民が助け合いでカバーすることで、財政破綻を免れたのだという。

「終戦直後に開拓村として始まって、村民がずっと助け合いながら歴史を刻んできたという背景がある上、人口が少なかったからやれたんだな。だが、この村の成功例は、日本の介護政策の一つのモデルになるかもしれないと思ってるんだ。また、村議会を廃止して、村政は役場と地元代表で相談して決めているそうだ」

そう言えば、少し前の新聞で、山形県百人村のユニークな村政の記事を読んだのを思い出した。

「ぜひ、ご一緒させてください」

「よし、いつ行く?」

桃地は常に即断即決だった。だが、官邸に詰めている間は難しそうだ。素直に事情を説明して詫びると桃地は、「では、行けるようになったら、教えてくれ」とあっさり納得した。

「ところで、最後のアイデアは、どうだ?」

もう一枚提案書が残っているのに気づいた。

そこには、〝究極の革命案〟としたためられていた。

〝財政再建で本気で革命を起こしたいなら、日本を破綻させて、国債を全部棒引きにしてしまえば一発逆転。〟

達筆かつ力強い文字に息を呑んだ。

「どうだ？」

「いや、先生、さすがにこれは、あり得ません」

「なぜだ。世界を見渡せば、そんな国はいくらでもあるぞ。借金まみれになったら、自己破産する。個人と同じ発想で、日本も自己破産したらどうだ？」

そんなことをしたら、日本の主要金融機関が全て倒産するだろう。さらに、円が暴落し、外国との決済が出来なくなる。また、日本に対する信用が毀損《きそん》し、日本企業は貿易ができなくなる。そうなると、電力を支えるエネルギー資源や、様々な原材料の輸入が止まる。

たちまちハイパーインフレが起き、国民生活も破綻するだろう。

そう説明を続ける周防を、桃地が途中で遮った。

「君が今、そうして説明したことを、私は『デフォルトピア』で書いてみようと思うんだ。無責任な総理が大博打《おおばくち》を打ったことで、この国が破滅していく――。どうだ、読んでみたくなったろう」

周防は、改めて偉大なる空想小説家の覚悟を痛感した。

「やっぱり、先生は凄《すご》いですね。僕はもうこの『建白書』を拝読するだけで、寒気を覚えました。こうまでしても、デフォルトは阻止しなければならない。確かに、ここに書かれたことが国民に伝われば、デフォルトの恐怖を理解してもらえると思います」

「そんなに簡単じゃないよ」

意外なリアクションだった。

「いや、絶対、皆が驚愕《きょうがく》しますって」

「今の日本人には、そんな想像力は残ってない。それでも『デフォルトピア』は書かねばならないんだよ。誰かに読んで欲しいとは思う。そして、危機感を持って欲しい。けどな、そんな人がいなくても、俺はこれを書かないと死ねないんだよ」

「先生、そんな悲観的なことをおっしゃらないでください。この本は、日本人を目覚めさせます。間違いありません！」

また、感激屋と言われるかも知れないが、それは周防の切なる願いだった。

「どうだろう。一度、ブルに会わせてくれないか」

口に運んだビールを吹き出しそうになった。

「無理は承知だ。だが、本気でデフォルトを回避したいなら、私のような門外漢の知恵も参考になるぞ。また、私の『デフォルトピア』にリアリティがあれば、多くの国民を啓蒙《けいもう》できる」

上司である秘書官の盛田に進言したら、殺されるような提案だった。だが、個人的には面白いと思った。

「すぐには難しいかも知れませんが、可能性を探ります」

「そうこなくっちゃ。よし、じゃあ飲もう」

ビールがまだ残っているのもお構いなしに桃地はお銚子《ちょうし》を手にした。それを両手で受けると、もう一度乾杯した。

「デフォルトに！」

それはダメですよと思いながら、周防は酒を飲み干した。

5

桃地をタクシーに乗せて見送った後、周防は電話をかけた。相手は、桃地がデフォルトについて熱く語っていた時に、〝急ぎで会って話したいことがあります〟とメッセージを寄越していた。

「周防です。今、終わったんだけど、大丈夫かな」

「ノープロブレム。今、どこ？」

電話の相手は中小路流美。周防の同期で、財務省国際局に所属する期待の星だった。新橋だと告げると、東京プリンスホテルのバーで落ち合おうと返された。

一体、何の用だろう。

同期だが、周防とはタイプも違うし、同僚とも「つるまない」中小路との接点は少なかった。そもそも周防には近寄りがたいエリートだし、二人っきりで飲んだことなどない。

詳しいプロフィールは知らないが、外交官だか高級官僚だかの娘で、米国シラキュース大卒の才女だった。

確か、国際通貨基金《IMF》に出向していて、五ヶ月前に帰国したばかりだ。だとすると、もう二年半も会ってないことになる。

内幸町《うちさいわいちょう》駅まで歩き、都営三田線で一駅の御成門《おなりもん》で降りた。一九六四年の東京オリンピックに合わせてオープンした東京プリンスホテルは、芝公園に隣接し、都心にありながら閑静な場所だった。

二〇一七年四月にリニューアルオープンしたばかりだが、昭和の近代建築の雰囲気を色濃く残した佇《たたず》まいだ。

ウッドパネルが張り巡らされた落ち着いた雰囲気のメインバー「ウインザー」に先に到着した周防は、ハーパーのハイボールを頼んで、カウンターで待つことにした。

それにしても、桃地のバイタリティと想像力には、いつも驚かされる。あの「建白書」の破壊力にも圧倒された。頃合いを見計らって総理に渡してくれと押しつけられた奉書は、鞄《かばん》の奥底にしまってある。

その約束は簡単に果たせそうになかったが、それでも一考に値する提案ではあった。

桃地が日本を代表する大作家であるのは間違いない。それでも、国家財政については素人《しろうと》なのだ。その作家が捻《ひね》り出した財政再建案を超える提案を、今の財務官僚が出せるだろうか。

無茶や非現実的なものもあるが、それでも実行すれば財政が健全化するという一点においては、熟考されていた。

僕らは、積み上がる財政赤字を何とかしなければと思いつつも、その大問題を見て見ぬ振りをして、日々の業務に追われている。

大丈夫だとは思っていないが、自分自身の切実なる問題だとも思っていない。そういう意味では、桃地の方がはるかに日本の財政と真剣に向き合っている。

それでも周防は諸手《もろて》を挙げて賛同できなかった。懸案を長年放置した挙げ句、にっちもさっちもいかなくなってから国民にツケを背負わせるというのは、官僚として余りにも無責任だ。

「やけに、深刻な顔をしているわね」

上等そうな黒のパンツスーツに身を包んだ中小路が立っていた。奥まった席に移動しようと言われ、壁際の四人がけの席に陣取った。

「あまり人に聞かれたくないから、横並びに座る」

中小路は、周防の隣の席に腰を下ろすと、赤ワインをグラスで頼んだ。

「忙しいのに、突然呼び出してごめんね」

気持ちの籠《こ》もった詫びを聞いて驚いた。唯我独尊《ゆいがどくそん》マイペースが、中小路の信条だと思っていたのに。

「中小路に呼び出されるなんて光栄だからね」

「そう?」

「そりゃあ、我らが同期の出世頭なんだから」

「それは、あなたでしょ。総理からファーストネームで呼ばれる財務官僚なんて、あなたしかいないわ」

「あれは、からかわれているだけだ」

「いや、期待の表れでしょ。それに、同期のトップが、官邸の秘書官補を務めるのが慣《なら》わしだしね」

つまらない慣わしだ。自分に白羽の矢が立ったのは、本来指名されるべき中小路がＩＭＦへの出向期間中だったからに過ぎない。

「それで、話って？」

「江島総理から、財政再建について何か聞いていない？」

「何も。総理の頭の中には何かお考えはあるんだろうが、僕のような下っ端には分からないよ」

探るような視線をぶつけられた。疑っているのか。

「じゃあ、総理がゼブラ・リポートについて話題にしたことはない？」

「日本の財政破綻危機を回避させるために、ＩＭＦが密《ひそ》かにまとめたっていう陰謀めいた奴か」

「何か話題にならなかった？」

「まったく。まさかＩＭＦが本気で、あれを総理にやらせようとでもしているのか」

何の根拠もなかった。だが、IMF出向帰りの中小路が、本来なら一番信用しそうにないリポートを話題にしたので、鎌《かま》をかけてみた。

「近いけど、実際は逆。江島さんの方からIMFに、ゼブラ・リポートを実行せよと公式に日本に勧告して欲しいと頼んだとか」

「そんなことは、ありえない」

あってはならない。そもそもなぜ、日本の財政危機を脱するのに、IMFなんぞに頼るのだ。

「私もそう思った。でも、私は帰国時に、IMF幹部からその回答を託された」

中小路の話が事実なら、まだ帝生ショックが起きる前だ。そんな時から、総理は日本の財政破綻を懸念《けねん》して、IMFに相談していたというのか。当時の江島は総理でも財務大臣でもなかったのに。

「そんな話、財務省で話題になったことなんかないぞ。江島さんには当時、そんな申し出をIMFに行う権限なんてなかった」

「正しいと思ったら、突っ走るのがブルでしょ」

「コンピュータ付き猛牛《ブル》」と言われる江島なら、重大な危機を感じたら、独断でそれぐらいやりかねない。しかし、明らかに越権行為だし、一つ間違えば、日本を大混乱に陥《おとしい》れる可能性だってある。そこまで、やるのだろうか。

「ゼブラ・リポートって、年金を一律三割カットしたり、歳出の大幅削減、さらには富裕層や一流企業から税金をふんだくれって与太話だぞ」

そう言ってすぐに、それらの提案が桃地の「建白書」と大差ないと気づいた。

「それぐらいやらないと一〇〇〇兆円以上積み上がった財政赤字は解消されないわよ」

それは承知している。だから、悩ましいのだ。

「さっきから、ＩＭＦと連呼しているけど、実際には、江島さんは誰とやりとりをしているんだ？」

ワインを手にしながら、中小路が周囲を見渡してから囁《ささや》いた。

「専務理事よ」

「ソフィア・バーグマンってことか」

中小路が小さく頷《うなず》いた。

「ＩＭＦを離れる日に専務理事の部屋に呼ばれて、江島総理への親書を託されたの。総理のことをタカって呼んでたけど、二人はそんなに親しかったのかな」

「江島さんの人脈を見ていると、世界中の要人と友達じゃないかと思うことが多々あるから、それはあり得るかもしれないね。で、その親書を江島さんに渡したのか」

「帰国した日に、江島さんを訪ねて渡したわ。私の突然の訪問にも驚かれなかったから、専務理事から連絡があったのかも知れない」

「親書の内容は？」

中小路は肩をすくめた。

「よっぽど、封を切ってやろうかと思ったけど、さすがにやめた。でも、専務理事の部屋で封書を渡された時に、ゼブラ・リポートのことが話題になった。江島さんが、あのリポートを実行したいと考えているようだとまで言われたわよ」

中小路がウソをつくことはない。また、ＩＭＦのトップもウソはつかないだろう。だとすれば、江島が言う「大改革」とは、ゼブラ・リポートを実行するという意味か。

「ゼブラ・リポートに江島さんが興味を持っていると専務理事がおっしゃっていたと、ダメ元でご本人に言ってみたの」

ただの使い走りで終わらないところは、さすが中小路だ。

「そしたら、江島さんは、あっけらかんと笑ったわ。あんな中途半端《はんぱ》な施策では、日本の財政赤字は解消されないよ。そもそも国民が納得しない。ただ、このままでは危険だと思わないか、と逆に質問された」

「何て答えたんだ？」

喉《のど》がカラカラに渇いていた。酒は既になく、周防はグラスに残った氷を口に含んだ。

「一刻も早く手を打つべきだと思いますと、返したわよ。そしたら、江島さんは、じゃあその時は、君にも一肌脱いでもらおうとおっしゃった」

「中小路に、何を期待しているんだ？」

「さあね。でも、江島さんは何かを覚悟されていると感じた。そしたら、帝生ショックでしょ。続いて、梶野総理の突然の辞任ときた。まるで江島さんは、それらを全て予想していたかのように動き、遂《つい》に総理となった。だから、本気でとんでもない財政再建をなさるつもりだと、期待したのよ」

もしかすると、桃地の建白書の向こうを張るような大胆な政策をお考えなのだろうか……。

「なのに、総理着任から一ヶ月が経《た》つのに、何の動きもない。それで、あなたに尋ねてみたくなった」

気持ちは分かるが、尋ねる相手を間違っている。せめて、政務秘書官の松下さんにでも聞かなければ、総理の腹の内は分からない。

「残念だけど、僕ではお役に立てない。今の話を聞いても、驚くことしかできないよ」

中小路は、バーテンに二人分のお代わりを頼んだ。

「あなた、遠巻きとはいえ、毎日総理のそばにいるのよ。何か感じないの?」

中小路に指摘されるまでもなく、先程からずっと記憶を辿《たど》っていた。だが、総理は危機の真《ま》っ只中《ただなか》にあっても、泰然自若とした態度を崩さない。たかだか一兵卒に、腹の内なんて分かるわけがない。

「ホント、ごめん。今週になって、ようやく株価も円安も落ち着きつつあるんだ。それまでは、薄氷を踏むような日々の業務をこなすのに、総理も僕らも精一杯だった。だから、何かをお考えになっていても、それを推し量るだけの余裕がなかった」

「そっかあ。そうね。無理もない」

あっさりと引き下がった。

先程までの中小路の細身の体から放出されていた熱気も消え失《う》せ、彼女は静かにワイングラスを口元に運んでいた。

「明日から、注意してみるよ」

「じゃあ、少しでも片鱗《へんりん》が見えたら教えて」

「了解。ところで中小路は、ゼブラ・リポートをどう評価しているんだい」

その時、テーブルに置いた周防のスマートフォンが振動した。財務省の先輩、土岐からLINEのメッセージが来たが、今は中小路との話の方が大切だった。

「一考に値する、とは思っている。だから、総理の動向が気になるわけよ」

なるほど。そして、偶然かも知れないが、土岐からのメッセージもそれに呼応するような内容だった。

〝次の土曜日、時間とれないか？

さる方から、勉強会の提案があった。

テーマは、ゼブラ・リポートだ〟

周防は、中小路にディスプレイを見せた。

6

総理就任から約一ヶ月後に開催されたG20首脳会議で、外務省は、江島総理と参加国の首脳による三つの立ち話を設定していた。

「立ち話」とは言うものの、それはあくまで形だけのことで、実際のところは話題はもちろん声を掛けるタイミングまでが全て周到に用意されている。つまり、首脳会議における「立ち話」とは、公式会談に匹敵する重要な場なのだ。

G20に同行している外務省出身の総理秘書官の戸川《とがわ》は、それが滞りなく進むように細心の注意を払った。

江島が「立ち話」するのはインド、ブラジル、オーストラリアの各首脳だ。いずれも半年以内に江島が訪問したいと考えている先でありながら、今回はじっくりと話す余裕のない国々だった。

総理就任後の初の国際舞台で江島は、外務官僚たちが驚くほど見事な各国首脳との「立ち話」を行い、予想以上の成果を上げていた。

総理に同行した官僚たちが安堵《あんど》していた矢先、そのハプニングは起きた。

首脳会議の最終日のことだった。共同宣言が読み上げられ、各国代表が一堂に会するおきまりの記念撮影が終わった時、米国大統領スコット・ウィリアムズが江島を呼び止めた。二人は古くからの知り合いで、江島総理就任直後に首脳会談も行っていた。

最初は、米国大統領が最年長である江島を労うために挨拶を交わしたのかと思った。

ところが、二人は舞台の袖《そで》で立ち止まり、肩を寄せ合って話し込み始めたのだ。

どういうことだ。こんな「立ち話」は設定されていない。

「何を話しておられるんでしょうか」

戸川は、政務秘書官の松下に尋ねてみた。よりによって一番目立つ場所でかわされる米国大統領との「立ち話」の内容を知らなかったとなると、外務省としては大失態だ。長年、江島のそばに仕えている松下なら知っているかも知れない。

「世間話でしょう」

だが、話し込んでいる二人の顔に笑みはない。

「深刻そうですが」

話の内容が気になって戸川が近づいた時、二人は握手し年長者の江島が大統領の背中を数回叩《たた》いて先に送り出した。背中を叩いた瞬間、カメラのストロボが光った。めざとい報道カメラマンが二人の「立ち話」に気づいたようだ。

「そうだタカ、ゾフィーもよろしくって言ってたよ」

大統領の一言で江島の表情が強張《こわば》った。

なんだ。なぜそんなに動揺なさってるんだ、総理は。

慌《あわ》てて大統領の方に視線を戻すと、既に姿はなかった。

「総理、お疲れ様でした。何か、深刻な話でも」

声をかけても反応がない。戸川はもう一度呼びかけた。

「ああ、すまんすまん。いや、疲れたよ」

「先ほどの米国大統領との立ち話では、何を」

「ああ、あれかね。うん、別になんでもないよ。さあ、帰ろう」

そのわざとらしい口調で、かえって戸川の疑惑が広がった。

総理が顔色を失うようなゾフィーとは誰のことだろう。思い当たる人物が一人いたが、その名が出たからといって総理があれほど驚くものだろうか。しかも、大統領は「ゾフィーもよろしく」と言っていた。その「も」には、どんな意味が込められているのだろう。

戸川は先ほど居合わせたカメラマンを探しに行った。

変な憶測を記事にされては困る。真相はともかく、あれは二人の単なる雑談だったと念を押さなければ。

第2章　非常識で野蛮な革命

1

二〇一八年一月、東京霞が関、久しぶりに快晴の朝――。

周防篤志は段ボール箱を抱え、財務省の階段を上っていた。二年間の官邸勤務の任を解かれて、今日から本省勤務に戻るのだ。

財務省庁舎は歴史的建造物でありながら、味も素っ気もないつまらない建物だと言われている。その風情《ふぜい》について、「省庁の中の省庁」としては威厳が足りぬという声もあるが、まさに質実剛健の大蔵省魂の象徴と胸を張る職員も少なくない。

周防としてはどちらでもいいが、単純に自分の居場所として気に入っていた。

鉄骨鉄筋コンクリート造、地下一階地上五階建ての庁舎は、昭和九（一九三四）年に建設が始まったにもかかわらず、当時は既に戦争の気配が濃厚で資材集めにもひと苦労したという。そのため完成までに九年もの歳月を要した。その時点でも、タイル張りになるはずの外壁は未完で、ようやく設計図通りの全容が整ったのは、昭和三八（一九六三）年だった。

「社会を全部数字で考えている人たちばかりのお役所らしい造り」と妻の由希子《ゆきこ》に笑われたことがある。数字や成果にしか興味がないから自分たちの仕事場の外観なんて気にしない人にはちょうど良い庁舎だ、と。

間違った指摘ではなかったが、周防としては、お国のために尽くすのに熱心で我が身を飾らない魂の象徴だと解釈している。

中でも財務省の階段が気に入っている。地下から五階までが吹き抜けになっており、緩いカーブの階段が各階を繋《つな》いでいる。そこを駆け上がるだけで、財務省に潜在するパワーが体の中に流れ込んでくる気がするのだ。

階段の中央には深紅の絨毯《じゅうたん》が敷かれている。かつての習慣ではそこを歩けるのは、局長以上という暗黙のルールがあったそうだ。

「いかにも権威主義の財務省らしい傲慢《ごうまん》の証左だ」と批判する人がいるが、財務省の幹部は日本を支えていると自任しているのだ。毎日、栄光のレッドカーペットを踏みしめることで、その自負と誇りを実感することの何が悪いんだろうか。

我々は日本の大黒柱であり、カネでも名誉でもなく、黒子として日本の未来のために命を懸けている。その自負のために、この赤い絨毯は必要なんだと、周防は確信している。

「なんだ、おまえ、またそんな端っこを歩いているのか」

四期上のキャリアである土岐吾朗は背後から声をかけると、周防を追い越して中央の赤絨毯を駆け上がって行った。局長以上の幹部のために敷かれた赤絨毯だが、今では誰が歩こうと何のお咎《とが》めもない。豪放磊落《ごうほうらいらく》な性格の土岐は、決まって中央を歩く。

「あっ、お疲れ様です」

「二年ぶりか」

周防が、首相官邸で総理大臣秘書官補を務めて、二年ぶりに古巣に戻ってきたのを覚えてくれていたようだ。踊り場で追いついて、あらためて挨拶《あいさつ》した。

「やっぱ、ここはいいですね」

「そうだろ。この古臭さと使い勝手の悪さは最高に快適だ」

ひどい言い草だが、土岐らしい愛情表現だった。土岐はこの庁舎を誇りに思っていて、一度など飲み会で高層のインテリジェントビルに勤める総務省のキャリアに庁舎をからかわれて、相手をとことんやりこめたという武勇伝もある。

土岐の口癖は、「財務省こそ正義」だった。国家財政を司《つかさど》るのが職責の財務省で、正義とは何を指すのか周防には今ひとつ分からないのだが、財政が国家の道筋を決めていくという仕事であるならば、確かに自分たちの仕事は正義に裏付けられているという自負が必要かも知れないとも思う。

「土岐さんも今晩、行くんですか」

「丑《うし》の会か」

丑の会とは、元大蔵官僚である江島総理が、若手財務官僚と共に日本の未来を考える勉強会の名称で、土岐はその幹事を務めている。月の最初の丑の日が定例会と決まっていたが、今夜は特別会があるという。

「十一月以来ですね」

「そうだ。あの時は、さすがの俺も仰天したからな」

十一月も、限られたメンバーによる特別招集だった。しかも会の冒頭で、今日のテーマはゼブラ・リポートで、「財政再建に当たって、今一度、ゼブラ・リポートの実現性を考えたい」と総理が言い、度肝を抜かれた。

それでも参加者は臆《おく》することなく、意見をぶつけ合ったが、ゼブラ・リポートを実現すれば、手続き面で問題が多すぎ、「国民から猛反発される割には、中途半端《はんぱ》で成果は小さい」と結論づけた。

総理は「ケチを付けるだけではなく、これらを実行するために何が必要なのかを考えて欲しい」と粘った。そして「君らの賢く柔軟な頭で、もう一度熟考してくれ」と総理は会を締めくくった。あれから一ヶ月半が過ぎている。

「今夜の特別会は、俺たちの熟考の成果をお尋ねになりたいのかも知れない」

だとすれば、お叱《しか》りを受けるだろう。異動ギリギリまで激務が続いた周防には、あのとんでもないリポートの実現性を「熟考」する時間なんてとても取れなかった。

「土岐さんは、準備万端なんでしょ」

「あったりまえだろ。おまえは、どうなんだ?」

「忘れてました」

頭を叩《たた》かれた。

「まだ十一時間ある。しっかり考えろよ」

土岐はそう言い残し、颯爽《さっそう》と階段を一段飛ばしで駆け上がった。

やっぱり、あの人は、僕とは出来が違うな。そもそも四十歳を前にして、なんだ、あの軽やかな身のこなしは。

土岐は残業は断固拒否する派で、アフター5は仕事の会合にはほとんど出席しない。既に離婚歴二回なのに、今もめげずに合コンに精を出したりクラブでナンパしたりとおさかんだ。ところが、いざ仕事を始めると、こんな優秀な男はいない。何より凄《すご》いのが、政治家をたらし込む腕だ。

一般に財務官僚が苦手とすることを土岐は苦もなくやってのける。将来の次官候補の一人と言われているが、それで終るにはもったいない人材だ。土岐なら政治家になっても成功するだろう。

「あ、そうだ」

土岐が何か思い出したのか、こちらにUターンしてきた。

「おまえ、盛田さんに嫌われているぞ」

「まさか。盛田さんとはずっと良好な関係でしたよ」

「おまえは本当にお人好《ひとよ》しだなあ。あの人の陰険さが見抜けないのか」

昨日まで一緒に官邸に詰めていた総理秘書官で、周防は彼の補佐役だった。そして盛田も今日付で、財務省に戻り大臣官房参事官となった。

人に好かれやすいタイプで、上司に対しては常に細心の注意を払っていると、周防は自負している。盛田だって、周防の補佐に満足したはずだし、評価もしてくれていた。

確かに根暗なタイプだとは思うが、祖父、父も大蔵官僚というサラブレッドらしい存在感がある。それらは、北海道の母子家庭で育った周防にないものだった。

「そんな情報、どっから手に入れたんですか」

「それは極秘事項だから言えん。とにかく、気をつけろよ。あの人は、おまえみたいなタイプが嫌いなんだ」

「僕みたいなタイプって？」

大きなため息をついてから土岐は答えた。

「無欲で能天気な奴《やつ》だよ」

2

異動先で挨拶し、さっそく新しいデスクで仕事に取りかかったものの、土岐の一言が気になってモヤモヤしていた。

無欲で能天気だなんて……。

北海道庁の職員の長男として札幌市に生まれ、小学一年生の時に両親が離婚、以降は母と妹、そして祖母の四人で暮らしてきた。

母は離婚後、生保レディとして生計を立てた。生真面目《きまじめ》だけが取り柄で口ベタの母は大した業績を上げられず、生活は苦しかった。離婚した父が養育費をまともに払わなかったのだ。ただ、やりくり上手の祖母がいたお陰で、貧乏を卑屈に感じたことはなかった。

働きづめの母の代わりに女子師範卒の才女だった祖母が周防と妹を厳しく育てた。厳しいといっても、礼節や思いやりを重んじるという点に関してのみで、成績についてとやかく言われたことはない。

母子家庭である負い目を我が子に感じさせたくない一心で頑張る母の背中を見て育った周防は、我慢強さにかけては右に出る者がいない。

そして、いつの頃からか「偉くなって、母さんやお祖母《ばあ》ちゃんに楽をさせたい」と思うようになる。

天才でも秀才でもないが、自分の知らないことを学ぶ面白さを知って、勉強に夢中になった。また、貧しい家庭の子が偉くなるためには、学業で結果を出すしかないという自覚もあった。

地元の中学では常にトップで、札幌の名門、札幌南高校に進学した。だが、入学した直後に、母が体を壊した。家計が一気に苦しくなり、高校中退するしかないところまで追い詰められたが、祖父の旧友で北海道水泳連盟の理事長を務める人物から資金援助を受けられたことで、とにかく中退はまぬがれた。周防は勉強の次に水泳が得意で、中学生の時は学校代表で公式大会に何度も出場するほどの実力だった。

そういういきさつもあって、アルバイトや水泳の練習が優先事項になり、学業は疎《おろそ》かになった。成績もすっかり凡庸になってしまったので大学には進学せず北海道庁にでも就職できればと考えていたその矢先、人生を大きく左右する出来事があった。

北海道拓殖銀行の破綻《はたん》だ。

都市銀行の一角を占めながら、バブル経済崩壊の波をもろに被《かぶ》った拓銀は、莫大《ばくだい》に膨らんだ不良債権を処理できず、一九九七年一一月、経営破綻した。

同行の破綻は、単なる都市銀行の破綻とは意味合いが違った。北海道開拓時代のシンボルだった拓銀が滅びたということは、北海道の心臓が突然停止したに等しかった。

次々と連鎖破綻が始まり、母が勤めていた生保でも、壮絶な解約騒ぎがあった。

日本の経済地図から北海道が消えたとまで言われ、その後遺症は、今なお続いている。

そんな最中、周防は奨学資金を支援してくれていた道水連の理事長宅に呼ばれた。

今なおベテランズ競泳にも出場している理事長は、小柄だが引き締まった体格をした精悍《せいかん》な人だった。

「今日呼んだのは、君の将来の話だ」

世間話もほとんどなく切り出された。就職すると答えると、理事長は厳しい顔つきになり、「君は、お祖母様やお母様の努力を踏みにじるのかね」と詰《なじ》った。

「どういう意味でしょうか。祖母も母もこのところ体調がよくありません。僕が働かないと妹の学費も出ません」

「カネの問題なんぞ心配しなくていい」

理事長はテーブルに置いた茶封筒を渡した。開いて読んでみろという。周防が小学六年生の時に書いて、北海道知事賞を獲《と》った作文だった。

〝僕の両親は、小学一年生の時に離婚しました。〟と作文は始まっていた。そして、母と祖母の頑張りと愛情によって自分と妹は、何不自由なく学校に通えたと続けている。

〝でも、それだけではありません。僕らが学校に通えたのは、国が僕らを助けてくれたからです。〟

そんなことを書いたのすら忘れていた。

〝僕は成人したら、国に恩返しをしたいと思います。そして、僕らのような子どもたちが、もっと楽しく学校生活を送れる社会をつくる人になりたい、と思います。〟

最後の箇所が赤鉛筆で何重にも囲まれていた。

「私は、君にこの約束を果たして欲しいんだよ。大学に進学して、将来は国家の中心で汗をかいて欲しい」

だから、学費や生活費のことなど心配せず、学業に励みなさい――、そう言って理事長は熱心に口説いた。

ありがたい話だったが、これ以上は他人から資金援助を受けたくなかった。怒鳴られるのを承知で、本音を伝えた。すると、「あの作文で、私は自殺した息子を思い出したんだ」と思いも寄らない話が飛び出した。

理事長の息子は学生運動に没入し、やがて運動に疑問を持ち、自ら死を選んだという。

「あの子も、小学生の時の作文でこの国を良くしたいと綴《つづ》っていたんだ。誤解しないで欲しいのだが、君を息子の身代わりにしたい訳じゃない。だが、今でも国を良くしたいと思っているのなら、私に手伝わせて欲しい」

そこで理事長は頭まで下げた。

周防は、理事長の申し出を謹んで受け、それからは全《すべ》ての時間を勉学に注ぎ込んだ。そして自分でも信じられなかったが、現役で東京大学文科一類に合格し、法学部に進んだのだ。

だが、東大でも周防は大きな挫折《ざせつ》を味わう。同級生たちがあまりにも優秀で、自身との学力差に愕然《がくぜん》とした。自分が必死に努力してやり遂げたことを、あっさりとクリアしてしまう強者《つわもの》が大勢いた。記憶力、情報処理能力、さらには数学的思考など到底太刀打ちできない奴らばかりだった。

国の中心に立つどころか、その端にしがみつくのすら無理ではないかと焦《あせ》った。

そんな時に、由希子に出会った。

彼女は、アルバイトでインストラクターを務めていたスイミングスクールのチーフだった。由希子は高校二年の時に、一〇〇メートル自由形の日本記録を樹立、オリンピックに出場している。

メダル候補と期待されながら、晴れ舞台でまさかの予選敗退をした直後、彼女はあっさりと引退した。暫《しばら》く水泳から離れたが、その後都内有数のスイミングスクールのコーチに就いたのだ。

東大水泳部の自由形選手で、インカレ出場も狙っていた周防は、ある時、彼女にレースを持ちかけた。

由希子は「恥をかくから、やめた方がいい」と取り合わなかったが、周防が負けたら三〇〇グラムのサーロインステーキを奢《おご》ると約束したことで、渋々受けてくれた。

レースは、最初の五〇メートルは周防がリードした。だが、後半、少しバテ始めた時、由希子がギアを上げた。残り三〇メートルであっさり抜かれると、最後は五メートル以上も差を付けられ完敗した。

ステーキをご馳走《ちそう》しながら、由希子に、なぜ、たった一度五輪で負けただけで、競泳選手を辞めたのかと尋ねた。

「私とはレベルの違う凄い奴らの存在を思い知ったからよ」

一位になれないなら、競泳なんてやっても無駄だから、とまで由希子は言い放った。ちょうど、大学で「天才たち」に打ちのめされていた時だったので、シンパシーを感じた。

「悪いけど、あなたと一緒にしないで欲しい」

悩みを打ち明けると、冷たく突き放された。

「東大って、勉強で一番じゃないと、ダメなの？」

「いや、そういう訳じゃないけど、僕には天才ちゃんたちのようには、勉強ができない」

「でも、東大生でしょ。私なんて、逆立ちしても行けない学校で、学んでいるだけでも素敵じゃないの」

そういう話は、非東大生からよく口にされる。確かにその通りだが、教授の講義や専門書をすぐに理解できる頭脳がない周防には苦痛でしかない。

「頭が良くない奴は、相手にしてもらえない仕事もある」

「周防君は、そんな仕事をしたいわけだ」

そこで、周防は、国家公務員を目指していると理由を含めて伝えた。

「私は、周防君みたいな苦労人にこそ、公務員になってほしいな。国家公務員ってエリートなんだろうけど、国民を幸せにするのが仕事でしょ。頭良すぎるだけのお坊ちゃんは、他人に尽くすなんてバカらしいと思うんじゃない？　私が、競泳選手を辞めたもう一つの理由はね、努力が辛《つら》くなったからなの。五輪で日本代表になった親友がいるんだけど、彼女は努力が楽しいって、いつも言ってた。トップアスリートの世界には、そういう人がいっぱいいる。私には無理だって悟ったの」

お互いの身の上話をしたのは、この日が初めてだった。

「周防君って子どもに人気あるでしょ。あの子たちのために、水泳を教えようといつも一生懸命だから、それが伝わるんだと思う。周防君みたいに子どもの目線になって本気で向き合えるインストラクターの方が、子どもたちの能力が伸びる気がする。公務員の資質として一番必要なものって、そういう姿勢じゃないのかな。だから、周防君は、その点では絶対的な自信を持って良いよ」

単に煽《おだ》てられただけなのかも知れないが、周防は由希子の励ましに奮い立った。

卒業するまで水泳のコーチも続けた。残念ながら、インカレ出場は果たせなかったが、人生の伴侶《はんりょ》は見つかった。

国家公務員試験の成績はさほど良くはなかったが、彼を面接した人物が「おまえは、面白い男だ。ぜひウチに来い」と強く誘ってくれ、晴れてこの古めかしい庁舎の住人になった。

財務省に入ってからも、他の官僚が考えもしない提案と行動をしてきた。

国民を幸せにする公務員をひたすら目指し、時にお人好しと揶揄《やゆ》されながらもこのエリートの牙城《がじょう》で踏んばっている。

スーパーエリートの土岐から見れば、能天気で無欲なのかも知れない。彼は上昇志向が強いし、いつも堂々とした態度で上司にも接している。

でも僕は僕だ。

気持ちを切り換えた途端、デスクの電話が鳴った。

3

盛田正義は、新しい名刺に印刷された肩書きをもう一度じっくりと眺めた。

財務省大臣官房参事官――。悪くないポストだった。閑職と言う輩《やから》もいるが、盛田は気に入っていた。

梶野前総理は毀誉褒貶《きよほうへん》の激しい人ではあったが、仕える相手としては扱いやすかった。何でも独断で進めるし、総理秘書官には期待していないのが一目で分かった。それに失望する者もいたが、リスクを避けて一意専心に職責を全《まっと》うすることが官僚の本義だと信じている盛田には、むしろ理想の上司だった。

言われたことだけをきちんとこなす。それ以上のことは、私の仕事ではない。

帝生ショックの時もそうだった。金融担当大臣を飛び越えて、総理が日銀総裁に買い取りを頼んで国債を処理しようとしたのは、まさに国賊的な行為だった。だからアリバイとして「金融担当大臣にご相談された方が」と助言したのだ。しかし総理が「自分でやるから」と突っぱねた。ならば、私のやるべき仕事はそこで終りだ。

それだけに、江島の言動は許せなかった。あろうことか、あんな輩に、秘書官室で

い。

　大蔵省の先輩である江島を、盛田は軽蔑《けいべつ》していた。

　下町の料理屋の小倅《こせがれ》という出自も好ましくないし、そもそも立居振る舞いに品がない。

　本来、高級官僚出身の政治家には、それにふさわしい品性が滲《にじ》み出ているものだ。だが、あの男にはそのかけらもなく、いつまで経《た》っても庶民派を標榜《ひょうぼう》して、みっともないこと甚《はなは》だしい。

　有言実行の男などと嘯《うそぶ》いているが、要するにスタンドプレイが大好きなお調子者なのだ。物事を大袈裟《おおげさ》に言うのが得意で、二言めには危機を口にして大騒ぎする。

　本当にあんな男が、日本国の総理でいいのかと何度思ったことか。だから財務省復帰の辞令は、心底嬉《うれ》しかった。

　その上、本省に戻ったら、今度は官房の参事官の席が待っていた。これは、普段から自分を引き立ててくれる丸山《まるやま》が大臣官房長に就いたお陰に他ならない。

「盛田君、ちょっといいか」

　その丸山から声が掛かった。

「大臣にご挨拶に行くぞ」

「少々お時間を」と言うと、盛田は洗面所に走った。髪を整え、服の乱れを直したかった。

これからお仕えする大臣へのご挨拶なのだ。財務官僚たる者、敬意を表するために
も身繕いを怠ってはならない。

「大変お待たせしました」

丸山に続いて大臣室に入った。事あるごとに幹部が全員詰めることを想定している
財務省の大臣室は広々としている。

大臣は部屋の隅にある執務デスクに座っていた。

「おお、来たか」

大熊《おおくま》嘉一《かいち》財務大臣が立ち上がって二人を迎えた。江島と違って風格がある。これぞ、
国家を背負う政治家の姿だ。

「官邸の引き継ぎ処理で着任が遅れていた盛田君が、ようやく戻って参りました」

丸山が慇懃《いんぎん》に告げると、大熊は親しげに右手を挙げた。

「ご苦労さん。今度は、私の面倒を見てもらうことになるけれど、よろしく頼むよ」

「勿体《もったい》ないお言葉、恐縮でございます」

ソファを勧められて、丸山と並んで腰かけた。

「官邸は、バタバタで大変だったろう」

「とんでもないことでございます。何事もつつがなく務めるのが秘書官でございますので」

「ほお、頼もしいなあ。確か、君のお父上は、盛田正治《まさはる》さんだよな」

父の名を覚えていてくれたのに感動した。

「はい。大臣のお父様が大蔵大臣でいらっしゃった時、秘書官としてお仕え致しました。生前に、懐《なつ》かしそうに話しておりましたのをよく覚えております」

四年前に急性心不全で逝《い》った父が、大熊大臣の父に仕えた時の想《おも》い出《で》を何度か話したのは事実だった。尤《もっと》も、けっして良い話ばかりではなかったが。

「じゃあ、二代続けてお世話になるんだね」

「私は父ほど気が回りませんので、ご迷惑をおかけすることも多いと存じますが」

「そんな謙遜《けんそん》は無用だよ。君は財務省の正統派能吏だと、丸山君から聞いているから」

盛田は媚《こ》びるように丸山に向かって会釈《えしゃく》した。

「さて、そこで一つ相談だが、君には、財政再建担当参事官を務めてもらおうと思っている」

願ってもない大役の指名だ。思わず盛田は武者震いした。

「知っての通り、総理の財政再建に注ぐ情熱は尋常ではないものがある」

まあ、ご当人はずっと「財政再建こそ、ライフワーク」と言っているのだから、そうなのだろう。

「まもなく、本省内にもプロジェクト《P》チーム《T》が立ち上がる。君に、その事務局長を任せようと思う。よろしく頼むよ」

ようやく実力を正しく評価してくれる上司が現れた。

「畏《かしこ》まりました」

「心して臨んで欲しい。冗談でも総理が勝手に大幅な予算削減なんぞを口にしないように、ウォッチしてくれ給《たま》え」

大臣の意図が今ひとつ理解できなかった。

「このＰＴは省内のものでございますよね」

「そうだ。だが、総理も毎回参加される可能性がある」

「それはまた、異例でございますね」

「本当に面倒なお方だよ。まあ、瓢簞《ひょうたん》から駒《こま》で総理になれたんで、張り切っているんだろうがね。しかし、あいつの好きにはさせない。あいつは貧乏性だ。あの感覚で国家財政を語られるとろくなことにならないからな。期待しているよ」

果たしてこの任務はキャリアアップに有効なのだろうか。もしかして貧乏クジかもしれない。嫌な予感がしたが、盛田に拒否権はなかった。

4

午後六時十五分きっかりに、盛田は庁舎を出た。この日、盛田の歓迎会が予定されていたのだが、丸山が急遽《きゅうきょ》大臣に同行しなければならなくなり、会は繰延べとなった。

原則的に、盛田は残業しない。それは下級官僚がするもので、幹部は部下達が帰りやすい環境をつくるためにも、午後六時には退庁すべしという信念を持っていた。

庁舎を出ると、盛田は東に二ブロック歩く。そこで黒塗りのクラウンが待っている。ドアの前で起立して待つ運転手に「ご苦労様」と一言声をかけて盛田は車に乗り込んだ。

三代続けて大蔵官僚を務めているという家柄だけではなく、資産家でもある盛田は、個人で専用の車を持ち、お抱えの運転手がいた。だが、幹部になるまでは本省前に車を乗り入れるのは慎むべきだと考えて、人目につかぬ場所で待つよう命じているのだ。

盛田を乗せた車が白金《しろかね》にある屋敷に到着すると、家政婦が飛んできた。

「お帰りなさいませ」

屋敷に入ると、妻の彌生が出迎えた。

「あら、あなた今日は歓迎会だったんじゃないの？」

「丸山さんに急用が入ったので、日延べになったんだ」

居室に入ると、両手を広げて立つ。妻と家政婦が手際《てぎわ》よく背広からシャツまでを脱がせて、浴衣《ゆかた》に着替えさせてくれた。

「お風呂《ふろ》になさいますか」

「いや、ちょっと祝杯をあげたい気分なんだ。どうだね、サロンでも開けないか」

妻が驚いて目を見開いている。

「あなたが、そんなにはしゃいでいらっしゃるなんて、よほど良いことがあったのね」

「僕も、いよいよ父や祖父の仲間入りをしそうな感じだよ。それでね」

何かにつけ派手好きな妻は、すぐに準備に取りかかった。

彌生は暖炉のあるリビングでテーブルを整えている。最高級のシャンパンであるサロンは盛田夫妻の一番のお気に入りである。

庭に面したフランス窓のカーテンが開けられて、月が見えた。とても明るい輝きだ。

「将和《まさかず》と淑子《よしこ》も一緒に飲もう」

「将和は、お友達とお食事をしてくると言ってました。淑子は今、リサイタル前だからちょっと」

次男の将和は東大のロースクール生で、長女の淑子は東京芸大の音楽学部でバイオリンを学んでいる。

三階の娘の部屋からバイオリンの音色が降ってくる。

誰に似たのか、淑子のバイオリンは国際級だとお墨付きをもらっている。既に、国内のコンクールで複数入賞し、秋からはウィーンへの留学も決まっていた。

「リサイタル、いつだったかな?」

「来週の土曜日ですよ。お時間、大丈夫ですわね」

「ああ、大丈夫だと思うよ。官邸詰めのような忙しさはないから、僕の都合でどうとでもなる」

実際は、どんな勤務状況になるのかは分からなかったが、財務省に戻ったからには、マイペースを貫くつもりだ。

「あなた、今日はどうしてそんなに浮かれてらっしゃるの」

盛田は、今日一日の出来事を全て話した。

「それって、貧乏クジじゃありませんの」

グラスを口に運ぶ手が止まった。

「どういう意味だね」

「だって、大熊大臣といえば、反江島派のボスでしょ。一方、江島総理はあの通りの頑固一徹。丸山さんは、板挟みになる嫌な役をあなたに押しつけただけでしょ」

それは言い過ぎだ。

だが、妻はまだそれでも言い足りないようだ。

「しかも、官邸では神経をすり減らすような仕事ばかりしてきたというのに、またあの下品な総理のお守りだなんて。あなたは人が好すぎます」

妻は旧財閥系一族の娘だった。フェリス女学院大学を卒業後、フランスで数年遊学し、見合いで盛田と結婚した。自由奔放で人一倍プライドが高いが、カクテルドレスが似合う肢体と立居振る舞いで、どこに連れて行っても華やかな雰囲気で注目された。人づきあいが苦手で、地味な印象しか残せない自分には過ぎた妻だった。

ただ、時折夫を小馬鹿《こばか》にしたような物言いをするのが辛《つら》かった。

「なあに、そのあたりは僕も上手にやるよ。それに、ここで結果を出せれば、いよいよ僕も名実共に財務省の高級官僚になれるんだ。頑張りどころだよ」

「あなたがそうおっしゃるなら結構ですけれど、でも、くれぐれも政局なんかに巻き込まれないで下さいね」

淑子がウィーンに留学するのに合せて、夫婦水入らずで一週間ほど休暇を取る予定だった。

「もちろんだよ。それだけを楽しみに、日々過ごしているんだから」

「あらパパ、お帰りなさい」

ベルリン・フィルのロゴ入りトレーナーにジーパン姿の淑子が、バイオリンを手に立っていた。

「わあ、狡《ずる》いなあ。二人で、サロンなんて飲んで。何かのお祝い？」

盛田は気づかぬふりをした。

「お父様が大臣官房参事官となられて、総理肝煎《きもい》りのプロジェクト・チームの事務局長を拝命したの」

二人でいると、批判的な発言をするが、子どもたちの前では常に父は偉大だと妻は言い続けている。こういう配慮が、また愛《いと》おしいのだ。

「それって、凄いの？」

「まあね。どうだ、淑子も一杯やらないか」

シャンパングラスになみなみと酒を注いでやると、淑子は一気に飲み干した。

「じゃあお祝いに一曲プレゼントするわ」

そしてバイオリンを構えると、モーツァルトの名曲「アイネ・クライネ・ナハトムジーク」を奏《かな》でた。

5

その夜の「丑の会」が特別であることは、招集場所からも窺《うかが》えた。総理公邸地下一階談話室――。官邸詰めの総理秘書官補を務めた周防でも、訪れたことのない場所だった。

江島の公務はすべて、メディアに公表する必要がある。そこで、メディアの目を気にせず集まれる場所として、ここが選ばれたそうだ。

周防ら参加者が出入りする際は、全員公邸の勝手口を利用せよと命じられていた。

午後九時五五分――周防は周囲に注意を払ってから、勝手口のインターフォンを鳴らした。

公邸内の警護官に身分証をあらためられてから、周防は一人で古めかしい階段を使って階下に降りた。

総理公邸は、元は官邸として利用されていた建物を、現在の官邸の建設に伴い移設したものだ。官邸として利用されていた戦前、五・一五事件や二・二六事件の現場となった因果で、今でも兵士の幽霊が出るなどというバカげた噂《うわさ》がある。そのせいか、ここに住むことを嫌い、ほとんど利用しなかった総理もいたという。

階段を降りた最初の部屋が、目指す地下談話室だった。

「おっ、来たか。お疲れ」

土岐が手を上げ、スマートフォンに見入っていた中小路が顔を上げた。さらには主計局長の根来勲《ねごろいさお》の顔もあった。全員、十一月の丑の会の特別会に参加した顔ぶれだった。

財務省の現在と未来を背負って立つ精鋭三人と場違いな自分——。ふとそんな言葉が浮かんだ。

周防が末席に座ろうとすると、「ここ」と土岐が上座に近い空席を指示した。固辞したが、土岐に強く言われて観念した。根来が部屋の片隅にある固定電話を手に取り、「全員揃《そろ》いました」と告げた。

ほどなく松下政務秘書官と共に江島が姿を見せた。総理はワイシャツに、厚手の黒のカーディガンという普段着姿だった。

「遅い時刻にありがとう」

それだけ言うと、長テーブルの中央席に陣取った。その隣に松下が座った。

「前回の会の熱が冷めないうちに集まりたかったんだが、総理という仕事は雑務が多くてね。だが、諸君らはじっくりと考える時間ができたのではないかと思っている」

やっぱりゼブラ・リポートの分析か……。

周防は隣にいる土岐の横顔を覗《のぞ》き込んだ。彼は、省内では見せたこともない真剣そのものの顔つきで、総理の話を聞いている。

「帝生の取り付け騒ぎ以降、もはや我が国は、いつ財政破綻を起こしてもおかしくない崖《がけ》っぷちに立っている。既に一般会計は一一〇兆円に迫り、一方の税収は、今年度は五〇兆円を切りそうだ。こんな異常な状態はいつまでも続かない。残念ながら、来年度予算については、私の総理就任時には、すでに予算案の大枠が固まっていて、手のつけようがなかった。だが、平成三一年度は、こんな蛮行は許さない」

総理の語気に殺気すら感じた。この方は本気だ――。

「こんな状況はあり得ない。悶々《もんもん》としていた時に、大きな外圧が、私の背中を押したんだ。先のG20の開催中、緊急かつ重大な話があると言われて、ウィリアムズ大統領と極秘に会った。その席で、これ以上の財政赤字を増やさない政策を断行して欲しいと強く要請された――、おいおい土岐君、そんな顔をするな。別に内政干渉をしようと言うんじゃない。友人として、心配してくれたんだ」

だが土岐は不満げな表情を変えようともしない。彼は事あるごとに、アメリカの干渉を問題視して、江島からは「攘夷《じょうい》派」と揶揄されている。

「日本がデフォルトしたら、世界経済がクラッシュするんだ。アメリカにとっても重大問題だ。さらに、その翌日、スコットと立ち話をした時に、再度念を押された。くれぐれも頑張って欲しいと。アメリカとしても支援は何でもすると。そして別れぎわに、スコットは伝言を残した。ゾフィーもよろしくと言っていると」

「それってIMF専務理事ですか」

中小路が叫んだ。IMFトップのソフィア・バーグマンか。

総理が頷いた。米国大統領のみならず、IMF代表までもが同じ懸念《けねん》を口にしたのか……。

「実際に、専務理事とはお会いになったんですか」

土岐が遠慮なく訊《たず》ねた。

「帰国直前に、ソフィアとも極秘で会った。彼女も相当心配していた」

「しかし総理、確かに日本財政は厳しい状況にありますが、なぜこのタイミングで、お二人は内政干渉に等しい発言をされたんでしょうか」

内政干渉ではないと総理が言っても、土岐はそうではないと思っているようだ。

「それなんだがね。私にも分からないんだよ。ただ、一つだけスコットが気になることを言ったんだ」

「ウィリアムズ大統領は、なんとおっしゃったんですか」

気の短い土岐が前のめりになった。

「火薬庫は一つでいい、と」

つまり、日本以外にも危険水域にある経済大国があるのか……。

「Cですか」

土岐が断定した。中国のことだ。誰も驚きはしない。中国経済が年々逼迫《ひっぱく》していることぐらい財務官僚なら誰でも知っている。

「ともかく私はその日から、ずっと考え続けている。そしてある時、篤志の顔が浮かんだ」

「え、私ですか⁉」

通常総理が、官僚をファーストネームで呼ぶことはない。にもかかわらず、周防は江島から「篤志」と呼ばれる。なぜなのかを総理に尋ねる勇気はなかった。

「厳密には、君が日本の国家財政を家計にたとえた話を思い出したんだけどね」

思い出した！　リストラ父ちゃんの話か。

――私が年収一〇〇〇万円の仕事をしていたと考えて下さい。それがリストラされて、年収五〇〇万円になっちゃった。なのに私は、今年も去年同様一〇〇〇万円の暮らしをしようとしている。そんな亭主は、即離婚だって。今の日本は、そんなダメ亭主と一緒じゃないと妻に言われました。

「本気で国家財政の再建に取りかかるのなら、歳出削減なんてレベルではダメだ。半減するぐらいの英断がいるんじゃないかと、篤志は言った」

覚えている。そして失笑を買ったのも記憶にある。

「まさか、それをおやりになるんですか」

土岐の問いに、江島が深く頷《うなず》いた。

それはゼブラ・リポート以上の凄絶《せいぜつ》なプランだった。そして余りにナンセンスが過ぎる。

「待ったなしなんだ。再来年度予算で、一般会計の歳出を半分にする。これは、非常識で野蛮な革命だ。それを君らの手でやり遂げて欲しい」

非常識で野蛮な革命――。ずいぶんと過激なフレーズだが、総理ご自身もそれを自覚して、それでもなお遂行する！　という固いご決意なのか……。

「根来さんは、それでよろしいんですか」

重苦しい沈黙を破ったのは土岐だった。

「そうでなければ、私はここにいないよ」

次期事務次官候補というだけではなく、財務省きっての切れ者がそう言うと、部屋の重力がさらに増えた。

「オペレーションZ――、私はこのプロジェクトをそう名付ける。財務省は日本の未来を指し示す省という誇りを忘れてはならない。ならば、何の躊躇《ちゅうちょ》もいらない。必ずや この使命《ミッション》を遂行し、実現させるんだ。我々は革命を起こすんだ」

6

「これは単なるアドバルーンではない。絶対にやり遂げる既定方針だと思って欲しい」

最後に念を押して、総理と松下は部屋を後にした。

室内は重苦しいばかりで、誰も口を開こうとしない。

総理が宣言した一般会計歳出半減断行——オペレーションZは、たとえ財務省が総力を挙げて取り組んだとしても、実現確率はゼロに近い不可能な使命《ミッション・インポッシブル》だった。

それをわずか四人で考えろとは……。

総理の厳命に「否《いな》」は許されない。

「局長は、本当に歳出半減なんて可能だと思ってらっしゃるんですか」

「おい、周防！」と土岐がたしなめたが、根来は「難しいだろうな」と即答した。

「難しいなんて、生やさしいレベルなんでしょうか」

「周防は、不可能だと思うのか」

そう詰められると辛い。しかし、ごまかして、どうなるものでもない。

「無理だと思います」

「中小路はどうだ？」

「論外ですね。一〇〇％不可能です」

「おい、流美。なら、総理がいらっしゃる時に言えよ」

土岐が詰ったが、中小路は肩をすくめただけだ。

「じゃあ、土岐はやれると思っているわけだな」

根来は容赦しない。

「やれるかどうかではなく、やるしかないのでは？」

「あの、その軍隊的発想やめませんか。確かに、官僚は総理の命令を実現するのが使命だと思います。でも、時には暴走を諫《いさ》めるのも、官僚の使命ではないんですか。根来さん、本当に実現可能なんでしょうか」

中小路は怯《ひる》むことなく、根来に矛先を向けた。

「中小路にバカにされそうだが、私も土岐と同様、やるしかないと思っている」

根来の世代なら、その発想は当然だろう。財務省が、まだ大蔵省と呼ばれ、総理と二人三脚で日本を統治していた時代に、大蔵官僚として先輩諸氏から洗礼を受け、エリートの階段を上ってきたのだ。

総理の命令に是も非もない。実現の道筋を愚直に探すことに財務官僚の存在意義がある。

「抜けるなら、今がラストチャンスだ」

根来が、周防と中小路を見た。

「自信はありませんが、『ミッション・インポッシブル』は大好きな映画ですから、やります」

周防が半ば自棄《やけ》気味で宣言すると、土岐が笑い、中小路が鼻先で笑った。

「やれやれ、未《いま》だに皆、カミカゼ精神衰えずですか。良い国ですね、ニッポンって」

「じゃあ、中小路は降りるのか」

「残念でした。私も降りるつもりはありません」

「なんだ、流美も結局は浪花節《なにわぶし》のカミカゼ・ガールだったわけか」

「土岐さん、勘違いしないでください。私は、挑まずに諦《あきら》めることを恥だと思っているからです」

「相変わらず、かっこいいな」

まったく、同感。

「では、我々はひたすら邁進《まいしん》するということで、意見の一致をみた。それでいいか?」

三人とも大きく頷いた。一〇〇%不可能だと思われるミッションに、日本で一番優秀な集団と自負する財務省のエリートたちが挑む。映画やドラマなら、痺《しび》れるほどかっこいい場面だろうが、現実では、公務員失格の瞬間かも知れない。

「ひとまず情報共有をしておこうか」

根来が、分厚いファイルの中から、歳出概要の円グラフの資料を広げた。これは財務省が部外者に国家財政を説明する際に利用しているものだ。

「グラフは歳出の内訳だ。今年度額は約一〇〇兆円。歳出で最も多いのが、社会保障関係費で約三三%、次いで地方交付税交付金で約一六%。この二つでほぼ半分を占める」

一般の国民は、膨張を続ける国家財政の歳出の元凶を、公共事業や防衛費、公務員給与だと思っている。

だが、実際には公共事業費は約六兆円（約六%）、防衛費は約五兆円（約五%）、国家公務員給与も防衛費と同程度だ。

「歳出半減の具体案について、総理は一切言及されていない。総理の意向など忖度《そんたく》せず知恵を絞れということだ。とはいえ、本気で歳出を半減するとなれば、実質は半減では済まない」

歳出額は約一〇〇兆円だが、その中には、二四兆円もの国債費が含まれている。国債の償還費用と利払費の合計だ。この部分については借金の返済のようなものだから、削減は一切出来ない。

つまり、基礎的財政支出と呼ばれる七五兆円の実質的な歳出予算から、五〇兆円を削減することになる。

七五兆円の支出を二五兆円に抑え込む――。

中小路が「半減なんて一〇〇〇%不可能」だと断言したのも無理はなかった。

長年削りに削ってきた基礎的財政支出を、二分の一ではなく、三分の一にするなど非現実的だった。

「各項目を七割減にするぐらいでないと、無理ですね」

土岐が常識的な解を口にした。

「でも、防衛費や人件費を七割減なんてできませんよ。だとしたら、方法は一つしかない」

分かりきった答えだったが、さすがに口にするのが恐ろしく周防は口ごもった。代わりに中小路が答えた。

「社会保障関係費と地方交付税交付金を、ゼロにするしかない」

*

盛田の日常は細やかな日課で成り立っている。起床は午前六時、起き抜けに自宅周辺を三〇分ほど散歩する。そして風呂に入り、午前七時のＮＨＫの朝のニュースを見ながら、妻と朝食を摂《と》る。

　朝食は、厚切りトーストにほどよく焼いたベーコンとポーチトエッグが定番で、今朝はそれにトマトのソテーが添えられていた。いつもと同じく厚めにスライスしたレモンを浮かべた紅茶を味わいながら、盛田は全国紙五紙の一面を読み比べた。今朝は、各紙とも日銀の政策金利引き上げがトップだった。

　市場のカネのだぶつきと、長年続いた超低金利の解消が理由だと、増岡総裁は説明しているが、エコノミストはこぞって「逆効果」と批判している。「帝生ショック」から抜け切れていない日本経済に、このタイミングで利上げを敢行するとは、尋常な判断とは言えなかった。さらに景気が悪くなるばかりではないか――。

　今回の政策金利引き上げは、「緊縮財政と財政健全化を目指される総理の方針に、日銀が歩調を合わせた結果だ」とまで総裁は言っている。

　しかし、実際は江島総理への当てつけに過ぎない。総理就任以来、江島はことあるごとに日銀の金融政策を批判している。そして、日銀による国債買い入れを三年以内に、三分の一に減ずるように強く求めている。

　やれやれ、週のしょっぱなから荒れ模様か。

「旦那様《だんな》、財務省からお電話です」

家政婦がコードレスフォンを差し出してきた。

「朝早くから申し訳ございません。井藤《いとう》でございます。できるだけ早く大臣官房までお越し戴《いただ》きたいと官房長よりのご伝言でございます」

やはりきたか。

「八時過ぎには参ります、とお伝え下さい」

そして、熱心にスマートフォンを操っている妻の頬に軽く唇を当てると、「出かけるよ」と告げた。

＊

泥のように寝ていた周防を強烈な衝撃が襲った。

「パパ、起きろ！」

六歳の次男、大河《たいが》が腹の上にまたがっている。小柄で細身の子供でも、いきなり飛び乗られると息が詰まる。

「やめろ、大河。パパを殺す気か」

大河が両手で持っていた目覚まし時計を突きつけてきた。七時一二分——。

寝過ごした！　跳ね起きた拍子に、大河が吹っ飛んだが、息子はみごとな反射神経で畳の上に着地した。

急いで着替えて、ダイニングに行くと、既に朝食の大さわぎが始まっていた。周防には四人の子どもがいる。しっかり者の小学四年生の長女なぎさは、末っ子の妹の口に、せっせと食事を運んでいる。長男の海斗《かいと》は小学二年生だが、やたらと体格が大きく、オレンジジュースをストローで啜《すす》りながら、両手は3DSを握りしめたままだ。

案の定、母親に頭をはたかれ、ゲームを取り上げられた。そして、大河は、さっきとはうって変わって行儀良くシナモンパンをかじっている。

「今日は、大河と洋子《ようこ》の送りをお願いしたはずですが、大丈夫なんでしょうか、課長補佐」

妻の由希子が、自分と夫の弁当を詰めながら言った。体育会系の姉さん女房ゆえに、いつもは夫を新入部員のように扱うくせに、嫌みを言う時だけは財務省での肩書きを付けて丁寧になる。つい最近までは「総理秘書官補」と嬉しげに連呼していた。

「えっ、そうだっけ」

壁かけ時計を見上げてコーヒーを飲んだら、舌をやけどした。

「そうよ。私は、今朝はチーフ会があるんだから」

洋子を産んだ翌年から妻は、新宿区内にあるスポーツクラブの水泳教室で責任者を務めている。

六歳年上の由希子は四〇歳を越えているのだが、今でも三〇そこそこにしか見えない。目尻《めじり》に皺《しわ》はあるが、未《いま》だに水泳選手独特のV字体型だし、長い脚も魅力的だった。

「困ったなあ。僕もアポが……」

今朝は、八時半に財務省近くのドトールで、土岐と会う約束をしていた。急がないと、時間にうるさい土岐にどやされる。

「私が代わりに行ってあげましょうか」

周防の母、佐代《さよ》が助け船を出してくれた。結婚した時、由希子が強く同居を誘ったのだ。最初は新婚家庭の邪魔をしたくないと固辞していた母も、三年前に散歩中に転んで大怪我《おおけが》をしてから気が弱くなり、北海道から引っ越してきた。

さすがに七人家族となると官舎住まいも大変で、工務店を経営する由希子の父親のツテを頼って、築四〇年のマンションの4LDKの一室を格安で借りている。

「ダメですよ。お義母《かあ》さんは、今日は病院の日でしょう。あっちゃんがやりますから」

「母さん、大丈夫だから。自転車飛ばしたら間に合うよ。大河、パパは、今日は八時半からお仕事の人と約束がある。だから、あと七分で出発だ」

大河は頷き、牛乳を勢いよくあおった。

「こら大河、いっぺんに飲むなって言ってるでしょ。焦《あせ》らなくても大丈夫だから。パパの七分は一三分ぐらい掛かるからゆっくり食べていいよ」

妻が洋子の食事係を長女と交代した。

母が丁寧にアイロンをかけてくれた長袖《ながそで》のワイシャツに腕を通し、皺だらけのスーツを羽織った。玄関から大河と洋子が呼ぶ声がする。七分を過ぎている。重たい鞄《かばん》を斜め掛けにして玄関に急いだ。

「じゃあ、母さん行ってきます」

そう言ってドアを出たところで、由希子に弁当袋を渡された。

「ごめん、言い忘れたけど、明日から弁当はいいよ」

「どうして?」

家計をあずかる由希子としては、外食など御法度《ごはっと》だと言いたげだ。

「本省に戻ったからね。昼は人民食堂で課員全員と一緒だから」

財務省ならではの風習だった。昼休みになると各部署ごとに課長以下全員が勢揃いして、省内の通称人民食堂と呼ばれる職員食堂で昼食を摂《と》る。

「まったく、いつになったら財務省には、明治維新が来るのやら」

由希子と同じような非難の声は省内にもあるが、周防は別に封建的だとは思わない。情報交換だけでなく親睦《しんぼく》の場にもなるし、上司や同僚との理解も深まる。難しく考えず、職場の調和のためのレクリエーションだと割り切れば、それなりに楽しい。

だが、そんな長い説明をしている暇はない。「極力節約するから」とだけ返して、周防は三人乗りの自転車に子どもらを乗せて、保育園を目指した。

質素倹約がモットーの周防家だったが、子どものためにはカネを惜しまないと決めている。だから三人乗りの自転車も無理して手に入れた。

当初は、ママチャリに子ども用の座席をつけて送り迎えをしていたのだが、由希子から、「もっと安全性の高い物を」とリクエストされた。そこで三人乗り高級自転車を購入した。電動式でないにもかかわらず八万円以上かかったが、後部座席用のチャイルドシートや、雨よけの屋根まで装備しているすぐれものだった。ハンドルの間に固定された前席には洋子が、後部席には大河が乗っている。

走り出すなり雨が降り始めたのだが、小降りだったおかげで、カッパも傘も不要だった。急ぎたいのを抑えて安全運転を心がけた。

そんな時に限って、信号に引っかかる。

土岐の呼び出しは、チーム〇Zと中小路が名付けた特命チーム本格始動の準備について相談したいからとのことだった。

衝撃の夜から、三日目――。すでに土岐は、作戦《オペレーション》実行に向けて駆け出している。

中小路の方は、大した気負いもなく問題点の抽出作業を続けている。

根来の話では、事務次官の承認も得ているので、来週には、土岐、周防、中小路の三人は特命専従となるらしい。

その上、財務省内外の専門家の協力を求めることも、歳出半減という一点だけを厳秘すれば、良いことになっていた。

その専門家の人選が周防の担当となった。

一つだけ気になることがあった。盛田が、参事官としてまもなく省内で、税収増を検討するプロジェクト・チームの事務局長に就くそうで、昨日、その補佐を命じられてしまった。盛田に実情を説明できないため、ひとまず快諾したものの、根来に相談を持ちかけた。

「善処する」とは言ってくれたが、これで盛田から本当に嫌われるかも知れないと考えると憂鬱《ゆううつ》だった。国家の危急存亡の秋《とき》なのだ。個人的な感情なんて気にしなければ良いのだが、どうしてもこだわりが抜けなかった。

「パパ、信号変わった」

大河の小さな手に背中を叩かれて、周防は横断歩道を渡った。保育園に到着したのは、午前七時五二分――なかなか頑張った。

駐輪場に自転車を停めると、自力で降りようともがいている洋子を抱き上げて、下に降ろした。大河は正門に向かって駆け出している。中に入り、玄関口で二人の子どもの健康状態を報告帳に書いている時に、大河に肩を叩かれた。

「こんどの土曜日、これ行ける?」

息子が指さしている先に、週末に催される子どもミュージカル観劇会のポスターが貼《は》られていた。『オズの魔法使い』だ。

「大丈夫だよ。絶対に行く! パパ、前からこのミュージカル観《み》るの楽しみにしてたんだ」

その時、一人の女の子が大河の名前を呼んだ。

「あっ、結衣《ゆい》ちゃん。おはよう!」

目の大きな意志の強そうな少女が、大河とハイタッチしていた。

第3章　もはや逃げ道はありません

1

金曜日だというのに、午後九時を回っても帰れない。官房長の丸山に「連絡があるまで待機」と命じられたからだ。盛田の苛立《いらだ》ちは募るばかりだった。妻と娘と、行きつけのレストランでディナーの約束をしていた。「いったい、パパはいつになったら来るの」と既に何度も電話で催促されている。だが、まったく目処《めど》が立たないのだ。

周防は夕方に席を外したきり行方不明だし、苛立ちは腹立ちに変わった。そもそも周防が、直属の部下でないことにまで怒りを覚えた。

財政再建PTの事務局長の責務を全《まっと》うせよというのであれば、周防を直属の部下にもらい受けるべきだ。丸山の手が空いたら、速やかに要請しよう。

卓上の電話が鳴った。

「盛田でございます」

「丸山だ、すぐにこっちに来てくれ。周防君も頼む」

「承知しました。ただし」と言ったところで電話が切れてしまった。周防の行方が分かりませんと続けるつもりだった盛田は、ため息をつきながら上着を着た。そして、姿見で前髪の乱れとネクタイの歪《ゆが》みを整えて自室を出た。

途中、周防の席を確認してみた。すでに主計局長以下大半の職員の姿はなく、周防も不在だ。各人の外出先が一覧できるホワイトボードにも何の記載もなかった。

一体、どこに雲隠れしたのか。まさか、勝手に帰宅したのではあるまいな。あの男は子だくさんで、姉さん女房の尻《しり》に敷かれ、週末は子守をしていると聞いたことがある。もしやお国の仕事よりも子守を優先したのか……。そんな自分勝手な奴《やつ》ばかり増えているから国が危機に陥るんだ。

大臣官房室に行くと、丸山一人がいた。

「大変遅くなりました」

「周防君は？」

「それが、二時間ほど前から姿が見えません。今、デスクを確認に行ったところ、退庁したわけではないようなのですが」

「そういうことか。まあ、いい」

「官房長、僭越《せんえつ》なのですが、財政再建PT事務局長として職責を全うするために、直属の部下を数人、戴《いただ》きたいのですが」

盛田は丸山のデスクの前で起立して訴えた。

「そうだな。検討しよう」

「その中に、ぜひ周防をお加え戴けますか」

「それは無理だね」

言下に否定された。

「周防君は、当分官邸に詰めることになったようだ」

ますます意味が分からなかった。

「また、秘書官補に戻るのですか」

「いや、官邸特命のPTの一員として引き抜かれた」

一体、あの総理はいくつPTを作れば気が済むのだ。だいたい、〝プロジェクト〟などをやたらとぶち上げる政治家に限って結果を出せないものだ。

「どういう趣旨なんでしょう」

「それは、私も知らない。極秘事項だそうだ。本当は、彼がそのメンバーであることも他言したら違法なんだ」

話が全然見えなかった。

「どういう意味でしょうか」

「会の存在自体を特定秘密保護法内に囲い込むそうだ。つまり、官邸内にそんなＰＴが存在しているということも特定秘密だし、メンバーが誰なのかも同様というわけだ」

それで、周防が官邸ＰＴのメンバーであると丸山が口にするのを違法と言ったのか。ばかばかしい。そもそも曖昧《あいまい》な法律を制定するから、こんな悪用がまかり通るのだ。

「では、周防の扱いはどうなるんですか」

「今の部署のままで、官邸に缶詰《はんづめ》になるんだろうね」

それは困る。誰が代わりに煩雑な調整や作業をやるというのだ。

「それと、我が省の財政再建ＰＴは、歳入増を検討することになった」

「左様ですか。それにしても慌《あわ》ただしい事態となってまいりましたね」

「何を暢気《のんき》なことを言っているんだ。慌ただしいなんてもんじゃないよ。財務省が総力を挙げて取り組むべき問題に、官邸がしゃしゃり出てきて干渉するだけでなく、省内の優秀な人材を囲い込み、すべてを特定秘密保護法のベールで覆《おお》うなんぞ、民主国家のやることではない」

日本が民主国家であるなどと一度も思ったことがない盛田には、最後の部分については違和感があったが、丸山の怒りには同感した。

「全くでございます。しかし、それによって総理が省内に不当介入される心配がなくなったわけですから、ここは前向きにお考えになってはいかがです?」

「おまえさんという人は、懐《ふところ》が深いのか、単なるバカなのか分からないね。まあ、いい。これから増税のためのPTの人選を行う。つきあってもらうぞ」

本日は金曜日でございますよ、と返す余裕を与えてくれなかった。

上着のポケットに入れた携帯電話が振動していた。さりげなく取り出してディスプレイを見ると、妻からのメールだった。

丸山に断って背を向けてメッセージを確認した。

〝お食事を終えました。せっかくのごちそうを一人分無駄にしてしまいました。来られないなら、早めにおっしゃってくださいな〟

2

「もう私は、カンザスへ帰るわ」

ドロシーがそう宣言すると、かかしとブリキ男、そしてライオンが名残惜しそうに、ドロシーを囲んだ。

竜巻で突然、オズの国へと飛ばされてしまった少女ドロシー。彼女と出会った脳みそのないかかし、心が欲しいブリキ男、そして弱虫のライオンとの珍道中劇に、子どもたちは大喜びした。

周防はずっと、こんな話だったっけ？　と思いながら、舞台を見ていた。そもそも『オズの魔法使い』を見たのはいつだったかということすら思い出せない。「虹《にじ》の彼方《かなた》に」で知られる名画の存在は知っているが、見た記憶はない。きっと絵本か何かで読んだのだろう。

物語の詳細は今日の観劇で初めて知った。今日の舞台を観《み》てオズがペテン師だと知って驚いたし、何だか悪い魔女が可哀想《かわいそう》に思えて切なくなった。なのに、オズが、ドロシーの三人の従者に、〝魔法〟を与えた場面では、柄にもなく感動した。

結局は、皆が欲しいと願うものは、その人の中にあるのだ――。童話には定番の〝答え〟だったが、改めて教えられた気がする。

そして、〝オペレーションZ〟のメンバーの一人である中小路流美が名付けた「OZ」という愛称に縁を感じていた。

カーテンコールのあとに、会場の子どもたちと出演者が全員で「虹の彼方に」を合唱した。

「面白かったね」

大河の隣に座る結衣ちゃんは嬉《うれ》しそうだ。だが、大河は首をかしげている。

「ドロシーはなんで、カンザスに帰っちゃったんだろう。僕ならエメラルドの都の王様になるな」と言っている。

「どうして？」と結衣ちゃんに訊《たず》ねられると、大河はしたり顔になった。

「だって、カンザスに戻ったら、きっとまた、どこかへ行きたくなるよ。だったら、ずっと冒険できる場所にいればいいのに」

「大河君、凄《すご》いねえ。おばちゃん、そんなこと考えもしなかったわ」

結衣の母親は、本気で感心している。

「すみません、誰に似たのか妙に理屈っぽくて。大河、カンザスには大好きなエムおばさんやヘンリーおじさんがいるんだぞ」

「でも、退屈でしょ」

やれやれ、この子は、将来どんな大人になるんだろうか。

ホールを出たところで、子どもたちがホール前の公園で遊びたいと言いだしたので、仕方なく結衣ちゃんのママとベンチで待つことにした。

「財務省にお勤めなんですよね」

別に隠す話ではなかったが、そんなことまで知られているのには驚いた。

「そうです。まあ、〝できない君〟ですけど」

「ご謙遜《けんそん》を。総理官邸にいらっしゃると、結衣が言ってましたよ」

ということは、しゃべったのは大河か。まあ、妻がしょっちゅう「お父さんは、凄いんだぞお。日本で一番偉い総理大臣のお仕事をお手伝いしているんだ。だから、お休みにお父さんがいなくても、文句言わない」などと言っているせいだろう。

「今は、本省に戻っています」

「私、中学校で社会科の非常勤講師をしています。実は勤務先の学校が、財務省の『税を知る学校』に指定されたんです。それで、私がその担当になりました」

そう言えば、そういう啓蒙《けいもう》活動をしていたな。

「私は、元々総合商社に勤務して、そこからの転職組なので、教員歴は四年にも満たないんです。なのに、大役を仰《おお》せつかってしまって」

「社会人経験を持つ方は、授業にリアリティがあるって評判だそうじゃないですか」

「それはもっとベテランの方で、私なんかじゃとても……。それで、今、国家財政を猛勉強しているんですが、さっぱり分からなくて。教えていただけないでしょうか」

「すみません、僕らが作る資料って、ややっこしいですから」

「そういう話じゃないんです。もっと根本的な部分がわからないんです」

「というと？」

「一〇〇〇兆円を超える借金を抱えているのに、税収は増えず歳出はどんどん膨れている。でも、日銀がお札を刷ってくれるから大丈夫って、財務省担当の記者をしている友人は、太鼓判を押してます。それっておかしくないですか」

「えっ？」

休日モードだった脳が、一気に切り替わった。

「あ、すみません。素人《しろうと》が偉そうなことを言ってしまって」

結衣ちゃんのママは恐縮しているが、鋭い疑問だと思う。

「いえ、まさに、おっしゃる通りです。僕ら国家財政を預かる者の端くれとしては、お詫《わ》びするしかありません」

「でも、それじゃあ何も始まりませんよね」

その時、子どもの叫び声が響いた。見ると、砂場で遊んでいたはずの洋子が男の子に摑《つか》みかかっている。

「こら、洋子」

男の子に馬乗りになっている洋子を周防は後ろから抱き上げた。両足をバタバタさせて、娘は怒りを男の子にぶつけている。すぐに相手の母親が飛んできた。

「何するんです！」

いきなり事情も聞かずに怒鳴られたが、周防は娘を落ち着かせることに専念した。

「どうした、洋子？　何があった？」

「ようちゃんのくまモン！」

指さした先に、洋子が大事にしているくまモンの小さなぬいぐるみがあった。泣きわめいている男の子が握りしめている。

「よし、お父さんが返してもらうから、おとなしくしていろ」

だが、きかん気の強い洋子はまだ足をバタバタさせている。そこに、大河が飛んできた。そして、泣いている男の子の手からくまモンの人形をもぎ取って、妹に返した。

「ちょっと、何、あなた」

男の子の母親は今度は、大河に絡《から》んできた。

「洋子が大切にしている人形を、いきなり取ったんだよ、こいつ。僕、ジャングルジムの上から見てたから」

母親に睨《にら》み付けられても大河は平然としている。周防は二人の間に身を入れた。

「お怪我《けが》はありませんか」

「一体なんですか、暴力的な。その上、ウチの子を泥棒みたく言うなんて。頭を地面にぶつけたじゃないの。大怪我になったらどうしてくれるんです」

周防は、泣きわめいている男の子の頭をさすった。

「ごめんよ。でも、君もいきなり洋子の大切にしている人形を取るからだよ」

「ちょっと！　いい加減なことを言わないでよ」

「私も見てた。この子が洋子ちゃんのくまモンを取ったの」

結衣まで加勢したことで、母親は形勢不利と感じたのか、なおも泣きわめく男の子の手を引いて離れていった。

「洋子、人をぶったらダメだろ。ちゃんと返してって言わないと」

「いった。ようちゃん、ちゃんといった。でも」

洋子は悔しそうに唇を噛《か》みしめている。

「分かった。泣かなくていい。じゃあ、みんなでお昼ご飯食べに行こうか」

結衣と並んで心配そうに見ている母親にも声を掛けた。

「いえ、私たちはこれで」

「えーっ。ママ、結衣は大河君とお昼ご飯食べたい」

「ダメよ。お祖母《ばあ》ちゃんがお昼作ってくれてるんだから。すみません、私たちはこれで」

ふくれっ面《つら》をしている結衣が可哀想だったが、無理強いはしなかった。

何を食べるか子どもたちと相談している時に、携帯電話が鳴った。かけてきたのは中小路だった。

「周防です」

「今、どこ？」

「自宅近辺」

「ニューヨーク・タイムズが、先のG20での総理と米国大統領の立ち話をすっぱ抜いたの。日本財政に重大危機だって。しかも、ＩＭＦ専務理事も深刻な事態と語る、とまで書かれている」

「この話、誰か他には伝えたんですか」

「まだ。まずは君の意見を聞こうと思って」

「公邸の地下に集まった方が良さそうですね」

電話を切ると、子どもたちに向かって両手を合わせて詫びた。

「ごめん、お父さんお仕事になった。タクシーに乗せてあげるから、お家でご飯にしてくれないか」

「ようちゃん、タクシーのりたい！」

洋子が叫ぶと、大河は道路に出て、空に向けて右手をまっすぐ伸ばした。

3

収容できないほど多数のメディアが詰めかけた首相官邸プレスルームで江島総理は、凄《すさ》まじい量のストロボを浴びていた。壁にへばりついてその様子を眺めていた周防にも緊張感が伝わってきた。

外国人記者も多く、その中の一人が早くも手を挙げて発言した。

「アメリカ大統領が、日本の財政赤字に強い懸念《けねん》を示しているというのは、本当ですか」

「ジョージ、ここは日本なんだ。会見は日本式でやらせてもらう。質問時間は、たっぷり取るつもりだ。だから、まず私に話をさせてくれ。君も聞いたことがあるだろう、日本の古い諺《ことわざ》を」

総理は英語で返した後、「慌てる記者はもらいが少ないって」と日本語に切り替えて続けた。あちこちから失笑が漏れる。

緊張気味に見えた総理も、ようやく落ち着いたように見えた。

「さて皆さん、先のG20で、日本の財政赤字に大いなる危機感を持っていると米国大統領が警告したと、一部米国メディアが伝えました」

「そんな生やさしい表現じゃないぞ」という趣旨の抗議が至るところから上がる。

「オッケー、では正確を期しましょう。第一報をスクープしたニューヨーク《NY》・タイムズ《T》によると、米国大統領は日本の財政破綻《はたん》危機を強く懸念しており、日本の要請があれば、アメリカは全力を尽くして支援する。また、IMFの専務理事ソフィア・バーグマンも重大な関心を示している――、というようなことが書かれてあった。よろしいか？」

総理はそこで会場をゆっくりと見渡してから「この記事は、事実無根です」と言い切った。

一瞬、記者は呆気《あっけ》にとられたが、すぐに口々に喚《わめ》き始めた。

総理は「まだ、話は終わっていない！」と一喝した。

「ニューヨーク・タイムズには、G20の記念撮影の直後、ウィリアムズ大統領が私に囁《ささや》いた映像を、読唇《どくしん》して言葉を拾ったとあります。大統領は『ゾフィーもよろしく』と言ったと。それについては、認めます」

周防は仰天した。そんなことを認めて大丈夫なのか。だが、官房長官も驚いている気配はない。

「だがねえ諸君、残念ながらゾフィー違いだ」

じゃあ誰なんだ、と記者が食い入るように総理を睨んでいる。

「あれは、我々の共通の友人であるハーバード大学のソフィア・ミュラー教授の愛称です。Ｇ20開催中に三人で会食を予定していたんです。しかし結局は時間調整ができず、延期されたのです」

そんな与太話など、記者は誰も信じないだろう。だが、総理はお構いなしに続ける。

「ご存じのようにミュラー教授は、財政学の権威の一人で、アメリカの双子の赤字解消に尽力されています。ウィリアムズ大統領は友人としてだけではなく、彼女の実現性の高い財政改革案をご自身の政策に積極的に取り入れており、それは私も参考にしたいと思っています。尤《もっと》も、三人での会食も、日本のデフォルト危機のためにセッティングされたわけではありません。Ｇ20開催時に行った日米首脳会談の席上で、ウィリアムズ大統領が、我が国の財政問題を心配されていたのは事実です。また、私とは古いつきあいであるIMFの専務理事も先頃のIMFの対日審査で、特別に激励のメッセージをくださいました。しかし、立場ある彼らが内政干渉と取られかねないような発言をするわけがない。ニューヨーク・タイムズがどういう神経で、あんな記事を書いたのか私には解《げ》せません」

最前列に陣取っているニューヨーク・タイムズ日本支局長は苦笑いをして「本国に伝える」と返した。

「日本の国家財政は大丈夫か、と心配戴き、この会見に駆けつけてくださった大勢の記者の方に心から感謝します。しかし、我が国はまだまだ大丈夫です」

そこで、桐花紋《とうかもん》を付した演台の水差しからグラスに水を注ぎ、ゆっくりと口に含んだ。

「さて、この場を借りて、我が国の財政再建について一言申し上げておきます。財政再建こそが私のライフワークであり、総理を拝命した直後に、政治生命を賭《と》して再建に当たりたいと申し上げました」

ざわついていたプレスルーム内が静まり返った。

「私のこの発言が曖昧で、単なる空言《そらごと》だと思われたり、増税に向けた下準備だというような憶測が流れています。そこで、今一度申し上げます」

いよいよだ。周防まで緊張してきた。

「再来年度に於《お》いて、私は過去に例を見ない歳出削減を行いたいと考えております。非常識で野蛮な革命――。いずれ、そう呼ばれる大胆な削減を、江島隆盛の政治生命を懸けて敢行したい。現在、その具体案を国民の皆様にご提示する準備を進めております。ご期待下さい」

そう言って総理は演壇から降りた。記者席は騒然となり「話が違うじゃないか！」と怒号が飛んだ。それを全く無視して、総理は会見室を後にした。

興奮のおさまらぬプレスルームを出ようとした周防の肩を、誰かが摑んだ。

「あっ、児玉《こだま》さん。どうしたんですか。御大自らが出張ってくるなんて珍しい」

児玉は厄介な相手だ。社会的影響力の強い暁光《ぎょうこう》新聞社の政治部の猛者《もさ》で、人の良さそうな外見とは裏腹に、筆の切れ味は鋭かった。周防は断り切れず、廊下に連れ出された。

「さすがに、あんな大スクープをニューヨーク・タイムズに抜かれたら、小僧連中には任せられんだろ」

暁光新聞社の官邸番は、四人の記者が常駐している。児玉も内閣記者会に登録はしているが、官邸で姿を見かけることは滅多にない。政治部の記者を束ねるアンカーマンとして、普段は本社に陣取っている。

「あれは、誰の仕込みだ」

「何の話ですか」

「そもそもの発端は、前のG20の時の出来事だろ。予定されていなかった〝立ち話〟が、日米の首脳の間であった。あの時、俺は会話の内容を探ろうと各方面に尋ね回ったんだ。だが、どいつもこいつも挨拶《あいさつ》程度の雑談だったと口をそろえて返しやがった。にもかかわらず、今頃になって世界を震撼《しんかん》させる大スクープとなった。誰かがタイミングを見計らってリークしたに違いないんだ」

「聞く相手を間違っていませんか。あんな記事のせいで、官邸もウチも大騒ぎなんです。せっかく持ち直した円だって暴落し、代わりに金利は高騰《こうとう》している。あれを日本人の誰かが仕掛けたのだとしたら、そいつは国賊です」

それは本音だった。このタイミングで出たスクープに周防だって衝撃を受けている。だから、官邸の会議室で待機せよという命令を無視して、会見に潜り込んだのだ。

「児玉さんが、我々の誰かがリーク元だと推理される根拠はなんですか」

「勘だ」

一番嫌な答えだ。記者の中には、動物的な勘の鋭さを持つ連中がいる。そして、勘こそが大スクープを生むという自信を持っている。そういう記者は、ちょっとやそっと疑惑を否定したぐらいでは引き下がらない。

「勘弁してくださいよ。どう考えたって、仕掛け人はアメリカサイドでしょ」

「アメリカには、メリットがない」

ウィリアムズ大統領になってアメリカの景気は回復傾向にある。そんな状況下で、落ちぶれたとは言え世界経済を支えている日本に財政危機が起きたら、折角回復した景気も吹っ飛んでしまう。これはむしろアメリカにとっても歓迎できない騒動だ――。

児玉はそう分析した。

「だったら日本には、どんなメリットがあるというんです。〝帝生ショック〟以来、日本経済は瀕死《ひんし》に近い状況なんですよ。それを立て直そうとした矢先に、こんな爆弾を落とされたら、ひとたまりもない」

「できすぎだと思わないか」

児玉はさらに近づいてきて小声で言った。

「何がですか」

「ブルが不退転の決意で財政再建をやると宣言した直後に、この騒ぎだ」

総理が反対派を押し切るために仕掛けたとでも言いたいのか。さすがの総理も、そんな博打《ばくち》は打たないだろう。

「ブルのスタンドプレイを嫌った大熊が、総理に絶対協力するなと喚《わめ》いているそうじゃないか」

「そんなデタラメやめてくださいよ。暁光さんの悪い癖ですよ。政治家ときけば政策より政局の方を優先する人種だと決めつける。火のないところに煙を立てようとしてませんか」

「政局の話をするつもりはない。閣僚も与党も、そして財務大臣も、ブルの財政改革を疎《うと》ましく思っているのは事実だろう。そのうえ、非常識で野蛮な歳出削減の敢行だと！　あのリークを利用して目くらましとは笑わせる」

目くらましとはずいぶん酷《ひど》い言いようだ。

「あの発言は総理の決意表明ですよ」

「だから総理は、財務省内のシンパを集めて、秘密の勉強会を立ち上げたんだな」

ヒヤッとするような質問が追いすがってきたが、周防は無視した。

沈黙は金――。総理秘書官補の時に得た教訓の一つだ。

「これから総理がお話しになる内容は、先週、特定秘密に指定されております。扱いには充分ご注意ください」

いきなり小寺肇《こでらはじめ》官房長官が宣言した。財務省課長補佐級以上の職員が庁舎最上階のホールに集まっていたが、それを聞いて全員が顔を見合わせた。

「したがって、情報を漏らすのはもちろん、第三者のいる場所で、皆さんが話題にすることも処罰の対象となります」

なんだ、この物々しさは。あまりにも不穏なムードで、周防は戸惑っていた。

次に総理が口を開いた。

「記者会見でも閣議でも話したように、G20で、米国大統領から日本は大丈夫かと言われたのは事実です。但《ただ》し、少しトーンが違います。日本でデフォルトが起きれば、世界経済が終わる。だから、どんなことをしても回避して欲しい。ウィリアムズ大統領は切実にそう私に訴えました。そして、アメリカがやれることなら何でもやると約束してくれたんです」

4

部屋の中は咳《しわぶき》一つ聞こえないほど静まりかえっている。

「残念だったのは、彼が記念撮影の後に私を呼び止めたことです。そして、メディアがひしめく中で、『ゾフィーもよろしく、と言っていた』と口走ってしまった。そこをNYTの記者に目撃され、今日のスクープに繋《つな》がったのです」

総理はG20を終えて帰国する直前に、IMF専務理事と二人っきりで面談したことも話した。

「明日になれば、日本にIMF介入の危機かという妄言を書くマスコミが出てくるでしょう。だが、日本が本当にダメになったら、たとえIMFでも救えません。それは、皆さんもよくご存じのはずです」

日本の財政危機が叫ばれるたびに、マスコミや評論家は、一九九七年に起きた韓国の通貨危機を引き合いに出し、「日本も韓国のようにIMFに介入される」と脅しをかける。だが、それはナンセンスだった。

韓国に対する国際支援プログラムの総額は、五七〇億ドルだ。それもIMF、世界銀行、アジア開発銀行などが分担して出資したもので、IMF単体では、二一〇億ドル、約二兆五〇〇〇億円に過ぎない。

そもそもIMFの資金量は約八〇兆円弱で、もし日本の財政が破綻したら、その程度の額を注入したところで焼け石に水なのだ。

落ちぶれたとは言え、日本は世界第三位の経済大国なのだ。そして国力に任せて、あまりにも多額の国の借金を積み上げてきたために、もはや誰にもこの国を救えないのだ。

「私は敢《あ》えてはっきりと申し上げます。NYTの記事なんてどうでもいい。しかし、日本はもはや絶体絶命の崖《がけ》っぷちに追い詰められているんです。しかも、助けてくれる人は誰もいないと思った方がいい。すなわち自力で打開できなければ、待っているのは、破滅のみ。つまり、私たちにはもはや逃げ道はありません。待ったなしです。革命的歳出削減は、絵に描いた餅《もち》ではありません。まだ、その内容については披露する時ではありませんが、各人が歳入増と歳出減のために、必死で知恵を絞って戴きたい。さらに、これから私が行う大改革の先兵として命を懸けて欲しい」

こんな情報を聞かされた挙げ句、自身が掲げる革命のような政策についてこいと言っているのだ。

これは、紛れもない江島総理の宣戦布告だった。

５

チームＯＺのミーティングは、毎夜午後九時ごろから始まる。三々五々に公邸勝手口から入って地下に降りる。

土岐が、そのフロアを「ＩＭＦ」と命名した。国際通貨基金という意味ではない。Ｉｍｐｏｓｓｉｂｌｅ Ｍｉｓｓｉｏｎ Ｆｏｒｃｅ――不可能作戦部隊の頭文字を取ったのだ。オペレーションＺはまさに、不可能な命令だった。

しかも、テレビドラマ『スパイ大作戦』の組織名でもある。

一九六六年から七三年まで全米で大ヒット放映されたテレビ番組で、周防が「好きだ」と言った映画『ミッション・インポッシブル』の原型だという。

「おまえのために名付けてやったんだぞ、感謝しろ」と土岐に恩を着せられた。

「いずれにしても、俺たちのモチベーションを上げるには、これぐらいの演出は大切だ。総理も、大変気に入っておられる」

世界を駆け巡るかっこいいスパイではないけれど、不可能を実現する使命を持っている点は共通している。

さらに、凝り性の土岐は、地階で、チームOZで使用を許可された三つの部屋にも、IMFの頭文字をそれぞれに冠した。すなわち、総理とミーティングする談話室は「ROOM　I」、チームのミーティング・スペースである会議室は「ROOM　M」で、各人の執務を行う会議室は「ROOM　F」という具合だ。

何事にも徹底する土岐は、各部屋に「I」「M」「F」のプレートまで用意した。

この夜は、午後一〇時から、久しぶりに総理も参加したミーティングがROOM　Iで予定されていた。

定刻を少し過ぎた頃に、根来と松下を従えて総理が現れた。

「連日、遅くまでご苦労さん。そして、今日は事前に何の相談もなく、会見を開いて申し訳なかった。もう少し時間的余裕があるかと思っていたんだけれど、NYTにあそこまで踏み込まれた記事を発信されると、対応せざるを得なくなった」

根来が早速、本題に入った。

「既に諸君に練ってもらった半減案だが、ひとまず君らの提案をベースに進めたいと思う」

すなわち、社会保障関係費と地方交付税交付金を限りなくゼロにするという案を、総理も承認したわけか……。

この使命は日本の未来のためだ――と分かってはいるが、それを実行することに対して、周防はどうしてもモチベーションが上げられなかった。なぜなら、それは自分が財務省に入省した時に抱いていた志と真逆のものだからだ。これは弱者を追い詰める改革だ。だが今、立ち上がらなければ破滅しかねないほど、日本は崖っぷちにいるのだから、やるしかないのか……。

「厳しい非難を浴びるかもしれない。それでも怯《ひる》まず前に進んでくれ」

総理がそう言うなら、頷《うなず》くしかない。

「まずは、厚労省予算から手をつける。今朝方、諸君からの提案を受け取った。それをさらに練り込んだ上で、来週にでも、厚労省の町田《まちだ》局長に接触する」

来週か！　しかも、相手は、ミスター社会保障と呼ばれる実力派局長だ。

「とにかくそれを三日でまとめてくれ。それを踏まえた上で、私が町田局長と会う」

6

肌寒い夜更《よふ》けに、自宅のあるマンション前まで帰ってきた周防は、背後から声をかけられた。

暁光新聞の児玉だった。

「こんな時間に、僕なんかに夜回りかけるって、何事ですか」

「ここで話していいのか」

他人目《ひとめ》もある。周防は一ブロック先の児童公園に児玉を連れて行き、目立たないところでベンチに腰掛けた。

「おまえ、この小説の執筆を手伝っているそうじゃないか」

いきなり一〇〇枚ほどの紙の束を渡された。表紙には、「デフォルトピア」と書かれている。

「なんですか、これは？」

「しらばっくれるなよ。桃地実の小説だ。来週から、ウチで連載が始まる」

マジか！

新聞連載の予定だと桃地からは聞いていたが、よりによって暁光新聞だったなんて。

「先生にお会いしたことはありますが、こんな小説は知りません」

「デフォルトが起きた日本の破滅物語だというのは知っているよな」

何も答えたくなかった。

「お答えできません」

「今晩、俺は桃地に会った。周防君は盟友だと言ってたぞ」

「へえ。光栄なことです」

「つまり、おまえが官邸情報を出して、この小説にネタを提供しているんだな」

「バカな！ そんな訳がないでしょ。第一、僕は小説の内容を知らない」

「だが、桃地はおまえに原稿を送ったと言ってるぞ」

確かに一昨日に桃地から宅配便が届いている。この週末に読むつもりだった。

「すみません、児玉さん、取材の趣旨はなんですか」

「小説の中で、主人公の財務省の若きエリート官僚は、野放図な総理に対して大胆な歳出削減を訴えている。それによると」

「児玉さん、それって架空の話でしょう。いくらリアリティが身上の桃地先生の作品だからと言って、それを現実世界と同一視するのって、どうなんですか」

バカバカしくなって話を切り上げようと、ベンチから立ち上がった。今夜はくたくただし、デリケートな質問には答えられそうにない。

「待て。まだ話は終わってない。桃地は、米国債をすべて売却して、それを資金に日本の財政赤字を解消すると、主人公に言わせている。その進言を総理が無視したために、デフォルトが起きたと書いている。この筋書きはおまえのアドバイスだろ」

「冗談はやめて下さい！　そもそも米国債を手放したところで財政赤字は消えませんよ。それぐらいは児玉さんもご存知でしょう。失礼します」

自宅に向かって歩き出した。

「デフォルトが起きるのは、半年後だと桃地が明言したんだ。そこで、財務省と連携して、国民に危機を訴えたいとも言ってた。一体、どういうことだ」

「それは、桃地先生に聞いてください。僕は小説と現実を連携して考えるなんて想像力ありませんから」

「桃地が面白いことを言ってたぞ。江島は、二〇〇一年のアルゼンチンのデフォルトがトラウマになっているそうだな」

「何の話です？」

思わず足を止めて振り向いてしまった。

「当時、江島は与党代表として、アルゼンチンを視察している。そこで、首都ブエノスアイレスが機能不全に陥ったのを見て、日本が破綻した時を想像したそうだ。そのトラウマに急《せ》き立てられるように、総理就任と同時に革命的歳出削減とか言い出した。だが、そんな個人的な感覚で、劇的な削減策なんてぶち上げたら、この国が滅びることを予測するぐらいの知恵はないのか」

それを聞いて周防は呆《あき》れてしまった。記者と官僚という差はあっても、どちらも一般人が得るより多くの情報を入手できるはずだ。自分の生まれた国が瀕死の状態なのはとっくに分かっているはずなのに、まだ権力者への攻撃しか考えつかないのか。

「桃地の小説はデフォルトに至る政府の迷走劇を実におもしろおかしく書いている。そこから先は、まだ構想中だそうだが、国民が絶望を実感できるように強烈にデフォルメするそうだぞ。もしかして、あの小説は、江島が頼んで書かせているんじゃないのか」

あまりの暴言に足が止まってしまった。回れ右して児玉に詰め寄った。

「総理が、桃地先生に何かを頼むだなんて、あり得ません。そもそも総理は、そんな小説のことなんてまったくご存じありません！」

第4章　国民を見殺しにせよと仰《おお》せなんだよ

1

栗山《くりやま》一葉《かずは》が二人の息子を保育園に迎えに行くと、次男の猛《たける》が熱っぽいと保育士からの報告があった。

「お昼寝から起きたら、ちょっとしんどそうにしていて」

熱は測っていないと言う。測って三七度を超えていたら、保護者を呼び出す義務があるからだ。無認可の保育園には、ギリギリの生活をしている保護者が多い。そこで園長の善意で、熱っぽい程度の乳幼児の体温は公式には測らない処置を取っている。

確かに猛は立っているのも辛《つら》そうだ。抱き上げると体も熱い。これは微熱どころではないかも知れない。

「あの、風邪薬切らしているんですが、分けてもらえませんか」

最悪のタイミングだった。国民健康保険料の未払いを続けたため、保険証は既に取り上げられている。今、医者にかかれば、全額自己負担だ。

シングルマザーとして二人の子を抱え、生活費を稼ぐのすらギリギリの中で、健保の保険料を支払う余裕などなかった。自身の体調不良なら、なんとかだましだまし乗り切ることもできたが、我が子となるとそうもいかない。

保育士が白い錠剤を小袋に入れて渡してくれた。

「ご存じだと思いますが、今、園でヘルパンギーナが流行《はや》っていて、高熱が出たり、喉《のど》が痛くなったりします。猛君もそうかも知れません。なので必ずお医者さんに診てもらってくださいね」

大きなお世話という言葉を飲み込んで、一葉は礼を言った。猛を自転車の前のチャイルドシートに押し込むと全力でペダルをこいだ。

「ねえ、今日のご飯、何？」

後ろのシートに座る長男の隼人《はやと》が甘えてくるが、答える余裕もなかった。

一葉は、市立の商業高校を卒業した後、親戚《しんせき》のコネで地元の食品会社の事務職に就いた。そこで出会ったのが、駿平《しゅんぺい》だった。駿平は、食品会社のオーナー社長の甥《おい》で、父親も専務を務めていた。三歳年上の駿平は営業係長で、いつも明るく金払いも良かった。そして、遊び人だった。

一葉は人気アイドルに似ていたこともあって、よくもてた。駿平もそのアイドルのファンだったようで、積極的にデートに誘われた。

やがて、一葉は妊娠する。とんとん拍子で結婚話が進み、横浜ランドマークタワーのロイヤルパークホテルで、大々的に披露宴も催した。

幸せの絶頂――だった。だが、それは長く続かなかった。同居した駿平の母親、そして離婚して実家に戻ってきた義姉に徹底的にいじめ抜かれた。家庭内が殺伐としたせいだろう。隼人が生まれても「仕事」と称して夜遊びをやめなかった夫は、一葉の苦悩をまったく理解しなかった。

二年で音《ね》を上げて実家に戻った直後、駿平が飛んできた。そして、今までの所行を詫《わ》びた上で、親子三人で暮らそうと提案したのだ。

彼が「購入した」と言ったマンションは、夫の実家から五分しか離れていなかったが、それでも幸せだった。だから、二人目を産もうと決めたのだ。ところが妻が妊娠したと知るや、夫の夜遊びが再開した。既に営業部長となっていたため、接待が必要なのだと当初は認めていたのだが、やがて家に帰ってこなくなった。

そして、ある日突然離婚を言い渡される。離婚を迫ったのは、駿平と一緒に自宅に乗り込んできた姑《しゅうとめ》だった。姑は一葉が駿平の嫁としてふさわしくないと今さらのように言いだした。

もめにもめた一ヶ月後、一葉は身重のまま家を出た。

三日後、口座に駿平から三〇〇万円が振り込まれた。同じ日に、スマートフォンにメールが届いた。三〇〇万円は、彼なりに精一杯の誠意なのだという。

猛はなんとか実家で出産したが、猛が一歳になった時、生活費のことで両親と大喧《おおげん》嘩《か》になり、飛び出してしまう。

それでも幼い子二人を抱えて、必死で生きてきた。しかし、ほんの少しの綻《ほころ》びで、足元から崩壊していきそうな不安定さに毎日怯《おび》えている。

自宅に着いた頃には、さらに猛はぐったりしてしまった。夕食も一口も食べない。保育士が分けてくれた薬を細かく砕いて、オレンジジュースに混ぜて飲ませたのだが、熱はいっこうに引く気配がない。体温を測ると四〇度近かった。

どうしよう……。だいたいヘルパンギーナってなんなのよ！

慣れないネットを検索してみるが、医薬品の通販サイトがヒットするばかりで、どうにか知恵袋サイトに行き着いたものの、「特効薬はありません」とか「鎮痛解熱剤《げねつざい》を飲ませましょう」などと書いてあるだけだ。

やはり医者に診せるしかないのか……。

だが、給料日前のこの時期は、余分なお金などビタ一文ない。医者になんか行けるわけなかった。

一葉は残り二枚になった「冷えピタ」を次男の額に貼《は》って布団《ふとん》に寝かせた。

翌朝、猛の熱は四〇度を超えた。

最初に心配したのは、仕事に行けないことだった。先週は、隼人が保育園で怪我《けが》をして三日仕事を休んだ。「これ以上、欠勤が続くと今後のことを考えないと」と上司に言われていた。

昔の友達の伝手《つて》でようやく採用されたパートなのだ。もう休めない。しかし、四〇度の高熱だと保育園も預かってくれない。

どうしよう……。

悩みに悩んで、駿平に電話した。だが、電話は「現在使われておりません」とアナウンスするばかりだった。先月、お金に困って無心した時、一時間以上にわたって彼を詰《なじ》ったからだろうか。今、駿平は母親のお眼鏡にかなった女と再婚し、幸せに暮らしている。

仕方なく、母に電話してみた。だが、「お客様のご都合により通話ができなくなっております」と返された。つまり、携帯電話代すら払えなくなっているということだ。しかも、今どこに住んでいるのかも分からない。一葉が実家を出た直後に父が抱えていた多額の借金が返済不能となって、家は人手に渡っていた。頼れる友達を探した。いずれもが「四〇度の熱？　ごめん、それは預かれないわ」という冷たい返信しかなかった。

そこで一葉は覚悟を決めた。隼人を保育園に送り、何とかお金を工面して、猛を医者に連れて行こう。

気持ちを切り替え、一葉は準備を始めた。まず、熱でぐったりしている猛を着替えさせて、最後の一枚になる冷えピタを額に貼った。

「お兄ちゃんを保育園に送ってくるから、お留守番していてね」

意識が朦朧《もうろう》としているのは分かっていたが、そう言い聞かせた。

そして、隣で寝ていた隼人を起こした。体に触れた瞬間、ハッとして手を引いてしまった。熱っぽいのだ。

「隼人、起きなさい」

「ママ、僕、お熱あるみたい」

「大丈夫よ。全然熱くないから」

ウソをついたが、無理だった。長男も発熱している。

「もう、なんでこうなるのよお！」

布団の上にへたり込んで一葉は、頭の中でずっと同じ言葉を繰り返した。

どうしよう、どうしよう……。


異臭がするという隣人の知らせで、管理人が一葉の部屋のドアを開けた時、三人は既に死んでいた。

検視の結果、最初に亡《な》くなったのは、次男の猛だった。死因は肺炎と診断された。遅くとも翌々日には長男が、やはり肺炎を起こして息を引き取っていた。そして一葉は同じ日の夜、二人の息子の隣で手首を切って絶命した。

2

明け方の厳しい冷え込みで霜が立った一月半ば――。

その日の午前八時、周防はこのところ習慣となっている総理公邸内の書斎での挨拶《あいさつ》に向かった。

ＯＺ完遂という使命を果たすためには、総理の書斎に顔出しをして、現状報告と総理の腹の内を尋ねるのがベストだと考えた周防は、松下政務秘書官の許可を得て毎朝それを実行している。

江島は六時に起床すると、公邸内の庭を二〇分程散歩して朝風呂《あさぶろ》に入るのが日課だ。そして、朝食を終えると、午前八時前には書斎で新聞全紙に目を通し、その日の執務の準備をする。

昨夜は公邸内の仮眠室に泊まった周防は皺《しわ》のないワイシャツにスーツを身につけると、公邸二階の書斎のドアをノックした。今日は挨拶の他にも予定があった。厚労省との折衝に、周防も随行するのだ。

江島総理は、鼈甲縁《べっこうぶち》の老眼鏡をかけてパソコンになにやら打ち込んでいる。

「暁光新聞の児玉君は、ゼミの先輩だそうだね」

「そうですが、児玉さんが何か？　彼の記事でもありましたか」

江島が、新聞を差し出した。

〝官邸と財務省の不協和音　深刻な政策不全を起こすリスク高まる〟という大きな見出しの署名記事があった。江島の陣頭指揮による革命的な財政健全化について、大熊財務大臣とその周辺から異論が出ているという内容だ。財務省のスタッフを総理の一存で自身の指揮系統に入れた結果、来年度予算編成に大きな支障が出ているともある。大熊大臣のコメントとして「総理の越権行為であり、財務大臣を蔑《ないがし》ろにしている」とまで書いている。

「財務省には、そんな不協和音が流れているのかね」

書斎内にはかすかな音量でエンヤが流れている。

「最近省内におりませんので、私には何とも。明日までお時間をください。こんな記事が出たら省内は大騒ぎでしょうから、ちょっと探ってきます」

「よろしく頼むよ。それにしても、大熊はもう少し大人だと思っていたんだがな。さっき、高倉《たかくら》君に電話をして聞いてみた」

「事務次官は、なんとおっしゃっていたのですか」

「大熊は、自分が財政健全化の蚊帳《かや》の外に置かれているのが不満なんだそうだ。特にOZの存在が気に入らない。それで不満が溜《た》まっていると」

まるで子どものわがままだった。次期総裁候補がやることではない。

「まったく、あの男には今、ニッポンが危急存亡の秋《とき》だという実感がないんだろうね。だから、メンツばかりが気になる。それで、増税の検討会を彼に委《ゆだ》ねたんだが、それだけでは収まらないようだ」

高倉次官に宥《なだ》められるのだろうか。

「そういえば暁光新聞で、面白い小説の連載が始まったね。さすが、桃地翁《おう》は鋭い。我が国の惨状を全《すべ》て見透している。一度、彼に会ってみたいな」

桃地先生も会いたがっています、と言いかけて踏み止《とど》まった。それじゃ児玉の思う壺《つぼ》だ。

遠慮がちなノックと共に松下が声を掛けてきた。

「そろそろお時間です」

「あと五分待ってくれ。今日は、町田君と相まみえる日だが、手応《てごた》えはどうかね」

「大苦戦は必至ですが、根来局長は根気強く理解を求めるとおっしゃっています」

うーんというため息交じりの声で、総理は椅子《いす》に座り直した。

「昨日遅くに、根来君と話したんだが、その時は、厄介なのは年金ではなく、医療保険の方だと言っていたが」

町田局長との面談は、予定より一週間延びていた。その間、厚労省の社会保障関係各局の課長や課長補佐級からの問い合せがひっきりなしに続いた。そこから窺《うかが》えるのは、年金については対策のしようもあるが、医療保険については、減額には一切応じないという厚労省の意志だ。

「減額はおろか、例年通りの増額を求めてくる可能性もあります」

「彼らには国民の命を預かっているという自負がある。それを侮《あなど》ってはいけない。根来君は、医療保険対策について、何か秘策を考えているんだろうか」

「悪役に徹するのみだと考えているようですね。ゼロ回答は既定の路線であり、対策を考えるのは財務省ではなく、厚労省のほうだと」

周防の代りに松下が返した。

「あの男には、有無を言わせない迫力があるからなあ。高圧的に取られなくとも、紋切り口調に反感は買うだろうな」

「総理には、何か妙案はないのですか」

こんな質問を土岐に聞かれたら脛《すね》を蹴飛《けと》ばされるだろうな。

「ない。ただ、可能な限り厚労省とは良好な関係でいきたいんだよ。彼らの協力なくしてはOZは画餅《がべい》で終わるからね」

しかし現状では、「国民の命を預かる省庁」は一歩も譲らないだろう。

「せめて一緒に対策を考えましょうというムードになってほしいと思います」

省庁は違えども、僕らは国民を守るために汗を流す同志なんだ。理解が得られるよう全力を尽くすのみ。

3

盛田が定刻に登庁すると、大臣が荒れているという情報が飛び込んできた。

今朝の暁光新聞の記事が原因に違いない。

だとすれば、自分には無関係だな。

盛田は秘書を呼ぶと、TWGのフレンチアールグレイでミルクティを淹《い》れるように命じた。

お茶を待つ間、盛田はデスクに並べられた朝刊の中から、暁光新聞を抜き取り問題のページを開いた。

〝官邸と財務省の不協和音 深刻な政策不全を起こすリスク高まる〟

マスコミが喜びそうなネタではあるが、現実味は乏しい。よくもこんな酷《ひど》い見出しをつけたものだ。

記事を書いた児玉某という記者には覚えがある。内閣記者会にも名を連ねていたが、とにかく粘着質で、総理や政府は国民を騙《だま》し続けているという前提で記事を書く。政治権力者同士の対立構図が好きで、火種すらないのに、ある日突然「犬猿の仲」と断定したような記事を書く悪質な男だった。

盛田が官邸の総理秘書官を務めていた時には、要注意人物に指定して、部下全員に、児玉の取材には応じないように厳命していた。

だが、記事を読む限り、大熊大臣のコメントがベースになっている。児玉に上手に煽《おだ》てられて、財務大臣が話しても良い領域を超えてしゃべったに違いない。

バカな男だ。御祖父《おじい》様も御尊父も偉大な政治家だっただけに期待したのだが、どうやら大熊大臣は相当にできが悪いようだ。到底、財務大臣を務める器ではない。いわんや総理大臣をや、だ。

いずれにしても児玉記者は、官邸と財務省の関係性について大いなる勘違いをしている。これは、広報室長あたりにしっかりレクチャーさせておかなくては。

財務省は、官庁の中の官庁を自任している以上、常に総理官邸と運命共同体であるという自負を持って行動している。

盛田は個人的には江島総理を軽蔑《けいべつ》してはいるが、総理が財政健全化という財務省の宿願に舵《かじ》を切った以上、それを妨げるようなことはしない。

ところが、大熊大臣は自分の体面を気にする余り、総理の政策をないがしろにする傾向がある。おまけにマスコミを使って堂々と総理批判をするとなると、たとえ丸山官房長であっても、大熊に同調するような真似《まね》はしない。逆に、大熊を宥め、官邸と足並みを揃《そろ》えて財政健全化に尽力するよう説得するものだ。

総理が財政再建PTを立ち上げた時、主導権を掠《かす》め取られたとすねる大熊大臣を穏便に諫《いさ》めていた高倉事務次官の姿を、盛田は思い出した。

高倉は、大熊の亡父が大蔵大臣だった時に秘書官を務めたこともあって、自身の後見人だと大熊は思い込んでいる。しかも、そういう風に思わせるよう高倉は振る舞っている。だが、明らかに高倉は総理と通じており、総理が掲げる革命的財政再建に積極的に協力しているフシがある。このままだと、大熊は事務次官の支持まで失う。

総理と財務大臣が対立しているから省内が二派に分かれるなんぞ絶対にあり得ない。財務省は常に一枚岩でなければ。

やれやれ、大臣も記者も、世間知らずばかりが増えて、嘆かわしいことだ。

秘書がジノリのティーカップに淹れたミルクティを運んできた。

柑橘系《かんきつけい》の豊かな香りを楽しんでいると、卓上電話が鳴った。

「丸山だ。大至急、こっちに来てくれ」

やはり巻き込まれるのか。うんざりしながらも、素直に応じて、残りのお茶をゆっくりと飲み干した。

官房長室では、広報室長の友坂も待っていた。

「暁光新聞の記事は読んだか」

丸山は前置きもない。つまり、大臣が怒り狂い、丸山は辟易《へきえき》しているわけだ。盛田は深刻に見えるように目を伏せた。

「大臣にはすぐにでも釈明会見を開いて欲しいんだが、当人はそんな恥さらしは嫌だとおっしゃってな」

「恥さらしとは？」

「釈明それ自体だな。暁光の記事は悪意に満ちているが、自分が詫びるような話ではないと」

「しかし、この大事な時に、省内に不協和音が流れているというような噂《うわさ》は打ち消すべきでは」

丸山に全く同感だと返された。

「だが、大臣は黙殺すればいいと言ってきかなくてね」

「財政研究会からは、大臣の会見を強く求められています」

財務省の記者クラブとしては当然のリアクションだった。友坂の顔には焦《あせ》りの色が浮かんでいる。

事情は分かった。だが、なぜ自分が呼ばれたのかが分からなかった。

「それで私が何かお役に立ちますか」

「記事になった経緯が知りたいんです。広報室では、いつ児玉記者が大臣に取材をしたのかも把握できておりませんで」

友坂の焦りは、それも一因か。

「君の職責としては、よろしくないね」

「面目ございません。そこで、恥を忍んで盛田さんにお願いがあるんです。盛田さんは、暁光新聞の政治部長とお親しいと聞きました」

確かに暁光新聞の政治部長の橋上《はしがみ》は高校時代の同級生だった。時々、橋上から誘われて会食をする程度のつきあいはある。

「親しいと言うほどではありませんよ。それに、私が暁光の政治部長に接触するのは、かえってやぶ蛇では？」

「実際に橋上政治部長と会うのは、君ではなく、高倉さんだ」

「なんと、事務次官を暁光の政治部長と会わせるのですか」

それは危険すぎないか。

「これは次官のお考えでね。暁光新聞には、自らの口で総理と財務省が一丸となって財政健全化を目指していることを説明したいとおっしゃっている」

「しかし、マスコミはオフレコでと言っても書きますよ。特に暁光はたちが悪い」

「それも承知の上だ。とにかく、暁光新聞に我々の財政再建プロジェクトを支援させたい。それは総理のお考えでもある」

盛田は丸山の豹変《ひょうへん》ぶりに感動すら覚えた。丸山は、大熊総理実現を目指していたはずだ。だが、今の発言は明らかに、丸山が大熊を切り捨てた証《あかし》だった。

「承知致しました。では、早速連絡を取ってみましょう」

「もう一つ、君に一肌脱いでもらいたいことがある」

もっととんでもないレベルの無理難題が飛んできそうだ。

「児玉という記者の行動を封じ込めたいんだ。何か手立てを考えてくれたまえ」

「私は、そういうお役目はちょっと」

丸山が不機嫌になった。すかさず友坂が割って入った。

「本来なら私の役目ではありますが、児玉とはどうしてもソリが合わなくて。私が介入すると、かえってことが面倒になってしまうんです」

それでも広報室長か！

丸山がいなければ、ひとこと言いたいところだ。

「だからといって私がやるのは筋違いでは。そもそも児玉という記者と、さほど深いつきあいもありません」

まさか、橋上に頼めと言い出すんじゃないだろうな。

「周防君が、児玉記者と親しいそうじゃないか」

さりげなく丸山が言った。その名を聞いて、合点した。最初から、周防に収拾をやらせるつもりだったのだ。だが、自分たちが周防に頼むというような卑屈なことを嫌って、盛田につまらない役目を押しつけようとしている。

「そういえば、そんな噂がありましたな。ただ、周防は最近こちらにはおりませんから」

「実は、朝から何度か周防の携帯電話を鳴らしているんですが、出ないんです。でも、盛田さんがおかけになったら、必ず出るはずです」

友坂の確信めいた口調が気に入らなかった。

「君が呼んで出ないものを、私がかけて出るとは思えませんなあ」

「ご謙遜《けんそん》を。お二人は、官邸詰めの時から、名コンビで知られた仲じゃないですか。やつは、あなたに心酔しているとも」

悪い気はしなかった。

「何か勘違いしておられるようですな。まあ、そこまでおっしゃるならかけてみますがね」

盛田が了解すると、丸山に今ここで電話しろと命じられた。盛田は携帯電話を取り出し、周防を呼び出した。

十回は鳴らしただろうか。出ないので切ろうとした時、「お待たせしました、周防です」といつもと変わらぬ元気な声が耳に響いた。

4

町田年金局長とチームOZとの第一回折衝は、中央合同庁舎第五号館で行われた。地上二六階地下三階の庁舎は、霞が関の官庁街で初めての超高層庁舎で、一階から二二階までを厚生労働省が占めている。

予算折衝といえば、各省庁の担当者が財務省に呼びつけられ交渉を行うのが「常道」だが、今回は敢えて財務省側が厚労省に出向いた。

財務省を訪ねる町田局長の姿を、マスコミにさらしたくなかったのと、財務省としての誠意を示すためだった。

指定された二階の会議室に入ると、思いがけない人物が同席していた。

「私の一存で、審議官にも加わっていただくことにしたんだが、構わないよね」

栗澤匡明《くりさわまさあき》は、厚労省ナンバー2の地位である厚生労働審議官だ。次期事務次官が確実視されている厚労省の大物官僚がいるという点で、ゴングが鳴る前に先制パンチを食らった気分になった。

大抵のことでは感情を表に出さない根来までもが、了承する前に一瞬だけ険しい表情を見せた。

栗澤は国民の健康管理を第一に考える厚労省には似つかわしくない恰幅《かっぷく》の良すぎる人物で、大きく後退している髪を含め、達磨《だるま》大師を思わせた。

「主計局長直々にお越し戴《いただ》き、こちらこそ恐縮しています。いずれにしても私はオブザーバーとしてここにいるとお考えください」

ドスの利《き》いた声だったが、栗澤から敵意は感じられなかった。

一方の町田局長は、今でも競泳のマスターズ大会に出場しているだけあって、精悍《せいかん》で若々しい。

折衝では、根来自らが司会役を務め、土岐は補佐役、周防は記録係として参加している。

「本日我々は、総理直轄下《ちょっかつか》に組織された歳出削減プロジェクトを推進する特別チームとしてお邪魔しました」

「〝オペレーションZ〟と言うそうだね。通称〝OZ〟。さしずめ総理はオズの魔法使いという役回りですかね」

町田が薄笑いしながら言った。〝OZ〟の存在は特定秘密扱いだ。だが、その程度は既に知っていると、町田は暗に言っているのだろう。

「江島総理は不退転の決意で革命的な歳出半減に挑まれます。そして再来年度一般会計の歳出を、前年度比で五〇％に抑え込むように指示されました。その結果、社会保障関係費についても大幅な削減をお願いしたいと考えています」

「遅きに失した感はあるけれど、総理の英断には心から感服しています。我々としても、可能な限り総理のご意向を汲《く》みたいと考えています」

町田はどの程度、そのご意向について知っているのだろうか。根来とは同期だと聞いているが、根来が敬語を使っているのに、町田は遠慮がない。まるで余裕綽々《しゃくしゃく》で、その態度は厚労省のエリートというより財務官僚のそれだ。

「それで、具体的にはどの程度の削減を望んでいるのです？」

「年金、医療、介護保険給付費をゼロにして戴きたい」

間髪を容《い》れず根来は言った。

「なるほど……」

町田が言ったのはその一言だけだった。表情も変わらない。激怒されると身構えていただけに拍子抜けした。

「では、我々からの提案を承服戴けるんですね」

「いや根来、理解も承服もできないよ。ただ、そういう話が来るのを我々も予想していたんで、驚かないだけだ」

根来は「そうですか……承服できなくても、やって戴かなければなりません」とため息まじりに返した。

「国家権力による虐待《ぎゃくたい》行為とマスコミが騒ぐだろうな。国民を殺す気かと非難の声も上がる。暴動も覚悟すべきだな」

町田のつぶやきのような指摘は周防の胸をえぐった。

「そうならない対策を、貴省と一緒に考えたいと思っています」

「本当に考える気があるのか、根来。あんたらは、総理の意向を笠《かさ》に着て、宿願だった予算削減の大なたが振るえると、内心ではほくそ笑んでいるんじゃないのか」

口調は穏やかだが、それでも根来を硬直させるだけの迫力はあった。

「いや町田、私の胸も引き裂かれそうだよ。なぜ、もっと早くこの大問題に取りかからなかったのか。己の不徳を恥じている」

「恥じたところで、誰かが救われるわけじゃないよ。いいか、我が省は、国民の命を守るためにあるんだ。その使命をかなぐり捨て、国民を見殺しにせよと、総理と貴省は仰《おお》せなんだよ」

土岐が何か言いたげに前のめりになったが、根来の手がそれを制した。

「最大限の努力をする。だから、少しでも国民負担を軽減するために、一緒に知恵を絞ってくれないか」

根来が頭を下げたので、慌《あわ》てて土岐と周防が続いた。

「そんな芝居じみたマネはやめてもらおう。それより、国民負担軽減について、あんたらから提案はないのか」

町田に冷たく突き放され、根来は生活に余裕のある国民への年金給付停止と、停止した年金による基金設立について説明した。

もはや年金機構は、支給額を自前で賄《まかな》えなくなっており、その不足分を一般財源で補っている。その負担額は、毎年一兆円のペースで増えている。

そこで年金給付の膨張を抑制するため、資産に余裕がある国民に対して、一時的に給付停止を求める。停止期間分については基金として貯《た》め、一〇年後を目処《めど》に、引き出し自由とする。基金に貯めた年金には、年利〇・五％の利子を加算し、孫に残す場合には相続税を無税にするというものだ。

経済的に余裕がある高齢者に対して、「孫の未来のために一肌脱いで欲しい」という趣旨で、理解を求めたいと考えている。

チームOZで検討し、総理の了解も得ていた。尤《もっと》も、これだけ大がかりな改革を行うためには、法律の制定が必要になってくる。そのためには、何としてでも厚労省の理解と支援が必要なのだ。

「発想は悪くない。ただ、社会保障関係費のうち、約一一兆円は年金の補塡《ほてん》費だ。こんな提案じゃ負担ゼロにはならんよ。それに、この提案が不首尾に終わった場合、年金給付額が月当たり三万円前後になる人が出てくる。そんな人はどうやって生活するんだ」

「そこは、そちらで考えて欲しい」

「財務省に知恵はないのか」

「生活保護の予算については、増額も致し方ない」

「致し方ないか。なあ根来、あんたは財務省幹部の中ではバランス感覚のある男だと思う。だが、一方的に社会保障の財源を奪っておいて、少しぐらいなら生活保護の予算を増やしてやるという態度で、どうやって国民に納得してもらうつもりだ」

「だから、具体的な対策はそちらから提案してほしい。君の怒り、いや厚労省としての憤《いきどお》りは重々理解している。だからこそ、少しでも国民負担が軽くなる方法に知恵を絞ってほしい。もちろん、我々も必死で考える」

「ベストは尽くすよ。だがな、医療保険については、話の次元が違うぞ」

「こちらについては、高齢者への優遇措置や薬の過剰投与の解消など、医療行政のスタンスそのものを変えてほしい」

鼻で笑われた。

「おまえ、分かってないな。医療保険の補塡の取りやめは、国民全ての安全ネットを奪うことになるんだぞ」

チームOZでの試算では、医療費補塡がゼロになると国民が支払う保険料は最低でも倍額、医療費の自己負担も現状の倍以上になる。国民健康保険加入者なら、六割から七割の医療費を自己負担する必要がある。

町田が、ファイルから新聞のコピーを出してテーブルに置いた。

〝医者に行けず、一家三人貧困死〟という見出しがあった。

この事件は二日前のニュースでずいぶんと騒いでいた。

非正規雇用で働く二七歳のシングルマザーの次男がヘルパンギーナに罹患《りかん》。生活苦で国民健康保険の保険料が払えなかったために、保険証が取り上げられ、母親は次男を医者に連れて行くことを断念した。やがて長男にもヘルパンギーナが感染した挙げ句、子ども二人は肺炎で亡くなり、母親は自殺していたのが発見されたのだ。

「この悲劇はワーキングプア層の問題だと皆が思っているだろう。だが、あんたらがやろうとしているのは、こういう悲劇が、全国各地で日常茶飯事になるという意味なんだよ」

「だから、そうならない手立てを貴省で考えて欲しい」

根来の答えに、町田は呆《あき》れ返った。

しかし――自分の子どもが病気になり、医療費が高すぎて病院に連れて行けなかったとしたら、どうするだろう。何が何でもカネを作らなければならないとしたら、何をするだろうか……。

「誰もがいつでもどこでも、安心して良質な医療が受診できるという国民皆保険制度を、あんたらはぶっ壊そうとしているんだ。そして、日本はアメリカのような医療格差の国に転落する」

「根来さん、大前提として伺いたいことがあります」

町田の隣にいた栗澤が初めて口を開いた。

「江島総理のこの大博打《おおばくち》、実現性はどの程度あるんでしょうか」

「一〇〇%です」

根来は即答した。

「さすがに、未来の財務事務次官候補は、腹が据わっていますなあ。よくもそんなはったりを真顔で言い放てる」

「僭越《せんえつ》ですが栗澤さん、はったりではありません。歳出半減は必ず実現致します」

栗澤が軽蔑するような目を向けてきた。

「私は国会対策が重要な職責なんだが、そもそも江島総理は与党内で揺るぎない地位を占めているのだろうか」

「江島さんは、国会議員によって選ばれた内閣総理大臣です。そして、閣僚は総理と同じ考えの下で行動致します。したがって、総理が不退転の決意で削減すると明言したことについては、内閣、与党を挙げて邁進《まいしん》致します」

なぜ、根来はこれほど自信に溢《あふ》れた断言ができるのだろう。隣で聞いていて周防は畏怖《いふ》すら覚えた。

「だったらなぜ、今朝の暁光新聞のような記事が出るんです。肝心要《かなめ》の財務大臣が、総理の不退転の決意を妨害するとも取られる記事が出るようでは、この先が思いやられる」

「その件については既に本日、総理と大熊大臣が揃《そろ》って会見して、二人が共闘して財政健全化に邁進すると笑顔で宣言したじゃないですか。暁光新聞の記事は、児玉という記者の偏見に基づいた誤報です」

今日の根来の言葉は全て断定調だった。それは官僚的ではない。「官僚とは常に退路を擁して事に当たるべし」というのは官僚のステレオタイプである盛田の口癖だ。だが、根来は自らその退路を断っていた。

「まあ、マスコミは総理と財務大臣が険悪というようなネタが好きなのは事実ですからなあ。それはいいとして、社会保障のバックには強力な圧力団体が多数存在しますよ。医師会や製薬会社、さらにはこのところ拡大の一途を辿《たど》っている介護福祉関連企業も黙っていないでしょう。彼らは与野党を含めた政治家に莫大《ばくだい》なカネを突っ込んでいる。そういう妨害を撥《は》ねのけられるんですかねぇ」

「総理の最大の味方は国民です。その国民の支持があれば、ロビイストにも圧力団体にも屈しませんよ」

「根来、おまえ本気でそんな絵空事を言ってるのか。社会保障関係費を限りなくゼロにすれば、その国民も敵に回るんだぞ」

町田の反論に対して、誰も何も言えなかった。

彼の言葉はあまりにも重い。

根来の言うとおり、さしたる派閥も持たず、政治資金が潤沢にあるわけでもない江島が、これほどまでの強気の政治が行えるのは、国民から圧倒的な人気を得ているからだ。

猛牛《ブル》は国民の味方だ。有言実行――約束は必ず守る男、そして、日本の未来を明るくしてくれるリーダー、そう信じられているのだ。

だが、その総理が歳出半減を有言実行した時、日本社会は絶望的な格差社会に転落する。

それでも国民は、総理を支持するだろうか。

さすがの根来も、町田の指摘を撥ねのける言葉を持たなかった。

5

その夜、盛田と暁光新聞政治部長の橋上は、有楽町の蚕糸会館地下にあるフレンチレストラン「APICIUS《アピシウス》」にいた。

丸山大臣官房長から、橋上と高倉事務次官との会食をセッティングするように命じられてから四日が経過していた。それで盛田は、まずは探りを入れるために橋上と二人だけで会うことにしたのだ。

帝政ローマ時代の美食家であり料理人でもあるマルクス・ガビウス・アピシウスからその名を取った店《グランメゾン》は、盛田家のとっておきの一軒だった。

新聞社の部長ごときを招く店ではなかったが、ここは誠意を見せるのが一番と奮発した。

午後七時の約束から一〇分ほど遅れて、橋上は姿を見せた。

「大蔵貴族ここにありだな」

はち切れんばかりの体を縦縞《たてじま》の高級スーツに包んでいるが、まるで総会屋か怪しい金融屋の風情《ふぜい》だった。

「天下の暁光新聞の政治部長をお招きするんです。それに相応《ふさわ》しい場を用意するのが礼儀でしょう」

橋上が嫌みたっぷりに含み笑いするのを聞き流し、盛田は支配人に案内を求めた。

「飲み物は？」と尋ねられると、橋上が「生ビール」と返したのを聞いて、盛田は恥ずかしくてうつむいてしまった。

「なんだ、ビールはないのか」

「ございます」

「せっかくワインの逸品を揃えた店なんだ。まずはシャンパーニュで乾杯しないか」

「でも、高いだろ」

頼むから、そんな無粋はやめてくれと睨《にら》みつけたが、相手は盛田の心中など全く気づいていない。

「値段は気にしないでください。今日は、忙しい君に無理を言って来てもらったんだ。私がごちそうするから」

「そうか、じゃあ、お言葉に甘える。おまえに任せる」

そこで、グラスシャンパンを二人分頼んだ。

「ここの名物だという雲丹《うに》とキャビアの何とかを食べたいんだけど」

〝雲丹とキャビア、カリフラワーのムース、コンソメゼリー寄せ〟のことを言っているのだろう。

「心得ております。今回は、奥様のチョイスでご用意致しました」

支配人が上品に返すと、橋上はほおっという顔になって了解した。

彌生が予約を入れる時、予算を抑えた上で、名物を組み入れた特別コースを頼んでくれていた。

「それにしても、どういう風の吹き回しだ。俺がいくら電話したって無視するおまえが、こんな高級フレンチに誘ってくるなんて」

乾杯したシャンパーニュを喉を鳴らして一気飲みし、オリーブを三粒ほどまとめて口に放り込んでから橋上は尋ねた。

「ご案内の通り、私も今回の異動で官房参事官となったわけです。そこでもっとマスコミ幹部とのコミュニケーションを図るように官房長にご指導いただきまして」

「ほお、それは殊勝な心がけじゃないか。俺も色々聞きたかったことがあるんで、グッドタイミングだったよ」

橋上は断りもなしにお代わりを頼んだ。下品すぎる。ここに招いたことの後悔が既に始まっていた。

「それで聞きたかったこととは何です？」

盛田はワインリストを求めた。あらかじめ銘柄は決めていたが、さもワインを物色しているふりをして本題に入った。

「そりゃあ、決まってるだろう。ブルの腹の内だな」

「それは、分かりかねるよ」

「だが、奴《やつ》の一番の関心事は、財政再建だろうが。官房参事官のおまえが知らないわけがない。しかも、前職は総理秘書官だろう」

そう言われて思い出したことがある。梶野前総理が帝生ショックの対応を誤って追い詰められた時、橋上は執拗《しつよう》に官邸内の様子を尋ねてきた。無論、すべて無視をしたが、その執拗さは部下の児玉記者といい勝負だった。

黙り込んだ盛田に、橋上は言葉を足した。

「財務省のエリートが大勢、官邸に軟禁されているそうじゃないか。どうやらブルは本気に見えるが、あんたのところの省は、協力する気があるのか」

容赦なく切り込まれて焦った。

「総理の意向に寄り添うのが、弊省の使命ですからね」

「相変わらずつまらん返しをするなあ。ところで大熊は気に入らないんだってな」

「大熊大臣も我々と気持ちは同じです。粉骨砕身で、総理のサポートに当たっておられる」

「それを、俺に説得するための接待か」

ムッとして睨みつけたところで、お目当ての〝雲丹とキャビア、カリフラワーのムース、コンソメゼリー寄せ〟が登場した。白地に金の縁取りのある器にコンソメゼリーがあしらわれ、その中央に半球形のムースが鎮座している。

「これは接待ではないよ。旧交を温める会です」

「おまえと俺の間に、いつ旧交があったんだ」

橋上は、スプーンで乱暴にムースを四等分すると、あっという間に平らげてしまった。さすがに音は立てなかったが、それにしてもこの店のスペシャリテに対する無礼な態度は許しがたい。

「高校時代は、よくあなたに虐《いじ》められました。でも、付かず離れずの関係だったじゃないですか」

「そんな話は興味ないな。どうせあんたらは、江島と大熊の間に波風を立てるようなことをするなと、我が社に頼みたいだけなんだろ」

新聞社ごときに何かを頼むつもりなどない。

「おい、笑ったな。だが、大熊はウチの記者にはっきり言ったんだぞ。どんなことをしても、総理の改革を潰《つぶ》してやると」

「児玉という記者ですね。問題が多い記者らしいじゃないですか」

「だが、優秀だ。一度狙《ねら》った獲物《えもの》は絶対に逃さない。奴の獲物は、江島だ。なあ盛田、おまえも江島のような品のないオヤジは嫌いなんだろ」

何と低次元な。

「図星か。別に驚くことじゃないだろ。こういう店を普段から使う男とブルが、水と油の関係だってことくらいはバカでも分かる。どうだ。俺と一緒にあいつを潰さないか」

まだ少し残っていたシャンパーニュを空けて気持ちを落ち着けた。

「よろしいですか。現在の日本の財政赤字を考えれば、財政再建を断行するのが総理たる者の使命です。この際、私たちが総理にどういう感情を抱いているかは関係ありません」

「嫌いなのを否定しないところは、評価しよう。確かにおまえの言うとおり、日本の財政赤字は凄《すさ》まじい状況だ。それを解消するというのは、政府として当然だ。だがな、江島にそれができるとは思えん。あの男はいい格好するくせに、何一つ結果を出せないうすのろ野郎だ。その上、永田町の評判も良くない。そもそもなんで、あいつはあんなに必死なんだ」

公式に伝えていることと、特定秘密保護法で縛られた真相の区別を反芻《はんすう》してから、盛田は答えた。

「あの方の財政再建熱は今に始まったことではありません。それくらいは、君だってご存知でしょう。権力の座に就いたからには、前のめりになって当然では？」

「例の『ゾフィーもよろしく』ってのは、ＩＭＦ専務理事のソフィア・バーグマンのことだろ。そして、米国大統領もＩＭＦの専務理事も、一〇〇〇兆円の国の借金をなんとかしろと詰め寄った。だから、パニックになってるんじゃないのか」

「バカバカしい。新聞記者ともあろう方が、そんなデマを信じてるんですか。そもそも、米国大統領といえどもそれは重大な内政干渉ですよ。ＩＭＦにしてもしかりです。我が国は、ＩＭＦに二番目にお金を入れている、いわばオーナーですよ。その国に、そんな無礼は働きませんよ」

「だが、最新の対日審査報告の特記事項に、ＩＭＦが、『向こう五年間で財政再建ができなければ、国家破綻《デフォルト》リスクが急上昇する』と書いていたそうじゃないか」

よく知っているな。

顔に出ないように用心しながら、ウェイターにワインを頼んだ。一呼吸置き、体勢を立て直してから、質問した。

「その情報の出所は、どこですか」

「そんなことはどうでもいい。あんたは官房参事官なんだろ。当然、知っている情報だ」

「IMFの審査報告まで目を通しませんよ。その情報はどこから？」

「企業秘密だ」

そんな事実はないと、強く打ち消すべきだろうか。

いや、この猜疑心《さいぎしん》の強い男にそれは逆効果だろう。

「ならば、お好きになさってください。いずれにしても、あなた方は日本の良心と言われているクオリティペーパーの雄なんです。デマを吹聴《ふいちょう》して、国の安寧を乱さないでください」

「その国家の安寧とやらを乱しているのが、江島だと言っているんだ。閣僚に有無を言わせず、自らが暴走する。二言目には自分には国民がついていると吹聴しているが、本気で財政再建に着手したら、奴はその支持も失うんだぞ。いくら改革が喫緊の課題とはいえ、長年、官邸と政府の怠慢で放置しておいた難題を、あのバカが一人で解決できるはずがないだろう」

全く同感です、と言ってやったら、橋上はどんな顔をするだろうか。だが、それは高級官僚たる者の行動ではない。

「では、他にできる方がいらっしゃいますかね？」

「それは、俺の言うことではない。だがな、できもしない絵空事をぶち上げたら、祭りの後が怖いんだ。奴に踊らされて出てきた中途半端《はんぱ》な政策が及ぼす悪影響を考えろ。結局は、何も変わらないという諦観《ていかん》の果てに、もっと酷《ひど》い絶望が待ち構えているんだぜ」

ますます橋上に与《くみ》したい気分だった。

ワインと共に、魚料理が並んだ。今日は、タラのポワレだ。

「しかし何もしなくても、その絶望はいずれ姿を現すでしょうな。だからこそ未来に先送りせずに、正面から立ち向かう。その志、素晴らしいとは思いませんか」

「志では腹はいっぱいにならない。あいつがまずやるべきなのは、景気対策だ。成長産業を生み出して、庶民の給料を上げることが最優先だろ。それにしても、おまえ、酒と料理のチョイスは素晴らしいな」

これ以上話しても平行線を辿る一方だな。

この場で、事務次官との面談を提案するのは得策ではない。

「もう一度確認したいのですが、御社は総理の財政再建に反対なのですか」

「実現性を問題にしているんだ。できもしないのに大騒ぎしたことで、社会が動揺し、それで景気が冷え込んだらどうする。そもそも前総理がバカな経済政策を続けた挙げ句に、落とし前もつけずに体調不良を理由に逃げたんだぞ。誰が総理の約束なんぞ信じる」

身も蓋《ふた》もない。こんな不毛な議論はやめてワインと料理を楽しもうと、盛田は頭を切り換えた。

「ところで、一つ、提案がある」

料理を頬張りながら橋上が言った。

「俺のディープスロートにならないか。おまえが許せない江島の無体を、俺が代わりに紙面で叩《たた》いてやるよ」

頭頂まで後退した橋上の額に、汗が滲《にじ》んでいる。料理がまずくなると思い、盛田は視線を逸《そ》らした。

6

地下鉄白金台駅二番出口から地上に出た周防は、日吉坂上《ひよしざか》の三叉路《さんさろ》を右に曲がった。一帯はマンションが並ぶ住宅街だ。

約束の午後九時を遅れていることもあって、小走りになった。

港区立白金小学校を過ぎたあたりで道は左へ緩くカーブしている。暗がりの先に明治学院前交差点の信号が見える。グーグルマップに従って路地に入る。ディスプレイ上では目的地に到着したことになっているが、それらしき建物が見えない。目の前にあるのは白いタイル張りの低層の建物だった。

もしやと思い、正門に近づき建物のプレートをのぞき込んだ。

〝厚生労働省白金台分室〟とあった。

ここか。

見上げると、二階の部屋に煌々《こうこう》と明かりが灯《とも》っていた。周防は通用口のインターフォンを押した。

「社会保障関係費を可能な限りゼロにする対策案の叩き台を策定したので、意見を聞かせてくれないか」と、厚労省の室長補佐から電話があったのは、夕刻だった。

根来主計局長と厚労省の町田年金局長との第一回折衝から四日が経《た》っていた。

「わざわざ悪いな」

政策統括官付社会保障担当参事官室の室長補佐である伏見《ふしみ》善克《よしかつ》が通用口で出迎えてくれた。彼とは、総理秘書官補として官邸に詰めていた時に知り合った。周防とは同期入省で、町田年金局長の覚えがめでたい将来の幹部候補生の一人と言われていた。

小柄でずんぐりとした体型の上に、熊《くま》の縫いぐるみのような愛くるしい顔をしていたため、〝プーさん〟というあだ名がついていた。

「なんだか、豪華な研修施設だね。高級マンションかと思ったよ」

「夜に見るから、そう見えるだけだ。既に築三〇年以上も経っているし、さして手入れもしていないからね。あっちこっちにガタが来ている」

〝プーさん〟は投げやりに説明すると、まっくらな廊下を進み、階段を上がった。

「町田局長から特命を受けて、大臣官房、老健局、保険局、年金局、そしてウチの部署などの課長補佐級が七人集められた。それで知恵を絞ってみたがお手上げなんだ」

つまり、厚労省版チームOZが立ち上がったわけか。

「そんなところにお招き戴いて光栄だな」

「予《あらかじ》め言っておくが、失礼な輩《やから》もいる。さすがに今回のお達しについては、僕も怒りを禁じ得ないんで」

外見だけでなく、性格も穏やかだから〝プーさん〟と呼ばれているのに、その伏見が怒りを禁じ得ないとは――。

部屋に入ると、全員の視線が周防に集まった。室内には宅配ピザの匂《にお》いが充満していた。

「財務省の周防篤志さんだ」

顔見知りが三人いる。初対面の二人と名刺交換しながら、誰もが疲れ果てていると感じた。

「総理の革命的歳出削減を受け、弊省に出されたミッションを、どう理解し回答するか。それが、我々の役目だ。缶詰で議論をして既に三日経つが、到底そちらのニーズには応えられないというのが実感だ」

伏見はそう言うが、これは財務省のニーズではなく、総理の勅命なのだ――土岐ならそう言い放つ気がした。

だが、この沈滞したムードの中で、そうは言えない。

「みなさんは、総理の意向をどう理解されているんですか」

「理解も何も、ナンセンスでしょ」

メンバーの中で最年少とおぼしき人物が口火を切った。

「久光《ひさみつ》、いきなり喧嘩腰《けんかごし》はやめるんだ。栗澤審議官も尋ねたそうだが、我々はもう一度確認したい。本当に総理は、歳出半減を断行するつもりなんだろうか」

伏見が、久光に代わって尋ねた。

「間違いない。総理は政治生命を懸けて挑まれる」

「我々が問題にしているのは実現性ですよ。閣内の意思統一が本当に図られているんですか」

「大熊大臣は乗り気ではないんでしょ」

久光と、老健局の課長補佐・薩摩《さつま》久仁子《くにこ》は我慢ならないようだ。

「一部のマスコミがおもしろおかしく書いただけだよ。先日、総理とツーショットでカメラに収まって以来、大熊大臣は改革の先頭に立ってらっしゃる」

もちろん、そんなことは周防だって信じていない。

「説得力ないわねえ。まあ、それはともかく、我が省の大臣は、到底承服できないとお怒りよ」

「それは薪塚《まきづか》大臣ご本人から直接聞かれたんですか」

「もっぱらの噂です」

出席者全員が頷いている。

薩摩の発言は聞き捨てならなかった。

薪塚佐代子《さよこ》厚労大臣は、江島総理が三顧の礼を尽くして民間から招いた人物だ。

「あの、みなさん、今回の施策においては、噂は敵だと思ってもらえませんか。少なくとも、私は、薪塚大臣は総理の改革に全面的に賛成していると聞き及んでいます」

「我々に噂を信じるなとおっしゃるなら、周防さんも伝聞でしか知らない総理と薪塚大臣との関係を断定して話すのはやめてくださいよ」

久光に言われて周防は口ごもってしまった。確かに、自分の耳で聞いたわけではない。

「周防には申し訳ないが、僕が直接大臣から聞いたんだ。これは蛮行であり、国民の生命を脅《おびや》かすような政策には荷担できないと、大臣はおっしゃった」

伏見がとどめを刺した。

「それは重大な造反ですよ。でも、これ以上その話をするのはやめませんか。僕が呼ばれたのが、総理に対する苦情を聞くためなのであれば、いくらでも聞きますが」

嫌な言い方だったが、とにかく本題に入って欲しかった。

「いや、失礼した。実は我々は、そちらが提示した通りの削減を行った場合、実際にどんな事態が起きるのかを、シミュレーションしてみた。まずは、それを見て欲しい」

部屋の明かりが消え、プロジェクターがオンになった。部屋の一辺に立てられたスクリーンに、スライドの文字が浮かぶ。

〝社会保障版マーシャルロー計画〟

マーシャルロー、すなわち戒厳令だ。

「これは町田局長が命名したんだけど、異論はないよな」

伏見が念押ししてきた。

「全部見終わってから答えるよ。でも、言いたいことは分かる」

「生活保護を除く社会保障関係費ゼロとなった場合、想定される事態」というタイトルが映し出された。

〝半数以上の高齢者に対する年金支給一時停止および給付額半額以下、あるいは現役世代の年金徴収額三倍増。

健康保険料の倍増、加えて医療費自己負担額の倍増。

介護保険支給額半減以下、あるいは保険料倍増以上――。〟

いずれもが、国民すべてに過酷な生活を強いるという意味だ。

「その場合、以下のような事態が想定される」

スライドが進んだ。

〝想定1：一〇〇〇万人近い高齢者が生活保護の申請を行う可能性。
想定2：高齢者の慢性疾患の深刻化が甚大《じんだい》、自宅での寝たきり老人が爆発的に増え、結果的に孤独死するケースが多発。
想定3：未成年の健康保険未加入者の病死急増。治療を受けられず死亡する子どもが増える可能性大。
想定4：要介護者の重篤《じゅうとく》化。〟

いずれもが強烈な未来予測だった。

「ここで、一番重要なのは想定3だね。年金と介護保険については、高齢者対策として様々な方法を検討できるけれど、医療については、若い世代、特に低所得者への対応が難しい。その結果、高熱が出ても医者にかかれないような子どもがいたり、盲腸で一〇〇万円の手術料を請求される可能性だってある」

ヘルパンギーナで死んだシングルマザー一家の事件を思い出した。

「既に検討段階に入っているけれど、救急車の有料化は必至となるだろうね。つまり、すべては金次第という国になり下がるわけだ」

伏見の声にも怒りが滲んでいる。

「それらは生活保護でカバーするということなんだろうか」

周防の呟《つぶや》きに、数人が鼻で笑った。

「生活保護ねえ。予算を今の一〇倍ぐらいにしてくれれば、対応もできるだろう。でも、土岐さんに問い合わせたところ、せいぜい二倍だと言われたぞ」

現在の生活保護費は、約四兆円。そのうち国費負担は、約三兆円だった。それを三〇兆円にするなんて、無理以外の何ものでもない。

「それで、生活保護の予算額を徹底的に抑えるための施策案がこれだ」

〝生活保護受給者に対しては、
財産の没収

指定の集合住宅への強制転居
食事等の配給制度
収入確保のための労働の徹底
この四点を求めることとする〟

これではまるで強制収容所だな。

「何かご感想はないんですか、財務省さん」

久光の言葉にも怒りすら湧《わ》かなかった。

「明らかに憲法二五条違反だ……」

――すべて国民は、健康で文化的な最低限度の生活を営む権利を有する。

国は、すべての生活部面について、社会福祉、社会保障及び公衆衛生の向上及び増進に努めなければならない。

「周防、生活保護だけじゃないよ。年金にしても、健保にしても、政府は自分たちの失政のツケを国民に押しつけるんだよ。暴動どころか、総理が暗殺されても、僕は驚かない」

思わず伏見の顔をのぞき込んだ。〝プーさん〟の面影はなく、暗く淀《よど》んだ険しい目が周防を見つめ返してきた。

「実はね、今のところ我々が想定しているのは、予算を三分の二程度カットしたものだ。でも、町田さんからは、総理の指示通りの予算ゼロのシミュレーションも見せるように言われている」

これよりもっと酷くなると言いたいわけか。

周防は深呼吸してから口を開いた。

「その必要はないよ。総理はすでに、社会保障関係費をゼロにした場合の予想について理解されている。だから、国民への悪影響を最低限にするための知恵を出して欲しいと、お願いしているんだ」

「あんた、どういう神経しているんだ！　国民が大量に死ぬかも知れないのに、それを承知で、こんなバカげたことをやろうっていうのか！」

「久光、落ち着け。周防だってそれぐらいは分かっているよ。国家財政が危機的なのは分かる。おそらく我々に知らされていない危急存亡の事情もあるのだろう。だとしても、国民の生命を脅かすようなことを、強行するわけにはいかない。我々としては総理に再考を促したい」

一言もない。

「なぜ、国家の怠慢のツケを払う一番手が弱者なの？　国の借金を返すのが目的なら、この国に眠っている一〇〇〇兆円以上の資産を凍結するのが先じゃないの？　私は貯金が大してないから偉そうに言えないけど、それでも子どものためなら、なけなしのへそくりだって出すわよ。保障がきちんと機能すれば、たとえ資産がなくても、生きられる可能性はある。何か優先順位が間違ってない？」

薩摩の声も怒気に震えている。

何事においても真っ先に割を食うのは、常に弱者だ——。そういう実感は周防にもある。確かに、資産凍結というのも一案ではあるが、財産没収にはもっと多くの困難が伴う。とはいえ、高額所得者に対しても手段を講じないと、社会保障費で生きている人の怒りは収まらないだろう。

「薩摩さんの意見は、必ず総理以下PTのメンバーにも伝えます。なので、残りのシミュレーションを見せてくれませんか」

伏見は黙ってパワーポイントを操作した。

年金や医療の国庫負担をゼロにしたことで起きる事態とその対応が、残酷なまでに列挙されていた。

二一世紀になって日本の貧困率は高くなるばかりだと言われても、多くの国民は実感できないだろう。だが、オペレーションZが断行されれば、ウチは貧困層だったのかと気づくサラリーマン世帯が急増するはずだ。

何より、与党最大の支持者である高齢者を、総理は敵に回すことになるわけで、伏見たちは、政権維持が困難だという心配までしてくれている。

さらには、約八〇〇万人の雇用者がいると言われている医療福祉業界から猛反発があるだろう。非人道的だという抗議は、国内に止《とど》まらず海外からも起こると予測された。

そして医療福祉業界予算が削減されるために、業界は大幅に縮小《シュリンク》し、失業者の増大は必至となり、それは結果的に健保加入者の減少を促し、個人病院や総合病院の閉鎖が激増するだろう。

金持ち以外は、医療行為も受けられない。まさに徹底した自己完結の生活を国民に強いた挙げ句に社会は荒《すさ》み、やがて、日本は国民遺棄の国家となる――。それが、オペレーションZだと、厚労省の面々は繰り返し訴えている。

そう結ばれていた。

「カネを使うことなく、このような事態を未然に防ぐ政策が、どうやったらひねり出せるのか。ヒントの一つでもくれないか、周防」

7

分室を出て、どうやって辿り着いたのか分からないほどに打ちのめされて、周防は自宅のあるマンションまで戻ってきた。

周防としては少し考えさせてくれと言うしかなく、伏見らが作成した未来予想図の資料一式を鞄《かばん》に押し込んできた。

――少子化対策とか政府は言ってるけど、こんな酷い状況で、どうやって出産して、子育てをするのかしら。周防君のところは子だくさんだけど、悔いなく育てられるだけの財力があるの？

薩摩の言葉が、一番辛かった。

町田局長らとの折衝以来、周防も同じことをずっと考えている。自分は、家族を不幸にするために働いているんじゃないのか――。

その疑問に、答えられる自信がなかった。そんな胸中を薩摩に見透かされた。

それでも、前に進むのか。

国家は、自分の家族より大切なのか。

この問いを、これから何度、いや何百回と自分に突きつけるのだろう。

そう思い至った時、無意識に歩いていた足が止まった。

次々と我が子の顔が浮かぶ。そして、妻と母の顔も。父として夫として一家の長として、家族の「健康で文化的な最低限度の生活を営む権利」を守れるのだろうか。

他の職業なら、政府の横暴を怒ればいい。何なら暴動の先頭に立つかも知れない。

だが、自分はその暴動の原因をつくっている。

「毎晩、遅いな」

背後から声をかけられて、周防は本当に飛び上がってしまった。

「児玉さん、今度は何ですか！」

「明日、江島総理が再来年度予算の歳出を半減すると決めたという記事を、ウチは出す」

なんだって！

「驚かないな」

「驚いてますよ。どうすれば、そんな大胆な憶測ができるのか、僕には想像もつかなさ過ぎて、普通の驚きを超えちゃってるんです」

「憶測ではない。事実だ。認めろ。おまえも参加しているチームOZとかいうふざけた名のＰＴは、総理のご意向を黄門様の印籠《いんろう》よろしく振りかざして、各省庁に無理難題を押しつけているんだろ」

　ノーコメントで押し通すのは危険かも知れない。

「ここでは話したくない」と言うと、児玉は児童公園に向かって歩き出した。

「情報源はどこです？」

　外灯の光が届かない場所で尋ねた。

「教える必要はない。俺が知りたいのは、おまえらは、そんな無茶をやって恥ずかしくないのかという一点だ」

　その程度のことを聞きに来たのか。だとすると、まだ確証の域に達してないのだろう。だから、財務省関係者の裏付けが欲しい。そこで一番与《くみ》しやすそうな周防が狙《ねら》われたというわけか。

「僕らがやっているのは、歳出の洗い出しです。その上で、確実に削減できるものを自己申告するようにお願いしている。そういう段階です」

「裏は取れてるんだよ、周防。言うことを聞かなければ、全項目をゼロにするぞとおまえらは恫喝《どうかつ》して、至るところで相手をねじ伏せている。財務官僚だからといって、そんな横暴が許されるのか」

「裏取りしてるんなら、僕への夜討ちなんて不要でしょう」

「ターゲットは厚労省と総務省なんだろ。国家予算の半分以上を、その両省が食っている。総理とおまえらはそれをゼロにする気なんだ。そして、貧乏人や地方が死んでも、それで日本が生まれ変われるなら、それくらいの犠牲は想定内だとのたもうている」

「我々は国民の公僕ですよ。国民や地方を死に追いやることに荷担すると思いますか」

「おまえらは、所詮《しょせん》は金持ちと権力者の犬だ。おまえらが言う国民とは、金持ちだけだろうが」

「見解の相違です。ねえ、児玉さん、火のないところに煙を立てるの、いい加減にやめてくださいよ。ご存知の通り、これは総理と大熊大臣との信頼関係の上で成り立っている政策です。皆で、あるべき財政再建を探して、日本を良くするために一生懸命やろうと誓っているんです。そこに水を差さないでください」

「きれい事は結構だ。江島が必死なのは、米国大統領とＩＭＦに圧力をかけられたからだ。それも明日記事になる。だから、全部白状しろ。おまえが言う、国民の公僕としての責任を果たせ」

「じゃあ、お答えしますよ」

児玉が一歩近づいた。

「事実無根、言語道断です。児玉さん、あなた、日本を混乱に陥《おとしい》れてそんなに楽しいですか」

それだけ言うと、周防は踵《きびす》を返した。

一体、誰が、マスコミに情報を垂れ流しているんだ。

皆が必死でこの国が破綻《クラッシュ》しないために命を張ろうとしているのに、なぜ邪魔をする。

メディアは味方につけるべきだと、日頃から周防は考えている。だが、少なくとも児玉と暁光新聞だけは敵だ――。

8

「子どもたちを貧困から救うのは、立派なことだ。だが、俺たちの年金を削ってまでやるのは、やめてくれ。あれは、俺のカネだ」

大須《おおす》はいきなり十数人の老人に囲まれ、詰め寄られていた。

「しかし、子どもの未来のために、皆で支えようと私が言った時、皆さん賛同したじゃないですか」

「したよ。ただし、俺たちの取り分を削っていいとは言ってない。俺たちは、ギリギリの生活をしているんだ。なのに年金額を削るなんぞ、死ねと言っているようなもんだろ」

だが、半数以上の高齢者は、ローンを払い終わった家に住み、貯蓄もある。下流老人なる自虐《じぎゃく》的なネーミングを勝手につけて、物乞《ものご》いをしている輩もいるが、幼い子どもを抱えている世帯より、全然余裕があるのだ。

「なんか勘違いしてないか。俺たちが愚直に汗水垂らして働いたから、今のニッポンの豊かさがあるんだぞ。その恩義も忘れて、俺たちから財産をむしり取ろうなんぞ、不届きだろ！」

何を言っている。あんたらがつまらん学生運動で社会を騒がせ、社会人になってからは消費文化にうつつをぬかしたから、今、こんな悲惨な状態になっているんだ！

大須は、この年寄りたちの横暴が我慢ならなかった。彼らをまとめて収容施設に放り込むのを申し訳ないと思っていたが、もはや良心も痛まなかった。

大須は携帯電話を取り出すと、機動隊にこの地区の年寄りを排除し、彼らの資産の全てを没収するように命じた。
それもこれも、みんな未来のためだ。

――桃地実『デフォルトピア』より

第5章　責任ある政治とは、希望が持てる国家を次世代に引き継ぐこと

1

〝皆さん、こんばんは。江島隆盛です〟

日本憲政史上初めてとなる総理のテレビ演説は、午後八時に始まった。NHKのみならず、ほぼすべての民放が、官邸の依頼に応じて、この演説を放映している。

周防らチームOZのメンバーは、総理公邸地下のROOM Iでテレビ画面を見つめていた。

演説は官邸記者会見室ではなく、閣僚応接室で行われた。通常の椅子《いす》の配置を変え、総理一人がカメラの正面に座り、その周りを一五人の国務大臣が囲んで立つという異例のスタイルだった。歳出半減策は総理の独断ではなく、閣僚の総意であることをアピールするためだ。

急な閣議決定だったので、異を唱える大臣が数人いた。だが江島総理は、「一般会計予算歳出半減については、既に諸君から同意を得たではないか。いよいよの際は閣議決定にも応じて欲しいと頼んだはずだ」と強気の姿勢を崩さず、それでも同意できない者は今すぐ辞任せよと詰め寄ったらしい。

意外なことに、いち早く賛成したのが大熊大臣で、これには周防ら官僚も心底驚いた。もっとも閣議三〇分前に大熊大臣一人が官邸に呼び出されており、江島と総理執務室に籠《こ》もって密談している。執務室に入る時は厳しい顔つきだった大熊が、出てきた時は別人のようにハイテンションになっているのを偶然目撃した周防は、総理がよほどの交換条件を出したのだと察した。

〝今日は、未来についてお話しします。

人はなぜ生きるのでしょう。

より良き未来を子孫に残すためです。そのために一生懸命生きる。それが、本人だけではなく、家族や社会の幸せに繋《つな》がります。未来のためにベストを尽くすことは、生きとし生けるもの全《すべ》ての共通真理です。

人類は、切磋《せっさ》琢磨《たくま》して常に明るい未来の可能性を子孫に残してきました。なのに、いつの頃からか、未来についての夢や希望が語られなくなりました。若者は未来に絶望こそすれ、ワクワクするような社会で人生を送りたいと夢見ることさえありません。これは、偏《ひとえ》に我々大人がだらしないからで、心底申し訳ないと思っています。

若者が抱く諦観《ていかん》を放置しておくわけにはいきません。

素晴らしい未来を手に入れることを、諦《あきら》めてはいけません。なぜなら、私たちは未来を良くするために生まれてきたのですから〟

昨夜遅く、総理がチームOZのメンバーの前で、この演説文を披露してくれた。その時、周防は不覚にも目頭が熱くなってしまった。

この演説であれば、総理の危機感と未来に賭《か》ける意気込みが伝わるのではないかと思った。

この時、OZに対する周防のわだかまりが消えた。

テレビ映像を通じて、改めて演説を聴いていて、その思いはさらに強くなった。

〝私たちの未来のために、これまで目を逸《そ》らしてきた大問題と向き合い、解決すると私は決断致しました。

すなわち、行政サービスの負担額を大きく見直します。

具体的には、一般会計という国の予算を縮小し、これ以上、国の借金を未来に積み上げない努力を致します。

国の借金は、既に一〇〇〇兆円を超えています。生まれたばかりの赤ちゃんを含め、日本人一人当たり、約七七〇万円もの借金を背負っている計算になります。

このような借金をしなければ、日本社会が機能しないという大義名分を掲げて、長年にわたって借金を積み上げてきました。

大学を卒業後、大蔵省に奉職し、国会議員に初当選して二七年余りの私はもとより、政治家や公務員の責任は、とてつもなく大きい。

それでも、皆さんが快適に暮らすためには必要な支出であり、全ては国債という形で国が皆さんに借金をすることで賄《まかな》えると信じてきました。

ですが、もはや、そんな愚かなことを続けては、国が潰《つぶ》れてしまいます。かつて、世界を騒がせたギリシャの国家破綻《はたん》が起きた時の借金額は、一〇兆円に満たない額でした。日本は、その一〇〇倍もの借金を抱えているのです。

今すぐに、国が潰れることはありませんが、これから一〇年の間となると、潰れない方が奇跡だと言えるでしょう。だから、いますぐ何とかしなければならない。

国民の皆さん全てに、大変なご苦労をおかけすることになりますが、今、手を打たなければ、一〇年後には五〇〇万人以上の人の生活が、立ちゆかなくなります。物価が一〇倍以上に跳ね上がり、健康保険が使えず、年金の支給も止まる可能性が高い。にもかかわらず、賃金は上がるどころか、大半の人が減ってしまうでしょう。

このままでは、絶望社会の到来を待つばかりです。

翌年に先送りすれば、もっと多くの犠牲が必要となります。だからこそ、今行動するしかないのです。逃げずに立ち向かう勇気を持って下さい〟

総理は、テレビカメラを正視した。思いよ届け！という強い目力だった。

〝どうか皆さん、これから申し上げることを驚かずに聞いてください。日本社会が抱える莫大《ばくだい》な借金返済のため、再来年度の一般会計予算の歳出額を、今年度の半額、すなわち五〇兆円とすることを、本日閣議決定致しました〟

ああ、遂《つい》に言ってしまった――。

果たして国民は、この宣言をどう捉《とら》えるのだろうか。

テレビカメラに向かって語る江島の態度は、普段の会見と何ら変わらない。

〝年間五〇兆円程度の歳入しかないのに、歳出は、一〇〇兆円を超えています。これがいかにあり得ないことか、説明の必要もないと思います。不足している五〇兆円については、これまでは国債でまかなってきました。しかしそれを見送ります〟

昨夜の打ち合せで土岐は、ここで演説を終えた方が良いと提案した。この文脈ならば、この先、何が起きるのか具体的には国民には分からないし、むしろ文言がもたらす高揚感と感動で、一体感を持たせられるからだ。だが総理は納得しなかった。全てを誠実に伝えることを選択した。

〝それによって多くの公共サービスに大きな変化が及びます。

皆さんに、生活の不自由や困難を押しつけるかも知れません。

しかし、日本国は、けっして皆さんを見捨てません。生活が苦しい方、従来通りの医療費でなければ治療を受けられない方については、しっかりとお守りします。

私が目指すのは、ただ一点のみ。国民一人ひとりが、できることを精一杯尽くして、もう一度未来に希望と期待が抱ける国にしたい――。以上です〟

振り絞るような声で訴えて演説は終わった。

マスコミ各社に対して、演説の内容について事前に一切説明していない。ただ、多くの記者は、暁光新聞のスクープを受けた釈明だと察していたようだ。

だとすれば、この演説は、その記事に挑戦するようなものだ。

記事に書かれてあった米国大統領やＩＭＦ専務理事からの「強い要請」という名の圧力については、まったく言及しなかった。また、財務省の特殊部隊と呼ばれたチームＯＺについても一言も触れていない。

その代わり、総理は国民に明快な方針を伝えた。それをマスコミがどう報じるかはまったく予想がつかない。

テレビ画面がＮＨＫの報道スタジオに切り替わった。中央にニュースキャスター、隣には政治部の解説委員が座っていた。

「只今《ただいま》、江島総理自らのテレビ演説がありました。その演説の中で総理は、再来年度一般会計予算の歳出額を、今年度比の半額、すなわち五〇兆円で計上すると述べました」

2

盛田は、官邸の閣僚応接室近くの大会議室のスクリーンで、各省庁の官房スタッフらと共に総理演説を見ていた。盛田は思わず「狂ってる」と口にしてしまった。

演説の骨子については、松下政務秘書官から説明を受けていた。その時は大批判の嵐《あらし》だったが、今は重苦しいうなり声があちこちから漏れるばかりだ。

そもそも単年度で歳出を半減するなんぞ、常軌を逸している。それを、新聞社にスクープされただけで、全部さらけ出してしまうとは、江島総理は短慮軽率が過ぎる。

小康状態を保っていた東京株式市場は再び大暴落するだろうし、円もそれに追随するだろう。

今度こそ、日本発の世界恐慌《きょうこう》が勃発《ぼっぱつ》するかも知れない。あの大馬鹿者《おおばかもの》は、それを分かっているのだろうか。

テレビ演説が終わると、みなそれぞれの大臣の元へと走った。盛田も彼らに続いた。

閣僚応接室は騒然としていた。これは開戦に等しい緊急事態だ。

人の波をかき分け大熊大臣に近づこうともがいていたら、誰かに二の腕を掴《つか》まれた。

松下政務秘書官だった。

　松下は、盛田を廊下の端まで導いた。

「省内の根回し、助かりました」

　松下に礼を言われて盛田は戸惑った。さしたることはしていない。ただ、早朝に松下に教わった情報を、丸山に告げただけだ。

――総理は、自分の後継者に大熊大臣を強く推したいとお考えだそうです。オペレーションZが成功した暁《あかつき》には、その栄誉は大熊大臣に譲りたいとまでおっしゃっておられます。その旨《むね》、高倉、丸山両氏にあなたの口から伝えてください。そして、大臣にもさりげなくそれを伝えて欲しいと。

　とんでもない話だった。

　犬猿の仲と言われている江島が、総理の座を大熊に譲るだなんて、絶対にありえない。

　だが、松下の前で「さすがにそんなウソを、大熊大臣は信じませんよ」とは言えず、言われた通りに丸山に伝えた。

　無論、丸山も盛田と同じ考えだった。しかし役者が一枚上の丸山は、高倉と共に大臣室を訪ね、大熊に因果を含めたようだ。

緊急閣議が始まる三〇分前に官邸に入った大熊が、総理執務室から出てきた時の表情を見れば、総理が大熊大臣の説得に成功したのは一目瞭然《りょうぜん》だった。

それからの大熊は必死で厳しい顔つきをしようとするのだが、すぐに頬が緩むという体たらくだ。

情けない。そう嘆きながら、それでも盛田は、これで総理と財相が対立するという最悪の事態は回避できたと自分なりに納得した。

「君の働きがあったからこそ、大熊大臣が率先して閣議決定に賛同してくれたのですよ。この功績は大きい。今後とも官邸と財務省のパイプ役を頼みますよ」

盛田の背中を軽く叩《たた》いて松下は離れていった。

結果オーライ――財務省にとってはめでたきことなのだ。

大熊大臣の元へと急ぐと、当の本人は、見苦しいくらいにはしゃいでいる。

「お疲れ様でした」

盛田の声は大熊には届かなかったようだ。大臣は丸山との会話に夢中でこちらを見ようともしない。

「これから会見室で、総理と一緒に記者会見に出る。その前に、米国財務長官とＩＭＦ専務理事にお礼の電話をしなければならないんだが」

高倉が「その件、松下政務秘書官から聞いています。小寺官房長官から、官房長官室を使ってくれと言われています」と案内に立った。

大臣に続こうとする盛田を、丸山が制した。

「君は、先に省に戻って、歳入改革チームの緊急会議の準備をしてほしい」

歳出半減を発表した一方で、歳入増のためのプ《P》ロジェクトチ《T》ームも始動した。盛田にとってそれこそが、大臣官房参事官としての主業務だっただけに、望むところではあった。

廊下に取り残された盛田は、ポケットからスマートフォンを取り出して着信の有無を確認した。何本もメールが来ていた。

大半が、暁光新聞政治部長の橋上からだった。

〝閣議決定の模様を教えてくれ〟というメールに始まり、最後は〝何だ、大熊のあのにやけ顔は！　江島から、ぶっ飛ぶような鼻薬を嗅《か》がされたな〟という不遠慮なものまで、いずれも鋭い質問が並んでいた。

盛田は八つ当たりするように乱暴にスマートフォンをポケットに押し込んだ。

それにしても、橋上はどういう神経をしているのだ。

どうやってこいつを振り払おうかと思案していると、電話が震えた。

しぶしぶ発信元を確認したら、ディスプレイに橋上の名があった。

3

官邸を後にして霞が関に戻る道すがら、盛田はめまぐるしい速度で変化する状況を反芻《はんすう》していた。

今日の明け方、丸山から電話で叩き起こされた時は、江島総理の脇《わき》の甘さが露呈し、取り返しのつかない事態が起きたという悲愴《ひそうかん》感があった。それは、盛田だけではなく丸山や高倉にもあった。ところが、まるで暁光新聞のスクープを予想していたように総理は事態収拾に当たった。「最大の抵抗勢力」と見られていた大熊財相を取り込み、予算半減案を閣議決定に持ち込んでしまった。

その上、世界各国からの反応は江島を称《たた》えるものばかりで、海外の外国為替市場で円は暴落どころか、市場が開くなり高騰《こうとう》しているという。

誰もが江島の術中にはまり、彼を応援している。

江島は弁は立つし、行動力もある。しかし、彼の派閥は弱小で、過去にさしたる実績を残してもいない。どちらかというと永田町の裏方的存在で、政局が騒がしくなったり、行き詰まったりした際、野党や財界との交渉役を担《にな》ってきた。

それが、〝帝生ショック〟以降、にわかにリーダーとして注目され、総理大臣にまで就任してしまった。

よりによってあんな男が、日本の救世主となるとは。それはあってはならないことだ。

財政健全化のための捨て石と考えるべきなのだが、それ以上に生理的な嫌悪感《けんおかん》が盛田の割り切りを妨げていた。

考えに夢中になっていたせいだろう。すぐ脇で車が停まったのに気づかなかった。車がクラクションを鳴らし、パワーウィンドウが降りたところで、ようやく存在に気づいた。

「本省まで送ってやるよ」

声をかけてきたのは、一番会いたくない男、暁光新聞政治部長の橋上だった。

「結構です」

「だったら、俺が代わりに車を降りて、おまえの肩を抱き、二人がいかに親密なのかをこの界隈《かいわい》の皆様に喧伝《けんでん》しようか」

この辺りを歩いているのは、ほとんどが政府関係者だ。

「くだらない」

振り切ろうとすると、本当に橋上は車から降りてきた。

「待ってくださいよ、盛田参事官！　私とあなたの仲で、そんなつれない。お金が足りなければ、いくらでも払いますから」

行き交う数人がこちらを見ている。

顔を赤くして盛田は車に先に乗り込んだ。

「なんて破廉恥《はれんち》なんですか、君は」

「破廉恥なんて言葉、ひさしぶりに聞いたぞ」

「そんなことはいいです。早くドアを閉めて、車を出してください」

「出してくれ」という橋上の指示でクラウンが走り出した。

「どういう神経をしたら、あんなバカげた行動ができるんですか」

「俺のメールを無視し、電話に出ない理由を言え」

「応じる義務はありません」

「あるだろ。おまえ、丸山から俺とのパイプ役を命じられてるんだろう。なのに、そんなことじゃあ、職務怠慢だぞ」

「なんで、それを知ってるんです！」

尋ねてすぐに後悔した。

「俺は暁光新聞の政治部長だ。情報源は無数にある」

だが、その話を知っているのは、大臣官房の幹部数人だけだ。一体、誰が情報を漏らしているんだ。

「だったら、私ごときに頼る必要はないでしょう」

車は、お濠端《ほりばた》を走っている。

「ちょっと！　本省に送ってくれるんじゃないんですか」

「ちゃんと送るさ。ただし、少し遠回りをする。いいか盛田、おまえはもう後戻りできないんだよ。俺に協力するしかない」

橋上がタバコに火を点《つ》けた。できるだけ離れたくて、反対側のドアのそばに身を寄せた。

「私が君に協力する義務はない」

「あるさ。嫌なら俺が別の情報源を使って、今朝のウチのスクープのネタ元があんただと漏らすまでだ」

「それはデマだ」

「デマから生まれる真実もある。俺が事実だと言えば、それは真実になるんだ。それがマスコミだ」

下衆《げす》め。

「そんな目で見るな。何も俺だけが得するんじゃない。ギヴ&テイクだ。あんたが欲しがっている情報もたっぷり提供してやる」

「そんなものはありませんよ」

「誰が昨日の朝刊の一面スクープの情報を漏らしたのか、知りたくないのか。教えてやるから、大熊の変節の理由を教えろ」

橋上がこちらを向いて分厚い唇から煙を吐き出した。

「そんなこと、私が聞きたいぐらいです」

太い指の間に挟んだタバコの煙が車の天井を伝って盛田に忍び寄ってくる。

「閣議決定する三〇分前に、大熊だけが官邸に呼ばれ、執務室で江島と二人っきりで密談したそうじゃないか」

こいつらは官邸に盗聴器でも仕掛けているのだろうか。

「存じません」

「それは裏も取れている。で、問題はその中身だ。総理は協力の見返りにどんなエサを投げたんだ」

「存じません」

不意に橋上が身を乗り出してきた。吐く息が酒臭かった。

「次期総理は大熊君に譲るよと言った——、そうだろう?」

な、なんだと!

「存じません」

目の前であばた顔が嬉《うれ》しそうに笑った。

「盛田、俺はおまえが大好きだよ。昔っからそうだった。顔にすべて出る。やっぱり育ちの良さは大事だな。その素直さは賞賛に値する」

「何を勝手なことを。そういうカマかけはやめてもらおうか。私は何も言っていないし、総理と大熊大臣との密談内容なんて、事務次官でもご存じない」

橋上は益々《ますます》確信を強めたように、にやにやしている。

「橋上君、大熊大臣が歳出半減という総理の方針を支持するのは当然じゃありませんか。彼は財務大臣なのですよ。ここまで追い詰められた財政危機を総理が不退転の決意で解決しようと決断された。財務大臣がいの一番にそれに賛同するというのは物の道理です」

「物の道理が聞いて呆《あき》れる。確かに、財政赤字を積み上げてきたあんたら財務省と政治家の責任は重い。赤字を低減して、日本の財政を健全化するという点において、俺だって異論はない。

だがな、何事も急《せ》いては事をし損じるものだ。それを、あのくそったれは、いきなり出発進行！とやりやがった。各国政府や財界金融関係者には段取りよく根回しをしたようだが、そんなものはすぐに崩れるぞ。それどころか、今朝の総理の発言は、世界中のカネの亡者《もうじゃ》に、ここにおいしい獲物《えもの》があるぞと宣言したようなものだ。ハイエナやハゲタカが群がってきたら、もう誰も助けてくれないんだ」

この男にしては、珍しく神妙な口調だった。そのせいか、やけに説得力があって、ありうべき未来の恐怖が盛田にも伝染した。

「俺たちマスコミは嘘《うそ》つきだし、破廉恥だし、ゴミかもしれん。しかし、この国が破滅に向かうのを知りながら黙って見ているわけにはいかないんだ。いいか盛田、これは正義の問題だ」

おまえはどうなんだと、暗に追い詰められている気がした。橋上はそのつもりで発言しているのだろう。だが、それに反論する言葉を持ち合わせていなかった。

「運ちゃん、財務省に向かってくれ」

竹橋の交差点で車は左折した。

それから財務省前に到着するまで、互いに一言もしゃべらなかった。

「ここで結構です」

霞が関一丁目の交差点で盛田は車を停めるように言った。

歩道に近い方に橋上が座っている。彼がドアを開けるのを待っていたが、じっとしたまま動かなかったので、盛田は車道側のドアを開けようとした。

「周防篤志だ」

低い声で橋上が言った。

「なんですか」

「大スクープの情報源だよ」

信じられなかった。いや、そうであってくれれば周防を潰せる切り札になる。だが、あれだけ江島総理を慕っている男が、総理の施策を妨害するような罪を犯すとは思えなかった。

「また、デマですか」

「信じる信じないは、おまえの勝手だ。その若造は、江島の秘蔵《ひぞ》っ子《こ》なんだろ。だから、リークしたんだ。総理の蛮行を一命を賭《と》して止めたいと言ってな」

そして、橋上はドアを開け、自ら先に降りた。続いた盛田は、橋上の目を見て言った。

「今の話、本当でしょうね」

「言ったろ。信じる信じないはおまえの勝手だと。じゃあ、また情報交換しような」

巨体に似合わない身軽さで車に戻った橋上を乗せて、クラウンは盛田の前から去って行った。

周防が、暁光新聞の情報源。そんなことがあり得るのだろうか……。

それはあり得ないと財務省高級官僚としての盛田は強く否定している。その一方で、そうであれば、どれだけ自分は胸がすくだろうという願望に負けそうだった。

4

暁光新聞の大スクープであまり目立たなかったが、今朝の東西新聞の一面を飾った特ダネも、チームOZとしては看過できないものだった。

「下流老人急増　一千万人を突破か」

周防はこの記事を潰せと根来に命じられ、とっかかりとして厚労省の伏見に連絡した。

「これは、栗澤審議官と町田局長の意向だと思って聞いて欲しい。厚労省が最も優先するのは、二〇代以下の若者の未来だ。彼らに対しては未来に期待が持てるようなバックアップ態勢を取りたい」

伏見が言った。

「同感だ。その落としどころを考えて欲しいってことは、既に伝えたよな」

「考えている。だが、簡単には通してもらえない気がしている。そこで、取引だ」

「聞かせてくれ」

「若い世代のバックアップのための新しい制度を設ける。また、生活保護や医療保険、失業保険についても若い世代への優遇措置を考えている。年金などの負担の軽減もその一つだ」

予算額次第だが、彼らの申し出を満額で通すのは難しそうだ。

「その代わり、下流老人問題は、ひとまず棚上げでいい」

マジか。信じられない取引だった。

国民の命を守るのが使命だという厚労省が、高齢者を見捨てると言っているのだ。

「伏見、それ本気か」

「僕個人は大いに不本意だ。正直、栗澤さんはともかく、町田さんはもっとファイターだと思っていた。でも、総理が国民にあれだけの大演説をぶったんだ。町田さんは、本気で戒厳令を覚悟せよと言っている。だったらこちらも救うべきものに優先順位をつけて不可侵で守るものを決めた」

あだ名こそプーさんだが、伏見は骨の髄まで厚労官僚だ。国民の命を守るためには、体を張る覚悟でいる。

それだけに、高齢者切り捨てというのは、許し難い蛮行のはずだ。

「ただ、高齢者を見捨てるわけではない。根来さんの言う通り、カネをかけない支援制度を検討中だ」

「そう言えば、暁光新聞で始まった『デフォルトピア』って小説、読んでるか」

「まあね」

「あれは、耳が痛いな。今朝の回の年金生活者の罵声《ばせい》は結構堪《こた》えたよ」

国がデフォルトして、年金支給が半分以下になった老人たちが暴動を起こしたという話だった。

「あそこに出てくる主人公の財務官僚って、周防のことだろ」

「冗談言うなよ。まったく無関係だよ」

「そうなの？　そういう噂《うわさ》、広まってるぜ。それに大須《おおす》って、周防のアナグラムじゃないか」

迂闊《うかつ》にも気づいていなかった。

しかし、連載が始まってしまった以上、主人公の名前は変えられない。

「偶然の一致でしょ」

そうあって欲しかった。

5

財務省に戻った盛田は、その足で広報室長を訪ねた。

友坂は電話中だった。

「ですから、歳出半減策については、すべて官邸主導ですから、我々に尋ねられても答えようがないんですよ。すみませんね、お役に立てずに」

友坂は勢いよく受話器を置いてから、ようやくこちらに気づいた。

「あっ参事官。すみません」

「大変ですな」

「もう、きのうからずっとこの調子ですよ。まず、暁光新聞のスクープで怒鳴られて、次は総理の歳出半減宣言の具体策を教えろですからね」

憤懣《ふんまん》やるかたない気持ちが、全身から溢《あふ》れている。

「なんでこんなにウチは蔑ろ《ないがし》にされているんですかね。財政問題なのに、肝心の財務省の広報は何も知らない。こんなことでいいんでしょうか」

そこは君の能力の問題だと思うが。

「ちょっと二人っきりで話をしたいんですが」

友坂は頷《うなず》くと、使っていない会議室に盛田を案内した。

「暁光新聞のスクープの情報源はどこです」

軽口を叩いていた友坂から、余裕が消えた。

「まったく分かりません。いずれにしても、我が省であれだけの情報を知っていた者はいません。大臣ですら、ご存じなかったのでは？　ということは、出どころは官邸ではないかと」

「そんなことで、広報室長がよく務まりますね」

「違うんですか？　まさか、我が省から……」

「もしかしたら、あなたも管理責任を問われるかもしれませんね」

「参事官、冗談きついですよ。広報室の職員は皆シロです。それ以外の誰かが漏らしたというのであれば、当の部署長が責任を」

「お黙りなさい！　広報室長の職責をなんと心得ているんです。単にマスコミ連中に情報を提供するだけなら、ロボットで事足ります。それより重要なのは、省内の情報のコントロールにある。それぐらいの自覚がないのですか」

「申し訳ありません。自覚が足りませんでした」

友坂の顔から血の気が失《う》せた。

愚かな男だ。なぜ、こういう馬鹿《ばか》なお調子者が、省内で幅をきかせられるのだろう。

「今朝の暁光新聞のスクープは、官邸主導の案件だから、財務省は知らないという理屈が通ると、君は本気で考えているんですか」

「しかし、それは事実で」

「情報源が官邸の誰かであると特定した上で、言っているんですね」

「それは……」

「だとすれば、君の発言は単なる責任逃れではないですか。世界が注目する国難に立ち向かっていく中で、我が省は中心的役割を期待されているんです。なのに、その情報管理者がこんなことでどうするんです」

友坂は言葉が出ないようだ。疲れ果てているうえに責めたてられて、こめかみに汗が滲《にじ》んでいる。

「この失態を挽回《ばんかい》するためには、君自身の手で、裏切り者を探し出すんです」

総理の大博打《おおばくち》の全貌《ぜんぼう》を、周防が暁光新聞に漏らしたとは、盛田にはどうしても信じられなかった。その一方で、盛田自身が直接手を下すのではなく、第三者に調べさせた方が安心だと気づいたのである。

「しかし、手がかりがさっぱりなくて」

「何のために、日頃、記者たちとつきあっているんです」

「もちろん昵懇《じっこん》にしている記者にはすべて当たってます。だが、誰も首を振るばかりで」

ぼんくらめ。

「それは、やり方がなってないからでしょ。しかるべきエサを用意して、情報交換をしているんですか」

「エサ、ですか」

「相手がとっておきの情報と引き換えにしても取りたくなるようなネタですよ。それを用意しているんでしょうね」

そんなものはありはしないと友坂の顔に書いてあった。

「情けない。それでも広報室長かね。いいでしょう。今日は特別に私がそれを君に差し上げよう。だから、必ず探り当てるんです」

友坂が見苦しいほど恐縮した。

「大熊大臣の豹変《ひょうへん》は、総理から禅譲の約束をされたためです」

「マジですか！　いや、それはあり得ない」

「大臣ご自身がおっしゃったのを私が直接聞いたんです。江島総理にとって、その程度の腹芸は朝飯前ですよ。もちろん、約束を守るかどうかは分かりません。一寸先は闇《やみ》というのが政治の世界です」

政治家同士の約束など水に浸《つ》けたトイレットペーパーより破れやすい。そんな常識も知らないような男は、財務大臣の資格はない。とっとと滅びればよいのだ。

「つまり、大熊大臣は、相当のお調子者か間抜けということですか」

「言葉を慎みたまえ。広報室長風情《ふぜい》が、大臣を小馬鹿にするとは何事です」

「暁光新聞の財務省担当のキャップで石塚《いしづか》というのがいて、児玉と犬猿の仲でして。そいつに投げてみます」

記者同士の仲が悪い程度で、飛びきりのディープスロートをばらすだろうか。

「結構。但《ただ》し、上手にやりたまえよ。君が出す情報は、大臣への背信行為だからね」

もう友坂は聞いてなかった。

自席に戻ると、盛田は苦労して橋上にメールをした。

〝ウチの広報室長が、今朝のスクープの調査を命じられて困っています。飛びっきりのネタと交換に、財務省担当の石塚という記者に探りを入れるとか〟

それだけのメッセージを入力するのに、大汗をかいた。スマートフォンで慣れないメールをしたからではない。周防を追い詰めるために謀《はか》った悪巧みへの疚《やま》しさと、それ以上に興奮しているせいだった。

6

〝下流老人の現状をぜひご覧に入れたいと思っています。

明日、老後に住宅ローンが払えずに自宅を競売にかけた上に、借金で苦しむ人たちを救済するNPO法人の相談会があります。

ぜひ、いらしてください〟

昨夜、薪塚大臣の私設秘書、栃原《とちはら》に誘われたのだが、行く義務などなかった。

だが連日の激務でへとへとだった周防は、帰宅途中の地下鉄の中で、栃原のメールに気づき、あまり深く考えずに「伺います」と返信してしまったのだ。

芝のメルパルク東京の会場は数百人は収容できそうな広さなのに、人で溢《あふ》れ返っている。大半が高齢者で、みなどことなく煤《すす》けたいでたちだ。

「おはようございます。まさか、本当にいらしてくださるとは思っていませんでした」

背後から声をかけられて振り向くと、栃原の柔和な笑顔があった。

「実態を知らないで、机上の空論を闘わせるのは嫌なんでね」

「素晴らしい。ご紹介しますわ。NPO法人ローン・バスターの加賀通子《かがみちこ》さん。加賀さん、財務省の周防篤志さんです」

「どうも、いらっしゃい！」

加賀は、恰幅《かっぷく》の良い肝っ玉母さんのような中年女性で、全身からエリート臭を漂わせる栃原とは正反対の佇《たたず》まいだ。長年、社会福祉の現場で闘ってきた印象を受ける。

「初めまして。それにしても大反響ですね。皆さん、住宅ローン返済で困ってらっしゃる方なんですか」

「大半はそうですね。あるいは、マスコミなどが下流老人なんて騒ぎ始めて、不安になった方もいらっしゃいます」

加賀の話では、四〇代でマイホームの夢を実現するために三〇年以上の住宅ローンを組んだ高齢者が多いのだという。

当初の借入額が三〇〇〇万円から五〇〇〇万円と高額なため、定年退職後も、月々の返済額が二〇数万円前後というケースが山のようにある。

「ご存じだと思いますが、住宅ローンは購入時は負担を軽くするなどと言って、低額返済でスタートして、ある年数から急に二倍三倍に返済額が跳ね上がります。当初の返済では元本はほとんど減っていないため、一〇年払い続けても、元本は丸ごと残ったままなんて場合もあります」

「ローン返済の開始時は、夫婦共働きだったから返済できたものが、どちらかが大きな病気や怪我《けが》をするとそのバランスが一気に崩れる。つまり収入が減り、代わりに医療費は嵩《かさ》み、結局ローンが返せなくなるようなケースが増えています」

しかも、そういう非常事態は、定年退職後に起きやすいという。さらに、親の介護や勤め先の倒産などで職を失うと、たちまち家を売却するしかない事態となる。

「参加者世代のご自宅は、バブル期に購入された家が多い。すると、売却価格が購入時の半分以下、下手をすると五分の一なんて場合もあり、家を売却してもまだ一〇〇〇万円以上の借金が残るようなケースはざらです」

自分は恵まれているのだと周防は思った。妻の実家が工務店で、マンションは、義父の紹介で格安で借りている。

「団塊の世代は、たくさん退職金をもらえたから幸せだっていうじゃないですか。それは事実なんですが、バブル時代にマイホームを無理して買って、五〇〇〇万円のローンなんて組んでると、退職金を全部吐きだしても、まだローンが残るんです」

栃原がそう補足した。

さらに彼女は続ける。

「リーマン・ショックの時に、サブプライムローンというのが話題になりましたよね。あれは本来、家なんて買えないような低所得者にアメリカの金融機関が住宅ローンを提供する仕組みでした。それが破綻したのを見て、バカじゃないのかと呆れたものです。でも、日本だって変わりませんよ。事前審査はそれなりにしているとはいえ、定年退職後一〇年以上も支払い続けるような住宅ローンを平気で認めるなんて、おかしくないですか。結局は銀行がボロ儲《もう》けできる仕組みだったわけでしょう。それを奨励した当時の大蔵省に責任はないんでしょうか」

耳が痛い。だが、それをあげつらい恨み言を言ったところで何も改善しないのも事実だ。

「戦後日本人の中で、最も得をしていると言われている団塊の世代ですら、こんな有様なんですよ。既に労働人口の半分近くが非正規雇用で、キャリアを積んでも収入が上がらない世代が老人になった時を想像するとゾッとしますよ」

だからこそ、救う世代を絞るしかないのだ。

周防はそう考えているが、ここで喘《あえ》ぐ下流老人たちを国が見捨てれば、若い世代はますます生きる意欲をなくすだろうという栃原の見解は見過ごせない。

「じゃあ実際に、相談内容を聞いてみましょうか」

そんな個人情報を傍聴できるのかと思ったら、ちょうどテレビカメラが取材しているブースがあった。

相談者は老婦人で、身なりなどを一見すると生活苦とは無縁そうに見える。

「ローンのこととか、全部夫に任せていたんです。それがもう認知症が進んで、何も分からなくなってしまった時に、ローン会社から家を出て行くように言われまして」

その直後に夫が亡《な》くなり、ローン会社は住んでいる家を競売にかけて売却し、残りの負債についても即刻返済せよと迫っているらしい。団体信用生命保険にも入っていなかったのだ。

相談員は弁護士でその競売を任意弁済に切り替えることで、老婦人の負担が軽くなると説明している。だが、老婦人にはその説明が全く理解できないようで、ただ、「少しでも楽になるように」と拝むばかりだった。

一生懸命働いて、家庭を築き、マイホームを持つ――。それが中流家庭の標準だった。だが、実はそもそもライフプランそのものに設計ミスがあったことを、多くの人は老いてから思い知らされる。しかも、苦しくなった時には、国も自治体も助けてくれない。

現在ですらそういう状況であるのに、我々はさらなる地獄を用意しているのだ。

「あっ、栃原さん、お疲れ様です」

栃原の隣にカメラを手にした女性が立っていた。職業は一目瞭然、新聞記者だ。

「あら！　取材に来てくださってありがとうございます」

「いやあ、聞きしに勝る状況ですね。まるで高度経済成長の最終処分場ですね」

そして、案の定、記者と周防の目が合った。

「こちらは？」

「財務省の周防と申します」

「あの、周防さんて、もしかして周防篤志さん？」

いつから自分はフルネームで呼ばれるような有名人になったんだ。

「そうですが」

相手が名刺を差し出したので、周防も名刺を渡した。

「東西新聞　記者　山中侑子《やまなかゆうこ》」とある。

「なぜ、私の名をご存じなんですか」

「ってことは、知らないんですか、ご自身の名前が2ちゃんねるで話題になっているのを」

「どういうことです？」

「暁光新聞にスクープをリークした謀反人として名指しされてますよ」

7

「申し訳ないんですが、この保険証はもう使えません」

救急病院の受付が視線を逸《そ》らして言った。

「なんで？　だって、まだ、期限切れていないんですよ」

大須は慌《あわ》てた。よほどの腹痛らしく子どもが泣きわめいている。だから、救急車でここまで来たのに。

「国が破綻した影響なんです。特に公務員が加盟している共済組合の保険証は、もう一切利用できなくなりました。何か、生保で医療保険に入られていませんか」

「いや、学資保険ぐらいしか……」

「では、全て現金でのお支払いになります。大丈夫ですか」

「何とかしますから、早く治療してくださいよ」

「盲腸かもしれませんね。その場合だと、五四〇万円ほど必要になります。健康保険が使えないので、高額医療控除もできません。ひとまず、現金で一〇〇万円お願いします」

「入院費用を入れても四〇万円程度だと聞いてるぞ？」

何とか、五〇万円は用意している。

「それは、ハイパーインフレになる前です。今日の費用は、五四〇万円です」

「今、何時だと思ってるんです。銀行も開いてないし、とにかく必ず払います。僕は財務官僚なんです。身分証もここにあるでしょ」

大須は写真付きのＩＤカードを見せた。

「いやいや、財務省の官僚なんて、一番信用できないじゃないですか」

「それじゃあ、クレジットカードで。三枚あります。一〇〇万円分ぐらいはこれで」

「クレジットカードは全て使えなくなりました」

デフォルト後、国内の信販会社が発行するクレジットカードは、いずれも使用不可となっていた。

「そんな！　お願いだから、手術してやってくださいよ！」

その時、背後で誰かが叫び、悲鳴が続いた。刺身包丁を振り回した男が、何やら喚《わめ》いている。

「俺は、ただ、ばあちゃんのいつもの薬をくれと言ってるだけだぞ。なのに、五万円って何だ！　殺すぞ！　黙って薬を出せ！」

俺も、ああするしかないのか。

その時、妻が駆けつけた。

「これで」

妻が、帯封の付いた一〇〇万円を受付のカウンターに叩き付けた。

――桃地実『デフォルトピア』より

第6章 今日の二人を救えない国に、五年後の五〇〇万人を救えるのでしょうか

1

「ばっかじゃねえの」

討論番組の席上で一人が漏らした呟《つぶや》きは、マイクを通して八〇〇万人近い視聴者の耳に届いたに違いない。

ＰＴＢテレビの副調整室から議論を見つめていたディレクターの菅野《かんの》は、いよいよ始まったぞとほくそ笑んだ。そして、背後で気むずかしそうに腕組みをしているチーフプロデューサー《CP》を盗み見た。案の定、表情が険しくなっている。

「地方は創生か滅亡か」と題した討論番組を、ＣＰがやろうと言った時に妙だとは思ったが、やはり本人の意志ではなかったか。数字命の男が、土曜日午後に三時間も費やしてなぜこんな地味な番組を敢行したのか。このところ、何かと政府審議会の審議委員に名を連ねている社長におもねったに決まっている。

出演者は地方創生担当大臣や、総理の諮問《しもん》機関である地方創生有識者会議の座長、さらには、地方の人口減少について問題提起している大学教授というお堅い連中ばかりだ。この時間帯にテレビの前にいる視聴者には何の魅力もない出演陣といえる。

もっとも、番組としての公平性と面白さは必要なので、バランスを取るためのスピーカーを探せと、菅野はＣＰから命じられた。

菅野は二人を推し、一人は、あっさり決まった。

篠塚愛《しのづかあい》――、現在は一人の子持ちの元人気アイドルだ。地方出身で地元のＰＲにも熱心なのが起用の理由だ。

芸能事務所は、所属タレントの政治的発言や行動を嫌う傾向がある。菅野としてもダメ元の依頼だったが、事務所は二ツ返事でＯＫした。「結婚して子どもができると、容姿端麗というだけではもうダメ。かといって、毒舌はすぐ飽きられる。そこで、自己主張できるタレントへの脱皮を目指している」とのことらしい。

芸能人も生き残りに必死なわけだ。

今、暴言をつぶやいたスピーカーも、菅野が連れてきた。

宮城慧《みやぎさとし》、三八歳、上智《じょうち》大学准《じゅん》教授で専門は文化人類学だ。京都大学総合人間学部から大学院に進み、博士号を取得、上智大学総合人間学部の准教授となった。京大在学中には、ロンドン・タイムズやエコノミストの特派員を務め、日本社会の現状をテーマにした記事を世界のメディアに寄稿している。

現在も、国内外のメディアで寄稿や発言には積極的で、『金儲《もう》けができない地方は滅びよ』という新書を昨年末に刊行して話題となった。

宮城は、およそインテリらしからぬ風貌《ふうぼう》をしていた。小柄で痩身《そうしん》、大きな目がやたら目立つ。全員がスーツ姿の中、彼一人、メタリカの黒のＴシャツの上からジャケットを羽織り、黒のジーパンという格好だ。

愛ちゃんは大歓迎だったＣＰが、こちらの案には難色を示した。宮城は、言葉遣いが乱暴な上に、時にテレビ局の思惑など無視して、出演者に喧嘩《けんか》をふっかけたりもする。そういう危険人物をＣＰは嫌うのだ。しかし、「あんまり無難な人ばかり並べると、視聴率《すうじ》取れませんよ」という菅野の強い押しに屈して、宮城の出演を認めた。

本番前、ＣＰは、宮城の控え室で、「くれぐれも穏便に」と、くどいくらい頼んでいた。だが、それは無駄だったようだ。

「誰ですか、今、私を愚弄《ぐろう》したのは？」

プライドの高い大学教授は、宮城の暴言を聞き逃さなかった。

「だって、そうでしょ。人口が減れば街が消滅って、根拠薄弱じゃん」

何を言ってもいいけど敬語だけは使えと、一応は釘《くぎ》を刺しておいたが、宮城はその約束すら破った。しかし、菅野は大歓迎だった。討論番組は、トークバトルが炸裂《さくれつ》してくれないと面白くも何ともない。

「なぜだね。面積だけが広く、しかも人口減少都市の特徴は、高齢者だけが取り残されるわけで、都市として成立しなくなる」

「だから、その前提がバカじゃねえのって言ってるわけ」

「宮城さん、もう少し丁寧な言葉遣いでお願いしますよ。ここは喧嘩をする場所じゃないですからね」

ベテランのキャスターに諫《いさ》められて宮城は肩をすくめた。

「失礼。口の悪さは僕の悪い癖です。富田《とみた》教授、無礼をご容赦。で、話を進めると、人口が減る理由は、そこで暮らすための必須《ひっす》条件である仕事がないからでしょ。つまり、職場を作れば、人口なんて気にしなくていいんじゃないんですか」

「それができないから、消滅するんです」

「バカな。じゃあ、こういうのどうです？　僕は今、仲間と地方で実験しているんです。限界集落の空き家を借りて、一〇人の三〇代が仮移住しているんです」

そう、その話をして欲しいのだ。

菅野は、その実験集落の写真に画面を切り替えた。

「五人はコンピュータがあれば仕事ができるデザイナーや投資家、さらには物書きです。で、料理人が一人いる。家庭菜園レベルですが、まあ野菜ぐらいはつくっています。でもね、ここに、大勢の若い人が集まってきているんですよ」

街は人が集まって形成される。そのために必要なのは、仕事と住まいだ。地方の場合、住まいは何とかなる。だが、都会からの移住者にできる仕事が少ないのだ。つまり、そういう仕事を生み出せば、自然に人が集まり、そこが街になっていく。

土地があるだけでは、人は集まらないというのが宮城の持論だ。

だから、東北の被災地についても「本気で復興するなら、ハードばかり建設をしても無意味。まずは、仕事を創出すること。でなければ、そこに街は生まれない」と主張している。そして、彼の訴えに共鳴した被災地の首長が、宮城の研究室と共同で、自然と人が集まるまちづくりの実験を開始している。

「それは、私たちが推進している日本版ＣＣＲＣ運動とまったく同じじゃないですか」

地方創生有識者会議の座長が議論に参入した。

ＣＣＲＣとは、Continuing Care Retirement Community（継続介護付きリタイア

メント・コミュニティ）のことで、高齢者が健康な時から移り住み、人生の終焉《しゅうえん》まで過ごす環境整備が整ったコミュニティを指す。アメリカでは、約二〇〇〇カ所ある。このコミュニティを、東京都の高齢化対策と地方創生に結びつけようというのが、日本版ＣＣＲＣだ。

政府の地方創生事業の根幹をなす事業として、既に一〇〇〇億円規模の予算もついている。

「どこが同じなんです。あれは、高齢者を東京から地方に移住させるだけでしょ。そんなもの迷惑だ」

最後の言葉と物言いで、座長の顔つきが変わった。

「失礼な。宮城さん、姥捨《うばす》てのような言い方は撤回して戴《いただ》きたい」

「座長、僕は姥捨てなんて言ってませんよ。それに、地方の活性化という意味では悪くないと思っています」

面白くなってきた。

「おい、３カメ、宮城ちゃんをもっとアップだ！　１カメは教授を、２カメは座長をアップにするんだ！」

宮城はものすごい勢いで話している。

「地方は、高齢者の介護については、東京などの大都会よりはるかに腕を上げています。効率化も進んでいるし、ヘルパーさんたちのレベルも高い。だから、東京から年寄りがくれば、ビジネスチャンスが広がる」

　政府側の識者らが怪訝《けげん》そうに宮城を見ている。

「さらに、東京は高齢者人口を減らせる。あんたら、そう思ってるんでしょ。でもね、CCRCに移住してくる人は、富裕層、少なくとも小金を持った連中だ。そういう人を東京から流出させて大丈夫ですか。東京に残るのは、下流老人ばかりになりますよ。しかも、都内には熟練の介護ヘルパーが少ないのに。あなたたちの発想で人口を移せば、都市消滅するのは東京のベッドタウンじゃないんですかね」

「君、分かってないねえ」と座長が反論した。

「今の君の指摘こそが、地方創生事業の目的であり、東京都の高齢者人口増という重大な問題の解決法なんだ。それに君はCCRCに移住する人を富裕層だと言ったが、それは違う。東京で暮らす三分の一から五分の一の費用で、地方なら暮らせるんだ。今の生活が苦しい人にとって、より健康で文化的な生活がそこにあるんだよ」

「つまり、CCRCは入居代タダってことですか」

「そんなはずがないだろう」

「じゃあ、どうやって下流老人が、CCRCに住むんですか。国か自治体が費用を支給する制度でもつくるんですか」

宮城は尊大に足を組んで、座長を睨《にら》み付けた。

「生活が苦しい人はね、たとえ楽な暮らしが地方にあったとしても、そこに引っ越して生活する元手がないんです。しかも、部屋を借りられる保証もない。何より仕事がないんです」

「仕事はある。今、地方は人手不足で困っているんだ」

宮城の指摘に、今度は教授が反論した。

「教授、それも詭弁《きべん》でしょ。パワーショベルや左官やとび職のような技能のある人材が足りないだけです。取り立てて技能もない年寄りなんて、どこも雇いませんよ」

「なんだ、君は。そうやって野党的に否定するばかりで、何の建設的意見も言わないんだな」

教授が怒りをぶつけるのを、宮城は鼻で笑った。

「あなたに言われたくないですよ、教授。あなたは今、ご自分の机上の空論を看破されて怒っているだけでしょ。地方は人手不足で困っている。だから、仕事もある。仕事が手に入れば、CCRCで暮らせるとおっしゃる。未経験者の最低賃金程度の収入で、CCRCで生活できるんだったら、結構。でも、何をするにしてもカネがいるのは都会も地方も一緒だ。さらに言わせてもらうと、なぜ、東京で仕事にありついてなんとか暮らしている人の職と住まいを引っぺがして、地方に放り出すんです?」

「あの、ちょっといいですか」

元アイドルが手を挙げた。

キャスターはホッとしたように篠塚愛を指名した。

「難しいことは分かりませんけど、私の父親は普通のサラリーマンでした。定年退職まで働いて、家のローンも払い終わって、今、老後をどうしようかと、両親は考えているんです。そういう人も大勢いるんじゃないんでしょうか」

「だから?」

宮城が眉間《みけん》に皺《しわ》を寄せている。

「とにかくそういう方に、元気なうちに地方でのんびり暮らしてもらって、介護が必要ならその面倒も見てもらえる場所って、助かると思うんです」

「愛ちゃん、良いこと言うなあ」

菅野の背後で、CPが本当に嬉《うれ》しそうだ。

「あんた、今の議論の何を聞いてたんだ。あんたの両親のようにお気楽に生きてる人たちは、田舎暮らしでもなんでも好きに過ごしてくれ。問題は、カネがない国が、破《は》綻《たん》寸前の地方と下流老人と非正規雇用の若者をどう救うかなんだよ。お気楽な話題を、こんなところでぬかすな」

菅野は思わず笑ってしまった。

宮城の態度は徹底している。斯界《しかい》の大先輩でも、政府の要人でも、そして元アイドルでも、ダメなものはダメとこき下ろす。その結果、全方位的に敵をつくる。だが、こういう奴《やつ》がいないと、俺たちテレビ屋はつまらないんだ。

「おい、何やってる。もっと愛ちゃんに寄れ！　もうすぐ泣くぞ！」

菅野の予想通り、篠塚愛の目が潤《うる》んできた。

「平凡の何がいけないんですか。みんな、家族のためだけじゃなく、日本のためにも頑張ってきたんですよ。平凡だって大変なんです。そういう人たちが安心して老後を過ごせる制度を、素晴らしいと言って何が悪いんですか」

「キャスター、まとめお願いします！」

ここらが潮時だった。キャスターが咳払《せきばら》いを一つして、大臣に体を向けた。

「佐藤大臣、短い時間ですが、少子高齢化社会と地方創生問題について、かなり突っ込んだ、有意義な意見が交わされたと思うのですが、最後に一言」

好々爺然《こうこうや》とした佐藤は、目を細めた。

「ヒートアップした議論で、大いに結構。皆さんのご意見、いずれも傾聴に値しますな。ただ、敢《あ》えて宮城先生に申し上げたい。大変鋭いご指摘だが、私も篠塚さんがおっしゃる言葉は大切だと思っております。どうでしょうな、もう少し前向きで建設的なご提案を戴ければ、ぜひそれを活用したいと思っているのですがね」

宮城が、すかさずマイクに口を近づけた。

「大臣、ご安心ください。僕も来月から、地方創生有識者会議のメンバーになりますので、そこでしっかりと実現可能な提案を致しますよ」

2

厚い雪雲が垂れ込めて、濃霧が大地を白く覆《おお》う二月下旬——。

北海道晴野《はれの》市に到着したら、午後二時を過ぎていた。濃霧による真っ白な空は、曖《あい》昧《まい》な明るさがあるだけで、時間の感覚が失われた。

久しぶりに石狩平野の雄大な景色が見られると楽しみにしていた周防は、車の後部座席でiPadを見つめている若き学者に声を掛けた。

「宮城さん、今、晴野市に入ったんですが、第一印象はどうですか？」

「五里霧中」

冗談とも本気とも言えないリアクションに、周防はげんなりした。

そもそもこの失礼男と一緒というのが不満だった。

暁光新聞に重大情報を漏洩《ろうえい》した裏切り者というレッテルを貼《は》られた結果、当分東京を離れることになった。

しかも難題付きだから、出張先で呑気《のんき》にやり過ごすというわけにもいかない。オペレーションZが掲げる地方交付税交付金ゼロを行った場合のシミュレーションを検討するための材料をフィールドワークによって集めるというミッションが周防に課せられた。

晴野市は二〇〇八年、企業でいうと倒産を意味する財政再建団体に指定された。つまり、地方自治体として倒産し、現在は再生中という状態だ。財政再建団体という名称は、法改正のために財政再生団体という呼び名に変わったが、状況は変わらない。

具体的には、自治体の赤字額が、標準財政規模の二〇％を超えた状態にある。

標準財政規模というのは、標準税収入額等＋普通地方交付税額＋臨時財政対策債発行可能額の合計を指す。簡単に言えば、地方自治体の経常一般財源だ。アバウトな言い方をすれば、地方自治体の時価総額とでも言えば良いのかもしれない。

財政再生団体は、企業の破産や民事再生のようなものだと言われることがある。だが、大きく異なる点がある。民間企業ならば、破綻した場合、その段階で保有している資産を整理した後の負債は、債権者に返済されない。つまり、倒産と同時に「借金棒引き」になる。

しかし、財政再生団体は、破綻《はたん》した自治体が再生する際に国が立て替えた地方債を完済する義務があるのだ。住民がいる限りは、市民サービスも当然行わなければならない。

オペレーションZを断行すれば、全国の地方自治体で晴野市のように財政破綻が続発する可能性がある。そこでフィールドワークの調査地として最初に選ばれたのだ。

調査にあたって、総務省の北海道管区行政評価局の担当官が同行するというのは、納得できた。だが、内閣府の地方創生有識者会議委員となった上智大准教授の宮城慧の同行は勘弁して欲しかった。

出発直前に根来が話を決めてきたので、東京から連れだって来たものの、宮城のコミュニケーション不全がひどすぎて、道中ではまともな会話がほとんど成立しなかった。

「先日のPTBでの討論会を拝見して感心しました。晴野市の再生を准教授《せんせい》に託したら、どんなアイデアが戴けるんでしょうか」

「さっきからベラベラと、よく喋《しゃべ》るヤツだな。それを今、まとめてるところ。結論だけを言うと、晴野市が潤《うるお》うような産業を興《おこ》すことが一番のカギ。結構、良い素材あるよ。まずは、石炭採掘の復活、続いてアジア人観光客の誘致、もう一つ言えば、地方破綻の国際研究機関の誘致だろうね」

聞くんじゃなかったと思った。どう考えても、無茶な話ばかりだ。あるいは、既に打たれた手の焼き直しか……。

「人の話をちゃんと聞く前に、そういう態度をしない方がいい」

一度もこちらを見ていないのに、呆《あき》れているのが分かったらしい。

「じゃあ、話してくださいよ。石炭採掘の復活とおっしゃいますが、そんなものはとっくに廃《すた》れてしまっているんです」

かつて、晴野市を含めた空知《そらち》地方は、良質で豊富な量の石炭が採れた。その中心地だった晴野は炭都と呼ばれ栄えていた。しかし、多発するガス爆発事故、エネルギー原料の主流変化、そしてコスト高が重なって、北海道の石炭採掘場は、次々と閉山に追い込まれた。

「周防さんさぁ、原発事故の影響もあって、日本では今、石炭発電が見直されているのを知ってる？」

「一応は。新聞で読んだ程度ですが」

「日本の石炭発電技術だと、石油火力に比べてCO_2の排出量が少ない。だから、エネ庁なんかは、石炭発電を増やそうとしている。つまり石炭を掘ればいい」

この先生は、横柄《おうへい》なだけではなく、何でも分かったような断言口調なんだな。やりにくい。

「掘ればいいって簡単に言いますが、もうこの辺りでは石炭なんて採れませんよ」

「僕が調べた限りでは、まだ埋蔵量の半分以上は残っている」

「ほんとですか」

「それを調べんのがお役人さんだろ。そっちのおじさんは知らないの？」

助手席に座る北海道管区行政評価局の担当官紺野《こんの》に、宮城は話を振った。

紺野は、地元採用の技官で五〇代後半のベテランだった。

「宮城先生は、博識でいらっしゃいますねえ。おっしゃるとおりです。石狩炭田はまだ、六割ほど石炭を取り残しておると、私も聞いております」

中肉中背の冴《さ》えない風貌の紺野は、慇懃《いんぎん》に答えた。

「ほらね。だから、掘ればいい。炭鉱再開となったら、活気が戻るでしょ」

そんな単純なものなのだろうか。

「しかし、聞くところによりますと、日本の石炭採掘はコスト面で合わないようでございますね」

やっぱり……。

「おじさん、何言ってんの。それは、エネルギー資源が潤沢にあった時代の話だろ。原発事故が起きて、中国などの新興国がエネルギー資源を世界中で買い漁《あさ》っている時代に、採掘単価が高いから掘らないなんて、ばっかじゃねえのって言われる」

ばかって、仮にも年上相手に、と慌《あわ》てたが、紺野はむしろ感心したように後部座席の方に半身を乗り出してきた。

「確かにその通りですな。今は安い石炭が輸入できます。でも、いつか枯渇《こかつ》するかもしれない。ならば、もう一度頑張って掘るべきです」

「その通り。それに、採掘費用が気になるなら、安く掘ってくれるオーストラリアやヨーロッパの業者に頼めばいいんだよ。日本のコスト高は人件費もあるけど、今や業者がほとんどいないからでしょ」

「なるほどねえ。それも一案ですな。ただ、やはり日本の石炭は日本人で掘りたいというのが人情ではないでしょうか」

「じゃあ、伺うけどさあ、おじさん。今の若い奴らに炭鉱に入れって言って、行くと思う？　行かねえよ。だったら、採掘者も経営も外資にまかせればいいでしょ」

宮城には、日本人がずっと持ち続けている感情とか習慣に対して何のシンパシーもない。彼のように何でも割り切れたら、財政改革もうまくいくのだが。何事においても、日本は面倒なのだ。

とはいえ、この一帯に石炭がそれほど残っているのは、日本再生にとって朗報ではないか。

「それじゃ観光はどうなんです」

「アジアの新興国は、どこもほとんど雪が降らない。したがって北海道は、それらの観光客を取り込みやすい。それに彼らの多くは温泉好きだ。北海道には山ほどある」

北海道拓殖銀行が破綻して以来、北海道経済はどん底状態を続けてきた。

それを最初に救ってくれたのが、台湾からの観光客だった。親日家が多い台湾に、北海道に行けば雪を思う存分楽しめて、温泉にも浸《つ》かれるとＰＲしたところ、大評判となったのだ。

ただ、このブームは、既にある程度沈静化している。さらに、晴野市は道北や道東ほどの豊かな観光資源もない。

「紺野さん、そのあたりは既に晴野市でも頑張ってますよね」

「左様ですね。ただ、あまり効果を上げていないようです」

「やり方を間違ってるんだよ」

また、一刀両断か。

「何か斬新《ざんしん》なアイデアでもあるんですか」

周防はやけになって尋ねた。

「中国をはじめとするアジア新興国の観光客の目的は、買い物。だったら、中国人が欲しがるモノを売るストリートをつくればいい。そして、それら購入品を全部、彼らの家まで配送するようなビジネスを立ち上げれば、北海道で観光した後、新千歳《しんちとせ》空港に戻る途中の晴野市の立地を生かして、買い物をさせることができる。そうすれば、ものすごい集客間違いなし」

「いやあ、宮城先生はお若いのに本当に何でもよくご存じですなあ。しかも、素晴らしいアイデアマンでもある。大学の先生なんてお辞めになって、起業されたらどうですか」

紺野も調子に乗って大胆なことを言い始めた。

「僕は自覚のある人格破綻者ですから、できないことはやりません。金銭感覚もゼロなんで、すぐ借金まみれになるでしょうしね。それに、無責任に提案するだけの方が気楽でいいんですよ」

自己分析は、ちゃんとできるわけか……。

周防が話を戻した。

「地方破綻に関する国際研究機関の誘致は、どうですか」

「晴野市は、二一世紀最初の、唯一《ゆいいつ》の財政再生団体という汚名を着せられている。だがね、考え方によっては、ここは地方都市の未来の姿でもある。つまり、先進破綻自治体とも言える」

酷《ひど》いことを。もっとも、晴野市長や市民が「晴野は日本の地方都市の未来」で、「俺たちは破綻先進国なんだ」と発言している記事は何度か目にしていた。

「残念なのは、おそらく晴野市長をはじめとする市職員も市民も、破綻原因についてしっかりと精査していないことだ。また、何が破綻へと繋《つな》がったのか突き止めようという意識もない」

宮城はそう言うが、原因は既に確定している。

「急激な人口減少と、観光施設の乱開発および、ヤミ起債が原因じゃないんですか」

晴野市は、炭都の幻想から抜け出すのに必死だった。かつては一三万人を数えた人口が、炭鉱の閉鎖で急激に減少した。それに歯止めを掛けようと、スキーリゾートやテーマパークなど次々と観光施設を建設したのだが、いずれもが中途半端《はんぱ》で客足が伸びなかった。そして負債ばかりを次々と増やした。

その上、年度末に負債を誤魔化すために、前年度会計の負債を、翌年度の会計から借りて見かけ上は黒字にするという小細工で地方債を乱発、これが引き金となって破綻したというのが通説だった。

「あれほどの乱脈経営を許した背景は精査しなきゃダメでしょ。ただ、晴野市だけが悪という理屈には、僕は与《くみ》しない」

「何かもっと重大な理由があると」

「それを探すために、はるばるこんな秘境まで来たわけでしょ」

秘境とは、いちいち無茶苦茶だな。だが、東京生まれの宮城には、濃霧の中にいる今でさえすでに秘境探検なのかもしれない。

「話を戻すと、晴野は自治体破綻の遺産なんだ。だから、多くの自治体関係者はここに来て、地方自治体の財政破綻のＡｔｏＺを、とっくりと学べばいい。そのためには、総務省は研究機関を設置しなきゃ。同時に、自治体破綻処理の専門家も養成する。江島総理は、財政健全化の大なたを振るうと勇ましいけれど、その分野の専門家もいないでしょ。だったら全部、ここで育成すれば良い。また、ピッツバーグやデトロイトなど、外国の破綻の実例の研究者も招くべきだね」

「研究機関ができたら、宮城准教授もいらしてくださいますか」

すかさず紺野が尋ねた。

「客員教授ならね。僕、都会でしか暮らせないし、寒いの苦手なんだ」

まったく言いたい放題だな。

しかし、人柄は好きになれなくても、宮城の考え方には学ぶべきものが多い。

峠道を越えたところで、霧が晴れた。

3

二週間前――。

暁光新聞にオペレーションZの情報を流した犯人は周防篤志だと、2ちゃんねるに書き込まれているのを知って、周防は松下に相談した。

ホテルニューオータニに部屋を用意したので、そこに行くようにと言われた。誰の目にも触れぬよう移動せよとのことで、くれぐれも官邸や総理公邸、財務省には立ち寄るなと厳命された。

移動中の地下鉄の中で、メールがきた。

〝一三四六号室に直行してください。

最初に三度、続いて二度ノックすれば、ドアが開きます。

松下〟

部屋で待っていたのは、面識のない二人の男だけだ。その時はじめて、これから事情聴取されるのだと悟った。

「我々は内閣情報調査室の者です」

「つまり、私は容疑者扱いということですか」

軽い口調で尋ねたのだが、誰も答えない。ただ一言、部屋の中央にあるソファに座って待てと言われた。

しかも、座る前にはボディチェックをされて、スマートフォンやパソコンなど所持品の一切合財を取り上げられてしまった。

松下は、あんなデマを本気にしているのだろうか。少なくとも誰かの悪戯《いたずら》や冗談だとは思ってないらしい。

それにしても、いったい誰の仕業なんだろう。

一番怪しいのは、暁光新聞の児玉だ。

児玉の夜討ちを無下に追っ払ったことに対する逆恨みかもしれない。あの人ならあり得るな。

あるいは児玉に情報を流している内通者を隠すために、スケープゴートにされた可能性も考えられる。

不安が最高潮に達した時に、ようやく松下と根来が現れた。

「松下さん、これは一体どういうことですか」

「おまえを信じているよ、周防。だが、ああいう情報がインターネット上に出た以上は見過ごせない。だから、協力してくれ」

根来はそう言ってくれたが、松下は無言だ。

「つまり、僕には情報漏洩《ろうえい》の疑いがかけられているというわけですか」

「あくまでも形式的なことだ。本気で疑っていたら、私はともかく松下さんはここにいらっしゃらない」

説得力のない根来の言い分を何とか受け入れて、周防は「何でも聞いてください」と返した。

事情聴取を担当したのは、内調の中年職員だった。

「周防さん、あなたには特定秘密保護法違反の可能性があるため、お時間を戴きました」

そんな大それた法律違反の嫌疑とは光栄な――などと笑い飛ばせるほどの余裕はなく、周防は動揺を隠すのが精一杯だった。

「単刀直入に伺います。暁光新聞に、通称オペレーションZと呼ばれている歳出半減プロジェクトの情報を漏らしましたか」

「そんなことは、していません」

「暁光新聞に知り合いは？」

「複数います。数ヶ月前まで、官邸で秘書官補だったんです。政治部の記者数人とは面識があります」

面識のある記者の名前を列挙しろと、紙を渡された。児玉をはじめ、六人の名を書いた。

「児玉さんとは、お親しいですか」

「さほど親しくはありませんが、児玉さんは大学の先輩で、その関係を楯《たて》にして向こうが情報収集をしようとしますので、致し方なく接触することはありました」

「最後に接触してきたのは？」

「三日前の深夜です。自宅の前で声を掛けられました。松下さんや根来局長にも報告済みです」

根来が頷《うなず》いた。孤立無援の気分だったので、それだけでも、ありがたかった。

「取材の内容を教えてください」

話していいものかの判断を仰ぐために、根来を見た。目が合い根来がまた頷いた。

「総理が、来年度予算の歳出を半減するという事実確認と、オペレーションZの存在です。また、歳出半減のような無茶をやって恥ずかしくないのかとも尋ねられました」

「それだけですか」

嫌な言い方だ。

「あとは……歳出半減のターゲットは厚労省の社会保障関係費と総務省の地方交付税交付金で、その両方をゼロにするのかとも聞かれました。さらには、米国大統領とIMFの専務理事に圧力を掛けられて、総理が歳出半減に踏み切ったんだろと、カマを掛けられました。いずれも、既に裏も取れていると言われました」

それらは、周防が情報源ではない証拠だと思っている。自分が情報源なら、念を押したい時は、別人に当たるはずだ。

「三日前の深夜、自宅前であなたと児玉記者が会っているのを目撃した人がいますか?」

アリバイ調べか。

「マンション前で声を掛けられましたが、人目を避けたいので、近くの児童公園に連れて行きました。公園には誰もいませんでした」

つまり、自分と児玉が会った裏付けはない。

「あなたは、児玉記者の質問に、どう答えられたんですか」

「全否定です。事実無根、言語道断と答えました」

質問者の隣に控える若手職員は、ずっとメモを取っていた。

「一応言っておくと、私が夜討ちを掛けられたのは、午後一一時ごろです。その時には、既に暁光新聞の早版は刷り上がっていたんじゃないんですか」

だから、私は無実だという言葉は飲み込んだ。

「申し訳ないですが、あなたが、それ以前に情報を提供した可能性がありますので、それによってあなたの潔白は証明できません」

「潔白ですって？　私の話を信じる気がないんですか。潔白も何も、私は何一つ疚《やま》しいことなんてしてないんだ！」

なんで、こんなあらぬ疑いを掛けられるんだ。僕はそんなに信用がないのか。

「お話しできるのは、以上です」

「なぜ、あなたの名前が電子掲示板に出たと思いますか」

「それは、私が知りたいくらいですよ」

そんな答えは求めていないというように、相手は無言だった。

「最後に、どなたが情報漏洩したと思われますか」

「想像もつきません。一つだけ言えるのは、私ではないということです」

そこで聴取は終わり、二人の内調職員は部屋を出て行った。

「嫌な思いをさせました。しかし、あなたの疑いを晴らすためにも、必要な手続きだったとご理解ください」

初めて松下が口を開いた。

「これで疑いが晴れたと思ってよろしいんでしょうか」

「何とも言えません。ただし、総理はあなたを信じていらっしゃいます」

思わぬ言葉に、堪《こら》えていた感情が抑えられなくなってしまった。周防は、泣きそうになるのを押しとどめて頭を下げた。

「総理に感謝の意を伝えてください。同時に、こんな問題で総理の重大な政策を妨げてしまい、本当に申し訳ないと」

「必ず伝えます」

松下は無表情だ。この二人はどう思っているのだろうと気になったが、怖くて聞けなかった。

「安心しろ、私も松下さんも、おまえを疑ってはいない。だから、とにかく連中には誠意を持って協力してくれ」

「総理は、内閣情報官に四八時間以内に、当該案件についての結論を出すように命じられました。それまで、あなたはこの部屋にいてください」

松下の言葉は、命令だった。

「畏《かしこ》まりました。ただ、着替え等を近くのコンビニあたりで買ってもよろしいですか」

「君の奥さんに連絡して用意してもらった上で、誰かに運ばせるよ。とにかく、部屋からは一歩も出るな」

根来の指示に素直に従った。

結局、周防の疑いは簡単には晴れなかった。

真犯人を見つけられず、周防の証言を裏付けるだけの物証がなかったのだ。

周防のスマートフォンとパソコンのチェックに時間がかかったという理由で、結論が総理にもたらされたのは、一〇日後だった。

それも、「ひとまず密告者と裏付ける事実が出てこなかったので、可能性は低いと判断」というもので、到底身の潔白が証明されるところまでは至らなかった。その間、周防はホテルニューオータニの一室に軟禁され続けた。

さすがに、2ちゃんねるの書き込みを、そのまま取り上げるメディアはなかった。一部の週刊誌で、半ページほどの記事を出したところがあったが、周防の名前までは出なかった。

ひとまずの決着がついた日の夜、根来が訪れた。

「一〇〇％の潔白を勝ち取れず残念ではあるが、俺たちは皆、おまえに対する疑いは晴れたと思っている。ただ、申し訳ないが、すぐに『ＩＭＦ』に戻すわけにはいかない。それは分かるな」

OZから外される——とは察していた。

「ほとぼりが冷めるまで、東京を離れてもらう」

トカゲのしっぽ切りか。

「左遷《させん》ですか」

「異動ではなく、長期の出張だ。地方交付税交付金の大幅削減のために、地方の実態調査をするべきだという意見が、地方創生本部からあってね。それで、チームOZとしても、調査員を派遣することになった。君には、それを担当してもらう」

最初の訪問先が、北海道晴野市と決まった日、松下の計らいで、家族と昼食を共にする機会を得た。

ホテルニューオータニを訪ねてきた妻と子どもたちの顔を見て感極まったが、四人の子どもたちにもみくちゃにされて、それどころではなくなった。

松下はホテル内の小宴会場を確保して、家族水いらずで過ごせるよう、万端整えてくれた。

そして、家族を部屋で見送った直後だった。

ドアがノックされたかと思うと、SPに続いて江島総理が入ってきた。

「おお、篤志！」

ぼんやりと椅子《いす》に座って、束《つか》の間《ま》の一家団らんを噛《か》みしめていた周防は慌てて立ち上がり、総理に駆け寄った。

「総理！」

「本当に辛《つら》い思いをさせたな。申し訳ない」

「とんでもありません。私に隙《すき》があるから、あんなことになってしまったんです」

「君がそれだけ頑張っているという証《あかし》だよ。それを妬《うと》む奴か、あるいは暁光のあくどい記者が、君を嵌《は》めたんだ。だが、よく耐えてくれた」

「耐えただなんて。上等なホテルの良い部屋でだらだら過ごしていただけです」

「とにかく、晴野市をしっかり見てきて、また私に色々と教えてくれ」

「畏まりました」

4

「日本一の頭脳集団が一〇日間も考えて、この程度か。こんなものを、総理にお伝えできると思っているのか！」

財務省内に設置された歳入増対策ＰＴの席上で、大熊財相が怒鳴った。

予想していたこととはいえ、盛田は胃が痛かった。大熊の怒りは分かる。だが、歳入増対策は大蔵省時代から懸案だったのだから、たかだか一〇日間で名案が上がってくるはずがない。

むしろかなり健闘したといえる提案が並んでいる。

消費税を一気に二〇％まで引き上げるというのだって、他の先進国並みにするだけのことだ。

だが、八％から一〇％にすら引き上げられずにいる現状だけに、それを一気に倍増するなんて、大臣としては口にするだけでも恐ろしいのだろう。

全く、何から何までみっともない男だ。

消費税を一％引き上げると、約二・七兆円の増収が見込めると言われている。それを一二％引き上げれば、三二兆円以上の増収になるのだから、まさに打出《うちで》の小槌《こづち》だ。

尤《もっと》も、増税によって消費が控えられるから、実際はいくらか下回るだろうが、歳出半減などという暴論を振りかざすのであれば、消費税倍増ぐらいは視野に入れてもらわなければ話にならない。

「お言葉ですが大臣、総理にひとつでも多くの選択肢をご提案するのが我々の仕事だと心得ております。ですから、消費税倍増という提案も必要なのでは」

事務次官の高倉は、涼しい顔で発言した。財務省の事務方トップであるだけではなく、大臣の後見人的役割もしている高倉の一言で、大熊大臣は振り上げた拳《こぶし》を下ろした。

「いや、高倉さん、それでも私は承服できない。消費税二〇%なんて暴論の極みだよ。これは国民に死ねと言っているのと同義だ」

「それほどでもありませんよ。我が国は、世界の先進国の中では税が安すぎるんです。消費税は二〇%どころか、三〇%でもおかしくありません。それに、すでに社会保障関係費と地方交付税交付金をゼロにする方向で歳出削減は進んでいるんです。大臣もそれをお認めになったんです。あちらの方こそ、国民に死ねと宣告したに等しい。それに比べれば可愛《かわい》いもんです」

高倉次官というのは、恐ろしく器の大きな人物だと盛田は改めて感動した。いくら若い頃からあれこれと面倒を見てきたとはいえ、今は財務大臣である大熊に、堂々と因果を含めるというのは、並の度胸ではやれない。

「歳出半減するだけでも日本中からお叱《しか》りを受けているのに、消費税増税なんて、保守党の野党転落が決定したようなもんだ」

ここに政局を持ち込むとは……。

盛田は呆れてしまった。

「その上、配偶者控除だけではなく、基礎控除と給与所得控除まで廃止だなんて。本当に暴動が起きるぞ」

所得税の控除に手をつけるというのは、アンタッチャブルの領域に踏み込むことになる。

既に、主婦を対象とした配偶者控除の見直しが検討されているが、様々な女性団体からの突き上げと、選挙区からのプレッシャーを受けて、与党税調は何度も棚上げにしてきた。だが、今回の提案はそんなレベルではない。

全《すべ》ての納税者には、上限三八万円の基礎控除が認められていた。つまり、三八万円以下の収入には所得税がかからないのだ。さらに、夫婦に関係なく、サラリーマンには、給与額に応じた給与所得控除がある。このため主婦はパートなどの収入が一〇三万円以下の場合は、自らの給与所得控除の六五万円を引いた金額が三八万円以下となるので、納税が発生しない計算となる。

配偶者控除は、妻が専業主婦や収入が一五〇万円以下のパートタイマーの場合、夫の所得から三八万円を控除する制度だが、今回は、給与所得控除を含めた全ての控除を廃止するという提案だ。

もちろん対象は、サラリーマンだけではない。個人事業主の青色申告特別控除から住宅ローン関係の控除、公的年金等控除も全て廃止するというものだ。

提案書の中での概算では、約一〇兆円の増収となる。

消費税を倍にし、さらに控除まで廃止するなら、暴動ぐらいは覚悟しなければ。

提案書にはそれ以外にも、携帯電話やスマートフォンの通話とメールに課金する携帯利用税や酸素税など、ありとあらゆる増税案が出てきた。

提案を考える中で、外国のおもしろ税一覧なるものを目にしたが、盛田はその発想に呆れながらも感心していた。

中でもハンガリーは「とんでも税」の宝庫だ。自賠責保険業者が掛け金収入の三〇%を納める「事故税」や、成人向けの映画や雑誌に対して課税する「ポルノ税」まであった。

遂《つい》には肥満防止のための「ポテトチップス税」なるものまで登場している。二〇一一年に施行されたもので、スナック菓子や炭酸飲料など塩分や糖分の多いジャンクフード全般が課税対象となった。ちなみに、ポテトチップス一キロ当たり約八五円が課税されたという。

特筆すべきは、この馬鹿《ばか》げた課税は、国家が財政危機に直面し、ＩＭＦの管理下に置かれた際に、「とにかく税収を上げよ」という号令一下で制定されたという事実だ。したがって、これらを笑う権利は日本政府にはない、かも知れない。

さらには、少子化対策としてブルガリアが一九六八年から実に二〇年余りも導入していた「独身税」なるものもあった。

いやはや各国とも苦労の跡が滲《にじ》む。

政治家は増税を毛嫌いする。選挙で不利になるからだ。しかし、大熊の父親は、「選挙に負けるからと国家の行方を左右するような重要政策を回避するような輩《やから》は、政治家を辞めてしまえ」と高らかに謳《うた》った大蔵大臣だった。

大熊が沈黙したのを潮に、丸山大臣官房長が口を開いた。

「大臣、いかがでしょうか。とにかく我々で下手に選別せずに総理へ具申しては。もちろん、提案者から説得力のある概要をつけさせます。今は、多くの選択肢を提示することが重要だと思われます」

これで大熊が頷けば、高倉、丸山が引いたライン通りの具申となる。

増税案を出せるチャンスを財務省は最大限に生かしたい。歳出半減を叫ぶ総理なのだ。無理筋の増税案を呑《の》む可能性だってある。

メンバー全員が注目している中、大熊大臣はたっぷりともったいをつけ、咳払いをしてから発言した。

「私もそれを今、言おうと思っていたところだよ」

5

会議が終わると、盛田は抗《あらが》い難い疲労感を覚えて、ミルクを多めに入れたアールグレイが欲しいと秘書に申し付けた。

このところ、何となく仕事に張り合いがない。実際には、歳入増PTのミーティングという国家財政の未来を決める重大プロジェクトの事務局長まで務めているのだから、充実感に浸っているはずなのだ。

だが、なぜかそういう心境にならない。

認めたくはないが心当たりはあった。

蛇蝎《だかつ》のごとく嫌っていた周防が財務省から消えたことだ。奴は新聞社に国家機密を漏洩した疑いを掛けられて失脚した。

普段の軽はずみな言動を考えると当然だ。しかし、この疑惑をでっちあげる端緒となったのは他ならぬ盛田自身だ。友坂が暁光新聞から聞き出した名前が上に報告され、さらには2ちゃんねるにも流出したのだろう。

罪の意識とまではいかないが気にはなる。まさかこれほど大事《おおごと》になるとは思っていなかったのだ。

寝覚めの悪い感覚というのか、それともいじめる対象が消えた喪失感というか……。

その上、橋上が、今度は、歳入増PTの情報を出せといって、三日にあげず催促のメールが来る。

さすがに無視しているのだが、二日前には「周防失脚の真相なんて怪文書を飛ばされるのは嫌だろう」と脅しまで掛けてきた。

電話が鳴った。国税庁に勤務する同期からだった。

「聞いたかね、あの周防という課長補佐、特定秘密保護法違反で近く地検特捜部に逮捕されるそうだぞ」

激しいめまいに襲われた。

「おい盛田、聞いているのか」

「どの筋からの情報ですか」

「どの筋って決まってるだろ、奴を調べた内調の係官だよ。ちょっと所用で内調に行ったんで、知り合いにさりげなく話を振ってみたんだよ。すると、その件は厳秘事項なので答えられないと突っぱねやがった。特捜部の話を出すと、怒られたよ。だから、間違いない」

この同期も、以前に周防とやり合って恥をかかされた経験がある。それ以来「後輩の分際で、態度がでかい」と周防を嫌っていた。

「今の話は、あなたの邪推がかなり入っているんじゃないですか」

「邪推じゃないって。間違いないから。内調は、地検特捜部とパイプがあるだろ。先週ぐらいから、特捜部内で特定秘密保護法違反の捜査が始まるって噂《うわさ》がしきりに出ているんだよ」

周防が特捜部に逮捕されるというのは、さすがにまずい。どうしよう……。

「あの男の問題はともかく、そんな大それた法で逮捕でもされたら、財務官僚の名折れですよ。なんとか阻止せねば」

「やるだけ無駄だよ。まあ、ここは傍観者として楽しもうぜ」

相手は高笑いを残して電話を切った。

「あの、顔色がお悪いですが、大丈夫ですか」

紅茶を運んできた秘書が心配そうに言った。

「大丈夫です、ありがとう」

盛田は重要な記事を探すふりをして、開いたままの新聞に視線を落とした。

秘書は遠慮がちにお茶を置いて、部屋を出て行った。一人になってから、ゆっくりミルクティを味わった。やさしい甘みで、ほっとした。

こうなれば周防の件は忘れよう。本当に検察庁が捜査するだけの容疑があるのであれば、周防は冤罪《えんざい》ではないのだろう。自分が罪の意識を感じなくともよいのだ。

それにしても、相変わらずマスコミは、政局と政府叩《たた》きしか能がないようだ。

新聞には、「歳出半減の本音は増税では」という邪推がオピニオンとして書かれている。

社会保障関係費や地方を見捨てる地方交付税交付金をなくす歳出半減の連呼は、実は国民に増税を納得させるためのカモフラージュだと批判している。

なるほど、確かに江島総理ならそれぐらいの腹づもりはあるかも知れない。しかし、膨らんだ歳出の削減は悪いことではない。

さらに、別の評論家は「防衛費や公共事業費をゼロにした上で公務員の給料を半減したら、社会保障関係費を削減する必要なんてない」とのたもうている。

まあ、愚かな国民の浅知恵なんぞ、その程度だ。

新聞をめくろうとして、ある顔写真が目を引いた。盛田が若い頃に憧《あこが》れた女優だった。もちろん今も大ファンだ。

彼女が歳出半減についてのインタビューに答えている。

「このまま国の借金が増えると、五年後には破綻して、五〇〇万人以上の人の命が脅《おびや》かされるかも知れないと、総理がおっしゃっていました。しかし、本当にそうでしょうか。先日、医療費が払えなかったばかりに幼い兄弟と母親が亡《な》くなるという痛ましい事件がありました。そんな悲劇が次世代の子らに起きないために社会保障の予算をゼロにすると政府は言います。しかし社会保障で救われるかも知れない二人の子どもを見殺しにして、未来の五〇〇万人の命を救うという理屈が私には理解できません。そもそも今日の二人を救えない国に、五年後の五〇〇万人を救えるのでしょうか」

思わず唸《うな》ってしまった。

いや、他の輩の発言なら鼻で笑って無視するようなお花畑的愚論だ。だが、この女優が言うと、「本当に、おっしゃるとおり!」と盛田は頷きたくなってしまった。

彼女はさらに続けている。

「日本は豊かな暮らしに慣れすぎているのではないでしょうか。ものを大切に、そして命を大切にすることを、もう一度思い出す時なんだと思います。そして、少しずつできるところから国民一人ひとりが実行し、知的な豊かさを身につける。そういう社会を望みます」

強い説得力があった。盛田は天を仰ぎながら、この投書の意見を反芻《はんすう》した。

今まで何十年もかかって膨らませてきた歳出に、たかが一年で大なたを振るえるものなのか。

日本で最も優秀な官僚である大蔵・財務官僚が知恵を絞ってもアイデアを出せなかった増税案を突貫作業で断行するのも同様の無理がある。

どれもこれも、盛田が考える、あるべき財務省の姿ではないのだ。しかも、その強引な政策断行の推進役を自身が担《にな》っているということも、盛田の気を重くしている。

そんな拙速で下品な政策は、経産省や国交省あたりにやらせればいい。我が省は、日本国そのものなのだ。

もっと誇り高く毅然《きぜん》とした態度で、長期的な視野から政策を立案遂行すべきなのだ。

財務省の中にも彼女の主張に共鳴している者がいることを、ぜひ知ってもらおう。

居ても立っても居られなくなって、盛田はノートパソコンを開いた。そして感激したと伝えるメッセージをしたためた。

6

晴野市の市街地を抜け、丘に向かって登ったところに、晴野市役所はあった。冴《さ》えない三階建てのコンクリート造りの庁舎だった。

典型的な地方都市の庁舎で、屋根のある車寄せが建物のほぼ中央にあり、個性に乏しい薄汚れたコンクリートの壁には、数本の垂れ幕が下がっている。

石炭遺構を世界遺産に！

死亡事故ゼロ記録日本一を目指そう

祝・市立晴野中央中学校吹奏楽部・全国大会出場

車が車寄せに停まると、庁舎内からスーツ姿の男性が笑顔で迎えに出てきた。

市長の坂本潤一《さかもとじゅんいち》だ。

「ようこそ、晴野市に！　遠路はるばるお疲れ様でした」

「お世話になります。財務省の周防と申します。こちらは地方創生有識者会議の委員を務められている上智大学准教授の宮城慧先生です」

恐縮して挨拶《あいさつ》する周防の隣で、宮城は市長が握手しようと差し出す手を無視した。

「お暇なんですね」

市長の顔が引き攣《つ》っているが、宮城は気にもしない。

「今、何と？」

「市長は連日、市の再生を目指して飛び回ってらっしゃると思ったんでね。なのにつまらない虚礼のために時間を無駄にされているんで、つい本音が出ました」

宮城より若い三二歳の坂本市長は、都内の私立大に併設されたビジネススクールを卒業した後、地方再生のコンサルタント会社に研究員として就職。晴野市破綻の調査で同市に通っている間に、「やむにやまれぬ義憤に駆られて」市長選挙に立候補して二七歳で初当選した。その後、昨年無投票で再選を果たしている。

ルックスも悪くない。長身で、スーツの着こなしも素晴らしかった。

その美形の顔が、宮城の先制パンチで歪《ゆが》んでいる。

「暇なわけありませんよ。今日も、朝から二カ所の支所で、住民会議をこなして、皆さんがいらっしゃるのに合わせて大急ぎで戻ってきたんですから。まあ、とりあえず庁内へ」

無礼な男を何とかいなして、市長は再び微笑《ほほえ》みを浮かべた。

宮城は相変わらずマイペースで、スマートフォンで市庁舎の玄関ロビーの様子を数枚撮影している。周防は当初呆れていたが、途中から宮城は、意図を持って行動しているのだと気づいた。撮影箇所もアットランダムに選んでいるわけではなさそうだ。

では、彼はどこに注目しているんだろうか。

最初は、館内の様子を記録しているかと思ったのだが、宮城の興味の対象はカウンターの向こうにいる市職員のようだ。

ざっと見たところ、七割がたの職員がデスクで業務している。一階は、窓口業務が主の市民課だから、人が多いのは当然かも知れない。しかし、その隣の市民サービス課も年金課も職員の過半数は席に着いていた。

「それで、周防さん、僕らの最初の訪問先はどこでしたっけ?」

「市長室で、市長にご挨拶です」

「じゃあ、それはもういいよね。ここで挨拶したし」

諫《いさ》めようとする前に坂本市長が口を開いた。

「宮城准教授《せんせい》、そうおっしゃらず、まずは市長室にいらしてください。当市の現状をご説明したいので」

さすがの宮城も、それ以上は抵抗せず素直に従った。

三階まで階段で上がった。途中、何か気になるのか宮城がきょろきょろしている。

「ここの庁舎って、明るいよねえ。電気代とか大丈夫？」

「屋上に太陽光パネルを設置しているんです。庁舎内の電力は、ほぼそれでまかなっています。ご指摘のように財政再生団体の分際で、煌々《こうこう》と明かりを灯《とも》すなんてけしからんという方もいらっしゃるでしょう。でも、やはり明るさは大事ですから」

いつだってポジティブシンキング！　が坂本市長のモットーで、その前向きの姿勢が票を集めたとも聞いている。

「こんな天気悪い日でも、太陽光発電って稼働《かどう》するんだっけ」

「いえ、今日はダメですね。でも、公用車を全てハイブリッドカーや電気自動車にしているんですよ。なので、そこに余剰電力を貯《た》めています。また、蓄電用の大型電池もあります。それでも厳しい場合は、北電さんから電気を融通して戴いています」

宮城は「あっそ」と答えるだけで、それ以上尋ねなかった。

「それで、費用的には節約できているんですか」

周防は思わず質《ただ》した。

「そうですね、まあ、なんとかって感じでしょうか」

宮城ほどではないが、周防も何とも言えない違和感、いやもっと言うと胡散臭《うさんくさ》さを感じた。

市長の芝居がかった明るさや市庁舎に漂う停滞感というか倦怠《けんたい》ムードからは、財政再生団体の危機意識が感じられないのだ。

三階のフロアも他と同じ構造のようで、廊下に向かってカウンターがあり、その向こうに各部署がデスクを並べている。窓際には管理職のデスクが並び、廊下を歩くと職員の働きぶりが見渡せるようになっている。

「いらっしゃいませ！」

一番手前、商工観光課の女子職員が立ち上がって挨拶した。やがて次々と彼女のように立ち上がって挨拶をする職員が続いた。

周防はなんとも面映《おもは》ゆい気分だが、宮城はにやにやしながら、何枚もシャッターを切っていた。

「お客様に笑顔の応対をすることから、市民サービスは始まると考えているんです」

だったら、一階フロアの低調ぶりはなんなんだ。

市長室では、二人の男性と一人の女性が待っていた。

男性らは副市長にあたる理事で、それぞれ総務省と北海道庁からの出向だという。

確か、人件費も出向元が出しているはずだった。晴野市の副市長職は経費削減で廃止されていた。

総務省からの出向組である遠山《とおやま》は、神経質そうな男に見えた。一方、北海道庁の奥《おく》平《だいら》の方は、定年前のくたびれた雰囲気があった。

女性は、企画課長という肩書きを持つ飯干亜紀《いいぼしあき》だと自己紹介した。市長と同様にやけに明るく、それが場違いな印象だった。市長と同じコンサルタント会社から来ているそうだ。

晴野市行政の四首脳がそろい踏みして、周防らを迎えてくれたわけだ。宮城ではないが、彼らには社交辞令をする時間もないぐらい忙しく働いて欲しかった。

だが、当人たちはのんびりと構えて、晴野までの旅程や世間話をあれこれと聞きたがる。応対の大半は、紺野が務めてくれた。

「今回の皆さんのご来訪は、自治体破綻の先進地である当市の現状のご視察だと聞いているんですが、それで間違いありませんか」

「へえ、自分たちで自治体破綻の先進地って言っちゃうんだ」

「失礼しました。自虐ネタっぽいんですが、ある意味間違ってないでしょう。我々は日本一どん尻《じり》の自治体ですが、見方を変えれば多くの自治体の将来像かも知れません。

そういう意味で、職員に自分たちは先進地だという自負を持てと、尻を叩いているんですよ」

相変わらずの明るい口調で市長が返した。

「じゃあ、その破綻先進地の幹部の皆さんに伺いたいんですけど、ぶっちゃけ、なんで晴野は破綻したと思います？」

宮城のスイッチが入ったらしい。周防は暫《しばら》く傍観しようと決めた。

「これは先生、また、ド直球ですなあ」

どこまで本気なのか分からない奥平が感心している。

「タイム・イズ・マネーです。あなたたちも、その意味をもう一度考え直した方が良い。ここで、こうやってだべっている時間も、全国民の血税で賄《まかな》われているんだ。少しは自覚したら？」

奥平は「これは失礼」と全く意に介さない。

「僭越《せんえつ》ですが、晴野市破綻の理由は、既に周知の事実では？」

遠山がいかにも官僚っぽい答えを返した。

「僕は知らないんで、教えてよ」

「急激な人口減少と、観光施設の乱開発およびヤミ起債が原因です」

「人口減少はともかく、それ以外は既に処理済みでしょ。なのに市の勢いが上向かない理由は何？」

なかなか鋭い指摘だった。

晴野は財政再生団体として、再建のために国が用立てた再生振替特例債の返済義務がある。返済総額は約三五〇億円。これを一七年間掛けて完済しなければならなかった。

これに特例債以外の債務を加えると、返済額は毎年約四四億円となる。様々な住民サービスを圧縮し、有料化や料金アップなどで賄おうと努力しているらしいが、行政自体はじり貧だった。

負の遺産は全て切り捨てているし、借金はあるものの、行政としてはフラットな状態にあるのだから、市が活性化すれば税収や市民サービスの向上に繋がるはずなのだ。しかし、そういう結果は、少なくとも中央には聞こえてこない。

宮城はその点を指摘しているのだ。

「お言葉ですが先生、晴野市の市税は約八億円、そこに地方消費税交付金などを含めても一〇億円ほどです。毎年、我々は公債費として四四億円余りを返済しているんです。それは市が独自で集められる税収の四・四倍ですよ。そんな状況で、行政改善ができる余地なんて」

市の年間予算は、約一〇〇億円ある。不足分は、合わせて六〇億円を超える地方交付税交付金と国庫支出金が埋めている。言い換えれば、借金は全て国からの資金で返し、さらに市民サービスの費用も国が面倒を見ているということだ。

「だったら、先進地なんて言う資格ないね。先進地ってのは、死地から脱出して初めて言えるんだから」

「あの、宮城先生、そう高飛車におっしゃられては、私たちの気持ちも落ち込みます。逆に、先生は我が市の破綻の本質をどう見てらっしゃるんですか」

飯干が反撃に出た。

「それを部外者に尋ねるというのは、行政マン失格だという自覚を持った方がいい。それに僕らは別にあんたらに、何かを教えに来たんじゃないんで答える義務はないよ。それより、お姉さんの意見を聞きたいな。あんたは、どう思うわけ？」

おそらくこんな無礼な態度を取られたことがないのだろう。明るさ以外は何も取り柄がなさそうな飯干が唇をへの字に曲げている。

「まあまあ、いきなりそんなに詰め寄らないでくださいよ、先生。私たちも日々模索しているんですが、正直、破綻の真相が分からないんですよ。なので、ぜひ皆さんのご意見を伺いたいんです」

市長が取りなしても、飯干の顔つきは変わらない。

「君たち、みっともないね。おたくらのご依頼に応《こた》えるのは、僕らの主目的じゃないけど、気づいた事は教えるよ。それより僕、どっかでコーヒー飲みたいんだけど」

「この近くにうまいコーヒーを出す店があるんです。ご案内します」

市長が席を立った。

「店の名前だけ教えてくれればいいよ。あんたらは、本来の仕事に戻って」

「分かりました。では、案内係を呼びますので」

前途多難――。最初から無理難題のミッションだとは思っていたが、ここにきてその難しさをさらに痛感した。

「失礼します」

市長室に入ってきたのは、短髪の若い女子職員だった。

「ご案内を仰《おお》せつかった川上美奈《かわかみみな》と申します」

どうやら我々は観光に来たと思われているらしい。

7

「右手に見えるのが、世界クモ博物館です」

先頭を歩く晴野市職員の川上美奈は本当にガイドを務める気らしい。

「クモってお空のか?」

歩きながらもスマホでの撮影に余念がない宮城が、からかうような口調で尋ねた。

建物の屋根を見れば、何の博物館かは一目で分かる。大きなタランチュラが八本の足を広げて見下ろしている。

「いえ、昆虫の方です」

川上は一向に気にしていない。

「悪いけど、クモは昆虫じゃないよ、お嬢さん。節足動物だ」

宮城が教えてやっても、興味がないのか無反応だ。

「ところで、これって、ちゃんと営業してるわけ?」

外観はすっかりさびれているし看板も色褪《いろあ》せている。

「九年前に潰《つぶ》れました」

宮城が鼻先で笑った。

「それにしても、なんで晴野でクモ博物館なのよ」

周防も同じ疑問を持った。

「前市長さんが海外の大富豪から世界のクモをご提供いただいたからです」

それは正確ではない。前市長の花岡重治《はなおかしげはる》が、国内唯一《ゆいいつ》無二の博物館を建てたいと考えていた矢先に、インドの富豪と称する人物が話を持ち込んだのがきっかけだった。だが、その富豪は実在しなかった。そのうえ開業資金として二億円をまんまと騙《だま》し取られ、肝心のクモは日本のどこにでもいるアシダカグモなど三〇匹ほどが提供されただけだった。

「でも、僕の聞いたところでは、閉館したってのは間違いで、あれだけのハコを建てながら、開館にまでこぎつけられなかったってのが正解でしょ」

「そうみたいです。でも、詳しいことは知らないんです。あっみなさん、喫茶店に着きましたよ」

川上にうまくごまかされながら、山小屋風の建物に入った。店の名は、「終着駅」とある。皮肉な響きだ。

重たげな木製の扉を引いて中に入ると、店内にいる客全員がこちらを向いた。テーブルの数は二〇ほどもあるが、その半分が埋まっていた。

「あっ、美奈ちゃん」

サイフォンでコーヒーを淹《い》れていたひげ面の男性が、白い歯を見せて笑った。

「マスター、こんにちは。東京からのお客様をお連れしたんです。奥の席、使わせてください」

マスターが「どうぞ」と答える前に、川上はさっさと店の奥へと進んだ。周防らが続くと、客たちの目も追いかけてくる。客の大半は中年以上の男性で、身につけている作業着や襟がくたびれている。

周防の先入観かも知れないが、誰も彼もがどこか虚《うつ》ろで生気がないように見えた。

宮城は相変らず傍若無人で、スマートフォンを客に向けて、動画撮影をしている。だが、文句を言う者はおらず居心地悪そうに俯《うつむ》くばかりだ。

「彼らは、今日は休みなのか」

宮城は容赦ない。

「休みというより、仕事がないという方だと思います」

川上の説明によると、向かいにあるハローワークで職探しをしている人たちだという。

「仕事にありつけないのに、喫茶店でコーヒーを飲むなんて優雅な話だな」

宮城の非難の声は、他の客には届かなかったようだ。

「私は、炭焼き終着駅スペシャルを飲みたいな」

紺野につられたのか周防と宮城も、同じものを希望した。カウンターに注文しに行ったついでに川上はマスターと世間話を始めている。

「宮城准教授《せんせい》、坂本市長の印象は如何《いかが》です?」

「見栄《みえ》っ張《ぱ》りで、強権的、そして、嘘《うそ》つきってとこかな」

つまりは最低ということか。似たような評価を周防も下しているが、断定的なのが気になる。

「根拠は?」

「破綻した自治体の首長が、たとえ冗談でも破綻の先進地と嘯《うそぶ》くなんぞ言語道断。それを奴は堂々と口にした。要するに救いがたい見栄っ張りってことだな。強権的だと思ったのは、市の職員が常にビクついているところかな。あの爽《さわ》やかそうな仮面の下に隠れているのは、暴君の素顔だと見た。嘘つきの説明はするまでもないでしょ」

「いや、ちゃんと聞かせてくださいよ」

「いかにも再エネを利用するエコな庁舎を演出しているけど、あれは補助金をもらうためのウソだよ。大体、今時あれほど煌々と昼間っから電灯を灯《つ》けている役所なんてないでしょ。そもそもあいつの軽口が本性を物語ってる」

「紺野さん、今晩の夕食に遠山さんを誘ってください。晴野市の実情を踏み込んで聞いてみたいので」

周防の申し出に紺野は手帳を開いてメモした。

「それにしても、なんだか気が抜けているというか、ちょっと緊張感が足りない気が私もするんですが、紺野さん、普段からこんなものですか」

「そうですね。私も、半年に一度ぐらいしか顔を出さないので何とも言えませんが、徐々に緩んできているなあとは思いますね」

「紺野さんの坂本市長評はどうなんですか」

「あの若さでよくやっているとは思います」

意味深な言い回しだった。

「ただ、それが空回りしているというのが実情でしょうか。市庁舎の空気が弛緩しているのは、財政破綻ショックから醒《さ》めてみると、破綻してもそれなりには皆が暮らしていけると思ったからというところでしょうか」

「実際に行政を回しているのは、誰なの？」

宮城が介入してきた。

「それは市長でしょう。職員の中だと飯干さんかなあ」

いかにも出来るコンサルという雰囲気を出そうと必死なのは分かるが、飯干にそんなリーダーシップを発揮できるとは思えなかった。

「適当だな。おじさん、ちゃんと行政をチェックしているわけ？」

「恥ずかしながら、胸を張ってやってますとは言いがたいですなあ。それは、遠山君の仕事ですから。いや、無責任は承知です。しかし、道内には、今にも財政再生団体に転落しかねない、晴野市と同じような自治体が山のようにあるんです。そっちの方に気を配るので精一杯でして」

そんな言い訳は通用しないが、正直に口にしてしまうのは紺野の人柄か。

「でも、晴野は要注意だよ。また、破綻する可能性だってある。それに、あの女と市長はデキてるな。彼女は市長の威光を笠《かさ》に着てご無体の限りを尽くしていると僕は見ている」

宮城は、何事も判断が早すぎる。そう反論しかけたら、スマートフォンを突き出された。

「そこに、飯干が地元紙にインタビューされた記事が出てるけど、市長を絶賛している以外は何もない。地方行政のコンサルに籍を置いていたと言っているけど、実際は事務職だったようだ。怪しい仲でもなければ、そんなのをいきなり企画課長とかに抜《ばっ》擢《てき》しないだろ」

三人分のコーヒーとアイスティを盆に載せて川上が戻ってきた。

「ねえ、お嬢さん、飯干課長って市長のカノジョでしょ」

川上の顔から笑みが消えた。

「そんな噂、どこで聞いたんですか」

「噂じゃないさ。あれだけ二人でアイコンタクトしてたら、誰だって分かるでしょ。市長と幹部がデキてるなんてやりにくいだろう」

「市長は、あの女に騙されてるんです」

「騙されてるって?」

宮城がコーヒーを一口飲んでから尋ねた。

「市長は、あの女が言うことならなんでも採用しちゃうんです。だから市がどんどんダメになってます。あんな女なんてクビにすべきだっていくら言っても、聞いてくれません」

川上はまだ二〇代半ばだろう。そんな若い女子職員の意見を真面目《まじめ》に聞く市長はいない。それとも、彼女ともそういう仲なのだろうか。

「飯干さんはコンサルでも何でもないだろう」

「秘書として、市長に付いてきたんです。それが、二期目の当選を果たしたら、いきなり企画課長ですよ」

「飯干さんがそれだけ優秀なんじゃないの？」

「優秀ですって？　だったら周防さん、どの職員にでもいいから聞いてくださいよ。あの女が提案したアイデアは、どれもクソみたいなもんばっかりだって言いますよ。第一、とにかく元手がかかる案ばかり出すんです」

「たとえば？」

宮城がすかさず問うた。

「六五歳以上のお年寄りが晴野市から出て行ってくれたら、一〇〇万円をプレゼントするとか、晴野市全域をリアル『人生ゲーム』会場にして、観光の目玉にするとか」

「それ、おもしろそうじゃん」

「先生、冗談もたいがいにしてください。介護するのが面倒だから、お年寄りを追い出すなんて人権無視でしょ。それに、市長は高齢者の支持が多いんです。その評判も落とします」

「それでも、出て行ってくれるなら万々歳だろ」

この二人が話すと全く埒《らち》が明かない。

「実際に出て行った人がいるんですか」

「いません。というより、こんなバカげたアイデアは、お二人の理事さんに大反対されて、引っ込めました」

「リアル『人生ゲーム』は？」

「費用がかかりすぎると却下されました」

費用がかかる以前の問題だと思うが……。

「今あるものを工夫して使えば、案外できるかもよ。僕なら絶対参加するなあ。難点と言えば、人生ゲームって言うからにはおカネも扱いたいけど、さすがに問題が多いもんな。いっそ、カジノみたく参加者からふんだくるってのはどうかなあ」

川上は話すに値しないと思ったのか、無視してストローをくわえている。

「それで、飯干さんだけど、市議の先生たちから批判とか出ないの？」

話を真面目な路線に戻そうと周防が尋ねると、それには川上は応じてくれた。

「市議の先生方の間では、あいつは人気者なんです。三二歳のババアのくせに、網タイツにミニスカとかぴたぴたの赤いセーター着たりするんで、ジジイたちは、みんな彼女の提案に賛成しちゃうんですよ。バッカみたい」

「さっき、市長が飯干課長の意見を採り入れるから市がダメになっているって言ったよね。実際に、彼女の提案が採用された例もあるんだろうか」

「市に病院がなくなったんで、周辺自治体の病院に通う人のための交通費補助を出してたんですが、あの女の一声でそれを廃止しました。また、各支所と市役所を結んでいた無料バスを有料にしました。さらに、今まで市が運営していた老人ホームとデイサービスセンターを、民間企業に売り払ったんです」

いずれも、財政が逼迫《ひっぱく》している自治体では、ある程度致し方ない処置だった。飯干が無茶を言っているとは思えない。

「市にお金がないから色々我慢しろというのは、分かります。でも、お年寄りや持病を抱える人にしわ寄せが行くってどうなんですか。民営化してから、老人ホームやデイサービスセンターの利用料も値上げしたそうです。そのくせ、市長や飯干のように他市から応援に来ている人のために借り上げてる公舎は、メチャクチャ贅沢《ぜいたく》なんですよ」

「よし、じゃあそのあたりの見学に行きますか」

宮城の提案に異論はなかった。

「だったら併《あわ》せてその老人ホームやデイサービスセンターも見学しましょう。それと、前市長にアポを入れているんですが、なかなか返事がないんです。いきなり行って話をしてみようかと思うんだけど、川上さんはご自宅を知ってますか」

「前市長は、その老人ホームにいます」

川上が即答した。

8

紺野が市庁舎から公用車を呼び、川上を含めた一行は、晴野市の公舎を目指した。

キラキラ通りと名付けられたメインストリートの歩道には、排気ガスで黒ずんだ雪が積み上がり、沿道に並ぶ商店の大半はシャッターを下ろしたままだった。

「この芸術的なストリート名は誰がつけたんだ」

どこにいてもスマホで写真を撮り続ける宮城が尋ねた。

「前市長さんです。夜になるとライトアップして本当にきれいなんですよ」

キラキラフェスティバルと命名されたストリートのライトアップは、さっぽろ雪まつりに合わせて現在も開催され、期間中五万人の観光客で賑《にぎ》わう。

先週はそのフェスティバルで大盛況だったという。

「このシャッター街はいつから？」

「もう随分前からです。私が小学校に通っていた頃から、こんな感じです」

地方衰退の証拠のように言われる市街地のシャッター街だが、この状況を見ただけで「商店街が衰退し、街の活力が失われている」と簡単に決めつけてはならないと、地方創生のリポートの一つで周防は知った。

シャッター街のオーナーは生活困窮者ではないケースが多い。そうでなければ、シャッターを下ろしている店などとっくに手放している。商店主は、景気の良い時にしっかりと資産を作り、今では商売をしなくても年金だけで充分に生活できるだけの余裕がある場合が多いようだ。

しかも、彼らは子どもたちに店を継承させる意欲がさほど強くなく、自分たちが生活できるのであれば充分と考えている。その上、行政からはシャッター街対策の補助金も出る。

無理に店を開けて損をするより、シャッターを下ろしたままの方が得をするという構図があるらしい。シャッターを下ろした店がこんなに並んでいるにもかかわらず市民が自活できている点にもっと注目すべきなのかも知れない。

キラキラ通りを過ぎると周囲は一気に殺風景になった。車が右折すると、共同住宅が数棟建っていた。豪華ではないが、築年数は浅そうだ。

「この辺りの住宅街は、破綻した市を支援するために派遣されてきた職員向けの官舎です」

区画に入ってすぐの所に「ひばりケ丘」という大きな碑があった。

「元々炭鉱関係の所長さんなどおえらいさんが住んでいました。それで、あの奥の少し大きな家が、坂本市長のお宅です」

都会で買えば七、八〇〇〇万円はゆうにするような二階建ての家だった。レモンイエローの外壁と窓を大きく取った洒落《しゃれ》た佇《たたず》まいだ。

ガレージには二台駐車できるスペースがある。ちょうど車が前を通り過ぎた時、中から女性が一人出てきて、赤いSUVに乗り込んだ。

「あの方、奥様ですよ」

「飯干さんはどこに住んでいるの？」

「市役所から歩いて通える場所に、低層マンションがあります。そこに住んでます。理事のお二人もそこにお住まいです」

「あの車、ハリアーじゃん。良い生活してんなあ。市長の給与はいくらだっけ？」

川上は知らないと返し、紺野が代わりに答えた。

「二四万円ほどです。手取りでは二〇万円ないですな」

「あの家は、公邸扱いなんですか」

「いえ、周防さん。公邸は現在使用していません。あそこは市長ご自身が借りておられます」

「家賃はいくら？」

宮城の興味は、周防も同様だった。

「ちょっと分かりかねます。なんなら調べましょうか」

二人ほぼ同時に「ぜひ」と返した。

「ついでに教えて欲しいんだけど、なんで市長夫妻はあんな良い生活が出来ているわけ。彼は金持ちのボンボンなの？」

「父親は地方公務員、母親は主婦だったはずです」

だとしたら、カネはどこから出ているんだ。

「嫁が金持ちなのか。それとも、ここにタニマチがいるというわけ？」

「それも調べます」

紺野はそう言うと、老人ホームに向かうようにドライバーに指示した。

晴野市前市長、花岡重治はアイデア市長として全国に知られた人物だった。また、大胆で強気な行政が仇《あだ》となり、晴野市を財政再生団体に転落させた張本人として、メディアを賑わせたこともある。

地元のカーディーラーのトップセールスマンだったのが、周囲の友人に担《かつ》がれて三五歳で市議選挙に出馬、トップ当選した。市議は二期務めるが、停滞する晴野市の活性化問題について市長の責任を追及する急先鋒《きゅうせんぽう》として活躍した。結局、打倒現職市長を掲げて、市長選挙を闘い、トリプルスコアの圧勝で当選した。以来、六期二二年、晴野市長を務め、六期目の途中で財政破綻の責任を取って辞任している。

アイデア市長という評判を取ったのは、中央の省庁から補助金を獲得するのが上手《うま》く、また、大手企業の工場を誘致したり、大規模リゾート開発会社によるスキーリゾートの開発などで辣腕《らつわん》を振るったからだ。

しかし、景気の後退とバブル経済崩壊時の北海道拓殖銀行の破綻の余波を受けて、開発中のビッグプロジェクトが次々と頓挫《とんざ》、その上、世界クモ博物館のような詐欺《さぎ》の餌食《えじき》になった事業も幾つかあって、財政は一気に悪化した。

「市長が、老人ホームに入所したのはいつですか」

資料にはその記載がなかったのだ。

「去年ぐらいじゃないですか。奥様がお亡くなりになってホームに入られたと聞いた気がします」

「どういう暮らしぶりだったのかは、知りませんか」

「まったく。でも、あんまり楽じゃなかったと聞いたことがあります」

晴野市が財政破綻した時、花岡は地元のプロジェクトのために設立した複数の第三セクターの社長も務めていた。それらの大半も倒産し、個人名義で融資を受けていたために、資産は全て没収されている。

車は田園風景の中を走り、小高い丘を上りきって停まった。花岡が入所しているあけぼの苑《えん》だ。

築三〇年は経過していると思われる施設は、元は白壁の鉄筋コンクリートづくりだったのだろうが、経年の影響で黒ずんでしまっている。こんな煤《すす》けた老人ホームで暮らしているのだから、けっして裕福な老後ではないのだろう。

「宮城准教授《せんせい》は、どうされますか」

「もちろん会うよ。貴重な生き証人だからね。けど、ヒアリングは任せます。あくまで僕は外野ってことで」

約束もないのに、いきなりの訪問では拒絶されるかと構えていたが、川上が施設の副所長と顔見知りだったようで、あっさりと話はついた。

待つこと一〇分余り、ノックもせずに会議室に花岡が現れた。

「これはこれは、遠路はるばるご苦労さまです。花岡です」

まるで現職の市長の態度だった。

髪は真っ白になっていたが、それでもきちんと整えてあったし、スーツにネクタイ姿だった。周防の持っている資料では、花岡は現在無職となっていたのだが。

周防は思わず恐縮して立ち上がって、名刺を差し出した。

「財務省から？　しかも、主計局の方がわざわざこんな田舎まで。いやあ、びっくりサプライズだ。それで、こちらは、大学の准《じゅん》教授ですか。お若いのにエクセレント優秀なんですな」

「別にそうでもありませんよ」

宮城もこういうタイプは苦手のようだ。

「それで、私のようなロートルじいさんに何用ですか」

「現在、政府が掲げている歳出削減計画を進めていくと、全国の市長村で晴野市のような例が今後起きる可能性があります。そのため、既に破綻経験のある晴野市にお話を聞きたいと思いまして」

花岡は、テーブルに着くと、周防ら三人にも席を勧めた。

「我が市の破綻の原因は、今さら説明するまでもないでしょう。マスコミに書かれた通りです。また、晴野市の破綻問題調査会がまとめた報告書もある」

「確かに。しかし、当事者の生の声を伺いたいんです」

「なるほど。私のような者で役に立つのであれば、喜んでお答えしますよ。何なりとクエスチョンください」

「まず、晴野市で起きた出来事は、特殊な例なのでしょうか」

「ノーですな。我が市で起きたことは、日本中の全ての自治体が直面している危機でしょう」

「しかし、現在まで、晴野市以外で似たケースは起きていません」

「当然でしょう。我々はスケープゴートであり、モデルケースですから。予備軍は全国に山のようにある。総務省はそういう自治体に、このままだと晴野市のようになるぞ。そう脅せばいい。そうすれば、経営危機にある自治体は、否応《いやおう》なく厳しい選択を迫られますからな」

引退してはや五年も経《た》つが、花岡の弁はまだ錆《さ》び付いていない。

「財政破綻を回避するには、具体的にどんな方法が有効なんでしょうか」

「周防さん、それを私にお聞きになるんですか」

「酷な話かも知れません。でも、花岡さんだからこそ、よりシビアに分析できるのではないかと思いまして」

「ザッツライト！　端的に言えば、我々は破綻しても民間企業のように、借金を棒引きにはしてもらえません。となると、とにかく負の遺産を片っ端から処理するしかない」

「しかし、それには大変な努力が必要です」

「努力というより、知恵と突破力でしょうな」

花岡は会議室の椅子に悠然と腰を下ろし、腕組みをしながら話している。その態度には、自信が漲《みなぎ》っている。

「敢《あ》えてお尋ねしますが、晴野市の破綻を防ぐ方法はなかったのでしょうか」

暫く花岡が考え込んだ。そして、意を決したように口を開いた。

「防げたと思っています。ただ、私や関係者が保身に走ったのが、正しい対応を遅らせてしまいました」

「正しい対応とは何だったと思いますか？」

「一言で言えば、実際に破綻したよりも三年前に、洗いざらい北海道と総務省に報告した上で、対応を検討すべきだったと思っています」

「なのに実行しなかった。本当はあなたは、必ず道と国が助けてくれると信じていたのでは。だからひたすら救援を待ち続けた。だが、奴らは最初から晴野は潰すつもりだったんじゃあないんですか」

「ほお、准教授《せんせい》、あなたに何が分かるんですか」

「分かりますよ。だってあなたの逮捕が見送られたでしょ。これだけ大きな損失を出したんだ。普通は、責任者が罰せられる。そうでないと収拾がつかないですからね。だけど逮捕されたら、あなたは洗いざらいぶちまけたでしょう。そして、自分たちは、見せしめに潰されたんだと叫んだことでしょう。だから臭いものに蓋《ふた》をした」

花岡も挑発するかのように笑みを浮かべている。

「面白いことをおっしゃる方だ」

「僕は冗談が言えないたちでして。全部本気です。だから、知りたいんです。どうすれば破綻を止められたのかを。そして、晴野市の教訓をどう生かせば良いのかをね」

花岡は考え込んでしまった。

9

宮城が「僕は吸わないんです」と肩をすくめた。紺野がメビウスと百円ライターを差し出した。

「タバコをくれないか」

「すまんね。館内はノースモーキングなんでね。けどこの部屋は大丈夫。灰皿があるだろ」

うまそうに煙を吐き出した花岡は、一言の断りもなくタバコを胸のポケットにしまい込んでしまった。

「久々のニコチンのおかげで少し錆びていた脳みそが回り始めたよ。それではクエスチョンにお答えしようか」

周防は一言断ってからICレコーダーの録音ボタンを押した。

「現職時代、私が『カネ取り名人』と呼ばれとったのはご存じだろう。国や県から補助金を奪い取るのがベリーウェルだったわけだな。晴野があれほどまでの債務を抱えた最大の理由は、それが原因だよ」

　財務省としては耳の痛い話だった。高度経済成長期からバブル経済が崩壊するまで、地方活性化と称して様々な補助金を政府はばらまいた。多くは過疎化《かそか》対策だったり、地域振興を後押しして東京の一極集中を抑えるためという大義名分はあった。だが、実質的には喫緊の事業はさしてなく、政治力のある国会議員の利権食いのためのものであったり、官僚の予算消化のためのアリバイだったりしたものが少なくない。

　ハコモノ行政と揶揄《やゆ》された事業が、その最たるものだ。

「地方は徴税能力が弱い。したがって、我が市《まち》を豊かにするためには、国にたかって補助金をぶんどってくるしかないんだ。中央官庁の連中も、新規事業の実例が欲しいものだから、無理難題をありがたく引き受ける首長を重宝がった。いわば、持ちつ持たれつの関係だな」

　花岡の喫煙ペースは凄《すさ》まじい。1㎜も無駄にはしないとばかりに、合の手のようにタバコを吸う。室内はみるみる煙が充満した。

「我が市にある観光施設やハコモノの大半も、そういうカネで作ったものだ。だがね、三分の一ほどは市が実費負担するんだよ。尤《もっと》も、その場合の融資申請などについて国は甘々で許可してくれるんだがね。

その結果どうなるか。建設費用で地元土建屋は確かに儲《もう》かる。市民には都会並のモダンでエクセレントな施設を提供できる。でも、すぐに閑古鳥が鳴く。だから、借りたカネは返せないし、維持費も膨らみ赤字を垂れ流すんだよ」

「つまり、自分たちも悪いけど、国も悪いと」

宮城がまぜ返した。

「イエース！　そちらのミスター財務省には釈迦《しゃか》に説法だろうけれどね」

「お言葉を返すようですが、別に赤字が確実になる事業を押しつけるようなことはしていないはずです」

「そんな青臭いことを言いなさんな。私は己の非は認めてるんだ」

花岡が指摘するような傾向はないとは言えないが、補助金を申請する時は、市がその事業は必要不可欠なものだと強く訴えるから、認められるのだ。いくら理屈をこねようとも、実際には非は自治体にある。

「准教授《せんせい》、言ってみれば、国や自治体もバブルだったんだよ。予算がついた。だったら全部使い果たすのが官僚の仕事。霞が関はそう思ってたし、自治体はそういうムードに踊らされたんだよ。それで『ごもっともごもっとも』と相槌《あいづち》を打ってそのカネをありがたく戴いた。それが、急に国家財政が逼迫したから、もうおまえらを助けない。

自己責任と自助努力で立ち直れと言い出した」

　なんと無責任な。

「バブルと言えば、企業への融資で痛い目にあった銀行は、今度は自治体にカネを貸すうまみを知った。それも、晴野破綻の教訓だろうな」

　自治体は破綻しても一般企業のように債権放棄を認めてもらえない。つまり、借金は耳を揃《そろ》えて返すように義務づけられているから、銀行も取り損ねる心配がないというわけだ。

「国からの補助金で新事業を始めると知ると、すかさず銀行が晴野に群がった。知っているかね。人口一万人余りしかいなかった晴野市に、全メガバンクの支店があったんだ」

「それは、石炭産業が盛んだった頃のなごりではないんですか」

　周防が返すと、花岡は鼻で笑った。

「そんなもんは炭鉱閉山の際に、一度みんな撤退していったよ。その後、私が市長になって補助金事業を増やしてから、またぞろ顔を揃えてきたんだ。おいしい利権を他行に出し抜かれないためだな」

　融資獲得のために、銀行の多くは無担保無保証というあり得ない条件で、湯水のように融資を行った。

「もう時効だから言うがね。私をはじめ市の幹部で銀行や信金から高額接待を受けなかった者はいない。不良債権が怖くて一般企業に融資できない時に、とにかく取りっぱぐれない自治体はまさにカネのなる木だった」

それが市の負の遺産をさらに膨れあがらせた。土地バブルの際、不動産さえあれば、金融機関はいくらでもカネを融資した。たとえ不要だと断っても、なかば強引にカネを貸し、様々な金融商品を売り込んできた。

それと似たようなことを地方自治体にも行ったわけだ。

「なあ、ミスター財務省、過剰融資した銀行は民間企業が破綻したら貸し手責任を問われて債権放棄するのが当たり前なのに、自治体が破綻した時、それが不問に付されるのはなぜだね」

答えにくい質問だった。

「自治体は民間企業とは社会的責任の重さが異なるからです」

「違うよ。親方日の丸で、自治体の責任は国が負うのが当然だと皆が考えているからだろ。自治体が財政再生団体に転落すると、あんたらは再生振替特例債を発行して、借金を肩代わりしてくれる。だがな、実際はそのツケを国は、地元に押しつけるんだ。

死に体の自治体に鬼のような返済額を突きつけるんだからな。私は、自治体も破綻したら、民間同様に銀行の貸し手責任を問うべきだと考えている」

「僕も全く同感だなあ。周防さん、この点はぜひ改善すべき課題だと思うなあ」

宮城の意見に異論はない。

この分野を担当したことがない周防には軽はずみなことは言えないが、晴野市破綻を資料で調べた時にも、同様の結論に至った。

政府としては、そんなことをしたら、どの金融機関も自治体に融資をしなくなり、結果的に破綻する自治体が増えるばかりだという見解らしい。

だが、そもそも身の丈に合わない予算を立てる自治体が間違っているという認識は必要ではないのか。

「紺野さんはどう思います？」

「私はずっとそうすべきだと申し上げていますが、財務省がなかなかクビを縦に振ってくれないようで」

常に財務省は悪者だ。

「すみません、私の一存では答えられないので、東京に戻ってしっかり調査します」

「ちょっと、ミスター財務省がそんな国会答弁みたいなこと言わないでよ。周防さん個人はどう思ってるわけ？」

「私自身は、自治体が破綻した場合は、民事再生法と同様の処理をするのが筋だと思います。ただ、そんなことをすれば、自治体に融資する金融機関がなくなるという主張があるのだと思います」

「あのなあ、お若いの。貸さぬと突っぱねてくれたら、自治体だって知恵を絞るんだよ。だから、融資が不可能になった方が、自治体を強くする」

修羅場をくぐってきた花岡の言葉はずっしりと重い。

「よし、それは僕の方で知恵絞りますよ。期待しててください。でもね、今までの話って、ネガティブなことばかりでしょ。何かダメな自治体を蘇《よみがえ》らせる特効薬はないんですかね」

宮城が能天気に言った。

短くなっていたタバコを灰皿に押しつけるとすぐに花岡はもう一本に火をつけた。

「あるよ。迷惑施設の誘致だ」

言うに事欠いて、なんという発想だと周防は呆れたが、宮城にはピンとこないようだ。彼は首を傾《かし》げた。

「迷惑？　具体的にはどんな施設ですか？」

「一押しは、高レベル放射性廃棄物最終処分場だな」

原子力発電所の使用済み核燃料である高レベル放射性廃棄物は、ガラス固化体にした上でステンレス容器で梱包《こんぽう》し、地下三〇〇メートル以深で保管するため、処分地が求められている。

廃棄物の放射能の濃度が自然界と同じレベルとなるには、一定の処理を施しても八〇〇〇年要すると言われており、その期間、安全に保管しなければならない。政府としては候補地を探しているのだが、現実問題としては受け入れを表明している自治体はない。

ただ、最終処分場の候補地に名乗りをあげるだけで、電源立地交付金が出る。当初六年間の文献・概要調査の段階で、年約一〇億の金額が支給される。調査終了後、住民投票を行い、処分場誘致が否決された場合でも、交付金の返却義務はない。

いかにも名物市長らしい発想だ。しかし、それは財政破綻の責任を取って辞任したことで、実現しなかったらしい。

「あれは、おいしいんだ。ウチを候補にしてくれって手を挙げておいて、やっぱりやめたって言っても、カネは返さなくていい。先日も、市長に会う機会があったんで、やれと勧めたんだがね。あやつはきれい事が好きだから、きっぱりと否定しよったわ」

きれい事だけでは、晴野市の歳入は増えない。そこに新たに交付金ゼロという事態が起きれば、どうなるか。

それは花岡に聞くまでもなかった。

「僕は、石炭をもう一度掘りなおせばいいと思うんだけど、それって無理なんですか」

「准教授《せんせい》、いいこと言うね。以前に提案した時は地球温暖化対策で国は必死だったから、一笑されたけど、震災で原発事故が起きて潮目は変わったのかも知れんな」

「でしょ。だったら、やればいいのに」

「しかし、コストに見合わんし、そもそも国内に業者がいない。無理だね」

全てはネガティブ。だが、それでは何も生まれない。

10

午後五時半——帰り支度をしていた盛田は、丸山官房長から呼び出された。肩でため息をついて官房長室に出向いた。

「増税プランの進捗《しんちょく》状況を聞きたいという総理のご希望で、次官が官邸に呼ばれた。君も同行してくれたまえ」

「それはまた急なお呼び出しですね」

「まったく、大臣のいない時を見計らったように呼ばれるのは迷惑千万なんだがね」

大熊財相は、私用で選挙区に戻っている。

丸山の指摘は邪推だろうが、大熊は不在時に総理が歳入増プロジェクトに介入するのを快くは思わないだろう。だが、それは高倉次官が悩めば良いことだ。

それにしてもこんな時刻に呼び出されたら、残業は間違いない。今晩は、妻と娘と銀座久兵衛《きゅうべえ》で寿司《すし》でもつまもうと約束していたのに……。

「長引きそうでしょうか」

「なんだ、予定でもあるのか」

「ございますが、総理のお召しです。最優先致しますが」

「俺も、今日は同期会だったんだが、これじゃあ二次会から参加だな。いずれにしても、歳入増PTのこれまでの経過を知りたいとおっしゃっている。一〇分で資料を用意してくれ」

無茶は承知だろうが、さすがに腹が立ってきた。

いですね」

「畏《かし》まりました。今までの議論の要旨と先日、総理に提出した提案書があればよろし
秘書と部下に大至急資料を五部用意するように告げて、妻に電話した。

「今、総理からお召しがあった。もしかすると、少し遅れるかも知れない。二人で先にやっていてくれ」

「あら、相変わらずブル総理は無粋で野暮ね。了解、早く切り上げていらっしゃいな」

妻の軽やかな非難を聞いて、盛田は幾分気持ちが楽になった。

自分だって総理に面と向かって、あんたは無粋で野暮だ、と言えたら、もっと胸がすくのに。

資料を揃え帰り支度を整えて、部屋を出た。廊下に出ると次官と丸山も部屋を出るところだった。

「盛田君は、どんな時でも本当に身だしなみが整っているねえ。僕らも見習わないと」

次官公用車に便乗すると、高倉が感心したように声をかけてきた。

「恐縮でございます。僭越《せんえつ》ですが、次官のセンスの良さに比べれば、私など足下にも

及びません」

「僕は、君のお父上には大変お世話になったんだ。君のその身だしなみの良さを見る度に、お父上の言葉を思い出す。人品は身だしなみから始まる。大蔵省は、単なる一官庁じゃない。この国を背負っているという気概と誇りがいるんだ。だから、身につけるものにはカネを惜しむな。そして、手入れを怠るなって、よく叱《しか》られたなあ。僕は不精者だから、なかなか実践できないけどね」

盛田自身、父に叩き込まれたことだけに、次官から告げられたのが誇らしかった。

「恐れ入ります。父が聞いたらさぞ喜ぶと思います」

「いやあ、きっとまたお叱りを受けるよ。叱られると言えば、君もしっかりしないとな」

そういう話の展開を予想していなかった。

「財務省と名は変わっても、我々がこの国を牽引《けんいん》しているのは紛れもない事実だ。時に過去の伝統を破ってでも国益を重視する。そういう覇気を持って事に臨んで欲しいな」

覇気などという粗野なものは、盛田家には存在しない。だが、次官への手前、反論はしなかった。

「君のような財務省貴族は、きっと江島総理のやり方は下品で乱暴だと思っているのだろう。しかし、国益のためだと思えば、つまらない個人的な価値観など消えてなくなるはずだよ」

「次官、僭越ですが、私のどこに問題があるのでしょうか」

「たとえば、君が作成した歳入増収の提案書だ。ただ項目が羅列されているだけで、優先順位もない。また、補足説明もなく、議事録を抜粋して短くまとめているだけじゃないか。あれでは、財務省としての提案書にはならんよ」

それをこのタイミングで言うのか。

「至りませんで、申し訳ございません」

「仕事はほどほどで無理はしない。自らの意見や分析は全て排除し、ただ事実を淡々と記すだけなら、ロボットでもできる。君はこの国を救いたいと思わないのかね」

「おっしゃっている意味が分かりかねますが」

「膨大な借金を抱え、中央銀行による危険な金融緩和と国債の買い取りという禁じ手で、いかにも経済環境を良くしているようなふりでごまかすニッポンでいいと思うのかと、尋ねているんだ」

「それは私のような者には分かりかねます」

「ならば、官房参事官などお辞めなさい。地方の財務局長でもやってのんびり定年を待てばいい」

次官は一体どうされたというのだ。

「次官、私は私なりにベストを尽くしております。しかし、今のお叱りで自らの不徳に気づきました。どうか、挽回《ばんかい》のチャンスを戴けませんでしょうか」

次官がこれ見よがしにため息をついた。

「何を挽回するんだい。君は何を叱責《しっせき》されているのかも分かっていないだろう」

それは否定しない。だが、もう少し機嫌の良い時の次官になら、説得できる言葉が見つかるはずだ。

「どうか、挽回のチャンスをお願い致します」

狭い車内で盛田は頭を下げるしかなかった。

歳入増プロジェクトで官邸に呼ばれたのは、財務省の幹部だけではなかった。官邸五階にある総理会議室には、薪塚厚労大臣や事務次官、さらには町田年金局長の姿もあった。

「急に呼び出して申し訳なかった。厚労省から面白い増税案が出てきてね。君たちに是非実現してほしいと思っているんだ」

総理が言うと、厚労省職員が、文書を配布した。

高倉は総理に近い席に腰を下ろしている。盛田は、先程の叱責のショックからまだ立ち直っていなかったが、文書を読んでしっかりと理解し、分析する覚悟だった。

厚労省の新税案は、サービス残業税、女性不活用税、非社員税というとんでもないものばかりだった。

「ほお、これは面白い趣向ですな」

高倉は暢気《のんき》なことを言っている。

これは税と言うより、規制違反に対する罰金ではないか。

「高倉君に褒められたぞ、町田君。実現化への最初のハードルを越えたようなものだ」

総理に言われて、高倉は苦笑いを浮かべた。

「せめて説明ぐらいさせてください」と言って、労働担当の審議官が説明を始めた。

「サービス残業税は、一向に改善されない企業のサービス残業を厳格に取り締まり、違反した企業に対しては税を課する仕組みです」

働きアリと言われる日本の労働者だが、バブル経済崩壊以降、残業手当の締め付けが厳しく、いくら残業しても僅《わず》かな手当しか支給されないサービス残業が常態化している。その結果、先進国では最低レベルの労働生産性も改善しないという悪循環を生んでいた。

「残業状況を、全ての企業でチェックするなんて、物理的に無理では？」

丸山の疑問は当然出てくるものだった。

「それは君らが考えなくていい。厚労省が必ず取り締まると言うのだから」

総理の鶴《つる》の一声で、丸山は黙り込んだ。

「ここには、サービス残業の程度を五段階に分けて、悪質な上位三段階に対して課税するとありますが、評価の公平性が懸《け》念《ねん》されます。評価は厳密におやりになるという点については、そちらにお任せします。だが、税を徴収するのは国税庁なわけで、公平性が徹底されないと混乱を招きますよ。さらに、税の徴収額については、資本金の三％、五％、一〇％とするとありますが、たとえば大手企業なら四、五〇〇〇億円はありますよ。悪質だと言って、そこから五〇〇億円も徴収したら、倒産が相次ぐ。財界が黙ってませんよ」

「高倉君、お手やわらかに頼むよ。もちろんそれらも予想している。また、外資系企業にも、適用するのかどうかという問題もある。だが、ひとまず私はこの三つを全部実現したいんだ。だから、財務省の方で、実現可能なガイドラインを検討してくれないか」

総理はやはりどうかしている。正気を失っていると言ってもいいほどだ。仮にも元大蔵官僚であれば、いかにこれらがとんでもない無理難題か自覚しているだろうに。

盛田は、高倉が強く突っぱねることを切望した。歳出半減も含めて、どれもこれも実現する確率はゼロ％のものばかりだ。

「なるほど。それが総理のご意向であるならば、我々は努力を惜しみません。それなら、いっそ厚労省からも助っ人《すけと》を出していただいて、財務省と共に財政再建を検討するというのはいかがですか？」

我が耳を疑った。

そんな重責を突然振られても、自分には無理だった。というより、こんなバカげた茶番に荷担するなんぞ、財務官僚として恥だ。

――君のような財務省貴族は、きっと江島総理のやり方は下品で乱暴だと思っているのだろう。しかし、国益のためだと思えば、つまらない個人的な価値観など消えてなくなるはずだよ。

高倉が途上の車内でぶつけた言葉が蘇った。もしや、次官は最初からこういう展開を予想されていたのか。

「盛田君、やれるな」

高倉が念を押した。盛田を見つめる目はいつになく厳しい。

「もちろんでございます。一命を賭《と》してでもやり遂げる覚悟でございます」

隣席の丸山が目を見開いている。

軽はずみな約束をするなと言いたげだ。

「それは心強いな。じゃあ、薪塚大臣、厚労省から選りすぐりを出してもらえますか」

「既に八木審議官をリーダーに、労働基準局と職業安定局から優秀な課長補佐級を数人選抜しております。高倉さん、私からもよろしく頼みます」

「残り二つの新税案についても説明致します」

そして八木審議官が淡々と説明をした。

女性不活用税というのは、企業内での責任ある地位に占める女性の割合を向上させる女性活躍推進法をより強化するものだ。当面の目標は従業員三〇一人以上の企業では、管理職の三〇%以上を基準とする取り組みを促していた。

「しかし、総理、これには一つ問題点があります。国会議員や霞が関ですら、目標値をはるかに下回っているのに、民間企業に罰金的な税を課すのは無理でしょう」

総理が「高倉君は痛いところを突くなあ」と笑った。だが、笑い事ではない。

「それについては、この税が本気であることを見せるよいチャンスだとむしろ考えている。つまり、国会も霞が関も、各機関の未達成の度合に応じて予算を削る。これは一挙両得だよ」

ますます笑えない。歳出半減策を押し通す以上、厚労省と総務省以外の省庁でも、様々な予算がギリギリまで削られると覚悟しているだろう。だが、女性活用の未達成を理由に、さらに予算を削られてはたまらない。

高倉は渋い顔つきになったが、それ以上は発言しなかった。

「次に非社員税ですが、従業員三〇一人以上の企業を対象に、非正規雇用労働者削減を目指して、正社員率を五割以上とする法律を検討しています。その最低条件を達成できない企業に対し、非社員税を徴収します」

八木が語る新税案はどれもこれも言いがかりとしかいいようがない。

サービス残業を厳しく取り締まり、女性活用を強要し、最後は正社員を増やせという。

時代に逆行するような、こんな暴挙がまかり通るはずがなかった。

「総理、この三つの税については、財界への根回しはお済みなんですか」

財界は猛反対するだろう。いや、その程度では済まない。マスコミや与野党の反江島勢力を結集して抵抗してくるはずだ。

「まだだよ。だが、必ず呑《の》ませるよ。そもそも日本企業は、経営陣と従業員が家族として一丸となったからこそ、奇跡の経済成長を遂げたんだ。それが、自社の業績が悪くなったら、正社員を切り不当な労働行為を押しつけた。そんなことで、日本再生なんて到底できないだろう。

人を使い捨てにするような社会をこれ以上認めるわけにはいかない。もし、彼らが協力しないというのであれば、国民のみなさんにその現実をお伝えするまでだ」

恐ろしい暴君だ。

そもそもこんなことをして次の選挙で勝てるのだろうか。

「総理、大変おこがましい質問なのですが、今回の新税について、与党内のコンセンサスを得ておられるのでしょうか」

丸山が勇気ある発言をした。そもそも官僚が尋ねることではないが、さすがに誰だって不安になる。

「丸山君、ご心配をありがとう。だが、与党内のコンセンサスは、私が総理に就任した際に、全ての政治決定は総理総裁の江島に一任で解決済みだ」

「なるほど。ただ、党の税制調査会を通さずに話を進めるというのは、実務レベルの作業の妨げになります」

「文句があるなら総理に言え、と言ってくれて結構。私が受けて立つ」

もはやとりつく島はない。丸山は黙って頷くだけだった。

「じゃあ、厚労省は明日にも新税PTのメンバーを提出してくれたまえ。忙しいところご足労戴いて感謝する」

総理は勢いよく立ち上がると、会議室を出て行った。

残された官僚陣の表情は対照的だった。

厚労省の出席者は全身に疲労を滲《にじ》ませながらも、任務を達成した解放感が漲っている。一方の財務省の幹部たちは、沈痛な渋面を隠そうともしなかった。

「高倉さん、色々無茶を言いますが、一つここは総理のご期待に応《こた》えるべく邁進《まいしん》致しましょう」

最も上機嫌な厚労事務次官が高倉に握手を求めて部屋を出て行った。

厚労省の職員らが出て行くのを見送っていた高倉が「ひとまず引き揚げますか」とつぶやくように言った。

さすがに官邸内の会議室で怒りや不満をぶちまけるわけにはいかない。皆が黙って次官に続いた。

「盛田君、ちょっと残ってください」

総理政務秘書官の松下に声をかけられた。

丸山が一瞬だけ視線を投げてきたが、何も言わずに部屋を出て行った。

松下と二人だけになると、何とも言えない気まずさを感じた。

「大役ですが、頑張ってください」

松下は穏やかな口調で切り出したが、盛田には大役の意味が分からなかった。

「あの」

「厚労省からの新税の実現化です」

言われて気持ちがさらにどんよりと沈んだ。

「松下さんは、先程の新税が本当に実現できるとお考えですか」

「総理がやるとおっしゃった以上、実現するしかありません。歳出半減が大変厳しい状況であるのは、あなたもご承知のはずです。だとすれば、税収増を図るしかない」

盛田は心底あきれた。

もっとバランス感覚の良い人物だと思っていたからだ。だが、今の言い方では、総理の発言を絶対視しているだけの愚者じゃないか。

そう思うが、ここは処世術が大事だ。

「粉骨砕身努力致します」

「それで、お話ししたいのは、周防君のことです」

まったく想定していなかった名が飛び出して、激しく動揺してしまった。

「今、地方交付税交付金削減のための調査で地方回りをしてもらっているのは知っていますね」

そうだったのか。

「初めて伺いました」

「オペレーションZをはじめとする厳秘情報を暁光新聞に漏らしていた疑惑が彼に向けられている。だが、私の調べで、漏洩《ろうえい》源が別にあると判明しました」

それは良かった。これで、少なくとも周防は冤罪《えんざい》から逃れられる。だが、なぜ松下はそんな話をするのだ。

「周防君の濡《ぬ》れ衣《ぎぬ》が晴れたのは喜ばしいのですが、もう一つ重大な問題が残りましたので」

誰が、周防を嵌《は》めたのか――。

「周防君が情報漏洩の張本人だという誤った情報を、インターネット上で喧伝《けんでん》した人物の存在です」

首筋に汗が滲んでいくのが分かった。だが、早合点は禁物だ。松下は、まだ用件を口にしていない。盛田は黙って話の先を待った。

「さて、前置きが長くなりましたが、その人物について調査を進めると、あなたの名が挙がってきました」

「どういうことでしょうか」

情けないぐらいに声が震えている。無関係であるときっぱり言わなければ。

「確か、暁光新聞の政治部長とは高校の同級生でしたね」

「橋上君のことでしょうか」

「あなたが、橋上氏と頻繁に会っているという情報があります」

松下はどんな情報収集をしているのだろうか。江島総理のお守りに相当の時間を費やしているはずだ。その上、こんなどうでもいい調査までやる余裕があるのだろうか。

「どこから出た情報ですか」

「それは言えません。ここは盛田さん、あなたと私の二人だけの話として正直に教えてください」

痺《しび》れてなかなか回転しなかった頭で必死に考えた。

「何かの誤解だと思います。暁光新聞にオペレーションZについてや米国大統領との立ち話の件など次々とスクープされた時期がございました。そのため、橋上氏と会って、どのように情報収集をしているのか探ってくれと、官房長から命じられたので何度か会いました。しかし、さしたる収穫はございませんでした。それ以降、橋上君とは一度も会っておりません」

松下は視線が優しい。明らかに盛田を疑っているはずなのに、その柔らかい目は変わらない。

「周防君はお嫌いですか」

いきなり投げられた問いを平常心では受け止められなかった。

「何をおっしゃるんですか。そんなはずがありません。私が総理秘書官を務めた時、秘書官補として精一杯頑張ってくれた周防を嫌う道理がございません」

松下は大きなため息を漏らした。

「疑って失礼しました。ただ盛田さん、李下《りか》に冠を正さずということわざを大切にしてください。どんな誘いであっても、今後は橋上氏とは一切接触しない。よろしいですか」

私が周防を嵌めたと松下は確信している。

喉《のど》がカラカラになったが、盛田は笑顔で大きく頷いた。

「肝に銘じます」と返した声はかすれていた。

11

晴野市初日の夜は、投宿先のビジネスホテルで食事すると決まった。

地元の割烹《かっぽう》でごちそうが食べたい！

宮城は強く訴えたが、総務省から出向している遠山の話を聞くなら、地元の名士が絶対に来そうもない、しけた店が一番だった。

午後六時半きっかりに遠山はフロントの横にあるレストランに姿を見せた。紺野も末席に陣取っている。宮城だけがまだ現れない。

彼を待つ間、周防は遠山の経歴を尋ねた。

千葉大を卒業後、総務省に入省、大臣官房総務課を皮切りに、旧自治省の部署を中心にステップアップしてきた。晴野への出向は当人が望んだわけではなく、出世競争からは既に外れた課長補佐級で、独身だったからだと自己分析していた。

一重の目と細い鼻筋、さらにはややしゃくれた顎《あご》が排他的な雰囲気を醸《かも》し出していた。

一五分経っても宮城が現れないので、紺野が部屋まで呼びに行くという。

「先に飲みますか。ビールでいいですか」

周防が言うと、遠山は小さく頷いた。生ビールで乾杯した後、今度は周防がキャリアを聞かれた。

「エリートコースまっしぐらですね」

ひがみっぽい響きは無視した。

「まさか。私は使い勝手の良い万年パシリですよ。実際、出世するよりやり甲斐《がい》のある仕事を任される方が楽しいしね」

「この仕事に、やり甲斐なんてあるんですか」

「もちろん！」

信じられないという顔をされた。

「私には屈辱しかないですがね」

そこで宮城が現れた。どうやら部屋で眠りこけていたようだ。寝グセなのか、髪の毛が跳ね上がっている。

改めて生ビールで乾杯した後、遠山が現在の仕事を屈辱的に感じていると、宮城に報告した。

「そりゃそうだろうな。年下のコンサル上がりの市長に、好き勝手やられているんだもの。ほんと、ご同情申し上げますよ」

寝起きにもかかわらず、宮城の毒舌だけは平常運転だ。

「年下であることも、コンサル出身者であることも、この際脇《わき》に置いてもいいんです。何が許せないかと言えば、まともな行政手腕もないくせに、ただただ威張り散らし、行き当たりばったりの政策ばかりを押しつける態度です。

ご存じですか。晴野市では坂本が市長に就任してから、毎月のように優秀な幹部が辞めているんです」

「行き当たりばったりの政策というのは？」

「たとえば、いきなり節電断行と言い出して、市庁舎の屋上に太陽光パネルを設置せよと言い出した。しかし、ご存じの通り、財政再生団体である我々は、鉛筆一本、消しゴム一個に至るまで、購入に際しては全て国から許可を得る必要があるんです。もちろん、新規で太陽光パネルなんてあり得ない。担当課長がそう進言すると、誰も買えなんて言ってない。誰かに寄付してもらえと言う始末です」

「でも、屋上に設置してあったよね」

宮城の指摘に遠山は渋い顔で頷いた。

「市議の一人が見かねて、太陽光発電の業界団体にかけあって無償貸与してもらったんです」

それは大変だ。

「とにかく奴は、派手なパフォーマンスばかりやりたがり、地道な行政活動には全く無関心で良きに計らえと言うだけです。そのくせ時々何か思いついては、無理難題を押しつけるんです」

「あの市長って、しょっちゅう東京に出向いてPR活動をしているけど、あの経費ってどっから出ているの？」

財政再生団体への転落と同時に市長や市議ですら、経費は一切支給されない。

「東京都が負担しているんです。都は晴野市に職員を派遣したりあれこれ支援をしています。でもね、せっかく経費を出してもらっても、奴がやっているのはメディア受けするリップサービスだけです」

遠山の鬱屈《うっくつ》は相当なものだ。

「オッケー、あんたの愚痴はよく分かった。次の市長選ではあんたが出馬して坂本ちゃんを叩き潰せ。そうすれば、あんたの理想とする行政ができるよ」

宮城がどこまで本気なのか分からないが、遠山はものすごい形相で准教授を睨《にら》みつけている。

「どうしてそんな怖い顔してるわけ？　僕は間違ったこと言ってないでしょ。それだけのクズなら、あんたが代わるべきでしょうが」

「そんな事が出来たら、苦労しません。奴は市民には圧倒的な人気があるんだ。私のような者が対抗馬として出ても相手にならない」

「人気の秘訣《ひけつ》はなんです？」

答える前に遠山が、ジョッキ半分ぐらい残っていたビールを一気に飲み干した。そして、お代わりを求めた。

「地元のお年寄りにとっては、市長は孫の代わりみたいなもんです。若い者は皆、故郷を捨てて行くのに坂本市長は都会からやって来て、ここが大好きだと言う。それが嬉《うれ》しいんです。市長もそういう反響をよく理解してます。でも、実務はダメで、思い通りにならないとすぐに部下に当たります。だから優秀な職員がどんどん辞めていくんです」

「そんな機能不全状態で、よく行政が回っていますねえ」

周防が相槌《あいづち》を打つと、遠山は付き出しのシラスおろしをかき込んでから答えた。

「最近思うんです。市町村っていうシステムがなくても、実は市民は生きていけるんじゃないかって。必要なのは、住民票などの証明書発行と上下水道の維持管理ぐらいですよ。社会福祉もやってはいますが、これは民間委託も出来る。総務省の職員としてあるまじき考えかも知れませんが、市町村なんか全部潰してみたらいいんじゃないかと本気で思っているんです」

驚いた。周防も似たようなことを考えていた。

地方交付税交付金を限りなくゼロにするような施策をするなら、それぐらいの英断が必要だ。同時に、金融機関にも貸し手責任を負わせ、借金は棒引きにする。

そして、破綻《はたん》自治体はそのまま潰して、最低限の住民サービスは、県の出先機関である県事務所が代行すればいい。社会保障関係についても、都道府県単位での一元化と地元での相互扶助を徹底するしかない気もする。

盛田あたりに言えば、「今すぐ辞表を書きなさい！」と叱られるだろうが、歳出半減の代償として市町村解体という選択肢は棄《す》てられないと思っていた。

「いやあ、遠山さん、あんたを見直したよ。僕は前々から、市町村を全部なくせばいいと思っていたんだ。だから、あなたの意見、大いに傾聴に値する。ねえ、周防さんも同じ意見でしょ」

あっさり言い当てられたのが面白くなくて、「いや私はさすがにそんな単純なものだとは思えませんよ」とつい返してしまった。

「だから、財務省はダメなんだよ。僕らのこれからのテーマは、市町村撤廃にしよう。それに決まり！」

そう言うと宮城はビールジョッキを持ち上げた。

周防はそれには応じなかった。

「遠山さん、時間はたっぷりあるんです。その大胆な考えに至るまでには、いろいろあったんでしょう？」

現場の声がなければ、英断も暴論で終わる。大切なのは具体的な事例に基づく訴えだった。

酒をあおって勢いづいたのか、遠山は前のめりで話し始めた。

「企業と違って自治体は破綻しても、消滅しません。市民の生活が、いきなり大きく変化することもない。ちょっと不便になる程度です。晴野も当初、日本初の自治体破綻などとマスコミにも騒がれたのですが、それも数年経つと静かになった。やがて破綻前とさして変わらない生活だけが残ったんです」

そもそも自治体がなければ生きていけないという市民などいない。強いて言えば、リストラされたり大幅な減給となった市職員が辛《つら》いだけだ。

晴野市が破綻して、市民が気づいたのは、市役所なんてなくてもやっていけるという開き直りだったらしい。

遠山は続ける。

「学校だって統廃合した方が結果的に住民は喜んだんです。これまでは大半が複式学級だったのが、各学年二クラス以上になって、おかげで同級生が増えたと親子そろって喜んでいます」

晴野市には、元々七つの小学校、三つの中学校があったのだが、いずれも児童・生徒数は年々減少する一方だった。それが統合されたことで、ある意味教育環境としては良くなったわけか。ただ、通学に時間のかかる子どもは増えた。

「市民病院の廃止の影響はどうですか」

これについても、遠山は苦笑いを浮かべて首を振った。

「意外にも問題は起きていないんです。隣接する市町村の各病院が無料の送迎バスを出しているんで、晴野市民はむしろ今まで以上に病院の選択肢が増えて便利になりました。救急医療だけは問題が残りますが、今のところはそれが原因で亡《な》くなった人もいないんです」

それが事実なら、公営病院経営に喘《あえ》いでいる他の自治体も倣《なら》うべきかも知れない。無理に市民病院を経営するくらいなら、他市町村の病院に頼る方が財政は好転する。

「でも、介護は厳しいでしょう」

「どうでしょうか。元々介護サービスは民間が主役です。市営のデイサービスセンターは、破綻後施設運営を民営化したので、以前よりもサービスが良くなったらしいです」

自治体が破綻しても市民は困らない――それを証明するような話ばかりだ。

だとすれば、何のために市町村は存在するんだ。

「さっき、市の優秀な幹部が毎月辞めていくってぼやいてたけどさあ、それで何か問題は起きているわけ」

それまで立て板に水のようにしゃべっていた遠山が口ごもっている。

「実は、あまり困ってないんじゃないの？」

「組織が機能しなくなりました」

「でも、機能しなくても、市民は不満の声をあげていないんだろ。だったら、市なんて機能しなくても良いんじゃねえの」

「だけど行政サービスは必要でしょう」

遠山は不機嫌な表情を変えずに言った。

「それはアバウトすぎますよ。じゃ、晴野市の行政サービス、具体的に教えてくださいよ」

「ゴミ収集や上下水道の維持管理、住民票や戸籍管理、さらに産業政策や社会福祉事業です。実際は、職員不足なのでルーチンワークだけで一日が終わります。生産性もありませんし、再生に向けた取り組みなんて片腹痛い」

「よし、大愚痴大会はおしまいにしよう。遠山さん、あんたはいずれ総務省に戻る身だ。ならば、このバカげた状態を踏まえて、今後の地方自治のあり方について、建設的な意見を言うべきだと思うね」

「市町村は不要です」

「面白いねえ。いやあ、周防さん、総務官僚がこういう発想をしてくれたら、日本も変われるよ。ねっ、そう思うでしょ」

そうは思うが、宮城のようにあっけらかんと言われると、躊躇《ちゅうちょ》してしまう。

結局、それは、官僚として職務放棄ではないのだろうか、とも思うのだ。

「紺野さんは、どう思われますか」

紺野は、途中からは食事もせずに、三人の議論を黙って聞いていた。そして白熱するにつれて彼の表情は険しくなった。

「どう、とおっしゃいますと?」

「我々は勝手なことを言ってますが、普段から市町村との折衝の最前線にいらっしゃる紺野さんとしては、どのように思われますか」

「難しいご質問ですなあ」

「遠慮なく言ってよ。ここは無礼講っすよ」

宮城の能天気なタメ口のせいだろうか。紺野の顔つきはさらにこわばった。そして、手酌で冷酒をあおってから応じた。

「では、お言葉に甘えて。みなさんのお考えは一考に値します。晴野市の現状は悲惨であり、行政機能が麻痺《まひ》しているのも事実でしょう。だからと言って、そんな市は潰してしまえという単純な発想には憤《いきどお》りを覚えます」

「なんで?」

「宮城准教授《せんせい》、市町村は国民と国家を繋《つな》ぐ窓です。また、歴史的・文化的な一体性を持つ、いわば住民のアイデンティティの根源でもあります。だからこそ、国民が日々の生活で国家や国益を考えることはなくても、市町村の行政サービスへの関心は高い。

それを潰してしまうということは、国民は勝手に生きよと宣言しているように思えてなりません」

「それは考え過ぎっしょ」

「そうかも知れません。私の考えは古いという自覚はあります。それでも、市町村はあってもなくても一緒だから潰そうという短絡的なお考えを、国家の未来を担《にな》うキャリアの方や、天下国家の計画を立案する気鋭の学者がお持ちになるのは、とても残念です」

公務員の職責とは、国民の生活の向上を目指し、国益を守ることにある。時に経済的合理性を無視しても行う様々なサービスがまかり通るのも、それが国民生活に必要だからだ。

国家財政破綻の危機が現実味を帯び、歳出を一円でも抑えたいという気持ちが募った時、そのために払う犠牲について「致し方ない」と断じるのは容易《たやす》い。だが、それは公務員の本分に反する発想だった。

「残念だと言われてもねえ。国が壊れるかも知れない事態を防ぐためには、国家のシステムをスリム化し、不要なカネが出ていくのを防ぐしかない。確かに、市町村が消えたら不便にはなる。でも、だからといって人は死なないだろ。ならば、短絡的と言われようが残念だと言われようが、やるしかないんだ。あんた、今の日本が置かれている状況をホントに理解してんのか」

口の悪さで、宮城の主張は短絡的に響くが、オペレーションZを遂行するなら彼の発想と同じスタンスを取るしかない。無理を通せば道理が引っ込むという乱暴を、ためらっている場合ではないのだ。

「周防ちゃんはどうなわけ？　あんたもこのおじさんのきれい事攻撃に沈没するわけ？」

「宮城さん、いくら何でも、きれい事はひどいですよ。紺野さんのお考えは、大変重要だと思います。それに、もう少し穏便に行きましょうよ。あなたは失礼が過ぎる」

「そんなのは、どうでもいいんだよ。こういうきれい事ばかりを並べるから、いつまで経っても日本はダメなんだって、僕は言いたいわけ」

宮城は掌《てのひら》でテーブルを叩いた。

気まずい沈黙が続いた。周防は場を和ませようとしたが、何を言えばいいのか分からなかった。いや、考えがまとまらなかった。

「本音をいえば、地方の問題を考えている中で、私も市町村不要論に傾いています。しかし、市町村こそが国民と国家を繋ぐ窓だという大前提を無視するのはよくないと思います。どうすれば国民と国家を繋ぐ窓を維持できるのか。市町村廃止論を展開する前に考えなければならないと思いますが、果たしてどうすればいいのか、僕には全く分からないんです」

「なんだそれは。双方の言い分を上手に汲《く》み取ったつもりだろうが、そんな生ぬるさでは、制度なんて変わんねえよ。日本という国家を生き延びさせたいのなら、強権を発動してでも不要なものは切り捨てるんだ。そこに公務員の本分やら、きれい事はいらない。分かっているのか、この国は今、集中治療室《ICU》で死にかけてんだ！」

12

「ご苦労様、検問所です」

髭面《ひげづら》の警備員が形ばかりの敬礼をした。

またか。県境を越えてから、これで六回目だ。地方はどこも、地元民が国道に検問所を勝手につくってカネを徴収している。都会よりも農水産物が手に入りやすく、自給自足の生活をして困っていないにもかかわらずだ。

「財務省です。公用なので、通行料は不要のはず」

写真入りの身分証明書を提示し、フロントに置いた公用車通行証を指さした。

「例外はないことになってます。二万円」

バカな。いくらハイパーインフレだと言っても、国道に一〇キロ毎《ごと》にある検問所で二万円ずつ払えば、すぐにすっからかんだ。

「責任者を呼んでくれないか」

目の前に鎌《かま》が突き出された。なるほど、あんたは警備員じゃなく、追いはぎなんだな。

「あなた」

助手席から妻がカネを突き出した。

カネが紙くずになり、助け合いと絆《きずな》が信条だったはずの日本人が、カネの亡者《もうじゃ》に成り下がる。まったく良い国だ。

だが、これもあと少し、三〇キロ先の港に行けば、オーストラリア行きの船が待っている。

「おなかすいた」

無事に盲腸の手術を終えて回復した息子が言った。

「この辺に、レストランは？」

「あんた、頭がどうかしてるんじゃないのか。そんなもんはみんな潰れたか、潰されたよ。腹が減ってるんなら、にぎりめしを一個一万円で分けてやるよ」

ふざけやがって。

怒りに任せてアクセルを踏んだ。

今や、ニッポン全国が無惨《むざん》に荒廃し、昼間であってもまともに外を歩けない国となった。誰もが国を棄《す》てて、海外への逃亡を図っている。だが、近隣諸国はいずれも、既に日本人難民の受け入れを拒否。法外な入国手続き金を積んで対応してくれるのは、シンガポールと一部のASEAN諸国、そして、ニュージーランドとオーストラリアだけになった。

それでも、行く先があれば未来に繋げられる。人生を一からやり直すためには、カネをかき集めて、海外脱出するしかなかった。

――桃地実『デフォルトピア』より

第7章　安全ネットはもうすぐ崩壊するんだ。その時に慌《あわ》てたって、手遅れなんだ

1

雪の壁の間を、四輪駆動車が前後左右に揺れながら走る。最初は雪を見て喜んでいた宮城だが、車酔いをしたのか冴《さ》えない表情で目を閉じている。

地方交付税交付金ゼロの調査で、各地を回ってきた。そして、最後のフィールドワークとなる自治体は百人村だった。この峠を登り切れば眼下に見えるはずだ。

百人村は、桃地が「ぜひ、君を連れて行きたい場所があるんだ」と誘ってくれた場所でもある。桃地に連絡してみると、既に年末から桃地は百人村にある別荘で「冬ごもり」しているという返事が来た。

宮城にそれを話すと、「僕が日本一の桃地ファンだって、どうやって調べたんだ！」と一人勝手に盛り上がってしまった。桃地作品は、宮城にとってバイブルらしく、今でも何度も繰り返し再読しているという。言われてみれば宮城の思考には、桃地に通じる爆発力と荒唐無稽《こうとうむけい》さがあった。宮城の発想の原点が桃地の小説だったとは。

「あと、何分ぐらい？」

宮城は、この二時間、こればかり聞いてくる。

「もう二〇分ってとこですかねえ」

運転する権田莞爾《ごんだかんじ》は宮城が不機嫌そうに鼻を鳴らしたのを気にもしないように、連続するカーブに集中しながら答えた。豊かな顎鬚《あごひげ》のせいもあるが、宮城が「モノホンのマタギじゃねえの？」と言った体格の権田は、山形県庁に出向している総務省職員だ。

「よりによって雪が一番多いこんな時期に、視察だなんて、財務省は相変わらず強引ですね」

「道路整備されていてよかったですよ」

周防が返すと、「ここは、百人村の生命線ですからね。村民が輪番で朝一に除雪作業をするんです」と権田が即答した。

陸の孤島という言葉は耳にするが、百人村もかつては冬になると、陸の孤島そのものだったらしい。

「雪ってさあ、こんなすぐに飽きるもんだと思わなかったよ。よく、こんな見渡す限り白しかない世界で生きてるよな。遠近感がなくなって感覚がおかしくなるし。僕なら気が狂っちゃうよ」

相変わらず宮城は言いたい放題だ。

「准教授《せんせい》、でも、雪は良いですよ。特にこのあたりの雪質は最高です。仕事じゃなけりゃ、僕なんて蔵王のてっぺんまで行って、スキーで百人村まで滑り降りて行くんだけどなあ」

「そんなことしちゃって、帰りはどうすんだよ」

「これがまた、クロカンの良いコースがあるんですよ。それを五時間ほど楽しめば、麓《ふもと》の宿場街に辿《たど》り着けるんで」

「文化系の僕は、話を聞いているだけで遭難しそうだ」

「宮城准教授《せんせい》は、過去に何度か百人村にいらしたそうですけど、冬は初めてですか」

周防が、話題を変えた。

「あったりまえだろ。一つ間違えば、遭難するかも知れない季節に、来るわけないじゃん」

車が峠の頂上に辿り着いた時、権田が車を停めた。

「村が一望できるんで、ちょっと外に出ませんか？」

宮城は「無理」と拒否したが、周防は素直に従った。

思ったほど寒くないのは、天気が良いからだろうか。権田に案内されて、展望台に進んだ。

「足下に気をつけてくださいね。いきなりズボッとハマることがありますから」と注意されるなり、周防は深みに足を取られてバランスを崩した。

背後でシャッター音がしたかと思うと、宮城がスマートフォンを構えていた。結局、つられて出てきたらしい。

「いやあ、良い格好だよ、ミスター財務省」

晴野市の前市長が周防を呼んだニックネームを気に入ったのか、やめてくれと頼んでも宮城は嬉《うれ》しそうに連呼する。

周防は苦笑いしながら、展望台の端に近づいた。

数百メートル眼下に、集落と公共施設らしき建物が何棟か集まっているのが見えた。

「人口四〇〇人余りの小村ですからね、こぢんまりしています。さらに、コンパクトシティ化を徹底したので、中央にある役場から半径五〇〇メートル以内に、ほぼ生活圏が集まっているんです」

過疎《かそ》化した地方自治体を機能的に再生することを目的に、住民を一カ所に集めるというコンパクトシティ構想の多くは、期待したほどの成果を上げていない。住民が移住を嫌がるからだ。

なのに、なぜ百人村では、うまくいっているのか。

「成功の秘訣《ひけつ》は？」

「そうしないと生きていけないという危機感と、元々が戦後の開拓事業で生まれた村ならではの結束力でしょうか」

百人村は、数年前の大雨で主産業である桃の出荷ができず、村は破綻《はたん》の危機に見舞われた。それを回避できたのは、限りなく行政サービスを縮小し、自給自足、地産地消の実践を断行したからだ。

議会を廃止し、村職員の三分の二は非常勤となり、協力して高齢者を介護する。数少ない子どもたちは、保育園から小学校までを一カ所に集めて、ＰＴＡが協力して保育園と学童保育を運営した。

非常勤となった村職員の多くは、兼業農家だったため、農業従事の時間比率を上げ、この数年で、百人村に新しい商品作物を生み出した。

また、幸運も味方した。

僅《わず》か地下三〇〇メートルで温泉源を発見し、長らく放置されていた古い空き家や村の出張所を改築して宿にした。これが泉質の良さと相まって、折からの秘湯ブームで人気に火がついた。

おまけに桃地が大活躍した。

百人村に別荘を建てた桃地は、そこに日本空想小説家協会本部を移設した。そして協会に加盟している作家が順番に長期滞在し、小説道場やミニ発明教室などを開催して、集客を図ったのだ。百人村を気に入って、本宅を構える作家も出てきた。

また、若手作家の一人が、百人温泉のPRを世界に発信したところ、海外からの宿泊客が訪れるようにもなったらしい。その際、ウソか真実か定かではないのだが、百人村エリアは宇宙からの電波を拾いやすいという伝説を桃地が訴えたことで、オカルト・マニアの聖地となりつつもあるらしい。

良いことずくめではないにしても、「カネを使う前に、人を使おう」という村長の呼びかけに応じた村民による自給自足村は、地方再生のヒントを探る地方自治体にも注目されるようになっていた。

「ミスター財務省、このすぐそばに、鉄塔が見えるだろう」

宮城が指さした方向に、鉄塔が見えた。

「あれのお陰で、村は携帯電話とWi-Fiの環境が格段に良くなった。それで昨年、誰にも邪魔されないラボが欲しいという僕の友人にここを紹介したら、ファブラボが誕生した。こんな辺鄙《へんぴ》な場所に来る奴《やつ》は、変人ばっかりだけどさ。そういう変人がとんでもない発明品を作ったりすんだよ」

fabrication laboratoryは、3Dプリンターやカッティングマシーンなどの工作機械を備えた市民工房のことで、インターネットによって技術交流を世界ベースで行い、小さな発明品を開発する場として注目されている。

「じゃあ、行きますか」

権田に促され、周防たちは車に戻った。

四駆車が役場前に到着したが、静かだった。晴野や他の見学市町村のように、庁舎内から職員が飛び出して歓迎するようなことはなかった。

正面玄関のドアに、プレートが掛かっている。

〝村長にご用の方は、以下の携帯電話に。

総務課長は、こちら〟とある。

権田が、早速村長を呼び出した。

「倉庫にいるそうなので、そっちに行きましょう」

宮城は「寒い」を連発しているが、権田は構わず先を歩いた。

倉庫は、ピーチ100社という第三セクターが所有しているようだが、勝手知ったる権田は、倉庫の大扉を開けて中に入った。

「失礼します！」

室内はホッとするほど暖かく、宮城が「やべえ」と嬉しそうだった。

倉庫内にはいくつかのブースがあり、そこで複数のグループが作業をしていた。ほぼ、全員が高齢者だった。作業しているのは、民芸品の加工やピーチ100関連グッズ、さらには間伐材を利用した木工用品作りなどだ。

「桃の収穫期以外は、こんな風に作業場として開放されています。村民は誰でもここで軽作業ができるし、その対価がポイントとなって貯《た》められるんです。そのポイントは村のコンビニの決済に使えますし、温泉も利用できます」

百人村は、村民全員にスマートフォンを無料配布した。そこに、様々な連絡事項が送信されるだけではなく、ポイントの加算や利用が出来る仕組みらしい。さらには、GPSが装備されていて、お年寄りの居場所も確認できる。

「スマホ代や、システムの費用はどうしたんですか」

「スマホは機種変更などで回収された古い機械を集めてきて、データを全《すべ》て初期化した上で、再利用しています。これは、スマホメーカーの資源再利用プロジェクトの一環で、費用はゼロだし、モニタリング協力費の支給も受けています」

無料《タダ》ほどありがたいものはない——というのが村長のモットーで、こうしたモニター活動に村を挙げて協力して、全国の企業から便利な商品を無償供与してもらっている。

「労働をカウントして地域通貨として利用するシステムは、総務省のモデル事業で、総務省から支援を受けています。高齢者のみなさんは最初こそスマホに戸惑ったようですが、慣れるとちゃんと使いこなせるようになるんですよ。今では必需品ですね」

見ていると、作業を終えたお年寄りがブースの読み取り機にスマートフォンをタッチして帰っている。

「やあ、権田さん、いらっしゃい」

倉庫の奥の方から、長身の作業着姿の男性が近づいてきた。

「どうも、村長の楠です。こんな雪深い場所までわざわざお越し戴《いただ》き、恐縮です」

周防が名刺交換しようとすると「私は、もう名刺を持たなくなったのでご無礼」と頭だけ下げられた。そして、宮城を認めると、「慧君、久しぶりだね。どうだい、調子は?」と肩を叩《たた》いた。

「ぼちぼちっすね。村長は相変わらず元気っすねえ」

「元気だけが取り柄だからねえ。そうだ、ちょうど今、雪力発電の実験中なんですよ。どうですか」

権田と宮城が「ぜひ！」と即答したので、周防も従った。

「豪雪地帯にとって厄介な雪を使って、何かできないかと村長が言い出して、国内外の大学の研究員に雪の有効活用を募集したら、色々面白いアイデアが寄せられましてね。実用実験が始まっているんです」

移動の途中で権田が説明してくれた。

雪の有効利用か、面白いな。

楠が案内したのは、作業場の倉庫の半分程度の広さの倉庫だった。

「カネは出せないんですが、家の無償貸与と食事の配給、さらに温泉の無料提供で、若い研究者が数人集まってくれましてねえ」

村長は嬉しそうに、通用口の壁に貼《は》ったタッチパネルを示した。

そこには、雪の蒸留システム、融雪熱利用による循環暖房システム、雪力発電システム——などと書かれている。これらは、現在ここで研究しているテーマだという。

研究者の一人は、はるばるスウェーデンから来ているそうだ。

それらのうち、雪力発電システムラボを見学した。

部屋の中央に大量の雪が持ち込まれ、それが大きな漏斗に押し込まれている。漏斗の先に水路があり、斜め下に水が流れる仕組みだ。最後に小さなタービンがある。

「小水路発電の応用なんですけどね、屋根の雪かきをせずに、融雪して屋根の下に水路を作ってそこへ落として小さなタービンを回そうという発想です」

村長は嬉しそうに説明する。

融雪方法が一番の難題らしく、それを実験して検証しているらしい。

「慧君のアドバイスもあって、とにかく働く場を作ることが村を元気にすると信じて、何でもやってます。たとえば、先程の雪もそうですし、村内に大量に放置された私有林を村民みんなで手入れして、できた間伐材は薪《まき》や木工用品、さらにはバイオマスの原料として売っています。作業報酬もお金ではなく、ポイントを稼いでもらう仕組みですね」

これらの活動によって、元気なお年寄りが増えてきたらしい。

「要介護のお年寄りについては、介護保険を利用しつつ、不足部分は地元の主婦の方にご協力いただいてサポートしています。介護する主婦も、皆六〇歳以上ですけど」

「姥《うば》捨ての励行ってのを堂々とやってんですよ、ここは」

宮城の言葉に耳を疑った。

「しかも、言い出したのは地元の最年長のおばあさんでね。若いもんの人生に乗っかってまで生きたくねえから、棄《す》ててくれと言い出して。それで、そういう考えの高齢者達が村の用意した『天国の手前』という施設に集まったんだ」

ネーミングも凄《すご》いが、そのおばあさんも凄い。

もっと皆が爪《つめ》に火を灯《とも》しながら、極貧に耐えているのだろうと思っていた周防の想像は、良い意味で裏切られた。

「やあ、周防君、いらっしゃい」

振り向くと作務衣《さむえ》姿の桃地が右手を挙げて笑っていた。

2

久しぶりに家族全員が顔を揃《そろ》えた晩餐《ばんさん》だった。

ツイードのスーツを着た盛田としては、長男の和義夫妻のラフないでたちが気に入らなかったが、文句は呑《の》み込んだ。

ハーバードに留学した和義は、米系投資銀行に就職した。盛田家の長男は、財務省に勤めるという盛田家の習いをあっさりと反故《ほご》にしたのだ。

そのことを知った時、盛田は激怒した。しかし妻の彌生は「もはや財務省は斜陽産業、和君の選択はベストチョイスよ」と息子の肩を持った。確かに、現在の財務省は盛田家の男子が一生を尽くす場ではないという自覚があっただけに、それ以上の抵抗はあきらめた。

和義は「日本政府を支援するようなプロジェクトをいずれ実現したいから米系投資銀行に入ったんだ。父さん、長い目で見てください」と言っていたが、今のところそんな気配はまったくなかった。

それ以上に許せなかったのは、盛田の許しもなく中国人女性と結婚したことだ。現在、慶應《けいおう》義塾大学医学部の准教授を務める嫁の寧美《ニンメイ》は、礼儀正しいし日本語も完璧《かんぺき》に話す。盛田への気遣いも細やかだったが、それでも不服だった。

国際結婚そのものは否定しないが、相手が中国人というのが気に入らなかった。しかし、それも彌生から「寧寧《ねいねい》はウチの淑子なんかよりもはるかに大和撫子《やまとなでしこ》よ。あんなに慕ってくれているのに何がご不満？」と反論され、押し切られてしまった。

「江島総理は大胆ですね、父さん」

メイン料理の皿が下げられるタイミングで、和義が話題を振ってきた。

「バカを言うな。総理の仕事に、大胆さなど無用です」

「そうかなあ。今やボロボロになった日本を背負う、江島さんの頑張りには感動するけど。寧寧とも言ってたんだけど、あれほど大胆な政策は、中国国家主席でも難しいよ」

なぜ、そんな相手と比べるのだ。そもそも中国国家主席より優れていると褒められて喜ぶ日本の総理がいるのか。

「和君、ほどほどにね。お父様の心中も察しなさい」

「心中って？」

「パパはブル嫌いなのよ、お兄様」

水を飲むように赤ワインを楽しんでいた淑子が顔をしかめた。

「えっ、そうなんだ。なんで？」

「内閣総理大臣に対して、好きも嫌いもありません。ただ、あのお方は独断専行で何でも決められてしまうので、我々は後始末が大変なのです」

「どう見ても強引そうだもんなあ。で、どうなの？　父さん達は歳出半減を断行するつもりなの？」

「総理が国民に宣言した以上、それをやり遂げるのが財務官僚の責務です」

盛田は不快感をワインと一緒に流し込んだ。

「いずれ、日本のあちこちで暴動が起きるんじゃないのかな」

「やめなさい、そんな物騒な話。それより和君の会社は、総理の政策をどう見ているの？」

妻も調子に乗りすぎだと思ったが、盛田も気になる話ではある。

「ウチは期待しているよ。まあ、遅きに失した感はあるけどね。でも、果たして本当に実行できるかどうかは懐疑的」

「ずいぶん他人事《ひとごと》みたいに言うじゃないか。当事者だという自覚が、おまえにはないのかね」

「そういうわけじゃないけどさ。社内の反応を母さんが知りたいって言うから答えたまでで」

ますます不愉快になってきた。

「マー君は、勤め先を決めたの？」

気まずい雰囲気を破るように寧美が口を開いた。イントネーションも発音も、日本人と変わらない。

「あっ、そうだ。言い忘れてた。父さん、僕は財務省にお世話になろうかと思ってます」

ブレザーを羽織りレジメンタルタイをきっちりと締めた次男の将和が、スマートフォンから目を離さずに言った。

「財務省にお世話になるって、司法試験はどうするんだ」

「受けますよ、一応。でも、最近は弁護士の供給過剰でね。ちょっと働く気がしないんだ。だったら、財務省にお世話になろうかなと思って」

財務省も甘く見られたもんだ。

「そんないい加減な気持では、勤まらんよ」

「いや、僕は大まじめだよ。第一、父さんの期待を裏切って兄さんが外資に行ったのを、僕が穴埋めしようとしてるんだから、もっと歓迎してほしいよ」

「私のために財務省に入ってもらう必要なんてない」

「父さんのためだけじゃないさ。熟考して、兄貴にも寧寧にも、母さんにも相談した上でだよ」

つまり、私にだけ事後通告というわけか……。

ならば好きにすればいい。

「ところで父さん、今度シンガポールに転勤になったんだ」

デザートが運ばれてきた時、和義がついでのように言った。

「実際は転勤ではなく、東京オフィスがクローズしてね。東アジア全域はシンガポール支社が統括することになった」

日本から外資系企業が逃げていくという記事を、数日前に読んだのを思い出した。

「それって、いわゆるジャパン・パッシングっていう現象？」

淑子が尋ねた。

「いや、ジャパン・ナッシング。日本不要論。いよいよ本当にさじを投げられつつあるよ」

言葉とは裏腹に和義は全く深刻そうでない。

「寧美さんはどうするんだ？」

「私は、日本に残ります。今、研究の途中なので」

夫婦なのに離れて暮らすのか。

「初孫の喜びが遠のくわね、お母様」

淑子が嫌みっぽく言うと、グラッパを手にした彌生が顔をしかめた。受け入れ側の都合でウィーン留学が延期になってから、淑子はそれまで以上に皮肉屋になっていた。

「あら、私はまだ孫はいらないわ。それより寧寧、寂しかったらウチに越してらっしやいな」

聞き捨てならない勧誘に、盛田は噎《む》せてあやうくコーヒーを吹き出しかけた。

「お義母《かあ》様、ありがとうございます。今のお部屋が気に入っているので、大丈夫です。でも、もっと頻繁に遊びに来させてください」

「遠慮はいらないわ。身内だもの。いつだって大歓迎よ。ねえ、あなた」

何を言い出すんだ。返答に詰まっていたら、大臣官房長の丸山から電話だと執事が伝えに来た。

「ちょっと失礼するよ」

盛田が部屋を出た直後、ダイニングルームで笑いが起きた。別に自分が笑われたわけではないと思うが、それでも心がざわついた。

「お待たせしました」

気持ちを切り替えて電話に出た。

「休みのところを申し訳ないんだが、官房長室に来てくれるか」

「ご用の向きは？」

「電話では話せないことだよ。三〇分以内によろしく」

返事も待たずに丸山は電話を切っていた。

やれやれ日曜日の午後八時に出勤とは、一体何事だ。

――自らの意見や分析は全て排除し、ただ事実を淡々と記すだけなら、ロボットでもできる。君はこの国を救いたいと思わないのかね。

高倉次官の叱責《しっせき》が脳裏に蘇《よみがえ》った。きっとこういう時が挽回《ばんかい》のチャンスなのだろう。

書斎のドアの向こうで控えていた執事に、タクシーを呼ぶように命じた。日曜日は運転手の公休日だった。

「お出かけですの？」

「これからすぐに登庁するよう丸山さんから言われたよ」

「相変わらず、無茶なご命令をなさるのね」

彌生は呆《あき》れながら出掛ける準備を手伝ってくれた。ネクタイをしっかりと締めたところで、後ろに立つ彼女が鏡越しに言った。

「ねえ、高倉さんにヨーロッパ勤務とかをお願いしてはいかが？　あなた、少し働き過ぎよ」

妻には高倉から叱責されたことなど話していない。

「そんなわがままは言えないよ。何しろ、今は国家存亡の危機の最中だからね」

「ブル総理の暴走政策の実現ね」

そんな風に省内で言ってみたいものだ。

「まあな。それより、和義の態度はなんだね。家族揃っての晩餐に正装すらしない。あんな長男では困る」

「そうですね。今日は出先から来たんで、スーツを忘れたんだって言ってましたけど、私から言っておきます。あなたもあまり無理なさらないで。あなたお一人が頑張ったところで、きっと何も変わらないわよ」

再び高倉の叱責が脳裏をかすめた。

3

盛田が官房長室を訪ねると、丸山一人がデスクに座って仕事していた。

「遅くなりました」

神妙に頭を垂れると、ソファをすすめられた。

「突然なんだが、鳥越《とりごえ》財務副大臣のパリ訪問に同行して欲しい」

鳥越副大臣がEU各国首脳に江島総理の財政改革の理解と協力を求めるために、明日パリに向けて旅立つのは、盛田も知っている。だが、随行員でもない盛田が同行するのは意味不明だ。

「理由を伺ってもよろしいでしょうか」

「実は、向こうでロシアの高官に、ある文書を渡して欲しいんだ」

盛田の頭がますます混乱した。

「パリに、ロシアの高官がいらっしゃるんですか」

「そうだ。ボリゾイ・コルコフと言う。何らかの方法でコルコフ氏から接触がある。先方の指示に従って彼に会い、総理の親書を密《ひそ》かに手渡して欲しい」

総理の親書だと。

「総理の親書を、秘密裏にロシアの高官に渡すのですか」

「そうだ。重大な任務だぞ」

キリル文字と英語で書かれたコルコフの顔写真付きのプロフィール文書が差し出された。相手の携帯電話の番号もある。

「なぜ、私をご指名戴いたんでしょうか」

「君はロシア語とフランス語が堪能《たんのう》だと聞いた」

「日常会話程度でございます」

父の命で、学生時代に身につけた教養の一つだった。

「それで充分だ。パリでは単独行動をし、コルコフ氏に確実に親書を渡すには、語学が出来た方がいいという次官のご判断だ」

高倉次官の命令と知って、盛田のやる気は一気に膨れあがった。

ならば、滞りなくやり遂げるまでだ。

「光栄でございます」

「もう一つ、君に託す理由がある。もし、この情報がマスコミ、特に暁光新聞に漏れたら、財務省内から同紙に情報を漏洩《ろうえい》している人物として、君は告発される」

緊張と恐怖が全身を駆け巡り、膝《ひざ》の上に置いた手が震えた。

「悪い冗談はよしてください。私がなぜ、そんな愚かなことをするのでしょうか」

「私も君を信じたい。だが、次官はその旨《むね》を君にしっかり伝えよとおっしゃった。身に覚えがあるんじゃないのか」

痛いところを突かれた。しかしそんな疑いをかけた相手に重大な親書を託して大丈夫なのか。

「滅相もありません。そんな疑惑を持たれているのであれば、それは心外としか言いようが……」

「ならば任務を全《まっと》うして、身の潔白を証明すればいい」

「一つ懸念《けねん》されますのは、歳入増PTの方でございます」

「その件については、私と主税局長がリーダーシップを取ることになった。君は外れていい」

「外れるというのは、帰国後もPTの事務局長を務めなくてもよいという意味ですか」

「それ以外にどんな意味がある」

今日は蔑《ないがし》ろにされて笑われる日なのだろうか。屈辱的な命令を一方的に受け入れるのは辛《つら》かった。

「では、帰国後は、私は如何《いかが》すれば？」

「それは追って連絡する。いずれにしても、鳥越副大臣のヨーロッパ行脚《あんぎゃ》は、一週間あるんだ。パリでの任務が終ったら、すぐに帰国してくれ」

丸山がテーブルの上に置いた分厚い封筒を盛田の方に押し出した。

「行程表など資料一式だ。親書は明日、君が政府専用機に乗り込んだ直後に渡す。急な話だが、重責をしっかりと果たしてくれたまえ」

話は以上だと言って、丸山は立ち上がった。

「ところで、総理の親書の趣旨は何でございますか」

「君が知る必要のないことだよ。とにかく、とても重大な任務だ。心して完遂して欲しい」

丸山の部屋を出て盛田は自室に入った。

一体、何事だ。

安っぽいスパイ映画じゃあるまいし。

沸々と怒りが湧《わ》いてきた。酷《ひど》い侮辱だ。こんな使い走りみたいな仕事なら、総理お気に入りの周防にでもやらせればいいじゃないか。

ロシア語ができるから君に託す、が聞いて呆《あき》れる。ロシア語ができる職員はいくらでもいるし、親書を秘密裏に渡したければ、他にもやりようがあるだろう。

おまけにまるで私を暁光新聞の犬のように決めつけるとは。

確かに周防の一件では、橋上の口車に乗って奴の追放に荷担した。しかし、国益を損なうような重大事をリークしたことはない。

高倉次官は何をお考えなのだ。

そんなに私は信用できないのか。

今すぐにでも身の潔白を訴えたくなった。

盛田は受話器を取り上げて、高倉次官の自宅の番号をプッシュしようとして思い止《とど》まった。

いや、ダメだ。そんな恥ずかしいことはできない。

それより、こんなくだらない仕事は、言われた通りに全うすればいいのだ。

無論、橋上になんて何も言うわけがない。あの男とは一切の連絡を絶つ。

その時、携帯電話がメールの受信を告げた。

ディスプレイを見ると、盛田の決意をあざ笑うかのように、橋上の名が表示されている。

穢《けが》らわしい！

思わず携帯電話を放り投げてしまった。

何かの拍子だろう。メール画面が開いている。見たくもないのに視線が釘付《くぎづ》けになっていた。

盛田は結局その文字を読んでいた。

〝ロシアが日本国債を買い漁《あさ》っているという情報がある。本当か？

これは、ゆゆしき事態だ。日本のためにも情報を乞《こ》う。　H〟

4

再来年度地方交付税交付金をゼロに――。

それで、市町村の優劣が判明。

潰《つぶ》れるところは潰して、都道府県統治下に。

潰れた市町村に融資している民間金融機関の債権は全て棒引き。

不満を言う銀行がいたら、金融庁に出張ってもらう。ふざけた銀行は潰せばいい。

その一方で、地方自治体に独自ビジネスや地域に合った税の徴収を奨励。

市民サービスの劣化は、当然あり。

今後はカネではなく労力を対価にした地域コミュニティを創生――。

上智大学の宮城研究室を訪れた周防は、宮城が作成した草案に唸《うな》ってしまった。予想はしていたものの、過激すぎる。反発異論は承知の上、とにかく地方自治体を断捨離するというのが、宮城の提案だった。

結びには、「可能であれば、どこかで市町村が破綻してくれると、この提案が出しやすい」と剣呑《けんのん》な一文まである。

「どう？　なかなかいいだろ？」

「素晴らしい出来だと思います。ただ、総務省が簡単に受け入れてくれるかが問題ですが」

「それは、総理の仕事でしょ。だから、最後に書いたような事態が起きてくれるといいんだよね」

その時、宮城のｉＰｈｏｎｅが鳴った。

電話に出た宮城の顔つきが変わった。

「ちょっと待って」と言うと、キーボードを叩いた。続いてスクリーン上に東西新聞のニュースサイトが浮かんだ。


特報！　大阪府窪山《くぼやま》市が財政破綻。

負債額は三〇〇億円以上の見込み。

同市に融資する南窪信金も連鎖破綻か。


「さすがブル。引き寄せるねえ、これで話を通しやすい。ミスター財務省、今すぐ総理に会わせてよ」

周防は画面を見たまま暫《しばら》く思考が止まっていた。このタイミングの良さは何だ。それが怖かった。

「周防ちゃん、聞いてんの?」

「あ、失礼しました。ちょっと連絡してみます。総理は難しいでしょうが、政務秘書官の松下さんには何とか時間を取ってもらいます」

廊下に出てスマートフォンを手にした。

その手が震えていた。

今、起きた窪山市の破綻は、地方の終わりの始まりを告げるのろしじゃないのか。

そう思うと、手の震えはさらに酷《ひど》くなった。

5

松下に呼ばれて、宮城と周防は総理官邸へと急いだ。

例のリーク事件のこともあって周防は躊躇《ためら》ったが、松下は「遠慮なく堂々といらっしゃい」と言ってくれた。

総理官邸に入る時は、マスコミ各社の官邸番が張り番をする場所を通過する。そこでは必ず記者から用向きを尋ねられるので、「地方創生の件で、官房長官に呼ばれた」と返すよう宮城に頼んだ。

面倒だと抵抗されたが、周防が「そうでないとお連れできません」と脅したので、渋々承諾した。

案の定、通用口に入るなりマスコミに囲まれた。

「宮城さん、窪山市が破綻した影響で、総理に呼ばれたんですか」

単刀直入な質問をぶつけられて、宮城は苦笑いを浮かべた。

「いつから、僕はそんな大物になったんだよ。官房長官に、長期地方出張の報告に来ただけさ」

「これはお珍しい、周防さんじゃないですか」

暁光新聞の若手が目ざとく声をかけてきた。

「もしかして追放処分が解かれたんですか」

今度は周防が苦笑いする番だった。

「追放処分って、何？」

「だって、周防さんが、オペレーションZの情報をウチにリークしたために、江戸所払いになったって聞きましたよ」

「またずいぶんと古めかしい言葉を使うね。残念ながらそんな処分を受けた覚えはないよ。そもそも私はリークなんてしていない。それを一番ご存じなのは、おたくでしょ」

言う必要のない無駄口だったが、嫌みの一つでも言わないと気が済まなかった。

その時、総務大臣が次官ら幹部と共に正面玄関に現れた。

記者は、新しい獲物《えもの》を見つけたとばかりに、そちらを目がけて駆け出した。

「やれやれ、なんとせわしない連中だ。それより、ミスター財務省は江戸所払いの身だったわけ？」

宮城の軽口を、周防は無視して官邸内を進んだ。

五階の秘書官室の入口で土岐に出くわした。

「おっ、真打ち登場だな」

「ごぶさたしてます。ところで窪山市の破綻情報は本当なんですか」

「まあ、そうだろうな。何しろ総務大臣様が、大勢引き連れてお出ましなんだから」

総務大臣一行が総理執務室に入っていった。

「松下さんも、中にいらっしゃるんですよね」

「だと思うよ。俺は根来さんから、ここで待機するように言われただけで、事情は今一つ分からない」

「あのさあ、ミスター財務省、僕らはどうすればいいわけ？」

宮城が秘書官室の空いた椅子《いす》に腰を下ろしている。

宮城を紹介すると、土岐はやけにあらたまって名刺を差し出した。

「私、准教授《せんせい》の大ファンなんですよ。著作は全て拝読しています」

「それは光栄だな。そう言えば、こちらの方からはそんな嬉しい言葉をかけてもらったこともないなあ」

宮城が周防の方に視線を向けて言う。いちいち嫌みな男だ。

「それは失礼しました。ところで、土岐さん、窪山市についての情報を詳しく知りたいんですが」

「詳しい人は皆、総理執務室に入ってしまっているからなあ」

会話を聞いていたようなタイミングで執務室から、松下が出てきた。

「やあ周防君、久しぶりですね。宮城准教授《せんせい》、政務秘書官の松下と申します。お忙しい中ご足労戴き、ありがとうございます。さっそくですが、別室で話をしましょう。土岐君、金融庁に走ってもらえませんか。南窪信金の状況が全く伝わってこないんです。既に破綻しているというのであれば、そちらの対応も急務ですから」

「承知しました。私が先程確認したところでは、既に取り付け騒ぎが始まっているようです」

なんてことだ。

「大至急、金融庁長官が会見を開くべきですね。そのあたりの対応を協議したいので、土岐さんは関係者を官邸に連れてきてください。そしてお二人はこちらへ」

秘書官室の向かいにある応接室に松下は入った。

宮城はソファに座るなりノートパソコンを立ち上げて、提案書のプレゼンを始めた。

松下は時折メモを取りながら、黙って宮城の説明を聞いていた。

「で、これだけの非常手段を採るためには、一つ生け贄《にえ》が必要だと思ってた矢先ですよ。おあつらえむきの破綻が起きた。しかも、市に貸し込んでいた信金も破綻するようだ。だとすれば、こういう大胆な方針を提案する好機です」

地方自治体の財政破綻という重大事を、おあつらえむきとあっさり言ってのける無神経さが、周防は不快だった。

「周防君も同意見ですか」

「歳出半減を断行するためには、この方法しかないと思います」

松下がしばらく考え込むようにメモを見つめていたが、やがて腹を決めたのか顔を上げた。

「分かりました。ではさっそく、この線で総理への提案書を作成して下さい。それから宮城准教授《せんせい》にはこの先も大変なご無理をお願いすると思いますが、まずは、地方問題のアドバイザーをお引き受けくださいますか」

「まあ、乗りかかった舟ですからね。いいですよ」

松下が深々と頭を下げた。

松下は、マスコミの目につきにくい二階の小ホールを使えるように手配してくれた。ホールといっても、会議室としても利用できる。かつて秘書官補を務めた周防は勝手知ったる手順で、テーブルと数脚の椅子を用意した。

財務省後輩の山村えみりが顔を出した。

「ご無沙汰《ぶさた》してます、周防さん」

周防不在の間に、チームOZの人員は三倍に増えていた。山村も後続組の一人で、広報を担当しているという。

「やあ、ご無沙汰。今回は、よろしく頼むよ」

えみりは松下からさして説明を受けていないという。そこで周防はあらましを伝えた。

「私の理解力が足りないのかも知れませんけれど、現実に一つの自治体と信金が潰れた時に、そんなところは救わないし、今後自治体が破綻したら借金棒引きにすべきだという主張って、国民に受け入れられるものなんでしょうか」

「受け入れられるでしょう、当然」

宮城がムッとして答えた。

「なぜですか」

「自治体が破綻するのも、そこに無謀な貸し付けをした金融機関が道連れになるのも、自己責任だろうが。そんな奴らのために、国民の税金を使っていいと思うのか、あんたは」

宮城は既に喧嘩腰《けんかごし》だ。

「でも、市民に罪はないですよ。また、その信金にお金を預けた人にも責任はない」

「バッカじゃねえの。罪があるに決まってるだろう。市民はそんな行政を許してきた。預金者は、そんな杜撰《ずさん》な信金にカネを預けた。両方とも自分が悪い」

「だからといって、破綻したところを救わないというのは、無茶です」

宮城がさらに噛《か》みつこうとするのを周防が止めた。

「山村、確かに市民や預金者にとってはショックかも知れない。しかし、准教授《せんせい》のおっしゃるとおり、不作為の罪があるのは間違いない」

「いずれにしてもこのタイミングで、こんな酷い案を出すのはどうかと思いますけど」

宮城はすでに発言する気をなくしたのか、パソコン画面を睨《にら》んだきり顔を上げようともしない。

「山村、今だから意味があるんだよ。自治体と金融機関の甘えの体質を正すだけではなく、自治体に身の丈に合った健全な財政を分からせる絶好の機会なんだ」

「国は反省もなくずっと借金を積み重ね、金融機関に無理矢理国債を押しつけてきたのに、ですか」

「そうだ。国の自堕落を正すためにも、やれることは全てやる。それが、オペレーションZの目指すものだろう」

えみりの顔に怒りが浮かんでいる。

「オペレーションZの目指すものってなんですか？　私には未《いま》だに分からないです。総理がやれというから、みなさん、あれこれ無茶な案を出していますが、何一つ現実的なものはないと、皆思っています。なのに、こんな無茶なアイデアで世論を操作するなんて犯罪です」

「この案が実現しなければ、本当に日本は終わるんだ。だから、悪者になろうが非難されようが、僕らはミッションを完遂する」

「もっと現実的になるべきです。こんなバカげた案ばかり、私もう情けなくて」

「私がやろうとしていることは、そんなにバカげているのかな、山村君」

いつの間にか江島総理がドアを開けて立っていた。

6

「うぉ！　生ブルだっ」

宮城が珍しいものでも見たように叫んだ。

「宮城准教授《せんせい》、失礼ですよ」

周防の注意などまったく聞こえないように、宮城は総理の前に駆け寄り両手で握手した。

「いやあ、どうもどうも。お初にお目にかかります。上智大で文化人類学を研究しております宮城です。ご尊顔を拝しまして、恐悦至極です」

芝居がかった言葉だが、宮城なりに感激しているらしい。

「こちらこそ、この度は大胆かつ高邁《こうまい》なご提言を戴き感謝しております」

「私こそお国の、いや江島総理のお役に立てるなんて、光栄のあまり死にそうです。あの、記念写真撮ってもいいですか」

松下にスマートフォンを渡そうとするので、周防はあわてて割って入り、総理と宮城のツーショットを撮影した。

「ミスター財務省、なに遠慮してんの？　一緒に写ろうよ。お嬢さん、写真を頼むよ」

周防の恐縮も山村えみりの不機嫌も全て無視して、宮城はスリーショットを迫った。

「周防君、遠慮せずに入りたまえ」

総理の一言で、周防は渋々加わった。

「ところで山村君、オペレーションZは、どれも非現実的なことばかりで、総理がやれというから無茶な案を出しているのだそうだね。それが事実だとすれば、けしからんことだなあ」

そう言いながらも、総理は笑顔を崩さない。

「大変申し訳ありません。先程の言葉はお忘れください。私のような若輩が気安く申し上げる話ではないのに、出過ぎました」

「出過ぎた杭《くい》はどんどん伸ばせ、というのが私の方針なのは、君も知っているだろう。ぜひ、聞かせてくれないか。OZのメンバーは、無駄な時間を浪費しているんだろうか」

えみりはしばらく固まったように口ごもっていたが、やがて姿勢を正して口を開いた。

「僭越《せんえつ》ですが、長年積み重ねてきた債務の膨大さや歳出のルールを無視して、たった一年で一般会計予算を半減するというのは、ナンセンスだと思います。歳入が伸びず、本来は違法である赤字国債を年々積み上げることのリスクは、重々承知しています。しかし、予算を浪費している訳ではありません。既に一九九〇年代から削れるところは徹底的に削っているという前提を無視した予算編成が果たして可能なのか。私には想像できません」

じゃあ、これ以外に効果的な対案をひねり出してみろよ——。そう言うのは簡単だし、周防だって、こんな政策をいいとは思っていない。しかし、今、OZを実施すれば、少なくとも、最悪の事態はまぬがれる。——そして最悪の事態とはニッポン消滅だ。

「山村君は今、一人暮らしかな?」

総理がいきなり話題を変えた。

「いえ、両親と一緒です」

「なるほど。じゃあ、ちょっと想像してみてくれないか。会社勤めをしている周防篤志氏は、年収二〇〇〇万円の高給取りだった。恵比寿《えびす》に一軒家を購入して、毎月三〇万円の住宅ローンを払っている。二人の子どもは私立の小中学校に通っている。奥様は専業主婦だ。ある日、突然周防氏は会社からリストラを通告されて失職する。なんとか再就職したものの年収は五〇〇万円になった。さて、周防家はどうするだろうか」

「以前、周防さんが『丑《うし》の会』で話されたたとえ話ですね。私も知っています」

「そうか。でも、君は本質を理解していないようだ」

総理の口調が厳しくなった。

「年収が五〇〇万円となった周防家は、まずローンが支払えなくなったので、家を転売するしかなかった。何とか子どもの転校だけは避けたいが、それもいつまで続けられるか分からない。そんな状態に陥っても、五〇〇万円の暮らしなんてナンセンスで想像できないとリストラ前の生活を続けたらどうなる?」

「必死でやりくりしなければならないのは分かります。でも、個人の収入減の話と国家予算とでは比較になりません」

「なぜだね? どうして比較にならない?」

「奥様が働けばいいですし、収入が減ったからといって、社会福祉や地域行政が立ち往生するような重大事なんて起きないからです」

「ちょっと待った、お嬢さん。奥さんが病気になったらどうするんだい。あるいは、実家の親に介護が必要になったら?」

いきなり宮城が介入した。

「その場合は、社会福祉に相談するという手段があります。OZは、そんなまさかの時に備える安全ネットを消そうとしているんです」

「話をすり替えないで欲しいなあ。個人の収入がいきなり半分になったら、身の丈に合った生活をするのが当然だと誰もが考える。なのに、なぜ国家は、いつまでも国民からカネをかすめ取り贅沢《ぜいたく》を続けているのかを問題にしているんだ」

その通りだ。宮城は、オペレーションZの精神をしっかりと理解している。

「山村、たとえ社会保障関係費がゼロになっても、年金がゼロになったり健保が使えなくなるわけじゃない。これまで国が年金や健保の不足分を補っていたものを廃止するだけだ」

「周防さんこそ話をすり替えないでください。一家の大黒柱がリストラされても、家族が入院しても、最後の頼みの綱は国と地方自治体です。その安全ネットを抹消するのは、いわば国家というシステムの否定ではないでしょうか」

宮城はお手上げと言わんばかりに両手を挙げている。今度は総理が口を開いた。

「国民やマスコミも同様に誤解している。山村君が言う安全ネットこそがもうすぐ崩壊するんだ。デフォルトが起きてから慌《あわ》てたって、手遅れなんだ。日本という国そのものが消滅してしまうんだよ。それは、予測ではない。確実に起きる未来なんだ。我々の使命は、そうならない手を早急に打つことなんだ」

総理の話は聞くだけでも辛《つら》い。

「五年後の五〇〇万人を救うために、今日救える二人を犠牲にしてはならない――という新聞記事があったのは、総理もご存じだと思います。それを承知でも、おやりになるということですか」

「それが政治家じゃないのかな。いや、総理だからと言い換えてもいい。いいかね。内閣総理大臣は、誰でもやれるようなルーチンワークをやるために存在するわけじゃない。未来の社会を豊かにするための政策を断行するためにいるんだよ」

総理の口調は穏やかだが、決意の強さは痛いほど伝わってくる。

「私だって犠牲にしていい国民がいるなんて思わない。OZを断行しても、国民の命と文化的な生活を奪うつもりなんてないよ。従前の甘えの構造にはメスを入れるが、命の危機にある人は徹底的に救うシステムを構築する。それでも犠牲者が出るかも知れない。それは我々政治家の不始末だよ。潔《いさぎよ》く責めを受けるつもりでいる。これが私の使命だ」

「総理、痺《しび》れますねえ。僕もますます命がけで今回のミッションを完遂したくなりました」

「准教授《せんせい》、ありがとうございます。それはともかく山村君、私は君らに無理と無茶を強いている自覚はあるんだ。でもね、では君ら官僚の本分とはなんだろうか」

「国民の公僕として行政サービスを行うことだと考えています」

まるで官庁訪問の面接時の模範回答のようだ。

「山村、総理は君の使命を尋ねていらっしゃるんだ」

周防は思わず嘴《くちばし》を挟《さしはさ》んだ。

「今の答えではいけませんか」

「では、山村が言う公僕としての行政サービスとは何だ？」

「財務官僚であれば、国家の状態を多角的に判断して国家予算編成を行うなど、お金にまつわる全てについて関わり、国益を守り国民の生活を豊かにすることだと思います」

四角四面の回答だ。だからこそ、彼女にはオペレーションZの意味も意図も理解できないのかもしれない。

「その予算編成に大きな歪《ゆが》みがあるのは、君も認めるだろう」

「もちろんです。だからといって、歪みを一気に矯正しようとすれば大きな弊害が起きるという私の意見は間違っているんでしょうか」

間違っていない。だが、もはやステージが違うのだ。

「たとえば、胃潰瘍《いかいよう》だと思っていたのが、本当は胃ガンで大至急手術をしなければならなくなった場合、胃の大半を切除するのは大きな弊害があるので、手術をやめてくれと言うかい？」

「話をすり替えていると思います。手術が必要ならすればいい。私が問題にしているのは、今はまだ手術に踏み切るほどの切迫した時期ではないのに、なぜ急いで命を失う危険がある手術をするかです」

「山村、日本の国家財政は直ちに大手術をするほど切迫していないと断言できるのか」

「周防さんは、今すぐ大手術をするべきだとお考えなんですか」

「思っているよ。帝生ショックが再びきたら、本当に大変なことになる」

「でも、帝生は二度と起こさないと言ってます。また、他の金融機関に対して、ウチも金融庁も目を光らせているんです。大丈夫では？」

自社が破綻するかも知れなくなったら、売れるモノは何でも売って生き残るのが企業だ。そんなことも分からないのか。

「あのさあ、お嬢さん。さっき発覚した窪山市って、なんで破綻したと思う？」

宮城が助《すけ》っ人《と》に入った。

「また、話が飛んでます」

「飛んでないよ。あれは、窪山市の負債の飛ばしをずっと黙認して支えてきた南窪信金が破綻したからだ。つまり、支えられなくなったら、債権は手放すもんなんだよ。もし、帝生が潰れたらどうする？　あるいは、メガバンクが破綻したら？　悪いけど、あんたも財務キャリアの端くれなんだから、それが起きないなんて言うなよ。ミスター財務省に僕も聞きたいんだけど、官僚の本分って何なの？」

「総理は、未来のために厳しい政策を断行するのが政治家の使命だとおっしゃいました。

我々官僚は、それをサポートし実現するのが仕事です。我々は常に政治家の黒子に徹しろと言われます。政治家にあるべき方向性を提示し、最適の政策を提案し、それを呑《の》んでもらうためにベストを尽くします。そして、実現する。尤《もっと》も時に政治家が我々の示した方向と異なる決断をした場合は、それに従うのも官僚です」

「お嬢さん、僕はミスター財務省の言っていることをあんたらに期待するね。そうでないと民主国家じゃないから。その代わり、とんでもないアホな政策をやった政治家を、国民が選挙で落とせばいい。それが民主主義だろ」

全員がえみりを見ていた。

だが、彼女はまだ完全に納得していないように見える。これ以上は説明不要だと思った。納得できなければ、えみりをチームOZから外すべきだ。そう進言しようと思った時に総理が口を開いた。

「山村君も聞いていると思うけど、今、ロシアが日本国債を買い集めている。既に数兆円単位に上るらしい。彼らは、それを武器に、我々にサハリンの天然ガス輸出の交渉をするつもりだ。正直言うと、今年はそんなハードネゴシエーションをやる余裕は、私にも政府にもない。だから、少し猶予《ゆうよ》がほしいというお願いを、密《ひそ》かにロシア側に持ちかけている。

でもね、それが失敗すると、ロシアが日本国債の一部を売る可能性がある。その時、我々は持ちこたえられるか、自信がないんだ」

そこまで崖《がけ》っぷちに追い詰められているのか。

「危機感を煽《あお》るようなことはしたくなかったが、せめてチームＯＺには、現状をあるがままに理解して欲しかったんだ」

総理はえみりの肩を軽く叩くと、部屋を出て行った。

7

乱気流に入ったのか、ものすごい揺れで盛田は目を覚ました。

「お隣の席、少しの間座ってもよろしいですか」

ロングヘアに黒スーツ姿の女性に見覚えはない。少なくとも財務省職員でも客室乗務員でもない。どことなく垢《あか》抜けない雰囲気はマスコミ関係者の可能性が高い。

「何か、ご用ですか」

「暁光新聞の木梨《きなし》と言います」

新聞社名を聞いただけで、虫酸《むしず》が走った。

「いや、困る」

「弊社の政治部長からの言伝《ことづて》を言いつかっておりまして。人目を憚《はばか》った方がよろしいのではと思いまして」

「憚る必要はありません。ご用件をどうぞ」

暁光新聞には断固たる態度で臨むと決めている。不意打ちは喰らったが、それくらいで怯《ひる》んでどうする。

「橋上は、今回の盛田さんの急な随行を訝《いぶか》っております。理由を伺ってもよろしいですか」

「理由も何も、副大臣のヨーロッパ歴訪に随行しているんですよ。それだけです」

「では、副大臣のお供ということですか」

「それ以外に何があるんですか。いずれにしても、私は広報担当者ではありません。ご質問はしかるべき者にしてください」

女性記者は体を寄せてきて盛田の耳元で囁《ささや》いた。

「ロシアが日本国債を買い集めているという情報を弊社は摑《つか》んでおります。それについて盛田さんのご見解を戴けますか」

「残念ですな、そんな情報の存在を私は知りません」

昨夜、橋上からのメールを受けたあと、理財局の同僚に、確認してみた。橋上の情報は正しく、総理も重大な関心を寄せているらしい。

それを聞いて盛田は、与えられたミッションがどれほど重大なものかを理解した。日本国債とロシアの天然ガス輸出について、総理は秘密裏にロシアの大統領に親書を送るのだろう。

責任重大な使命を、完璧《かんぺき》に全うすること――。

それが高倉事務次官の不信感を払拭《ふっしょく》するだけではなく、総理の「お役に立った」という貴重な実績にもなる。

橋上やこんな小娘ごときに邪魔されるわけにはいかない。

幸運にも財務省広報室員が通りがかってくれた。

「ああ、君、こちらの記者さんが、自分の席が分からなくなったそうだ。お連れして」

「木梨さん、勝手にうろうろされては困りますよ」

「いえ、ちょっと盛田さんと個人的な話があったんです」

何を言い出すんだ！

「個人的な話ってなんです」

「それは察してくださいな。そもそも盛田さんに、そんな質問をしたら失礼ですよ」

広報室員の目が笑った気がした。額や首筋から汗が溢《あふ》れたのを堪《こら》えて、盛田は平静を装《よそお》った。

「木梨さん、適当なことを言うんじゃありませんよ。さあ、席に戻って」

「盛田さん、私を邪険にされるなんて酷いじゃないですか」

どこまで図々《ずうずう》しいんだ、この女は。

「君、広報マンであれば、記者が取材のためなら口から出任せを並べるぐらい分かるだろう。そこでぼうっとしていないで、早く彼女を連れて行きなさい」

ひとにらみして言葉を荒らげたら、広報室員はようやく女性記者を引き連れて行った。

安心したら喉《のど》が渇いた。

不謹慎だと思いつつも、客室乗務員を呼びスコッチのストレートと冷たい水を求めた。

両方をほぼ一気に飲み干したところで、ようやく人心地ついた。

それにしても橋上は執拗《しつよう》すぎて恐ろしい。

広報室長も総理大臣秘書官も経験済みの盛田は、報道陣への対応には慣れているし、彼らに翻弄《ほんろう》された記憶もほとんどない。

ところが、橋上は異常だった。情報を出せと間断なく迫ってくる。そのせいで、盛田は事務次官や大臣官房長から「財務省のユダ」扱いされる始末だ。

それにしても、盛田が副大臣随行を命じられたのは、昨晩のことだ。なのに、既に察知されていた上に、こんな大胆な行動を部下にさせている。なぜ財務省の情報が筒抜けなのだろうか。

自分は簡単には振り払えない疫病神《やくびょうがみ》に取り憑《つ》かれたのかも知れない。パリでも細心の注意を払って行動しなければ。

とにかく、万全に体調を整えるべく睡眠こそが肝要だ。盛田はCAにスコッチのおかわりを頼んだ。

8

夕刻、久しぶりに周防が総理公邸地下の「ROOM M」に顔を出してみると、部屋にいるのは山村えみり一人だった。彼女は数台のテレビモニターの前に陣取っている。各局で、窪山市長の記者会見が始まっていた。

窪山市長の藤本《ふじもと》は、ダンディなスポーツマンという印象だった。沈痛な面持ちでマイクに向かうと、開口一番財政破綻を自身の不徳の致すところだと詫《わ》びた。

〝親身に支援を続けてくださった大阪府の横井知事をはじめとする府職員の皆様に対して、こんな結果を引き起こしたことを大変申し訳なく思っております〟

藤本の顔がアップになった。目が潤《うる》んでいるように見えるのは気のせいだろうか。

〝それに引き替え、総務省および総務大臣から受けた酷い仕打ちを、私は一生忘れないと思います〟

こいつ、何を言ってんだ？

〝財政破綻に至った責任を転嫁《てんか》するつもりはございません。しかし、弊市が財政的に追い詰められた際に、取り繕ってでも危機を回避せよと命じられたのは、総務省の担当課長でした。さらに、前年度末で既に破綻状態にあったのを知りながら、同じ言葉を繰り返された上で、「最後は国が必ず救うから、とにかく取り繕え」とおっしゃったのもその課長です〟

「市長としての責任を棚上げにして、元凶は総務省にありっていうのは、さすがにムカつきますね」

食い入るように画面を見つめていた山村が吐き捨てた。

〝何より許せないのは、磯川《いそかわ》総務大臣です。大臣が大阪府選出であるのはご承知のことかと思いますが、我が市の危機については、府民の一人としても必ず支援するから、最後まで諦《あきら》めずに頑張れとハッパをかけられました。

ところが、今朝、もはや進退窮《きわ》まり、大臣のご慈悲にお縋《すが》りしたところ、「全ては窪山市長の藤本と南窪信金の罪であり、大臣としては救う意志はない。恥さらしは死んで詫びろ」と言われました〟

なんてことだ。これは、国は地方自治体を見殺しにするという宣言みたいなもんじゃないか。

「ひどい。本当に磯川大臣がここまで言ったんでしょうか」

磯川は激高タイプで、暴言癖もある。だから、それに近い言葉をぶつけた可能性はぬぐえない。しかし、もはや大臣の文言の内容は問題ではない。

藤本市長の糾弾は野に放たれてしまったのだ。

騒然とした会見場が落ち着くのを待って藤本市長は続けた。

〝これは総務大臣からの又聞きですが、江島総理も、だらしない市町村を救う必要はないとおっしゃったと聞いております。地方再生にさしたる成果も上げられずにいる総理に、我々自治体をだらしないと切り捨てる資格があるのでしょうか。そんな総理を、一日本人として恥ずかしいと思います〟

藤本は会見終了と宣言し、質問は受けないと言って席を立った。

市長の行く手に、メディアが群がり立ちはだかった。

〝総務大臣から自殺を強要されたのは本当ですか！〟

〝仮にも地方自治体を統括する責任者である大臣相手に、ウソをつくと思いますか。直接、大臣にお尋ねください〟

〝江島総理には会ってないのですか〟

〝お会いしたいと申し出ましたが、執務多忙として拒絶されました〟

最悪だった。

これでは、宮城の提案は逆効果だし、地方交付税交付金削減策にとてつもない逆風が吹くことになる。

勢いよくドアが開いて土岐が入ってきた。

「おい、誰かこいつを殺してくれよ」

土岐の不穏な言葉に思わず同感だと言いかけた。

「その前に、この発言を放置するわけにはいかないと思いますが」

「じゃ、どうするんだ」

「とりいそぎ総務大臣と総理のコメントが必要なのでは？」

「それについては総務省と官房長官に任せようぜ。それより、もっとまずい事態になりそうだ」

土岐は回転椅子を引き寄せると勢いよく座った。

「野党が一斉に集中審議を求めるそうだ。そして、総理の歳出半減策の即時撤回および辞任を迫るらしい」

いよいよ来たか。

江島が歳出半減をぶち上げても、野党側は不気味なぐらい鈍い反応しか見せてこなかった。財政赤字を改善するという総論について非難するのは、国民の支持を得られないためだと考えられていた。

しかし、その具体案が判明した上に、窪山市が破綻した。

国民の命と地方の切り捨てを許すまじとの論陣が張れるとでも判断したのだろうか。

「周防、おまえ民政党幹事長の毛利《もうり》の政策秘書と仲良しだよな」

仲良しなのではなく、大学の同期で、かつて一緒に勉強会を主宰していただけの間柄だ。

「奴らの本音を探ってくれと、松下さんからのお達しだ」

「本音ってなんですか。野党からの反発は織り込み済みだったのでは？」

「それにしても、ちょっとタイミングが良すぎないか。まるで窪山市の破綻と、くそったれ市長の暴言まで事前に知っていたかのようだ。だから、背景事情を探った上で、野党との落としどころを探って欲しいんだそうだ」

「あっ。そういえば藤本市長って、民政党から公認を受けて当選したんですよね。繋がっていてもおかしくはないですね」

横から山村が割り込んできた。

「だったらなぜ、総務省はこんな会見を許したんです」

「周防、それをここでぼやいても遅いよ。俺も色々当たってみる。だから、大至急接触してくれよ」

大至急というのだから、日付が変わるまでという意味だ。果たして相手が捕まるかどうか。

「山村、おまえ、野党幹部の側近とかに知り合いはいないのか」

「若手のホープの美濃部《みのべ》あきほ議員は、ゼミの先輩ですが」

「だったら、すぐに当たってくれ」

テレビでは、藤本市長を囲む記者たちの質問が続いている。

全てのテレビ局の画面に、藤本のよく日に焼けた顔が映し出されていた。

9

周防は官邸内の庭を横切ったところにある西口に回り、そこから通りに出た。目の前に聳《そび》える四四階建ての山王パークタワー内のカフェで、ある人物と待ち合わせしていた。

地階のスタンダードコーヒー山王店に入ると、午後八時過ぎにもかかわらず、店内はほぼ満員に近い。

しばらく待ってようやく、窓に背を向けたカウンター席が二人分空いた。席を確保すると、ブレンドコーヒーとカカオシフォンケーキを注文した。疲れているのか、無性に甘い物が食べたくなった。

野党第一党民政党の毛利幹事長の政策秘書、高遠三郎《たかとおさぶろう》は、当初は会うのを渋ったが、「お互いの情報交換は、そちらとしても有意義だろ」という説得で、ようやく折れてくれた。

毛利はパークタワーの上層階で会食しているらしい。それを途中で抜けるからこの店で会おうと言ったのだ。

調べたところによると、窪山市長の爆弾発言の背後には、民政党の指示があった。土岐の予想通りだったわけだ。磯川総務大臣が「命乞《いのちご》いするなら、民政党に縋ってみたらどうだ」と暴言を吐いたのがきっかけだというから、情けない。

それよりも問題は、今まで総理の歳出半減策について沈黙を守り続けてきた野党が、一斉に異を唱えたことだ。

「やあ、お待たせ。あっ、うまそうなケーキだな」

「よければ、どうぞ。まだ、手をつけてない」

小柄だがメタボ体型の高遠が、甘党だったのを思い出した。

「コーヒーでいいか」

周防が買いに立とうとすると「自分で買うよ」と重そうなパソコンバッグを席に残して注文カウンターに向かった。

高遠は政治家志望だった。東大出身の政治家には官僚になってから政界を目指すというパターンが多いのだが、高遠は「回りくどいのは嫌だ」と、大学卒業後すぐに政策秘書の資格を取得して、当選したばかりの民政党の一年生議員の政策秘書になった。

学生時代からフィールドワークを得意とし、若手ながら地に足の着いた政策立案ができる優秀な政策秘書だった。

「なんだ、ケーキも買ったのか」

「今は、身ぎれいでないとな」

「たかだか、ケーキ一個で買収なんてしないよ」

周防は呆れたが、高遠は返事もせずに、シフォンケーキにかぶりついている。

「民政党は歳出半減関連の集中審議を強く求めるそうだが、目的は不信任案提出か」

「それは先走りすぎじゃないの。言葉通り、総理の歳出半減案の詳細な説明を聞きたいだけだよ」

学生時代の高遠は、ウソをつけば顔に出た男だったが、最近はウソをつくことに抵抗がなくなったのか、全く平然としている。

「だったら、別に集中審議まで開かなくていいだろう。総理は野党党首との会談には喜んで応じるよ」

「なんだ、また秘書官補に戻ったのか」

「そうじゃないが、歳出半減策の立案には、下っ端《したっぱ》としてお手伝いしている。こんな重要な時に、つまらないことで政局が動くのは嬉しくない」

「謙遜《けんそん》するなよ。そもそもこの半減案のきっかけをつくったのは、周防だと聞いたぞ」

話が誇張されて拡散している。

「まあ、それはさておき、窪山市も破綻したわけだから、とにかく、官邸には歳出半減なんて夢物語は棄てて戴いて、弱者救済を徹底して欲しいところだな」

「歳出半減案は、弱者切り捨てじゃないぞ」

「へぇ。でも社会保障関係費と地方交付税交付金を限りなくゼロにしたいんだろ。むしろ全国民切り捨てと言うべきか」

「おい、高遠、冗談キツいぞ」

「冗談キツいのは、あんたらの方だろ。国は散々、負のスパイラルを積み上げてきたくせに、たった一年で解消するだと。それはまともな頭の持ち主がやることじゃない」

「いつか誰かがやらなきゃいけない。それは理解できるだろ」

ケーキを頬張っている高遠は口元にクリームがついたのも気づかないようだ。

「物事には節度というものがある。江島さんは、そういうバランス感覚に欠けていると俺は思う」

力説する高遠に紙ナプキンを渡して口を拭《ぬぐ》えと言った。

「しかし、財政再建断行というお題目を唱えても、結局皆、馬耳東風だったじゃないか。あんたらが政権を取った時だって、何もやろうとしなかった」

「いや、ここは我が党の過去をあげつらう場じゃないだろ。いずれにしても、野党は野党として責任を果たす時が来たんだ」

「なぜ、今なんだ。非常識で野蛮な歳出半減なんてものを総理が発表してから、もう一ヶ月以上は経《た》ってるんだぞ」

「江島さんがぶち上げたとんでもない政策を進めれば、どんな事態が起きるかを国民に説明できるような事件が欲しかったんだよ。それが、今日起きた。だから動いた。単純な話だろ」

「じゃあ、窪山市が破綻しなかったら、ずっと静観してたというのか」

「たられぱの話をしてもしょうがないだろう。歳出半減をしなくても破綻する自治体があるのに、とんでもない歳出半減なんかを断行する江島政権を許すわけにはいかないだろ。そもそもあんな無茶な政策に、保守党から不満が上がらないのか」

なぜ高遠が、保守党の話をするんだ。頭の中で小さな警報が鳴った。

「僕は、保守党のスタッフじゃないから分からない。でも、少なくとも閣僚は一致団結して、革命的財政再建に邁進《まいしん》している」

「おめでたいな」

鼻で笑われた。

「なんだ、保守党はバラバラとでも言いたいのか」

「さあな。いずれにしても、江島総理は裸の王様じゃないのかな。大臣も皆、選挙区を抱えている。未来の日本のためとか偉そうなことを言っても、選挙区が被害を受けるような政策を本気で支持すると思っているなら、甘すぎるだろ」

もしかして、保守党内に裏切り者がいるのか。

「悪いことは言わない。バカげた政策を撤回して、江島さんには潔く身を引いてもらえ。おまえも、あんな頭のネジが数本飛んだドン・キホーテを早く見切らないと、将来を棒に振るぞ」

見事な捨て台詞《ぜりふ》を吐いて、高遠は立ち上がった。

「不信任で勝てる目算があると思っているんだな」

「さあな」

立ち上がった高遠は、そのままの姿勢でコーヒーを飲み干した。

第8章　滅びゆく自治体は救済しない

1

シャルル・ド・ゴール空港に着陸すると、盛田のお世話係として迎えの者が機内に乗り込んできた。在フランス大使館員が一人つくそうだ。若いが礼儀正しい青年で、二等書記官だという。短く刈り込んだ髪や逞《たくま》しい体格からすると防衛省から派遣されたのかも知れない。

「ご希望の場所までご案内するように言われております」

「では、電話したいので、静かな場所に案内してくれますか」

「まずは大使館にご案内します。そこからお電話下さい」

それは安心かつ安全な提案だった。

荷物を持つと言うのでキャリーバッグは預けたが、親書の入ったアタッシェケースだけは、盛田自身が持った。

空港で、フランス政府による財務副大臣を歓迎するレセプションが行われた後、一行はリムジンとバスに分乗した。

「お待たせしました」

驚いたことに、盛田にも車が用意されていた。

「古びた公用車ですが」と大使館員は申し訳なさそうだったが、十分ありがたかった。

在フランス日本国大使館は、パリの一等地パリ八区オッシュ大通りにある。凱旋門《がいせんもん》にもほど近い場所だというのは知っていたが、訪れるのは初めてだった。おのぼりに思われるのは心外なので車窓に目を向けないよう意識したが、それでも花の都パリの素晴らしさに感動した。

「秋ならばシャンゼリゼ大通りのマロニエの木が色づいてきれいなんですが」

二等書記官が申し訳なさそうに言った。

「いや、今でも十分目の保養になっています」

「赴任してもうすぐ一年になりますが、パリは本当に素晴らしい街だと思います」

ここで生きたいと思う者には、何人《なんぴと》であっても平等に美観の保全を強制する。だからこそ東京が絶対に真似《まね》できない風格と風情《ふぜい》がこの街にはある。日本大使館も例外でなく、モダンではあるが街の雰囲気を損なわない建物であった。盛田は地下の一室に案内された。

「この部屋をお使い下さい」と二等書記官が退出するのを盛田は制した。

「大使館の近くで、密会するのに良いホテルはないかね」

二等書記官は暫《しばら》く考えた後で「詳しい者に尋ねてきます」と部屋を出て行った。

ネクタイを緩めて、上着を脱ぐと、盛田は大きく数回深呼吸した。

それからボリゾイ・コルコフのファイルを取り出して、ロシア語でのやりとりを数回シミュレーションした。流暢《りゅうちょう》である必要はない。ただ、正しく伝えることは大切だった。

可能なら英語に切り替えてもらおうか。

いや、私のロシア語力が買われて、抜擢されたのだ。ここはロシア語を貫こう。

遠慮がちなノックの後、二等書記官が戻ってきた。

「クールセル通りに『ヒルトン　アルク　ドゥ　トリオンフ　パリ』があります。そこがよろしいのではないでしょうか。ここからだと歩いて五分もかかりません」

彼は地図を広げて場所を示した。大使館から目と鼻の先だった。

「よろしい。地下鉄の最寄り駅はどこですか」

二等書記官が意外そうな表情で、地図を指し示した。

「三〇〇メートルほど北西のクールセル駅だと思います」

指先にメトロ2号線の駅があった。

「では、そのホテルの部屋を予約してもらえるかね」

「承知しました。お名前は？」

暫し考えた。盛田の名前を記録に残さない方が良いのかも知れない。

「大使館名で取れませんか」

「おそらく大丈夫だと思いますが、その場合、上の承認が必要です」

「私は総理の代理人として、パリに来ているんですよ」

「はい、承知しております。どのようなご要望にもお応《こた》えするようにと言われています」

「ならば、既に許可を得ているじゃないですか。頼みます」

二等書記官はそこで引き下がった。

「では、私はこれから大切な電話をするので席を外してくれたまえ」

「承知しました。参事官、大変失礼ですが、お相手の方も同時にチェックインされますか」

「私が先に入って、しかるべく間を置いて呼ぶことにするよ」

「なるほど。あと、費用は参事官の方でお持ち戴《いただ》けるのですよね」

「何を言っているんだね。私は公務でそのホテルを利用するんだ。大使館でしかるべく処理するのが筋では。何か問題があるかね」

「いえ、失礼しました。では、男女お二人でご利用とだけお伝えしておきます」

男女、だと？

「なぜ私が会う人物が女性だと思うんだね」

「先程、参事官は密会とおっしゃったので」

盛田はようやく相手が誤解しているのに気づいた。

「バカか君は！　私がその部屋を使うのは、総理の代理人として某国高官と会うためだ」

「失礼しました。私はてっきり」

「下がりたまえ！」

どいつもこいつも、なぜこうも愚かなのだ。

部屋の片隅に用意された水差しからグラスに水を満たし、一気に飲み干した。

そして、もう一度気持ちを切り替えると、自身の携帯電話からコルコフに電話を入れた。

驚くことに、相手はすぐに出た。しかも、日本語で。

2

日付けが変わった頃、総理公邸に中小路を除くチームOZのメンバーが集まった。中小路は、総理の密命を受けてニューヨークに出張中だという。周防の脳裏に「ゼブラ・リポート」という言葉が浮かんだ。総理公邸地下の「ROOM M」には、松下政務秘書官もいた。

「それで、野党の動きはどうだ」

根来の視線は周防に向けられていた。

「毛利幹事長の政策秘書と情報交換をしました。野党は総理の革命的財政再建案を叩《たた》くきっかけを待っていたと言っています」

周防と山村だけでなく、土岐も民政党の感触を報告した。

「窪山市の破綻《はたん》が、トリガーだというのは否定しません。でも、野党が一斉に騒ぎ始めたのは、もっと大きな追い風があったと思われます。与党内にかなりの造反者がいる感触です。野党から不信任案が提出されたら、派閥ごと賛成に回る可能性があります。保守党側の知り合いにも話を聞いてみようと思ったのですが、いずれも電話が繋《つな》がりませんでした」

「俺は一人捕まえた。大熊派の一年生議員だ。彼女の話だと、大熊大臣が旗を振っているようだぞ」

性懲《しょうこ》りもなく、また財務大臣が反旗を翻《ひるがえ》したのか。

「いや、土岐、主犯は梶野さんらしい」

根来の声が普段以上に冷たかった。

「マジですか！」

予想外の名前に周防は叫んでしまった。あと一歩で国家破綻《デフォルト》するほどの大危機を江島に救ってもらった前総理が、江島降ろしを画策するなんて。国賊行為にも等しい逆恨みだ。

「梶野さんは、江島さんに総理の座を追われたのを根に持っているらしい。大熊さんが梶野前総理と大変親しいのは皆知っているだろう。今でも二人で頻繁に会っているそうだが、そこにアンチ江島の大物議員が集まっているらしい」

バカじゃないのか。

カジノミクスなんぞと、無茶な財政出動をした挙げ句、国債を乱発し従順なはずの国内機関投資家からそっぽを向かれた責任は、紛れもなく梶野前総理自身にあるはずなのに。

「それって、どこからの情報なんですか」

松下が代わりに答えた。

「梶野前総理の元総理秘書官からの情報だから、確度は高いですね。その人物は、今も梶野さんと密接に繋がっていて、アンチ江島派の代議士の会合にも出席したそうです」

松下がそう言うのだから、不信任案可決の可能性はいよいよ濃厚になってきた。

「厚労省や総務省には、歳出半減策断固反対と気勢を上げている幹部が大勢いる。さらに財界の一部にも、総理の強引な手法を快く思っていない勢力が拡大している」

彼らが一斉に反旗を翻すのを見て、民政党を中心とした野党が攻勢に出たのか。

「それって根来さん、絶体絶命、ってことですか……」

山村が言わずもがなの言葉を漏らした。

「だが、まだ生きています」

思わず周防の口を衝《つ》いて出た。やせ我慢だろうか——いや、これは意地だ。

「とにかく、どんなことをしても、与党の結束を崩すわけにはいきません」

「松下さん、秘策があるんですね」

周防は興奮を抑えきれなかった。

「やりたくはなかったんですが、一つだけあります。ロシアが、密《ひそ》かに日本国債を買い集め、天然ガスのパイプライン交渉が不首尾なら、約三〇兆円ほどの国債を一気に売却する、と脅していると、保守党の国会議員全員に伝えます。それを知ったら政局で混乱している場合ではなくなる」

3

約束の時刻から二〇分が過ぎた――。だが、ボリゾイ・コルコフからは一向に電話がかかってこなかった。

広いダブルルームの窓際《まどぎわ》に座っていると、貧乏揺すりが停まらなくなった。子どもの頃からの悪い癖だ。

いよいよ限界だと思って、携帯電話で再び連絡を取ろうとしたが、呼び出し音が聞こえるばかりで応答はない。

最初の電話では、相手が流暢な日本語で応じて、呆気《あっけ》にとられた。それでも、盛田はロシア語で応じた。

こちらの事情で、急ぎ親書をお渡ししたい旨《むね》を伝えると、再び日本語で「なぜですか」と尋ねてきた。詳細は会ってから説明するので、一時間後に、メトロ2号線のクールセル駅の二番出口を出たところで、盛田の携帯電話に連絡して欲しいと告げた。

相手は、三時間後でないと無理だと言って譲らない。そこで、盛田は折れた。にもかかわらず、無断で二〇分も遅れるとは、けしからん。

既に二時間以上もこの部屋にいる。今晩、随行員の一員として投宿する宿より遥《はる》かに快適な部屋に違いないし、チェックインした直後はこのまま一泊するのも悪くないと思っていた。

しかし、今はそんな余裕もなくなっていた。

なぜ、連絡してこない！

不安が頭をもたげて、盛田は立ち上がってしまった。

ダメだ。こんなにイライラしていたら大失敗を犯すだけだ。別に難しい役目じゃない。子どものお遣いレベルじゃないか。

盛田は、ポケットチーフで額の汗を拭《ふ》いた。とにかく落ち着かなければ。

喉《のど》が渇いた。

冷蔵庫からミネラルウォーターを取った時、モエ・エ・シャンドンのハーフボトルが見えた。

ベストでもベターでもないが、きっとこれを呑《の》めば、気持ちが落ち着くに違いない。

そう思った時には、勝手に手が栓を抜いていた。栓は天井を直撃してから床に落ちたが、探す気も起きなかった。

ミニバーからワイングラスを取り出して、シャンパンを注いだ。

パリに乾杯。窓の向こうに見えるパリの街並みにグラスを掲げた。

ああ、おいしい！　やはり、パリで飲むシャンパンは格別だな。

その時、テーブルに置いた携帯電話がけたたましく鳴った。ディスプレイに待ち人の名があった。

「大変遅くなって済みません。今、お約束の場所に着きました。盛田さんは、どちらにいますか」

また、日本語だった。そんな相手にわざわざロシア語で返す必要はなかろうと思って、ホテルまで来るように日本語で伝えた。

「分かりました。では、後ほど」

開けてしまったシャンパンをどうしようか。まだ、グラス一杯分ぐらいはある。盛田はグラスを空けると、残りを勢いよく注いだ。そのため、テーブルに飛沫《しぶき》が飛び散った。

舌打ちをして、こぼれたシャンパンをポケットチーフで拭いた。そして、足下に置いたアタッシェケースのロックを解除した。中には封蠟《ふうろう》を施した総理の親書が入っている。

それから、盛田は姿見の前に立って服をあらためた。

準備万端整ったところで、シャンパンを飲み干した。空いた瓶とグラスはミニバーのカウンターに置いた。

酒が少し入ったことで、体が軽くなった気がする。良い兆候だ。あとは悠然と構えて、やるべきことをすればいいだけだ。

想定したより早く、ドアがノックされた。

「はい！」と発した声はかすれていた。

しっかりしろ。慌《あわ》てる必要はない。

もう一度、今度ははっきりと聞こえるほどの声量で答え、盛田はドアを開いた。

オートロックが解除された瞬間、勢いよくドアが押され、盛田は扉に鼻をしたたかぶつけた。

うめいて、その場にうずくまってしまった。

「これは失礼しました。大丈夫ですか」

親身な態度で、男が盛田の前にしゃがみこんだ。

「盛田さんですね」

血が出ている鼻を押さえながら盛田が頷くと、手が差し出された。

「はじめまして、ボリゾイ・コルコフです」

馬鹿馬鹿《ばかばか》しいと思いながらも、握手をした。そのため、コルコフの手に盛田の鼻血が付着したのだが、相手は気にも留めずに立ち上がった。他に三人のマッチョ男がいる。

「がさつなこの者どもの失礼をお許しください」

関取のような体型のコルコフは、厳しい口調のロシア語で、詫《わ》びるように命じている。

三人は素直に頭を垂れた。

不快感を隠さずに窓際の椅子《いす》に座ると、コルコフが正面に座り、三人の男たちは背後から盛田を囲むように立った。

「お一人で、来られると思っていましたが」

「そのつもりだったんです。こちらにも色々な事情がありまして。それより、そちらがお急ぎなのでは」

いつの間に冷蔵庫から取り出したのか、いかつい男が缶ビールを持ってきた。

「結構だ」とロシア語で言うと、鼻をこれで冷やせと返された。

素直に受け取り、鼻に缶を当てたのだが、痛さのあまり涙が溢《あふ》れてくる。

「確かに、早急なご回答を希望します」

「では、ここで受け取ったものを大至急スキャンして、本国に送ります」

何を言い出すんだ。

「おっしゃる意味が分かりませんが」

「とにかく親書を戴けますか」

どうしようか。親書だと言っているのに、この男は封蠟を切るようだ。そんな蛮行を許して良いのだろうか。

だが、いかつい男たちに三方から近づかれると、盛田は素直にアタッシェケースを差し出すしかなかった。

「失礼します」とコルコフがケースを開けた。

鞄《かばん》の中から親書を取り出すと、立ち上がった。

「どちらに行かれるんですか」

「隣室にスキャナーを準備しています。そこでPDFにして、モスクワに送ります。大統領もすぐに回答できるように待機していますので」

隣にスキャナーだと！　どういうことだ。私がコルコフと会うために、この部屋を予約したのを知っていたのか……。

「なぜ、ここで会うとお分かりになったのですか」

表情に乏しい印象があるコルコフが白い歯を見せた。

「偶然です。たまたま隣室を私たちが利用していただけです」

そんなはずがあるか。明らかに、情報が漏れていたのだ。そして、おそらく先程の電話も、コルコフは隣室からかけてきたに違いない。

なんだ、これは。パニックになりそうだ。

動揺したせいだろう。鼻を冷やしていた缶ビールを落としてしまった。

その音で、恐怖の沼にどっぷりと浸《つ》かってしまうのは避けられた。

「コルコフさん、やっぱりダメだ。親書の封を切っても良いのは、宛名《あてな》の方だけだ。つまり、貴国の大統領だけです」

「そうでした。忘れていました」とコルコフが上着の内ポケットから、一枚の文書を差し出した。

「大統領からの委任状です。そこに、私が大統領の代理として親書を開封し中身をスキャンした上で、大統領にメールするよう委任されたと記されています」

ロシア語の読解は不得手だとは言えず、盛田は必死で文字を追った。いくつか拾える言葉はあった。それに末尾にサインもある。

おそらく本物の委任状なんだろう。だが、こんな非礼を許すわけにはいかない。

「コルコフさん、もう少し礼儀正しくやりませんか」

「と、おっしゃいますと？」

「私が持参した親書は、日本国家の代表である内閣総理大臣が、ロシア連邦大統領に宛てた親書です。それを、部外者が開封してはなりません。たとえ、あなたが大統領からその任を託されていたとしても、私はそれを認めるわけにはいかない」

「それは、我々との交渉を決裂させるという意思表示だと考えてよろしいですか」

なぜ、そんなことになるんだ！

「私の使命は、総理からの親書をあなたに渡すだけだ。今後の交渉窓口も、親書にしたためられているはずです。しかるべく取り計らってください」

腰を上げようとしたのだが、足が萎《な》えて立ち上がれない。

「まあ、そんなに慌てないで。江島総理は、野党から攻撃されて大変なんでしょ。だからこそ、正規の外交ルートを使わず、こんなに大慌てで我々とコミュニケーションを図ろうとしている。我々は、江島総理の窮地を救いたいんです。だからこそ、一刻も早く文書を大統領にお見せして、その回答を貴殿にお持ち帰り戴きたいんですよ」

それは、正しい仕事ではない。

私の使命は、親書を渡すだけなのだ。

「しかし」

「電話なさってはいかがですか。こんな重要な親書を総理から預かって来られたんです。直接、江島総理にご相談なさればいい」

そんなことができるはずがない。

そもそも日本は今、深夜だ。

「よければ、私の電話をお使いください。これは、盗聴防止機能があります」

断る前に、コルコフは番号をタップしはじめた。

「ちょっと、何をしているんです！」

「もしもし、日本国内閣総理大臣、江島総理の携帯電話でしょうか。お待ちください」

そこでコルコフが、盛田に電話を差し出した。

受け取りたくないので、手を伸ばさなかった。すると、いかつい男の一人が、コルコフから電話を受け取って、盛田の耳に押しつけた。

「もしもし、どなたですか」

紛れもない江島総理の眠そうな声がした。

4

ロシアが三〇兆円も日本国債を買い集めた挙げ句に、同国の天然ガス輸出交渉の切り札に使うという情報を、保守党の国会議員全員に伝えたとして、それで反江島の気運は収まるだろうか。

「ロシアが、日本国債を三〇兆円も買い集めたというのは、本当ですか」

誰も口を開かない中で、土岐が沈黙を破った。

「確定ではないけれど、理財局では可能性は高いとみている」

根来にしては曖昧《あいまい》な答えだ。

理財局は、国債の管理を行っている部署だ。そこからの情報であれば、確度は高い。日本国債を引き受ける金融機関は、国から国債市場特別参加者資格を得なければならない。そのため、各金融機関ごとの引き受け額も分かる。ただ、引き受けた国債を、金融機関が保有する義務はない。

したがって、ロシア政府がどのように国債を手に入れたのかは、有資格機関に問い合わせるしかないが、各金融機関に答える義務はない。また、第三者を使って購入していたら、捕捉《ほそく》できない。

「もし、ロシアがそれらの国債を手放した時、日本国内で全部買い取れるんですか」

山村が恐ろしい疑問を口にした。

「市場に残すわけにはいかないだろう。だから、最後は日銀かウチが何とかするんだ」

簡単に言うが、三〇兆円と言えば、ほぼ日本国の税収額の半分に匹敵する。そんな額の国債を買い取るとなれば、財政はさらに逼迫《ひっぱく》する。

その上、国債が暴落し、あげくに売り浴びせられるという破滅連鎖が現実味を帯びてくる。

帝生ショックが生やさしく思えてしまうほどの衝撃が日本を襲うのだ。

「お叱《しか》りを覚悟でお尋ねしたいのですが、ロシアが日本国債を買い集めて、外交の道具にしようとしているという話を、保守党の先生方に伝えたとして、その意味や影響をみなさん、お分かりになるんでしょうか」

常識としては、分からないはずがないのだが、周防は聞かずにはおれなかった。

日本の借金が一〇〇〇兆円に膨れあがっても、「デフォルトなんて絶対起きない」と豪語する政治家が山のようにいる。中には「俺が大丈夫だと言えば、大丈夫なんだ」という大言壮語を平気で吐く政治家までいる。

また、「日本国債は、必ず国内の金融機関が買うから安心」という神話を信じている政治家も多い。さらに最後は、「日銀に買ってもらえばいい。買うカネがなくなれば、札を刷ればいいだけだろ」とのたまう。

そんな暢気《のんき》な先生方に、ロシアの話が効果を及ぼすとは思えない。

「君としては、先生方はお分かりにならないと思うのかね、周防君」

松下の冷静な口調が辛かった。

「自信はありませんが、あまり効果はないと思うんです。そもそも国家破綻の定義が難しいです。国債が売れ残ってしまったら即デフォルトが常識ですが、でも、実際はすぐに国家破綻するわけではありませんし」

円が外国為替市場で通用しなくなった段階で、ほぼ終わりだ。しかし、日本のような超経済大国が破綻した例を人類は経験していない。したがって、何が起きるのかも想像の域でしかない。

「さらに、経済や財政がある程度理解できている先生は、世界経済がダメになるような愚行をロシアが犯すわけがないと楽観論をぶち上げるのではないでしょうか。

私もそう信じたい。でも、ロシアは、タフネゴシエーターです。自国の国益のためならば、日本をギリギリまで追い詰めることは充分考えられます」

「じゃあ、どうすれば先生方に危機を理解してもらえると思う?」

根来まで弱気になっている。

国家が滅亡するような危機を今まで想像もしたことのない多くの日本人に、このピンチを正しく理解してもらうのは、難しい。

「もはや我々にはロシアというカードしか、切り札がないんです。せめて閣僚にはとんでもない危機が迫っているという認識をして戴きたい。君らの若く柔軟な頭脳を駆使して、衝撃的な解説文を作成してくれませんか」

松下に頼まれて否《いや》とは言えない。

「分かりました。今から取りかかります」

虚《むな》しさとアホらしさばかりが募る。しかし江島内閣を守るためなら仕方ない。

5

総理との電話を終えたところで、盛田は精気を全て使い果たした。同時に、これで自身の財務官僚としてのキャリアも終わったと覚悟した。それでも、総理は親書の開封を許可してくださった。それが拒否されると、拉致《らち》される危険すら感じていたので、盛田は安堵《あんど》した。

既にコルコフは、隣室での作業に取りかかっている。

それにしても、コルコフが総理の携帯電話の番号を知っているのには、度肝を抜かれた。

これがインテリジェンスというものなのかも知れないが、盛田はその事実を一つ知っただけで、恐怖を感じた。

怖いと言えば、なおもいかつい男が二人、部屋に残って盛田を見張っている。コルコフはくつろいでくれと言ったが、到底そんな気分になれなかった。

いけないとは思ったが、緊張感と恐怖を紛らせるために、ミニバーから、スコッチのミニボトルとグラスを手にして席に戻った。

オールドパーがあったのが、せめてもの救いだ。

「良かったら、君たちもどうですか」

恐る恐るロシア語で誘ってみたが、完全に無視された。

大好きなスコッチなのに、味がしなかった。

舐《な》めるように酒を飲み、苦痛の時間を過ごした。

二時間余りが経過して、コルコフが戻ってきた。

「大統領が、江島総理の親書の内容を即時吟味され、特別の計らいを以《もっ》て、回答を下さいました」

手渡された文書には、キリル文字が並んでいる。

「念のために、ご説明します」

コルコフはそこで咳払《せきばら》いを一つしてから続けた。

「ロシア連邦大統領は、日本国内閣総理大臣の獅子《しし》奮迅《ふんじん》の改革に大きな感銘を受けている。ぜひ、そのご活躍に報いたいと強く思っている。そこで現在取得している日本国債について、向こう三ヶ月間は保有し続けることをお約束する」

「ありがとうございます！　江島に成り代わり、心からお礼申し上げます」

「まだ、続きがあります。但《ただ》し、三ヶ月後には、必ず日ロ首脳会談を行いたい。その際、ロシアの天然ガスについての輸出を認めて戴《いただ》きたい。それが叶《かな》わない時は、躊躇《ちゅうちょ》せずやるべきことをやる」

安堵で高揚した気持ちが、一転緊張に変わった。

「やるべきこととは、何ですか」

「存じません。しかし、江島総理にはお分かりでは？」

ロシアが保有している国債を躊躇なく手放すという意味か。

だが、日本国内では、北方領土問題が解決していない段階で、ロシアから天然ガスを輸入するなどという話は、まず交渉の席に着くことすら難しい。

「そしてもう一つ。もし、この三ヶ月の間に、江島総理が辞任された場合は、我々は約束が反故《ほご》にされたとみなし、同様のしかるべき処置をとります」

まさに寿命が縮まる交渉だった。それを無事に終えたのだから、一刻も早くこの場を去りたくて盛田は腰を上げた。

「盛田さん、そんなに慌てないで。せっかく、こんな良い部屋を予約したんです。今日は泊まっていかれてはどうですか」

コルコフは流暢な日本語で勧めた。

「いや、私の宿泊先はここではないので」

コルコフは指を鳴らして、ボディガードの一人に何か囁《ささや》いた。すると男はただちに部屋を出て行った。

「実はまだ用件があるんです」

一体、これ以上私になにをさせるつもりだ。

「申し訳ないが、私の用事は終わりました。失礼する」

「動かないで！」

いきなりコルコフが怒鳴った。

「あなたに危害は加えない。それは、私が約束します。ですから、もう少し落ち着いて。こうしてお近づきになったのです。絆《きずな》を深めないと」

なにが絆だ。鼻血が出るほどの乱暴をいきなり働かれた上に、強引に命令に服従するように強いた輩《やから》が、どの口で言う。

部屋を出て行った男が、アイスペールに入れたシャンパンを持って戻ってきた。

「盛田さんは、大変なワイン通だと聞いています。お口に合うかどうか分かりませんが、我々のミッション成功を祝して、これを共に味わいましょう」

シャンパンの帝王と言われるクリュッグのヴィンテージ。一本数万円はくだらない最高級品だ。

「今日は、一九八五年物に致しました。プラザ合意がかわされた年であり、盛田さんは、英国留学された年でもある」

八五年物だって！

思わず盛田はボトルを手にして、ラベルを確かめた。

「この年は、一月に記録的な降霜《こうそう》があり、ブドウの収穫量が少なかったそうですね。しかし、質は絶品と聞きます」

コルコフの言うとおりだ。以前から、飲んでみたいと思いながら、なかなかチャンスがなかった逸品とこんな場所で出会うとは……。

感慨に耽《ふけ》る間もなく、ボディガードが抜栓した。あまりに無造作すぎて、思わず盛田は「あ」と声を漏らしてしまった。なんと雑な連中だ。シャンパンに対する敬意がなさすぎる。

「さあ、戴きましょう！　これは、ロシア大統領からのプレゼントです」

ダメだ、受けるべきではない！　そう思いながらも、クリュッグに抗《あらが》えなかった。

盛田はフルートグラスを手にして乾杯した。

「さあ、グッと飲み干して。存分に楽しんで下さい」

コルコフに促されて、盛田はグラスを口に運んだ。素晴らしい。華やかな味わいに、陶然とした。

「感激です。コルコフさん、これは人生最高のシャンパンです」

「ボリゾイと呼んでください、正義。我々は日ロの歴史に新しい第一歩を記した者なのです。祝いましょう。我が同志！」

テーブルの上に置かれたカクテルグラスには、溢《あふ》れんばかりのキャビアが盛られている。

「カスピ海産の大粒のベルーガです。なかなか他では味わえない絶品です」

盛田は、キャビア・スプーンで黒真珠のようなチョウザメの卵をすくった。旨《うま》い。

これは一九八五年物にぴったりだ。

盛田の心を見透かしたようにさらにシャンパンが注がれた。

「忘れないうちに、我が大統領から江島総理に宛てた親書をお渡しします」

緊張したせいだろう。やけにアルコールの回りが早かった。ぼんやりとした視界の先に、分厚い封書が見えた。

「貴国の大統領の親書とは、どういうことでしょうか。いつ、お書きになったのです」

「もちろん、私がモスクワを発《た》つ前ですよ。我が大統領は、江島総理のご希望を事前に察知されており、ご期待にお応《こた》えできると確信しておりました。そこで、ぜひ総理に伝えたい真摯《しんし》なる思いをしたためられたのです」

きっとロシア大統領は深い見識と幅広い政治観をお持ちなのだろう。したがって、あの下劣な我が国の総理の行動など全《すべ》て予測できてしまうのだ。

「この親書は、あなたの持参された鞄の中にしまいますよ。よろしいですか、正義」

「了解しました、コルコフさん、必ず届けます」

「なんですか正義、ちゃんと私のファーストネームで呼びかけてくださいよ」

「失礼したボリゾイさん、私はそういう砕けた関係に慣れていないんですよ」

「あなたは、本当にご苦労されていますね。その気品と知性があれば、財務事務次官はおろか、官房長官として総理を支えてもおかしくない」

なにを言い出すんだと思いながらも、褒められたことは素直に嬉《うれ》しかった。

「ボリゾイ、ありがとう！　そんなふうに言ってくれるのは、君だけだ」

「日本は、本当に劣化してしまった。あなたの素晴らしさが、なぜ分からないんだろう。正義、あなたは本当に勇気ある密使として責任を果たしたんだ。これは勲章ものだよ」

いきなりコルコフが立ち上がったので盛田もつられて立った。コルコフは近づいてきて盛田を強く抱きしめた。

「あなたは、本当にナイスガイです」と耳元で囁いたコルコフに、背中を何度も叩かれた。

なぜか涙が出そうなほど感激していた。普段の自分とは違う多幸感に、盛田は戸惑った。

高級シャンパンのせいだろうか。それとも、本当に殺されるかも知れないという恐怖から抜け出した安堵感か。

「そうだ、一つ正義にお願いがあるんだ」

コルコフは、スーツのポケットからCDを取り出した。

「ぜひ、お嬢さんのサインをもらって欲しい」

バイオリニストの娘淑子が、今年発表したデビューアルバムだった。しかし、売上の方はさっぱりで、盛田夫妻が大量に買って、友人たちに配っていた。その配布リストの中に、コルコフの名はなかったはずだ。

「こんなものを、どうやって手に入れられたんです？」

「以前、大阪のいずみホールで開かれたお嬢様のリサイタルを聴く機会があってね。

それで、アルバムが出たと知って、すぐにＡｍａｚｏｎで購入したんだよ。ぜひ、お嬢さんのサインを戴きたい」

　娘は喜ぶだろう。

「それは、お安いご用だが、どうやって君に渡せばいいんだね」

「実はね、僕は来月から在日本ロシア大使館勤務になることが内定しているんだ。なので、僕の方から連絡するよ」

「それは楽しみだ。来日したら、君を我が家に是非ご招待したい。その時は、あなたの為《ため》に娘に演奏させましょう。サインもさせる」

「そのお嬢さんのことで、差し出がましいと思ったんだが、ご提案がある」

　コルコフが腰掛けたので、盛田も合わせた。

「実はね、お嬢さんがウィーンに留学した時には、ぜひリサイタルを開いて欲しいと、政府関係の友人に根回しするつもりだった」

　そんなに熱烈なファンだったのか！

「それが延期になってしまってね」

「何でも招待側が一方的に通告してきたそうじゃないか。酷《ひど》い話だ」

「再来年にはという方向で、調整してもらっているんだ」

「正義、それはダメだよ。オーストリア人ってのは、とにかく勿体《もったい》つけるが、最後はカネなんだよ」

妻も似たようなことを言っていた。娘の留学が決まった段階で、関係者に対して相応の個人的謝礼を包まなかったのがいけなかったのだと。だが、その主張は、淑子に対する侮辱だと退けたのだが。

「どうだろう。ウィーン国立音大の教授をしている友人がいるんだ。彼に力添えをしてもらおうと思うのだけれど、差し出がましいかな」

「とんでもない！　ぜひお願いするよ、ボリゾイ！　いやあ、君はなんていい人なんだ」

いつのまにやら恐怖心や警戒心が消えていた。それどころか、今日はこのままこの部屋で朝まで飲み明かそうというコルコフの提案に、盛田は二つ返事で応じた。

少しぐらいハメを外しても、誰にも咎《とが》められないはずだ。何しろ、我々は日ロの新しい歴史の第一歩を記す偉業を達成した二人なのだから。

6

午前七時から平河町にある保守党本部で開催される両院議員総会に出席するため、江島総理は公邸を午前六時五〇分に出発するはずだった。周防らチームＯＺのメンバーも総会に出席するため、徒歩で平河町を目指した。

ところが、午前七時を過ぎても、総理は現れなかった。

「公邸を出る直前に、磯川大臣が現れて総理に辞表を出したそうだ」

根来が携帯電話に受信したメールを見て告げた。

「それは、無責任すぎませんか」

土岐が怒るのも無理はない。だが、総会で吊《つる》し上げられるのは必至だっただけに、敵前逃亡を図ったのだろう。いずれにしても、窪山市長に対して、死んで詫びろなどと暴言を吐いた上で、その説明責任も果たさず、辞表を出す磯川の無神経さは許しがたい。

「それで、総理は受理されたんですか」

周防の問いに根来は「そのようだ」と短く返した。すでに、人いきれがするほどスーツ姿の政治家が集結して、口々に持論をぶったため、室内は騒然としていた。

いきなり一年生議員がステージに登った。

「磯川総務大臣が先ほど総理に辞表を提出し、受理された模様です」

なぜ、そんな火に油を注ぐようなことを言うのかと呆《あき》れた。想像通り、会議はさらにヒートアップした。

「なんで、磯川だけに詰め腹を切らせるんだ。辞めるなら、江島も辞めよ！」

武闘派を自任し過激な発言で知られる重鎮の太い声がしたかと思うと、至るところから同意の声が上がった。

そこで、ようやく司会役の総務会長が壇上に立った。

「ご静粛に願います。まもなく、総理が到着されます。その前に諸君にお願いがあります」

だが、会場のざわめきは収まらない。

総務会長だけではなく、幹事長も一緒になって静粛を求めて、ようやく落ち着いた。

「口々に発言するような下品な真似《まね》は慎んで戴きたい。必ず挙手をし、私から指名されるまで発言は控えて戴きたい。よろしいか」

総務会長は江島と同世代のベテランだけに、さすがに、真っ向から彼に刃向かおうとする者はいなかった。

「本日の臨時総会は、総理のたっての要望で開催した。したがって、冒頭はまず総理のお話を聞いて戴きたい。意見や質問は、それ以降たっぷりと時間を取って行うので」

その時、廊下の方が騒がしくなり、江島総理が現れた。途端に、議員らは騒然とした。

「総理、今すぐ進退伺いを！」

「我が党は、国民も自治体も見殺しになんてしない。あなたは、間違っている！」

「なぜ、磯川大臣の辞表を受理したんだ！」

総務会長が釘《くぎ》を刺したにもかかわらず、数人が口々に声を張り上げた。

江島は、軽く右手を挙げて応えると、すぐにステージ中央の演台に進んだ。

「みなさん、おはようございます。早朝からお呼び出ししたことを、まずはお詫び致します。さらに、今朝の新聞テレビの騒ぎについても、ご心配をおかけしています」

「悪いと思ったら、今すぐ辞めろ！」

また、武闘派代議士が叫ぶと、周囲から「そうだ！」と言う声が上がった。

「私が今辞めて、誰が火中の栗《くり》を拾うんだね。新井《あらい》君、君が総理になるか！」

いきなり江島が鬼のような険しい形相になったかと思うと、ヤジを飛ばした武闘派代議士を指さした。

「こうなることは、既に説明したはずだ。なにを慌てる必要がある。皆が、私の財政再建について賛成したのを忘れないでほしい」

「でも、国民を犠牲にしないって言ったじゃないですか！　総理は嘘《うそ》つきだ」

女性議員が食ってかかった。

「失礼な、今すぐ、発言を撤回し給え。いいかね、諸君。長年の怠慢で溜《た》めに溜めてきた国家の借金を、返済すると決めたんだ。だから、うろたえてはならない！」

江島は、演壇の上で堂々と受けて立っている。

「まず、窪山市の破綻について説明する。だから、暫く黙って聞いてくれ」

総理はそこで、窪山市が財政健全化団体となりながら、財政再建に真剣に取り組まず、挙げ句の果てに地元信金を犠牲にしてヤミ起債と粉飾決算を行っていた事実を述べた。その上で、窪山市の行為は、悪質極まりないと糾弾した。

「不正を働いて、自らの財政赤字を繕うような自治体を救うわけにはいかない。我々には限られた財源しかないんだ。だから、私は総務大臣に支援不要と命じた」

「じゃあ、窪山市民は生《い》け贄《にえ》じゃないですか！」

先ほどの女性議員がまた叫んだ。

「生け贄じゃない。窪山市は、自己責任を取って破綻したんだ。しかし、市民は守る。預金者も保護する。したがって、市民に大きな影響はない」

「市長は、総理に切り捨てられたと言っているぞ」

「盗《ぬす》っ人猛《と》々《たけだけ》しいと言わせてもらおう。いずれ、実態が明らかになるはずだが、市長は背任の訴追を免れないだろう。市民の信頼を裏切り、市政を窮地に追い込んだのは、市長本人だ。それが、しゃあしゃあと記者会見を開いて、政府を非難するなんぞ、言語道断だと思わんのか」

俺は一歩も譲らないぞと、江島ははっきりと意思表示している。

「さらに、もう一つ。先ほど、磯川総務大臣より、窪山市破綻の責任を取って辞表が出された。しかし、私はそれを却下した」

「何だ、あんな男を庇《かば》うのか」

「違う。私が、クビにしたんだ」

会場が静まり返った。

「窪山市に対する監督責任も一つの理由だが、何よりも破綻直前の窪山市長に対する態度、さらには破綻後の処理の手際の悪さ。いずれをとっても、目に余る。その上、今回の顚末《てんまつ》についての説明責任を果たすのを回避した上に、我先に職務を放棄して保身に走るような奴に、辞表提出の名誉など与えはしない。だから私が、クビにしたんだ」

「磯川は、この場で釈明しろ」という声が上がったが、会場に姿を見せていないようだ。

「諸君にはっきりと申し上げておく。国家の大事を前にして、保身に走ったり責任転《てん》嫁《か》をするような輩は、今すぐバッジを外して国会議員を辞めてくれ。そうでないなら、私の邪魔をせんでくれ。代替案なき批判は許さん」

大きな拳《こぶし》が演台を叩いた。

もはや、私語もヤジもない。皆が、黙って総理を見つめていた。

「暁光新聞にロシアが日本国債を買い漁《あさ》っているという記事が出ていた。あれは、本当の話だ。だが、額が間違っている。彼らが保有している日本国債の総額は三〇兆円に上っている」

結局、先にロシアと国債の話から始めようという総理の判断は正しかったようだ。

出席者が息を呑《の》んでいる。

「しかも、来月は元々約二五兆円の国債を償還しなければならない。万が一、償還できない事態が起きたら、我々はギリシャの二の舞いだ」

そこで照明が消え、山村えみりが作成したパワーポイントがスクリーンに映し出された。国家破綻後の国民生活のシミュレーションだった。

「現在、ロシアとは交渉のテーブルについて、穏便な着地点を探っている。ロシア大統領は、我々の努力を評価してくれてはいるが、それでも彼らが求める天然ガスのパイプライン交渉が決裂した時に、どう出てくるかは不明だ」

再び部屋が明るくなると、江島はスクリーンの前に立った。

「諸君、もし、国家破綻すれば、国民生活は地獄絵図となる。その責任は、我々国会議員、中でも与党保守党にあるんだぞ。諸君らに、その自覚があるのか。我々が無責任な行動を取れば、この国は破滅する。これは、今そこにある危機だ。野党の連中を含めて、挙国一致で事に当たらなければならないんだ」

三〇〇人以上いる大会議場は静まり返り、しわぶき一つ聞こえない。

「それでも、まだ私を総理の座から引きずり下ろしたいという度胸のある者がいたら、名乗り出て欲しい。私は喜んで席を譲るよ」

総務会長が遠慮がちに咳払いをして舞台下手のマイクの前に立った。

「それでは、質疑応答をお願いする」

手を挙げたのは、現職国会議員としては最年長の党最高顧問桜田徹男《さくらだてつお》だった。齢《よわい》八七の桜田は、杖《つえ》に体重をあずけて立ち上がった。

「江島君の大演説は、なかなか感動的だった。だがな、総理が恐れるようなことは起きんよ。国家破綻も自殺者の増加も、単なる脅しに過ぎん。知っての通り、国民の個人資産が約一七〇〇兆円あるんだ。最後はそれを没収してしまえばいい。

だからな、あんたのような騒々しい総理は面倒なんだ。何十年にもわたって積み上げて来た借金を急に返すなんていう輩は、総理にふさわしくない。後のことは私が責任を持って見守ってやるから、潔《いさぎよ》く腹を切りなさい」

周防は我が耳を疑った。この人は、総理の説明をまったく聞いていなかったのか。それとも、あの説明でも理解できないほど耄碌《もうろく》しているのか。

江島も呆然《ぼうぜん》と先輩政治家を見つめている。

「なあ江島、悪いことは言わん。潔く腹を切れ。もはやおまえには求心力がないんだ。既にここにいる半数以上が、君の退陣を望む書類にサインしている」

桜田の隣にいた若手議員が立ち上がり、署名簿とおぼしき文書の束を掲げて見せた。

黒幕は、こんな大物だったということか。だとしたら、この国は老人と共に滅ぶ運命にあるのかも知れない。

「桜田先生、先輩の厳しいご批判は、全身で受け止めました。しかし、ご助言に従うつもりはありません。私を総理の座から引きずり下ろしたいという議員が過半数を超えるというのであれば、潔く総理の職を辞しましょう。どうでしょう、総務会長、この場で挙手による採決を仰ぎたい」

「いや、総理、さすがにそんな短兵急なことはやめましょう。桜田最高顧問、ここは私に預からせて戴けませんか」

「わざわざ総務会長に預ける意味が分からん。これは、江島が一人で決めればいい」

桜田はそう言い捨てると、そのまま会議場を後にした。十数人がそれに続いた。

何をバカなことをやっている。

国が破滅するかも知れない時に、なんでこんな愚行を繰り広げているんだ。

「今ここに残る諸君で、私に対して不信任という者がいたら挙手願いたい」

頑固一徹、言い出したら後には引かない江島が無理を通した。

挙手する者は誰もいない。政権転覆を狙《ねら》っていると疑われている梶野前総理や大熊大臣も仏頂面《ぶっちょうづら》で腕を組んだままだ。

「結構。これで、問題は一つ解決した。諸君の賢明な判断に、心からお礼を申し上げたい」

「よし、いいぞ。頑張れ江島！」

先ほどまで反旗を翻していた新井代議士が立ち上がって拍手した。それが波紋のように広がっていった。

「もしかして、新井さんのヤジは、仕込みだったのか」

土岐が隣で呆れている。

そうかも知れない。思い返せば、新井と江島は古くからのつきあいだった。

「私は今日中に野党各党の党首と個別に会い、同様の協力を求める」

実際には、協力を求めるというよりも、ここと似たような恫喝《どうかつ》で反論をねじ伏せるつもりなのだろう。

「国会の集中審議はどうなりますか」

「それも、野党党首との会談しだいだ。実際は集中審議する時間さえも惜しい。即断即決で対処しなければ、取り返しのつかない事態も起きかねない。そのあたりの判断は、私に任せてくれないか」

「総理に一任！」

あちこちから同様の声が上がった。

「ありがとう。最後に、磯川大臣の後任だが、当分の間、私が兼務する。その方がストレートで分かりやすいだろう。無論、二人の副大臣にしっかり働いてもらうが、私が決裁するのが一番だと考えている。また、これによって窪山市民の救済についての責任も取れる」

会場内に再びどよめきが起きた。

当初、江島は宮城准《じゅん》教授を推したが、側近全員に反対された。

周防は面白いと思ったが、宮城が大臣に就任したら、数日で暴言を吐いて退任を余儀なくされる可能性があった。

総理は素直に引き下がったが、但《ただ》し、総務大臣特別補佐官という役職を設けて、そこに宮城を指名したいから、当人に打診してくれと周防に命じた。

「第二第三の自治体破綻が懸念されていますが、何か手立てをお考えですか」

若手議員の一人が問うた。

「今のところは考えてない。繰り返すが、潰《つぶ》れゆく自治体は救済しない。これが、総務大臣も兼務する総理大臣の見解だと思ってくれ」

荒れ模様だった議員総会が終了したところで、周防のスマートフォンが振動した。

中小路流美からだった。

7

「やっぱり、僕は残るよ」

大須は、オーストラリア行きの船の前で妻に言った。

「どうして！」

「この国を棄《す》てていけない」

「あなたの英雄魂は立派だけど、国会議員だって国外に逃亡したのよ」

「だけど、総理は残っている」

「あれだけ酷い目に遭ったのに、まだあんな人に仕えるわけ？」

確かに総理は大言壮語ばかりで、行動力に欠け、周囲がその都度振り回された。だが、デフォルトして、大臣級までが国外逃亡を図っても、彼は官邸から離れようとしない。

「最後まで踏ん張って日本を再生させるのが政治家としての責任だ」というのが理由だ。

多くの官邸スタッフも、彼を見捨てた。大須もその一人だったのだが、やはり、自分はこの国を棄てられない。

「総理のためじゃないんだ。僕はこの国を棄てられない。生まれた国だぞ。父も母もその前の代も、ずっとここで育ったんだ、祖国なんだ。なのに、財政が破綻したからといって、棄てるなんてあり得ない。そして僕は国家を支える公僕なんだ。それが国から逃げたら自己否定になるよ」

呆れかえったのか、妻は反論をやめていた。

「勝手にすればいい」

むずかる息子の手を引いて、彼女はタラップを昇っていった。

まだ、今なら間に合うぞ。こんな国、棄てちまえ！

だが、できなかった。

そんなことをしたら息子に申し訳が立たない。

パパは、功一《こういち》たちが幸せに暮らせるように毎日頑張っているんだぞ——そう言い続けてきたんだ。

大きな荷物を持った家族連れに突き飛ばされて、大須はつんのめってしまった。だが、誰一人気にすることもなくタラップを昇っていく。

手に着いた砂を払うと大須は車に乗り込み、来た道を戻っていった。

——桃地実『デフォルトピア』より

第9章　五年後の五〇〇万人より今日の二人

1

中小路から呼び出しを受けた周防はザ・キャピトルホテル東急に急いだ。

寒風に煽《あお》られるように、歩く速度が上がった。

中小路は、総理の密命でニューヨークのはずだ。いつ戻ってきたのだろう。

中小路は、客室を指定してきた。もしかすると、彼女以外にも誰かが一緒なのかも知れない。二人で会うなら、ロビーラウンジで充分だった。

二九階までエレベーターで上がり、指定の部屋のチャイムを鳴らした。

すぐにドアが開き、中小路が迎えた。

中に入ると、連れがいた。

五〇代ぐらいの日本人男性が笑顔で会釈《えしゃく》した。見覚えのある顔だ。

「IMF財務局長の苫野修一さんですか」

「はじめまして、苫野です。厳密には元局長です」

「苫野さんは、江島総理から乞《こ》われてＩＭＦを退職され、まもなく総理の財政健全化担当特別補佐官に就任されるの」

何の話だ？　周防は、どうリアクションしていいのか分からなかった。

「中小路さん、もう少し順を追って話した方がいいですね。ひとまず、寒い中ありがとうございました。コーヒーでもいかがですか」

中小路が準備する間に、苫野は、窓際《まどぎわ》にあるテーブル席に誘った。

「ここからの景色は、為政者の気分を味わわせてくれますね」

総理官邸も見下ろせる。

中小路が説明を再開した。

「風雲急を告げていよいよ今、総理ご自身の計画もフェーズ２に移行したのよ。かねてから総理がＩＭＦのバーグマン専務理事にお願いしていたことを実行した。すなわち、いくつもの破綻《はたん》国の処理に携った苫野さんをＯＺ執行役の指揮官としてお迎えするの」

「ＩＭＦでの経験を生かして、歳出半減を徹底するという、火中の栗《くり》を拾うんです。既に、総理ともお会いしました。明日には、補佐官として官邸に入る予定です。そして周防さんに私の秘書官をお願いしたい」

「そんな大役、中小路君がやればいいじゃないか」

「私は、ＩＭＦや欧米財務当局との交渉係を仰《おお》せつかった。だから秘書官はあなたに務めて欲しい。総理もそのように望んでらっしゃいます」

「いや、中小路さん、その説明はフェアじゃない。総理が望んでらっしゃるのは事実だけれど、私が周防さんと会ってお互いが理解し合えたら、お願いするという条件付きなんだ。だから、わざわざ足を運んで戴《いただ》いた。幾つか君の考えをお聞かせ願いたい。まず第一に、なぜ君は歳出半減達成に、情熱を注ぐんですか」

「財務官僚としては当然の務めだからです。大逆風を承知の上で、総理は未来のために大英断をなされたんです。ならば我々は命がけで遂行するまでです」

「歳出半減が、実現可能だと思いますか」

　嫌な問いだ。

「可能だと思わなければ、やりません」

「社会保障関係費を削るということは、弱者を切り捨てるという意味です。そして、地方交付税交付金を限りなくゼロにすれば、日本中の自治体で窪山市のような破綻が起きるのは必至ですよ」

そんなことは、苦野に言われなくても重々理解している。

「国民を見殺しには絶対にしません。知恵と工夫で対処できます」

「断言する根拠はあるんですか」

「公務員はそのために存在するんです。できないはずがありません」

本当だろうか。売り言葉に買い言葉で誇張していないか。

否《いや》、できるかどうかではない。絶対にやるんだ。

苦野が大きく頷《うなず》いた。

「私たちは、社会福祉関係者や地方自治体の首長だけではなく、政治家、各省庁、そして国民を敵にする可能性だってあります。だから、あなたのような信念を持った方にサポートして欲しい」

「では、私からもひとつ伺ってよろしいでしょうか。IMF財務局長を務められた苦野さんからご覧になって、総理が推し進める歳出半減は実現可能でしょうか」

「限りなく不可能に近いでしょうね。さすがに、一〇〇兆円規模、国債償還費を除けば、実質予算七五兆円の内、五〇兆円を削るなんて正気の沙汰《さた》じゃない。ただ、まったく不可能なわけではない。そのために私は呼ばれたと思っています。もちろん、歳出半減のために国民に死ねと言うつもりもありません」

「ＩＭＦの財務ウォッチャーならではの秘策でもあるんですか」

苫野は苦笑いを浮かべた。

「秘策なんてありませんよ。ただ、ＩＭＦは世界中の破綻国家に蘇生《そせい》処置を施す最後の砦《とりで》です。だから我々は一度決めたら、絶対にその方針を貫く。政治家は優柔不断だし、官僚は政治家に影響される。しかし、我々はそのどちらでもない。総理の特別補佐官という立場ではあるが、ＩＭＦ的な視点で総理にアドバイスせよと厳命されています」

周防は立ち上がって頭を下げた。

「特別補佐官の秘書官として全力を尽くします」

2

夕暮れが迫っていた。大使館が用意した公用車で向かうシャルル・ド・ゴール空港はライトアップされたように輝いている。車が停止すると、ロシア大統領の親書が入ったアタッシェケースを抱きかかえるようにして、盛田は出発ロビーに向かった。搭乗手続きは、案内に立つ二等書記官に任せている。

出発ロビーは大勢の搭乗客でごった返していた。その雑踏の中で、盛田は不意に不安を覚えた。

誰かに監視されている気がしたのだ。

この空港内で、盛田の使命を知っているのは、前を歩く二等書記官だけなのに、やたら多くの視線を感じる。

何を怯《おび》えているんだ。たかが、総理に親書を届けるだけじゃないか。

――くれぐれも目立たないようにな。今のところまでは大活躍だったようだから、最後まで気を抜かずに。

鳥越財務副大臣の嫌みを思い出した。盛田がロシア政府との接触に成功したのが気に入らないようだった。もっとも、総理の名代という重要使命を電光石火で果たしたのだから、妬《ねた》みたくなるのも分からないではない。

そう考えると、気持ちが少し晴れた。

「大使のご指示で、ファーストクラスをご用意してあります。機内でごゆっくりお寛《くつろ》ぎください」

駐フランス大使とは面識がない。なのに、この配慮はどういうことだろう。手渡された搭乗券は確かにファーストクラスのものだった。つまり、盛田が挙げた成果が、国家的意義を持っているという証《あかし》だろう。

「くれぐれも、大使によろしくお伝えください」

盛田は嬉《うれ》しくて、二等書記官の手を両手で握りしめた。

「娘がバイオリニストなんですが、来月もしかしたら、ウィーンでリサイタルをするかも知れません。その時は、招待状をお送りします」

「それは、楽しみです。では、お気をつけて」

二等書記官は丁寧にお辞儀をして、その場で盛田を見送った。盛田も振り返らず、まっすぐ保安検査場を目指した。

検査場は長蛇の列だったが、盛田は気にしなかった。ファーストクラスには専用ゲートがある。そちらに進もうとしたところで、背後から声を掛けられた。

「財務省の盛田正義さんですよね」

振り向くと立っていたのは、くたびれたスーツを着た三〇代の男だった。

「あなたは？」

「暁光新聞パリ支局員の栗岡《くりおか》と申します」

一番聞きたくない社名が出た。

「メディアの方とは、お話し致しません」

「弊社の政治部長の橋上をご存じですね。橋上からお渡しするように言われました」

問答無用で書類袋を差し出された。それを受け取らずに、ゲートに進もうとすると、二の腕を摑《つか》まれた。

「警察を呼びますよ」

「ぜひ、ご覧になるべきです。まもなく、この記事を掲載した朝刊が出ます。財務省のみならず、官邸でも大騒ぎになりますよ」

何を大げさな。だから、マスコミは嫌いなんだ。

「女優の綾部《あやべ》望美《のぞみ》さんが、弊社に財務省の予算半減策に対して『五年後の五〇〇万人より今日の二人の命を救うのが政治』と題した寄稿をされたのをご存じですよね」

「なんだって!」

盛田の血の気が、一気に急降下した。

「現役の財務省幹部が、綾部さんの寄稿を絶賛し、勇気あるご発言に一公務員としても胸が締めつけられる思いだという投書を送ってきました。封筒に入っているのは、それに関する記事のコピーです」

書類袋を引き裂かんばかりに開けると、コピーを取り出した。

財務省幹部、綾部さんの寄稿に感動
〝今日の二人〟を救うべく邁進《まいしん》したい

見出しを見ただけで、床にへたり込みそうだ。

なぜ、バレたんだ。

寄稿に感動して激励のメッセージをメールしようとしたが、用心のためにと封書にして、しかも横浜から投函《とうかん》したのだ。投書には、差出人の名を入れず、職業も一公務員としか書いていない。

しかし、投書に残された痕跡《こんせき》から、差出人は財務省幹部である可能性が極めて高いと、記事は断じている。

動揺を抑えられず、盛田の手が震えている。それを記者に悟られたくなくて、コピーを乱暴に突き返した。

「弊社の橋上からです。ぜひ、お話しください」

いつの間にかけたのか、記者が通話状態のスマートフォンを盛田に手渡した。

「いやあ盛田、素晴らしい投書をありがとう。それにしても、おまえが綾部ファンだったとは意外だったなあ」

「何のことですか」

「惚《とぼ》けなさんな。おまえが送った封書だがな、封筒に筆圧の強い文字の跡が残っていたんだ。封書の上で、自分の名を書かなかったか」

なんですと。

「鉛筆でこすってみたら、あら不思議、おまえさんの達筆な署名が出てきた。相変わらず、間抜けな男だ」

そんなはずはない！

だが、断言できるだけの確信はなかった。

「武士の情けで、今日のところは、おまえの名前は伏せてある。だから、教えてくれ。江島はロシア大統領にどういう提案をしたんだ」

ハッとした瞬間、スマートフォンを床に落としてしまった。

スマートフォンのディスプレイにヒビが入っている。記者が慌《あわ》てて受話口を耳に当てている。

「まだ、繋《つな》がっています」

「今度は、遠慮なく床に叩《たた》き付けるよ」

「でも、そんなことをしたら、お困りになるのは盛田さんの方では？」

だが、盛田はもう相手にしなかった。保安検査場の特別ゲートに小走りで向かうと、手荷物を係官に渡した。

慌てて記者が追いかけてきたが、空港係員に押さえられた。

ありがたい。

「橋上から伝言です！　搭乗するまでにご返事を戴《いただ》けない場合は、夕刊で盛田さんのお名前を出すそうです」

そんな脅しにのるものか。

そう強がってみても、心底怯えていた。

金属探知機の前を通過した時に膝《ひざ》の力が抜けて床に倒れ込んだ。

「大丈夫ですか」

若い女性係官が手を差しのべてきたが、愛想笑いを返すのが精一杯だった。

3

ROOM Fでは、みんな血相を変えていた。

財務省幹部、綾部さんの寄稿に感動
〝今日の二人〟を救うべく邁進したい

派手な見出しを見るだけで、不愉快だった。

投書では、筆者は匿名《とくめい》ながら公務員であると明かしている。そして、総理の決断は、立派ではあるがあまりにも無理筋の話であり、その結果、国民が犠牲になるという未来を、綾部さんは的確に指摘されている。このような問題提起は、財務省内部や官邸でなされるべきだったと思うと、慚愧《ざんき》に堪えない――などと書かれていた。

ふざけやがって。

「投書の中には職業を特定する記述はありませんが、これが、財務省幹部の投書であるという証拠はどこにあるんですか」

中小路が遠慮なく尋ねた。

「それが、分からないんだ。だが、暁光新聞では、誰が書いたかを摑んでいるらしい」

だとすると、明日にでも実名が明かされる可能性がある。ならば、せめて自ら名乗り出て欲しい。

「周防、おまえ誰か心当たりはないか」

「まったく、というか、どうして土岐さんは僕が知っていると思われるんですか」

「おまえは省内きっての情報通だろうが」

一体、財務省職員が何人いると思ってるんだ。

「まったく見当もつきません。ただ、古風な文体からして、それなりの年齢の書き手だと思われます」

「若い頃に、綾部さんの映画を見てファンになった可能性もあるわね。やっぱり幹部の誰かかな。それなら一層まずいわね」

中小路の一言で、さらに室内のムードが重くなった。

「それで官邸は、なんと?」

「まだ、打診していないんだ。もちろん、既に小寺さんと松下さんには連絡済みだがね。それで、おまえを呼んだ」

「土岐さん、それって……」

つまり、イヤな役回りを押しつけるために、僕を呼んだのか。

「適材適所が俺のモットーなのは知ってるだろ。この件について官邸にお伺いを立てるなら、おまえがベストだ。悪いが、松下さんに総理の意向を聞いてもらえないか」

既に午前零時前だ。こんな深夜に、そんなくだらないこと聞けというのか。だが、官邸の意思を無視して、財務省が対応するのもまずい。

仕方なく松下の携帯電話のアドレスにメールした。それから周防は、中小路を廊下に連れ出した。

「あのさ、今、思いついたんだけどさ。総理と国民を繋ぐために必要なのは、綾部望美の寄稿文に答えることじゃないかな」

「どういう意味？」

「例の『五年後の五〇〇万人より今日の二人の命を救うのが政治』という批判に対して、総理に答えてもらうんだよ」

「あんなふざけた二元論に答える必要なんてないでしょ。そんなことをしたら、メディアの餌食《えじき》にされるわよ」

普通はそう考えがちだが、今は違う気がした。

「経済的に苦しくて命を落としかねない人がいれば、政府は必ず救う。だから、歳出半減したとしても、今日救われるはずの人を殺すことにはならない」

「そんなきれい事、誰が信じるのよ」

「ちょっと黙って聞いてくれ。もし、救われるべきだった社会的弱者が、不幸にも命を落としたとする。その時、問題視すべきは、困っている人の声が、近所や社会に届かなかったことじゃないのか。これは、カネの問題じゃない。お隣が何をしているのか分からないなんて、今や当たり前のように言われるけど、それは日本本来の姿ではないだろ」

「この期《ご》に及んで村社会に戻れって言うわけ？」

「そうじゃない。ただ、経済的に苦しんでいたり、子どもを抱えて困窮している人が身近にいたら、手を差し伸べるのが人情だろう。自分ができなければ、役所に通報するだけでも救われる」

中小路の脳の回路が勢いよく回転している。

「そもそも社会システムが機能不全を起こしているんだ。だから、いくら社会保障関係費が増えたところで、苦しんでいる人が可視化されない限り、救えないだろ。社会の中で、困った人を可視化するために必要なのは、カネでもＩＴでもない。近所や学校、企業内でのコミュニケーションじゃないか」

「つまり周防君は、社会を良くするためには、私達はカネさえあれば何とかなると思いがちだけど、既に受け皿が崩壊していると言いたいわけね」

さすが、中小路、飲み込みが早い。

「そうだ。だから、我々はこの危機をうまく利用すべきなんだ。確かに、社会保障関係費が潤沢ならば、社会的弱者の救済も実現しやすく見える。だが、弱者を救うのに一番必要なのは、本当に資金なのだろうか。それよりも、日本社会本来が持つ互助の精神を有したコミュニティづくりを再構築することの方が重要ではないかと訴えたらどうだろう」

浪花節《なにわぶし》的人情を振りかざすなんぞ、官僚の風上にも置けないと非難する人も多いだろう。だが、これは浪花節でもなんでもない。

日本社会の根幹なのだ。

それが揺らいでいるから、あちこちで歪《ひず》みが起き、社会的弱者に向けて強烈なプレッシャーとなる。この悪い連鎖反応を断ち切ることが、日本再生に繋がる気がした。

財務省だからといって、カネの話ばかりに終始するのは、実は驕《おご》りなのだ。国民の公僕として、社会システムが滞りなく機能するために率先して動き、その機能を守ることが、公務員の使命だと考えた方がいい。

「いかにも周防君らしい青臭さだけど、やってみる価値はあるかも。苫野補佐官にも伝えてみる」

そう言うと、中小路は官邸に続く地下道へと消えていった。同時にポケットのスマートフォンが振動した。松下からの返事だ。

〝公邸の応接室にいます。来てください〟


公邸が首相官邸だった頃の大会議室は改装されて応接室として使われている。総理が家族や親しい人と寛ぐための空間としてリフォームされたものだ。

大きなシャンデリアの柔らかい光の中、総理と松下が待っていた。総理はロックグラスを手にしている。

「やあ、篤志、遅くまでご苦労様」

総理の手招きで、隣のソファに座った。

「総理こそ、遅くまでお疲れ様です」

「君が来たのは、暁光新聞の記事の件だね」

「申し訳ありません。このタイミングでは痛恨の極みです」

「それで、私の意向を探るために、君が遣わされたわけだ」

周防は黙って頷いた。

「職員が七万人もいる大所帯なんだ。いろんな意見を持つ人がいて当然だろう。そもそも匿名《とくめい》で投書しているにもかかわらず、投稿者を特定するなんて、非礼きわまりないね」

総理の口調が穏やかなのが意外だった。

「そう言って戴くと弊省としては救われますが、危急存亡の秋《とき》に、状況を弁《わきま》えない私論をメディアに投書するような省幹部がいるとしたら、国賊ものです」

「篤志は、相変わらず熱いねえ。だが、それだけこの国が平和ということだよ。高倉君に伝えてくれ。私はまったく気にしていないから、無駄な魔女狩りなんぞしなくて良いと。そんな暇があるなら全力でオペレーションZ実現に取り組んで欲しいと」

周防は胸が熱くなった。

「畏《かしこ》まりました。総理のご意志を伝えます。それでは、失礼します」

「まあ、そう慌てなさんな。どうだい、一杯つきあってくれないか」

思いがけない誘いに、松下に判断を仰いでしまった。

「私も戴きますから、ご相伴にあずかってください」

「では、お言葉に甘えさせて戴きます。松下さんは、何を飲まれますか」

周防は酒の準備をするために、ミニバーに立った。

「私はスコッチソーダを薄めでお願いします」

英国留学経験があり、大のシングルモルト好きな江島のミニバーには、周防が見たこともないボトルが並んでいた。もっとも、松下の好みはどこにでもあるジョニーウォーカーの黒だ。周防はそのボトルを取り上げてから、自分の飲む酒にブッシュミルズを選んだ。

二人分の酒を作っていると、江島が話しかけてきた。

「ところで篤志はこの投書の一件をどう考える?」

「暁光新聞は、くそったれです。しかし、総理のおっしゃるとおり、騒ぐに値しないと思っています。今日の二人を救いたいと考えるのも公務員として当然だからです」

「確かにそうだな。江島は今日の二人を救わない男だと、望美ちゃんに言われたのが残念だけどね」

綾部望美は、江島の世代には、女神のような存在だ。

「そもそも綾部さんは、問題の本質を見誤っています。日本政府は今日の二人も救いますし、五年後の五〇〇万人も守ります。オペレーションZを推進したからといって、社会的弱者を見殺しになんてしません」

そして、先ほど中小路に話したアイデアをここで披露した。

「なるほど。日本社会の根幹を再構築するとは名案かもしれんな」

「私達はいつのまにか、何でもカネで解決してしまう癖がついてしまった。それが、財政膨張を招いた本当の原因だということを見落としがちでしたね」

松下に叱《しか》られるかと思っていたので、ホッとした。

「オペレーションZを始めるに当たって、総理はカネを凌駕《りょうが》する社会の構築こそが、未来に希望を繋ぐ唯一《ゆいいつ》の方法だとお考えでした。ただ、それを最初から提示すると、説得力に欠ける絵空事になってしまうので、まずは歳出半減を打ち出そうと考えました」

そんな深謀遠慮があったのか……。

「篤志に見せたいものがあるんだ」

江島は、一枚の写真を差し出した。随分古い物らしく四隅がすり切れ、色もくすんでいる。

「二〇〇一年のブエノスアイレスだ」

未曾有《みぞう》のデフォルトが発生し、都市機能が麻痺《まひ》し、国民生活が貧窮したと聞いている。

「当時のアルゼンチンの財務大臣が、オックスフォード留学時の仲間でね。自国の惨状を見にきて欲しいと頼まれたんだ。テレビ映像や新聞記事は読んでいたが、街の惨状に、私は恐怖を覚えた」

それは、チームOZが描いた未来予想図が子ども騙《だま》しに見えるほどの迫力があった。

「ブエノスアイレスで嗅《か》いだ腐臭が、時々蘇《よみがえ》ってくるんだ。あれは国が腐り滅びる臭《にお》いだった。あの時、強く誓ったんだよ。日本では、こんな悲劇を起こさせない、とね。これが財政再建に邁進したいという、江島の原点なんだ」

周防はくすんで見える街の風景に必死で目を凝らした。

「以来この写真を常に携帯している。でもね、まさか本当に我が国にデフォルトの危機が迫るとは思わなかった。だから、帝生ショックが起きた時、私は己の愚かさを心底恥じた。

そして、絶対に日本をデフォルトさせない。そのためには何だってすると決めたんだ」

テーブルの上に、真新しい写真が置かれた。

「総理がどうしても君に差し上げたいとおっしゃるので、焼き増ししました」

写真の色彩が鮮明になったことで、一層陰惨な光景になった。

「ありがとうございます。私も、肌身離さず持ち歩きます。そして、総理、そのお考えを国民に分かりやすく伝える方法を、ただちに検討致します。次に国民とどう語り合えばいいかについても工夫したいと思います」

「君ら若い世代の知恵の絞りどころだね。期待しているよ。その間に、私たちは、面倒な与野党の先生たちと闘っておくよ」

もしかしたら総理は、国会でいきなり解散に打って出る気なのかも知れない。

これまでは国民からの圧倒的な人気を誇っていた江島だが、オペレーションZの構想を発表した途端、人気は急落するだろう。そんな中で解散したら、江島内閣はおしまいだ。

だが、江島は敗北を恐れていない。

――俺には何の取り柄もないが、果敢に中央突破することだけは唯一の自慢だ。

酔うと江島はそう嘯《うそぶ》く。しかし、中央突破で結果を出そうとしたら、入念な根回しがつきものだ。現状ではそれがまだ不充分なのだ。

総理は、そのあたりをどう考えておられるのだろうか。聞いてみたい気もするが、一兵卒の下《した》っ端《ぱ》官僚が尋ねていい話ではない。

「なんだ、言いたいことがあれば、遠慮するな。もう今は、プライベートタイムだ」

それでも迷ったが、江島と松下に詰め寄られて観念した。

「総理は、解散総選挙をお考えなのでしょうか」

「当然だ」

あっさり返された。

「時期はまだ、未定だがね。できれば、これから三ヶ月ぐらい地方や財界など各界へ行脚《あんぎゃ》してOZのご理解をいただいてから、解散カードを切りたい。しかし、そこまで待ってはくれんだろうね」

待って欲しい。今、政治家同士が争っている場合ではない。だが、あの両院議員総会ひとつ取っても、一触即発の空気だった。ましてや野党との折衝は熾烈《しれつ》を極めるに違いない。

「先ほどの提案を一刻も早くお届けしたいと思います。これで失礼致します」

「そうだ、篤志！　例の作家先生にも早く会わせてくれ」

ほとんど口をつけなかったストレートのウィスキーを一気にあおると喉《のど》が焼けた。

4

なぜ、バレてしまったんだ。

折角ファーストクラスに搭乗したのに、盛田は食事が喉を通らなかったし、一睡もできなかった。

あれほど細心の注意を払ったはずなのに……。

――封筒に筆圧の強い文字の跡が残っていたんだ。

橋上は、勝ち誇ったように言っていた。本当に、この私がそんな愚かなことをしたのだろうか。

ダメだ。まったく記憶にない。

あれがブラフだとしても、盛田が見せた動揺で、橋上は確信しただろう。どうする。よりによってこんな重大な時に、機上にいてまともな情報収集もできない。いや、機内のＷｉ－Ｆｉを使えば、記事検索はできるかも知れない。だとしても、財務省内で何が起きているかは分からない。

本当は、調べたくなんかない。あれをなかったことにしたい。もっと言えば、日本に戻りたくない。

しかし、足下に置いてあるアタッシェケースには、国家の未来を左右する重大な親書が入っていて、総理に届けなければならない。

――武士の情けで、今日のところは、投書した財務省幹部の名前は伏せてある。だから、教えてくれ。江島はロシア大統領にどういう提案をしたんだ。

省内でシラを切り通しても、橋上が盛田の名を記事にしてしまえば、一巻の終わりだ。

そんな恥さらしはできない。それに、ボリゾイとの友情関係も、盛田が財務官僚であってこそだろう。

せっかく娘のウィーン留学とリサイタルが実現できそうだというのに、なんとしても辞めるわけにはいかない。

ならば橋上の要望に応《こた》えて、奴《やつ》から沈黙を買うまでだ。

〝最後通牒《つうちょう》だ。羽田空港に到着して三〇分以内に返事を寄こせ。それが来ない場合は、おまえの名前を紙面に出す〟

搭乗した直後に、橋上から来たメールにそう書いてあった。

盛田はシートを起こすと、読書灯を灯《とも》した。そして、通りがかった客室乗務員に、シャンパンを求めた。

5

翌朝、投書問題について、官邸と財務省は沈黙を守った。

だが官房長官の定例会見が始まると、メディアが一斉に攻めてきた。周防は苫野特別補佐官の執務室にいた。そしてモニターの前に陣取って、会見の中継を眺めていた。

質疑応答の最初に、暁光新聞が投書問題を尋ねた。

小寺官房長官は、普段と変わらず冷静な態度で答えた。

「我々がコメントすることではないと思います。投書は、個人的意見として書かれたものであり、また、匿名であることに鑑《かんが》みても、官邸が公式見解を述べる筋の話ではないのでは。次」

「いや、ちょっと待ってください。では、小寺さんは、綾部望美さんが弊紙に寄稿された中で『五年後の五〇〇〇万人より今日の二人の命を救うのが政治』と指摘した点をどう思われますか」

「話が抽象的過ぎますね。ですが、これが、歳出半減策を批判しているとおっしゃるのであれば、それは違うと申し上げます。我々は今日の二人を全力でお救いしますし、五年後の五〇〇〇万人を救うためにも全力を尽くす所存です」

こんな切り返しは予想していなかったらしく、暁光新聞の記者は絶句している。その間に別の記者が指名された。

そこでモニターの音量をミュートにすると、周防は手元のノートパソコンに集中した。

オペレーションZは、日本社会が物質的豊かさの中で捨ててしまった家族とコミュニティの結束力を見直す端緒となるのだ――。

このきれい事をどう伝えれば、広く国民の支持を得られるのか。それを全力で考えるのが、今、周防にできる唯一の仕事だ。

総理は、民政党の党首と会談に臨んでいる。民政党党首は総理に辞任とオペレーションZの停止を求めるとみられており、交渉決裂は必至のようだ。

問題は、民政党党首が集中審議を強く迫るのかどうかだ。

集中審議が実現しなくても国会会期中なのだから、野党はいつでも内閣不信任の緊急動議を提出できる。

したがって、一刻の猶予《ゆうよ》も許されない。

日本人の底力があれば、これまでカネに依存してきた社会福祉をマンパワーで乗り越えられるはずだ、というロジックにさらに磨きをかけて、伝えたい。

「あー。考えがまとまらない。市が破綻しても、何も変わらない。おそらく国家が破綻しても、すぐにはその被害を実感できない。そんなものをいくら怖いとあおっても、やればやるほど白けるだけだわ。どうすればいいのかしら」

珍しく中小路が行き詰まっていた。

苦野が入ってきて、テレビの消音を解除した。

〝江島総理の頑迷さにも困ったもんだね。あの年になってまだ狼《おおかみ》少年をやっている。あんな人物が日本の総理だなんて、恥ずかしいよ〟

野党民政党党首が、怒気を含んだ声で言い放った。

〝では、歳出半減策については、協力しないんですか〟

〝当たり前だろ。あれは、政府が無策を棚に上げて、国民は死ねと切り捨てる宣言だぞ。国民を殺しておいて、国家だけが残ってどうするんだ〟

「口の悪い奴だな」

「あら、野党の立場としては、これくらい言うのは当然でしょ。これは解散が近いかもね」

〝集中審議の開催については、いかがなんですか〟

〝今のところはノーコメントだな〟

「民政党の党首から、手打ちが提案された。来年度予算案がまだ成立していない。それが通過した段階で、江島内閣は総辞職せよというものだ」

特別補佐官として、党首会談に同席していた苦野が言った。

「なんですって！」

周防より先に中小路が叫んだ。

江島は厳しい選択を突きつけられた。歳出半減を計画しているのは、現在審議している平成三〇年度予算ではなく、三一年度予算だった。来年度予算は、一〇〇兆円規模の予算案が提出されていて、無風で通過するとみられていた。その予算を通さないと脅迫しているのだ。

「しかし、現状では与党の勢力は圧倒的で、野党が一致団結しても、不信任決議案は否決されるんじゃないんですか」

「与党から造反者が出ると断言されたそうだ」

「それで、総理は？」

「保守党にそんな卑怯者《ひきょうもの》はいない。やれるもんならやってみろと返した」

天晴《あっぱ》れ！　と言いたいところだが、野党側は、既に過半数を固める根回しを終えているから、総理に詰め寄れるのだろう。だとすれば、来年度予算を可決しないまま解散総選挙という前代未聞《みもん》の異常事態となってしまう。

「自らの妄想のせいで、すんなり通るはずだった来年度予算すら成立させられない。偏《ひとえ》に江島総理の失政が原因だと、選挙で非難するつもりだろうな」

苫野の声にも怒りが滲《にじ》んでいた。

「まずいことが起きそうだぞ」

いきなり土岐がドアを開けてそれだけ言うと、廊下に消えた。周防は、土岐の後を追った。

総理執務室に近づくと、財務省の幹部が大熊大臣と押し問答をしているのが見えた。

「大臣、もう少し熟慮されてからご決断して戴くわけにはいきませんか」

声の主は財務事務次官の高倉だった。

常に悠然としている上品な高倉が、今は顔を真っ赤にして大熊大臣の前に立ちはだかっている。

「高倉さん、なぜ止めるんだ。江島総理の暴走をこれ以上見過ごすわけにいかない。君だって、例の投書の責任を取って辞任すべきなんだぞ」

高倉の制止を振り払い、突き飛ばさんばかりに進もうとする大熊大臣の声は、廊下の端にまで響き渡っていた。

「私の首を差し出して、それで解決するなら、今すぐにでも辞表を出します。ですから、何卒《なにとぞ》」

まるで時代劇のような押し問答が続いた挙げ句に、大熊は高倉を突き飛ばして、総理執務室に入ってしまった。経産大臣と環境大臣が後に続いた。

まさか、あの三人は辞任するつもりか。

もどかしくなって周防は駆けだした。大臣に突き飛ばされた高倉を、丸山大臣官房長と土岐が抱きかかえている。

「土岐さん！　何事ですか」

「三人揃《そろ》って、オペレーションZの撤回と総理辞任を求めて直談判するそうだ。総理が拒否したら、辞表を提出すると息まいている」

なんと愚かな。

党内に不協和音が漂っている最中に財相、経産相、環境相という重要閣僚が辞表だなんて、これじゃあクーデターじゃないか。

大熊大臣なんか、つい昨日までは歳出半減に賛成していたくせに。風向きひとつで、意見を翻すその軽々しさに反吐《へど》が出た。

高倉の後を追うように丸山と土岐が総理執務室に消えたので、周防も便乗した。中では三大臣が揃って総理のデスクの前に仁王《におう》立ちしている。

「何をバカなことを言っているんだね。君らは、このタイミングで、政権を混乱に陥《おとしい》れるという大罪を犯そうとしているんだぞ。その自覚はあるのか」

江島が激怒している。

「江島さん、あなたは無茶をやり過ぎだ。もはや、野党だけじゃない。保守党内にもあなたの政策を支持する者など誰もいない。財界も労働界も、何より国民があなたの退陣を望んでいるんです。どうか、正気に戻ってください」

大熊大臣の発言はあまりにも無礼だった。

「正気を失っているのは、君の方じゃないのか。財務大臣として、この国の財政のどこを見ているんだね。こういう大変な時に、誰よりも率先して、歳出削減に尽力するのが財務大臣の役目なんだぞ。それが分からないようなら、君こそ、いますぐ政治家を辞めた方がいい」

大熊は勢いよく総理のデスクに両手を突いて、前のめりになって総理を睨《にら》み付けた。

「では、辞任なさらないんですね」

「当たり前だ。俺は忙しいんだ。敵前逃亡したいのなら、すればいい。三人とも辞表を置いて出て行ってくれ」

大熊が胸ポケットから封筒を取り出して、デスクに叩き付けると振り向いた。

「諸君、愚かな総理をお諫《いさ》めしたが、どうやら聞き入れてくれなかった。痛恨の極みだが、私は今、総理に辞表をお渡しした。諸君が証人だ」

大熊はそう言い放つと、周防たちを押しのけて、部屋を出て行った。

「さあ、お二人さんは、どうするんだ。あんな愚か者に唆《そそのか》されて、本当に重職を放り出すつもりか」

経産大臣と環境大臣は、体が硬直したかのように総理の前から動かない。

「私の首を取って英雄になれると思っているのなら、お門違いだ。君らは、保守党の総裁に弓を引いているのだ。矢を放てば、君らの将来はないぞ。このまま黙って帰るなら、今日の一件は不問に付す」

「いえ、総理、私達は選挙民を守る義務があります。あなたの政策では、我が選挙民の期待を裏切るだけでなく、その生活の基盤まで奪ってしまう。なんとか再来年度の歳出半減については、お考え直し戴きたい」

「黙らっしゃい！」

江島の雷に肩をびくつかせながらも、経産大臣は辞表をデスクに置いた。すぐに環境大臣が続いた。

総務大臣に続き、この数日で重要閣僚が四人も辞任するという事態は、江島内閣の事実上の崩壊を意味した。

なぜ、この重大な時期に、こんな信じられないことが起きるのか。

怒りを通り越して、周防は恐怖に襲われた。

6

財務大臣を含む主要閣僚四人の突然の辞任は、政権を大きく揺るがした。急遽《きゅうきょ》、保守党幹部会が開かれ、江島総裁続投の可否が議論された。

江島は、「命がけの改革をここでやめるわけにはいかない。諸君が、日本国の危急存亡の秋に船を下りるのは勝手だが、今こそ、国会議員としての矜持《きょうじ》を示して欲しい。国民が嫌がることでも、若い世代に希望を残せる社会をもたらすなら、断固たる決意で前に進むべきだ」と熱弁をふるったという。

大熊前財相と梶野前首相が所属する二派閥は江島総理辞任を迫ったが、賛成多数で、党は引き続き江島総理を支えることとなった。そして江島が総務相に続いて財相の兼務も決まった。

また、経産相には江島支持の幹事長一派から抜擢《ばってき》し、環境相には副大臣が昇格した。

周防と中小路は、保守党幹部会を終えた江島に呼び出された。総理執務室に行ってみると、小寺官房長官の他に苫野と松下の姿もあった。

「綾部望美さんと、テレビで対談しようと考えているんだが」

二人が席に着くなり、総理が尋ねてきた。

あまりにも無謀な話で、周防は言葉に詰まった。気持ちは分かるが、そんなことをしたら墓穴を掘りかねない。そもそも国民的人気を博すとは言っても、所詮《しょせん》は政治には素人《しろうと》の一女優の投書に、総理大臣が反応すべきではないだろう。

「我々は今日の二人を見捨てるつもりはない。同時に五年後の五〇〇万人を守る義務がある。それを綾部さんに忌憚《きたん》なく話して、理解してもらおうと思うんだ」

綾部は歳出半減だけではなく江島政権の施政を非難もしている。反原発運動を執拗《しつよう》に続けているし、沖縄の基地問題でも政府の政策に反対している。また、野党民政党の関係者と親密で、いずれ民政党から国政選挙に出るのではないかという憶測まである。彼女が、江島とテレビで対談した程度で、歳出半減の真意を理解するとは到底思えなかった。

「テレビは収録ですか。それとも、生放送ですか」

中小路が、やけに具体的な質問をした。周防ほど懸念《けねん》していないのだろうか。

「収録でやると、アンフェアだと考えられるだろうな。いくらでも編集ができるからね。ここは正々堂々と生放送でやりたい」

「かなりリスキーですが」

リスキーじゃなくて、あり得ない話だろ、中小路！

「でも、やる価値があると思わないかね」

「我々が、意見を申し上げる筋ではないと思いますが、失礼ながら、相手は名女優と言われた方です。侮《あなど》ってはならないと思います。また、長年社会的弱者の救済に尽力され、政府と保守党批判を続けてきた方です。手強《てごわ》いですよ」

「中小路君、心配してくれてありがとう。だが、私だって、この国の財政再建に命を懸けてきたし、保守党一の頑固者だ。ファンとしての弱みはあるが、負けるつもりはないよ」

「小寺さん、あの、もしかして既に、お二人の対談は決定事項なのではありませんか。であれば、私達が意見を差し挟む必要はないと思いますが」

「私は強く反対している。苫野さんは、賛成か反対かと言えば中立かな。松下さんが、君ら二人からも意見を聞こうとおっしゃったんだ。遠慮なく述べたまえ」

小寺は窶《やつ》れて見える。政局の対応に疲労困憊《こんぱい》しているのだろう。彼の立場からしたら、総理にはこれ以上与野党から反発される行動を取って欲しくないというのがホンネだろう。

「この数日、綾部現象をウォッチしていました。私には、あの投書があんなに話題になるのが不思議で仕方ないんです。我がチーム内のスタッフに頼んでSNSを使ったアンケート調査も行いました。一般には、ノゾミストと呼ばれる中高年世代のファンが例の投書を支持しているように言われていますが、少なくともSNSなどで盛り上がっている世代はもっと広範囲です。しかも、男性ではなく女性の比率が高く、大都市で小さな子どもを抱える母親と、三〇代以上の独身女性が強く綾部さんの意見に共感しています」

中小路は自身のノートパソコンを開いて、総理に見せた。全員が総理の肩ごしに集計結果を覗《のぞ》き込んだ。中小路が続けた。

「先ほど、宮城准教授《せんせい》からは、オペレーションZの成否を握るのは、大都市で暮らす四〇代以下の国民だというご指摘を戴きました。それがまさにあの投書に共感している層と重なるんです」

「では、私は是非とも綾部さんと会って、彼女の主張に反論した方が得策なんだね？」

江島の問いに、中小路は大きく頷いた。

「都市生活者の不安は、全《すべ》てをお金で解決するというライフスタイルから来ています。ですから、さらに豊かで安心した生活を送るためには、自らも率先して参加する互助の思想を基盤にしたコミュニティづくりをすべきだという訴えが重要になります。この構想の実現に綾部さんの協力が仰げたら、オペレーションZは現実味を帯びてくるんじゃないでしょうか」

「つまり、もはや国にはお金がないから、国民は各自で助け合ってどうにかしろ、っていうのかね？　虫が良すぎないか」

現実主義で合理主義者でもある小寺の口調は厳しかった。

「でも、互いを思いやる社会だという理想主義が、綾部さんはお好きなのです。そこを突いたらどうでしょう。綾部さんを取り込めたら、青臭い理想論が武器になる」

「綾部さんが、それは無責任な問題のすり替えだと撥《は》ねのけたらどうする？」

「小寺君、その時は私がとことん説得するよ。いや、説得じゃないな、共感してもらうまで話す」

江島がそう言えば、小寺は黙るしかなかった。

「篤志は、どう思うんだ」

「官房長官の懸念されている点の対策は必要かと思います。政府は、現在も未来も国民の誰一人切り捨てないという根拠を示すべきです。それに、地域の助け合いコミュニティを設立するといっても、それを住民に丸投げするわけにはいきません。コミュニティと地方自治体、国を含めたガイドラインを構築した上で、対談に臨むべきだと思います」

「そんな悠長なことをしてたら、年が明けてしまうわよ」

中小路の言うとおりなのだが、やはり裏付けは欲しい。

「篤志、残念だが、もう時間がないんだ。明日の衆議院本会議で、不信任案が緊急動議されたら、ただちに可決されるだろう。ならば解散総選挙の前に対談を実現したい。君たち二人で手配してくれるか」

7

飛行機が羽田に着陸するなり、盛田は暁光新聞政治部長の橋上宛《あて》にメールを送信した。

江島がロシア大統領に送った親書の内容を、盛田は知らない。また、ロシア大統領の返信の内容も想像だにできない。しかし、そんな言い訳を橋上は許さないだろう。なので、想像で適当に書いた。

ロシア大統領は、江島総理を交渉の相手役として高く評価しており、歳出半減策が決まるまで後方支援する――というような内容だ。

入国手続きを終えたところで、橋上から返信が来た。

〝日ロ平和条約や北方領土問題については、言及していないのか〟

そんなもの知るか。

〝書かれておりません。あくまでも、重大な国内問題処理解決後、すみやかに懸案事項を解決する、とだけです〟

たとえ知っていても、教えるつもりはない。そうでなくても、匿名で出した投書の送り主を特定した上で、特ダネにしてしまうような奴らなんぞ、信用できない。

到着ロビーに迎えが来ていた。重要なロシア大統領の親書を持参しているのだ、当然の対応だった。だが、財務省の頼りなさそうな部下一人というのが情けない。

「長旅、お疲れ様です。飛行機は快適でしたか」

君は旅行代理店の社員ですか、という皮肉を込めて一睨みした。部下がアタッシェケースを受け取ろうと手を伸ばした。

「これは重要書類が入っているんです。君ごときが手を触れていいものではありませんよ」

「失礼しました。車が待っておりますので」

キャリーバッグだけを盛田から受け取って、先導した。

正面に駐車している公用車に乗り込むと、すぐに盛田は投書問題について尋ねた。

「投書問題？　何の話ですか？」

「例の女優の投書に賛意を表した愚かな財務官僚のことだよ」

今頃は投稿者捜しで省内は大騒ぎしているはずだ。

「ああ、あれですか。総理と次官が一切お構いなしとおっしゃったので、終息しました」

一切、お構いなしだって……。

「それは、また寛大な。でも、密《ひそ》かに犯人捜しは続けているんだろう」

「今や、それどころではありません」

「というと？」

「大熊大臣が、辞任されたのをご存じではないんですか」

なんだって！

「私は一二時間以上、機上にいたんです。知るはずがないでしょう」

「なるほど、そうですね。総理の歳出半減策に異を唱えて、大熊大臣をはじめ、経産と環境大臣も辞任されました」

この非常時に、なんと愚かなことを。

もう少し器の大きな男だと思っていたが、所詮大熊は、お坊ちゃん育ちに過ぎなかったのか。

江島の歳出半減策は、確かに無茶が過ぎる珍案だ。だが、それを支えて結果を出すのが財務大臣の仕事ではないか。無論、もっと早い段階で総理を諌め、政策を阻止するために辞めるなら筋も通る。だが、あの男は、次期総理をちらつかされて、江島になびいてしまったのだ。この期に及んで反旗を翻《ひるがえ》したら、無責任な卑怯者と呼ばれるのに……。

そこでまた、橋上からメールが来た。

〝総理が、露大統領に確約した懸案とは、ロシアからの天然ガスを輸入するという意味だな〟

〝内容については、一切触れていません。勝手な憶測をされませんように〟

盛田が、携帯電話でメールをやりとりしているのを、部下が興味深げに見ている。

「何を見てるんです？」

「いえ、盛田さんは、携帯電話でメールなどされない方だと思っていたので、びっくりしちゃいまして」

失礼な男だ。思ったことを全て口にするような奴は、霞が関には不要だ。次の人事で、地方に飛ばすように秘書課長に進言せねば。

「あ、じゃあ、明日の衆院本会議のことも、もしかしてご存じないかもですね。どうやら内閣不信任案が緊急動議されて可決する見込みです」

「何をバカな。保守党は安定多数を確保しているんですよ」

「与党の一部も不信任案に賛成するという噂《うわさ》が広がっています」

保守党分裂の危機か。かといって、民政党なんぞに政権を渡したら、この国は本当に潰《つぶ》れてしまう。

「総理としては、ご決断の時だね」

「じゃあ、盛田さんは、江島総理が辞任されるべきだと」

もしかして本当のバカなのか、この男は。確か東大法学部を優秀な成績で卒業し、入省一〇年になると聞いているが、こんなに軽くてどうする。

「辞任しないと、保守党が分裂する危機にあるのでは？　ならば、政治の安定のためには、総理が責任を取られるのが筋でしょう」

「ですよねえ。でも、江島総理は、死んでも辞めないと我を張られているそうです」

なんと。

盛田は呆《あき》れ返ってしまった。ここで我を通してどうする。偉そうなことを言っても、所詮は江島も権力に固執する器の小さい男に過ぎなかったか……。

「既に、解散総選挙は間違いないと言われています。選挙になったら、保守党は惨敗するのでは？」

そうだろうな。長年の政府と政治家の怠慢のツケを、国民に一気に払わせようなどという暴挙を、有権者が許すはずもない。

「それは、我々が考えることではありません」

「しかし、盛田さんは、歳入増プロジェクトの事務局長をなさっているじゃないですか。それはどうされるのですか」

それについてはパリ行きの前にお役ご免になっているが、こんな奴に言う必要もあるまい。

「そちらはそちらで粛々と進めればいいのです」

いずれにしても官僚は、政局に左右されてはならない。そんな「いろはのい」すらこの愚か者は学んでこなかったのか。

また、橋上からメールが来た。

〝盛田、あんまり高飛車な態度は控えた方が良いぞ。俺たちは、いつでも綾部投書を絶賛した財務省幹部の名前を公表できるんだ。総理とロシア大統領の間の密約の内容を探ってくれ。期限は三日だ〟

勝手に脅していれば良い。

もはや、そんな問題は、誰も気にしない。

総理への逆風や選挙間近の嵐《あらし》が吹き荒れれば、些細《ささい》な問題などすべて吹き飛んでくれる。

公用車は渋滞に捕まっている。

時差ぼけのせいか、強烈な睡魔に襲われ、盛田はそのまま眠りに落ちた。

8

桃地実と総理の会食は、首相官邸の食堂で行われた。しかも、堂々とメディアにも発表した。

どうせ洩《も》れるなら、隠さず正面突破せよという総理命令が飛び、桃地に連絡したら「いつでもお会いする」という回答がきた。

荻窪《おぎくぼ》の邸宅まで桃地を迎えに行った周防は、車中で桃地の腹づもりを探った。

「そんなものはないよ。この桃地、全身全霊でご助言申し上げるさ」

桃地の気合いの入り方も凄《すご》かった。黒の羽織袴《はかま》に身を包んだ格好は、まるで将軍にお目通りがかなった旗本のようだ。

あれこれ禁忌事項を並べようかと思ったのだが、逆効果だと判断して、黙って助手席に座った。

「今日の機会が実現したのは、君が建白書を渡してくれたからなのか」

「申し訳ありません。それはまだ……」

「なあ周防君、君らは江島が訴えている歳出半減策が、国民に理解され、我がことであると実感してもらえていると思うかね」

「残念ながら、浸透しているとは、とても言えません」

「なるほど、そういう自覚はあるんだな。なぜだか分かるか」

「国民の多くが政治に無関心だからでは？」

鼻で笑われた。

「自分の生活に精一杯だからだ。それとな、いくら数字を並べて危機を煽《あお》っても無駄だよ。当事者意識ってのは、身体《からだ》でそれが実感できないと生まれない」

まったく同感、いや痛感している。

「私は、二三歳で作家デビューしてから六四年間も、社会に警鐘を鳴らすために、ない知恵を絞って小説を書いてきた。しかし、全ての警鐘は無視されたよ」

桃地が自虐的《じぎゃくてき》に笑った。

「読者の想像力が足りないんですね」

「そう吐き捨てられたらいいんだがね。それは、桃地実という作家の才能のなさだ。しかしな、私はそれでも書き続けた。恫喝《どうかつ》と怒りを小説にぶつけ、平和ボケのバカどもに目覚めよと叫び続けた」

「先生の情熱を、私は常に感動して読んでいました」

「だが、小説を読んで何か行動したことがあるかね？」

返事が出来なかった。

「ないだろ。君のように大ファンで、頭も良く行動力のある男ですら、それだ。だから、私の警鐘は、言ってみればドン・キホーテと同じだ」

「先生、それは違います！」

「違わないよ。大事なのは、それでも私は風車に向かって闘いを挑み続けることなんだ」

なんだか胸が熱くなってきた。

「『デフォルトピア』では、平和ボケの奴らが惰眠を貪《むさぼ》っている間に、ニッポンはどん底に堕《お》ちると警鐘を鳴らしている。さらには、いくら国を良くしようと頑張っても、様々な業《ごう》を抱えている人間の弱さが邪魔をするから心してかかれと警告もした。もう、いい加減、バカはやめた方がいいんだ。誰かがそれを言わなきゃならないのなら、私は命ある限り叫び続けようと思っている」

「そのメッセージにお応《こた》え出来るように粉骨砕身……」

「いいんだ、周防君。そんな約束をしてくれなくていい。私は、今日、こうしてデフォルトピアになるかも知れない日本を救える最高責任者と会えるんだ。それでいいんだよ。そして、君のような若者に出会えた。日本もまだまだ棄《す》てたもんじゃねえぞ。そう思えた。ありがとう。握手しよう」

第10章

国民の心の叫びを真摯《しんし》に聞いてこそ、内閣総理大臣じゃないか

1

午後九時四〇分——周防は約束よりも二〇分早く、赤坂・日枝《ひえ》神社の山王鳥居を潜《くぐ》った。午後一〇時に、神門の手前にある手水舎《ちょうずや》で、児玉記者と待ち合わせをしていた。夜になって冷え込んできたが官邸から早足で来たので、うっすら汗ばんでいる。ここから山王男坂という名のついた五三段の石段を上がらなければならない。ゆっくりしたペースだったが、周防はすぐに息切れして、膝《ひざ》に手を当てて喘《あえ》いでしまった。ダメだ、完全に体力が落ちてしまっている。このところ水泳もしていないのが祟《たた》っている。

女優の綾部望美は、江島総理との生放送での対談をあっさりと受けてくれた。但《ただ》し、条件が提示された。

——私の投書に感動して、投稿された財務省の方にお会いしたい。

お安いご用と言いたいところだが、財務省内では、その人物を特定せずに放置している。なのに周防は「明日の朝までには、割り出します」と約束してしまった。解決策はただ一つ。掲載元である暁光新聞の記者に尋ねる――。乗り気にはなれないが、それしかなかった。

周防は、独断で、児玉にメールした。

〝綾部望美さんの投書に感動して投稿した弊省の人物の名を教えてもらえませんか。もちろん、ご希望の情報と交換で結構です〟

三分後には返信が来た。

〝なぜ、知りたい？〟

〝それが、そちらが知りたい情報ですか〟と返すと、〝ロシア大統領への総理の親書の内容と、大統領からの返信の内容が知りたい〟ときた。

無茶な要望だったが、周防は了解した。すると直接会いたいと言って時間と場所が指定された。

何度も休みながら五三段を上りきり、神門の前に到着した。本殿に続く神門は閉ざされていたが、待ち合わせ場所の手水舎は、四本の太い柱に支えられた屋根の電灯で照らされている。昼間は大勢の参拝客で賑《にぎ》わう場所だが、さすがにこの時間ともなると深閑としていた。

児玉は、まだ来ていない。

江戸三大祭の一つ、山王祭で知られる日枝神社は、大山咋神《おおやまくいのかみ》を主祭神としている。大山咋神は、大きな山に杭《くい》を打つ神、すなわち大きな山を所有する神だ。政治の中心地である永田町にほど近い場所にあるため、政治家にとってはありがたいパワースポットだった。

昼間に来ても神秘的な印象を抱くことはないが、真っ暗な中に佇《たたず》んでいると、神の力を感じる気がした。

今は八百万《やおよろず》の神の力にも縋《すが》りたい周防は、手水に近づき、柄杓《ひしゃく》を取って手と口をすすいだ。

落ち着いたと思った時、階段を上ってくる足音が聞こえた。会う前に、児玉が一人で来ているのかどうかを確認したかった周防は、手水舎の陰に隠れた。

石段がきつかったのか、児玉も喘いでいる。手にしていたスマートフォンに触れたらしく、児玉の手元が明るくなった。

周囲の様子だと、連れはなさそうだ。

「お疲れ様です」

「誰だ！」

慌《あわ》ててスマートフォンのライトを周防に向けてかざしてきた。

「なんだ、君か。脅かすなよ！」

「失礼しました。ご無理を聞いてもらってありがとうございます」

「礼を言うのはまだ早いだろ。まずは、そちらのネタを教えてもらおうか」

総理がロシア大統領に送った親書の内容のことか。実のところ周防は、総理の親書の内容を知らない。だから、適当にでっち上げるつもりだった。

「オペレーションZが終わるまでは、買い集めた日本国債を手放さないで欲しい。歳出半減策が成功したあかつきには、ロシアが求めているサハリンの天然ガス輸入について、ご期待に沿えるように努力する、と」

「そんな空約束で、あの豪腕大統領が納得するはずがないだろ。おい、周防、適当なことを言うと、おまえは手ぶらで帰ることになるぞ」

やはり、ダメか。

差し障《さわ》りのない程度にしたかったのだが、それでは納得してくれないか……。

「天然ガス輸入については、実現させると」

言い放った瞬間から、体が震えだした。自分は今、本気のマスコミ相手に勝手なつくり話を口にしてしまった。

「間違いないんだな！」

「ええ。児玉さん、僕が財政健全化担当特別補佐官の苫野さんの秘書官になったのはご存じでしょ」

「ああ。それがどうした」

「大統領への親書の叩《たた》き台は苫野さんが書いたんです。無論、僕も手伝いました。だから、間違いありません。尤《もっと》も、僕を信じるかどうかは、そちらの自由ですがね」

児玉が探るようにこちらをじっと見ている。だが、この暗がりでは細かい表情までは読み取れないだろう。夜の神社を指定してくれた児玉に感謝だ。

「俺たちが得た情報では、そこまでの確約はなかった。だが、ロシア大統領がその程度で納得するわけがないと、上司は断言している。今の内容は、上司が推察していたのと同じものだ」

「上司って、誰ですか」

「政治部長に決まってるだろう。それで、ロシア大統領からの親書には何と」

「その前に、ウチの投稿者が誰か教えてください」

「おまえの方が先だよ、周防。俺はここで帰っても困らない。だが、おまえは困るんだろ」

「足下を見るんですか。僕を信用してくださいよ。僕が今までウソをついたことがないのはあなたもご存じのはずだ」

児玉が、ワイシャツの胸ポケットから二つ折りにした紙を取り出した。

「ここに、その人物であると特定した証拠のコピーがある。おまえがロシア大統領の親書の内容を洗いざらい話したら、これをやる」

やれやれ、厄介だな。

「ロシア大統領は、一週間以内に、総理がサハリンの天然ガス田からの輸入を表明しろと言ってきたそうです。さもないと国債を売り浴びせる」

「本当か！」

そこまでは想定していなかったようだ。児玉が興奮している。

「だから、総理は必死なんです」

児玉が腕組みをして考え込んでいる。

その隙《すき》に、児玉の指の間から紙切れを奪った。

児玉は咎《とが》めず、どこかに電話をかけた。

震える手でメモを開いたが、暗くて判読できなかった。明かりを求めて周防は手水舎の屋根の下に行った。メモには信じられない名が記されていた。

盛田正義——。

2

パリでの大活躍で精根尽き果てた盛田は、帰宅するとすぐに就寝した。その上、翌朝は寝坊した。取る物もとりあえず車に乗り込んでようやく、携帯電話に何本もメール受信があるのに気づいた。

午前一時から数回ほど、橋上が送信していた。

〝財務省に、おまえの投書がバレたぞ。気をつけろ〟と繰り返されている。

携帯を床に落としてしまった。運転手がルームミラーでこちらを見ていたが無視した。とりあえず、〝財務省とは、誰を指すのですか〟と返しておいた。

なぜ、バレたのだ。省内での調査は行わないとウチの出来の悪い部下は言っていたじゃないか。

迂闊《うかつ》だった。何事にも適当で要領を得ない男の情報を鵜呑《うの》みにして安堵《あんど》した自分がバカだったのだ。

その時、携帯電話が着信して、盛田はさらに肝を潰《つぶ》した。ディスプレイには友坂とある。広報室長だった。

既にそこまで情報が上がっているのか。

電話に出たくなかった。早く切れてくれと念じても、電話はずっと鳴り続けている。

「旦那《だんな》様、大丈夫ですか」

運転手が声をかけてきた。

「大丈夫だ、気にしなくていい」

着信音が止《や》むと、入れ替わりでメールが来た。橋上だった。

〝複数の政治部の記者が、あんたが投稿者なのかと当てに来た。それより、今朝の朝刊についてどう思う?〟

朝刊だと。もう私の件が、記事になっているのか。

寝坊したために、今朝は新聞もチェックしていない。車内に持ち込んでいた東西新聞には「解散総選挙確実か」という大見出しが躍っていた。それを脇《わき》にどけて暁光新聞を手にして、再び凍り付いた。

「なんだ、これは」

ロシア大統領恫喝外交
国債大量保有で、天然ガス輸入迫る

一面トップの記事だった。リードには江島総理とロシア大統領との間で極秘にやりとりした親書に、そう書かれていたとある。あまりのことに、盛田はそこから先が読めなくなってしまった。

誰がこんなでたらめを。

また、電話が鳴った。橋上だった。

「記事を読んだか」

「どこからの情報ですか」

「モスクワ支局からだよ。おまえ、俺にでたらめを吹き込んだな」

「何をバカな。でたらめは、そっちの方です。いいですか橋上さん、こんな記事を載せるなんて国賊行為ですよ。ロシア大統領は総理の歳出半減を強く支援した上で、成功を祈っていると伝えて欲しいとおっしゃったんです」

「適当なことを言うな。おまえがロシアの密使と会ったのは、パリだろ。それともロシア大統領がお忍びでパリに来ておまえを引見したとでも言う気か」

引見という言葉を聞いて侮辱されたと思った。だから、電話を切ってしまった。

ダメだ。財務省の誰が投稿者の名を知っているのかを聞かねば。

悔しかったが橋上に折り返した。

「そちらの記者に接触した弊省職員の名前を教えてください」

「かまわんよ。だが、その代わり、この情報についての総理のホンネを教えてくれ」

そんなことができるわけがない。

「それが分かれば、名前をお教えしよう」

今度は向こうが一方的に切った。

一体、どうすればいい。

再び、携帯電話が鳴った。

広報室長だ。怯《おび》えている場合ではない。今必要なのは、情報収集だ。

「あっ、早朝からすみません。盛田さん、暁光新聞を読まれましたか」

「言語道断の大誤報です」

「根拠は？」

なんだと、この男、誰に口をきいている。

「総理の親書を預かり、ロシア密使に会って手渡したのが、私だと知っているんでしょう」

「では、そう突っぱねていいんですか」

そんな責任は取りたくない。

「友坂君、そもそも総理の親書の話は、官邸が答えるべきでは？」

「そうですが、北岡《きたおか》さんから、盛田さんに確認するようにとの要請がきたんです」

北岡は、盛田の後を継いだ総理秘書官だ。なぜ直接私に聞かないんだ。

「北岡君に、私に電話するように言いたまえ。いずれにしても君、この話は財務省マターではないと、突っぱねるんだ」

どいつもこいつも、なぜそれぞれの立場をしっかりと理解できないのだ。

何もかもが腹立たしかった。


いつものように内幸町《うちさいわいちょう》の交差点で車を降りた盛田は、財務省に向かいながら、周防の携帯電話を呼び出した。こういう時は、この男が一番役に立つ。

相変わらず、朝から元気溌剌《はつらつ》な声がした。

「例の投書問題について、省内で投稿者を特定しようという動きがあるそうですが、何か情報がありますか」

珍しく周防が口ごもっている。

「どうかしましたか」

「その件については、私からは何も申し上げられませんが、登庁されればご理解戴《いただ》けるのではと思います」

つまり、おまえが投稿者捜しをしていたわけか！

「意味が分かりませんね。何か情報があるのだが、自分の口からは言えないという意味ですか」

「今、どちらですか」

「もうすぐ到着します」

「では、お迎えにあがります」

「その前に、質問に答えたまえ。君は、何を知っているんですか」

「盛田さんが、ご存じのことです」

慌てて電話を切った。

なんてことだ。今日はもう登庁をやめたくなった。そう思った時に、出迎えに来た周防が声を掛けてきた。

「盛田さん、電話では意味深な言い回しをしてしまい申し訳ありませんでした。ちょっとお話しできない状況にあったので」

申し訳なさそうな顔はしているが、腹の底で私を軽蔑《けいべつ》しているに違いない。

「それで、何が起きているんですか」

「盛田さんが投稿者であることは、事務次官以下皆さんがご存じです」

なんと……。

「あなたが、告げ口したんですか」

「告げ口ではありませんが、投稿者を探し特定する必要が生じ、報告したのは私です」

「あなたが、上司を売って得点稼ぎをするような輩《やから》とは思っていませんでした」

盛田が周防を睨《にら》み付けると、負けないくらいの険しい眼差《まなざ》しが返ってきた。

「得点稼ぎではありません。それに、調査したのには理由があります。それを高倉さんも交えてご説明致します」

事務次官の前で申し開きをさせられるのか。

周防が先導するように省内に入った。

暖房が効き過ぎているわけでもないのに、事務次官室の前に立った時には汗だくになっていた。

事務次官室には、高倉と丸山の二人が待っていた。

「おはよう、朝っぱらから呼び出して済まないね」

高倉は相変わらず礼儀正しい。だが、内心は財務省の面汚《つら》しだと思っているに違いない。一方の丸山は露骨に嫌悪感《けんおかん》を表している。

ここは毅然《きぜん》と立ち向かうしかなかった。

「既に周防君から話があったかと思うが、例の綾部望美さんの投書に賛同した投稿をしたのは、君かね？」

「間違いございません」

「潔《いさぎよ》くて、結構。いや、弁解は聞きたくない。また、君を叱《しか》るために呼んだわけでもない」

なんだって。

「綾部さんが、君に会いたいそうだ」

「綾部さんと、おっしゃいますと」

「おいおい盛田君、しっかりしろ。女優の綾部望美さんだよ」

なんと……。

これは、新手のいじめか。

「なぜ、私が綾部さんとお会いするのでしょうか」

「周防、説明しろ！」

苛立《いらだ》ちを隠さない丸山が怒鳴った。

「三日後に、総理が綾部さんと対談されることになりました。それは、ＮＨＫを通じて全国に生放送されます」

なぜ、総理が綾部さんと対談するのかも分からなかった。まるで浦島太郎だ。パリから帰る間に何があったんだ？

「総理が、綾部さんに直接お会いして、綾部さんがご指摘されている五年後の五〇〇万人より今日の二人を救って欲しいという意見について答えたいとおっしゃいました。それで、綾部さんに打診したところ、私の投書に賛同してくれた財務官僚の方と会わせて戴けるならという条件付きで、了解してくださいました」

つまり、私は綾部さんに救われたのか。

「盛田君、そんな嬉《うれ》しそうな顔をしないでくれないか。私には、嬉しい話ではない」

そうだった。盛田は、小声で高倉に詫《わ》びた。

「まっ、そういうわけだ。今から周防君と一緒に江島総理に会ってきてくれたまえ」

話は以上だと告げるように、高倉が背を向けた。

3

「周防君、総理にお会いする前に一〇分だけいいだろうか」

まだ、頭と気持ちの整理がつかないまま、盛田は周防を自室に連れ込んだ。

「どうやって私が投稿者だと確認したんですか」

「申し上げられません」

「暁光新聞の誰かに相談したのは分かっています。おそらくは児玉あたりですか」

周防はまったく表情を変えない。

「盛田さん、それはどうでもいいことではありませんか。総理がお待ちです」

「ロシア大統領が、天然ガス輸出を強要しているようなデマを流したのは、君だね」

「何の話ですか」

盛田はデスクの上に並ぶ新聞から暁光新聞を取り、周防に示した。

「こんなデタラメを書かせて恥ずかしくないのかね」

周防は逃げない。悪びれてもいない。どういう神経なのだ。

「私はまったく関与していません。そもそもこれはモスクワ特派員からの情報だと、私は聞いていますが」

橋上もそう言っていた。記事にもクレジットは入っている。だが、それは本当の情報提供者を守るためだ。盛田自身が橋上に守られているのだから、そのからくりは分かっている。

「この情報は、総理を追い詰めますよ」

「いえ、オペレーションZを推進する力になるかも知れません」

そういうことか……。この男は、そんな姑息《こそく》な手を使ったのか。

「メディアを弄《もてあそ》べば、とんでもないしっぺ返しを受けるぐらい君も承知しているだろう」

「私が情報漏洩《ろうえい》したわけではありません。前回も、私は濡《ぬ》れ衣《ぎぬ》を着せられました」

総理に命じられて結成された特命チームで歳出半減策が策定されているというスクープが暁光新聞に出た時、周防がリークしたとインターネットで暴露されたのだったな。

「何を古臭い話をしているんです。私が問題にしているのは、日ロ関係に重大な影響を及ぼす誤報を、あなたが出したことの責任です」

「いつでも辞める覚悟はできています。しかし、今は総理と綾部さんとの対談の方が重要なんです」

つまり、情報漏洩を認めるのか。呆《あき》れた男だ。

「いつからそんな傲慢《ごうまん》な男に成り下がったんだね」

「傲慢ではありません。必死なだけです」

「財務官僚に必死などという言葉も行動もあり得ません。常に大所高所から事象を吟味した上で、沈着冷静に判断し行動する。それが財務官僚だと何度も教えたはずですが」

「そんなものは、くそ食らえです。盛田さんには、我が省は今や戦争状態にあるというご自覚がないのでしょうか。このままだと解散総選挙になります。歳出半減策には一秒の無駄も許せないのにですよ。総理も必死で、政策実現に突き進もうとされている。だから、綾部さんとの生放送にも臨まれるんです。おかげで、あなたは命拾いしたんです。なので、どうぞ恩返しなさってください」

殺意が湧《わ》いた。いつか、この男を必ず我が省から追い出してやる。

三日連続で、与野党間での調整がつかず、本会議は開かれなかった。おかげで江島内閣はさらに一日延命できたのだが、かえってそれが国民の怒りを爆発させた。

その集会は、前触れなしに突然起きたように見えた。いや、湧いてきたと言った方が適切かも知れない。

大学生や主婦、さらにはスーツ姿のビジネスマンから、作業服の男たちまで二〇〇〇人以上が、官邸を取り囲んだ。

官邸への出入のためと、総理をはじめとするVIPの警護上の問題から、官邸前周辺は立ち入り禁止にしたが、結果的には、官邸前の交差点に人が溢《あふ》れてしまい、交通麻痺《まひ》を起こしていた。

そして、午後六時、第一声のスピーチが始まった。

「総理、江島総理にお願いします。国のためだと言って、僕らを切り捨てないでください。金持ちは守るのに、僕らから安心も希望も奪って、僕らは明日からどうやって生きていけばいいのでしょうか」

4

男子学生が、マイクに向かって語ると、周囲から「そうだ!」「ＯＺ絶対反対!」「僕らから命と生活を奪うな!」というシュプレヒコールが続いた。

すぐに機動隊が派遣されてきたが、群衆を排除できなかった。

「国民の心の叫びを真摯《しんし》に聞いてこそ、内閣総理大臣じゃないか」

江島総理がそう言って排除を認めなかったからだ。

そして、デモが始まってから一時間後、総理が動いた。

「彼らと話をしたい」と言って執務室を出た総理は、一人でさっさと、エレベーターで三階に降りていった。慌てて小寺官房長官をはじめ秘書官四人が後を追った。偶然、総理執務室に近い部屋でミーティングしていた周防や土岐も総理に続いた。

正面玄関フロアで、全員で止めに入ったが、江島が彼らを振り払った。

「逃げるわけにはいかないんだ。皆、私を行かせてくれ」

「危険すぎます」

「構わない。もし、私があそこで命を落としたら、その時は、小寺、君が遺志を嗣《つ》いでくれ」

悲壮感を滲《にじ》ませる小寺の肩を強く握りしめた後、総理は屋外に出た。ＳＰ一〇人が、総理を囲み、小寺と周防が、総理のそばに寄り添った。

「総理、私がまず彼らと交渉してきます」

周防が叫んで駆け出した。

正門前で厳重警備をする機動隊の隊長を捕まえて事情を説明し、周防はハンドマイクを手にした。

「皆さん、皆さん聞いてください。私は、オペレーションZを担当している財務省の周防篤志と申します。皆さん、どうか少し私の話を聞いてください」

同じ言葉を数回繰り返した時、ようやくデモの主催者が気づき、スピーカーを黙らせた。

「ありがとう。えっと、責任者は？」

「私です」

女性だった。長身でがっしりした体格をしている。周防はもう一度名乗り、あらためて挨拶《あいさつ》した。

「国際基督《キリスト》教大学三年の日下《くさか》あゆみです。どういうご用件でしょう」

「総理が、あなた方とお話をされたいとおっしゃっています」

「マジですか」

さすがに日下も怯《ひる》んでいる。

「ほら門の向こうにいらっしゃるのが見えるだろ」

「でも、それってヤバくないですか」

「ヤバいけど、君らを信じて、ここで話をしたいとおっしゃっている」

幹部で討議するから待って欲しいと言って、既に彼女の周囲に集まっていた数人と話し合いを始めた。

「財務省のクズがなんの用だ！」

「人の痛みが分からないエリートは、死んじまえ」

待っている間も、あちこちから罵詈《ばり》雑言《ぞうごん》が飛んでくる。本当にこんな統制の取れていない集団の中に、江島総理を案内して大丈夫だろうか。

「了解しました。対話に応じます。狭いけど、このステージの上で、私とこの運動の世話役を務めている弁護士で、活動家の犬束良《いぬづかりょう》先生と三人でお願いします」

なるほど、バックに犬束がいるのか。

イデオロギーを排して、弱者をサポートする様々な団体を運営する一方で、メディアにも頻繁に顔を見せている犬束は、なかなかの論客だった。

「総理に確認してきます」

「あの、この人の多さなんで、安全は保証できませんよ。どんな人が混ざっているのかも分からない」

「ステージの周囲にSPを待機させる。それで、いいよね」

日下は肩をすくめた。

周防は、総理の元に戻って日下との交渉を報告した。

「ノープロブレムだ」

「いや、総理。向こうが二人登壇するなら、私も」

小寺が強く主張した。

「君はここにいろ。あんな息子や孫のような連中相手に、総理と官房長官が二人がかりで対応したら笑われる。じゃあ、行くぞ」

正門を出ると、人の輪が江島に近づこうと押し寄せてくる。それを機動隊が必死で押し戻した。

「皆さん、どうかそのまま動かないで。江島総理が直々に私に話しに来られたんです。だから、冷静に協力してください」

日下の言葉で、参加者らの圧力が緩んだ。

「やあ、無理を言って申し訳ないね」

江島はまず、日下と握手し、続いて犬束の手も握った。

「犬束さんとは、何度かお会いしているな」

「三ヶ月前に、非正規雇用対策審議会で」

犬束は長身の体をかがめながら、白い歯を見せた。

穏やかに挨拶《あいさつ》し合うのを見て、周防もホッとした。

「早速いいかな」

総理がステージに立った。ステージと言っても、即席の簡易なものだ。三人も上がればいっぱいになる。

「みなさん、こんばんは。内閣総理大臣江島隆盛です。急なお願いを聞いていただきありがとう」

SPがステージを取り囲んだ。さらに、周辺に続々と記者やレポーター、カメラマンが集まってくる。

続いて日下と犬束も登壇した。

「おそらく、皆さんが集まったのは、私が非常識で野蛮な革命と銘打った歳出半減政策に抗議するためでしょう」

江島を取り囲んだ群衆から、一斉に「そうだ！」という声が上がる。

「OZと呼ばれるこの政策が、若者やひとり親世帯、さらにはお年寄りの生活を不安にするのではないか。だから、絶対反対を掲げておられるのだと思います。しかし、ここではっきりと申し上げます。私は、日本国民の誰一人、見捨てません」

「失礼ながら総理、私たちは政治家の言葉なんて、何ひとつ信じられません。自分たちの失政で長年積み上げた財政赤字を一気に解消なんて、出来るはずがないじゃないですか」

最初に反論したのは、日下だった。

「そうだね。我々政治家の体たらくで、財政赤字を積み上げたことをまず、心からお詫びします」

江島は頭を深く下げた。

周防は度肝を抜かれた。仮にも一国の総理が、こんなあっさりと失政を詫びて、国民の前で頭を下げるなんて、考えられない。

「謝るだけなら誰にでも出来ます。反省しているなら、行動するのが筋です。だから、私は歳出半減策の断行を決意致しました。日下さんは、積み上がった借金を一気に解消するなんて無理だとおっしゃった。その通りです」

そこで、江島は言葉を切って、群衆を見渡した。

「借金は既に一〇〇〇兆円以上あり、たとえ歳出を半減しても、できるのはせいぜい借金を増やさない程度です」

「そんな言い訳なんて、どうでもいいよ！」

その声に敏感に総理は反応した。

「どうでもよくない！　これは、私たちの問題だが、君らの問題でもあるんだ。いいかね。近い将来、日本の財政は必ず破綻《はたん》する。その時、この借金で我々の国が、いや、皆さんの生活が破綻するんだ。医療も介護も教育も、そして日常生活全《すべ》てに問題が起きる。そんなことは許さない！」

「江島総理、ご高説はよく分かります。僕も財政赤字問題は深刻だし、何とかして欲しいと思います。ただ、問題なのは、そこで最初に手をつけるのが、弱者の命綱を切ることだというのが許せないんです」

犬束が応酬した。

「違う。弱者を見捨てるわけではない。社会保障関係費を大幅に切っても、やっていけるだけの対応はする」

「そういう話じゃないんです。なぜ、政府が改革を声高に叫ぶ時、最初に犠牲者になるのが弱者なのかを問題にしているんですよ。税収が上がらないから、借金が嵩《かさ》むんですよね。だったら、金持ちからもっとカネを取ってくださいよ」

群集が吠《ほ》えるように犬束の意見に同意した。その声の大きさで暫《しば》し誰も発言できなくなった。

江島は我慢強く落ち着くのを待ってから口を開いた。

「おっしゃるとおり。そこで、ここで皆さんにお約束します。歳出半減策が実現できたら、同じ年度に、大手企業や富裕層に対して大増税をします。日本社会が平等だというのであれば、国民全てに収入相応のご負担をして戴くつもりです」

「嘘《うそ》をつけ！」

「ウソじゃない！　もし、それが果たせなければ、私はここで、皆さんの前で腹を切ります」

最悪の展開だった。

こんな空約束をしても、江島の思いは庶民には届かない。そのうえ、これまで様子を見守っていた財界と富裕層を敵に回してしまった。

「いいですか。ここに居る皆さんが、証人です。だから、どうか私たちの政策をまず理解してください。そして、カネが物を言う社会ではなく、皆が助け合って生きていくという日本社会の美徳を取り戻す運動に協力してください」

5

国会空転から四日目の午後、久しぶりに日が射《さ》す春めいた陽気となった。

盛田の心臓は激しく鼓動していた。廊下の先にある迎賓室に憧《あこが》れの女性《マドンナ》が自分と会うために待っている。

人生、これほど緊張したことがあっただろうか。ボリゾイとの密会ですら比較にならない。もしかして過去最高かも知れない。

咳払《せきばら》いをしてからノックすると、扉が少しだけ開いた。

「財務省参事官の盛田と申します」

声がかすれてしまった。

「お待ち申し上げておりました、どうぞ」と女性マネージャーに招き入れられると、ソファに腰かけていた女性が立ち上がった。綾部望美その人だった。

彼女が近づいてきて、両手で握手された。

「素晴らしい投書を戴けて感激しております。財務省にも、血の通った方がいらっしゃると安堵したんです」

「感激です。綾部さんは私にとって、永遠のマドンナでございます！」

そこから先、盛田はほぼ二人っきりで綾部と一五分話したはずなのだが、内容は何一つ覚えていなかった。

周防が現れ、綾部に総理との対談の準備が整ったと告げに来た時にようやく、盛田は我に返った。

「一緒にいかがですか」と綾部に誘われ、「恐縮です！」と言って盛田は二人に続いた。

江島総理と綾部との対談は、総理官邸二階の大ホールにセットを組んで行われる。

周防は雑談を続ける二人のやりとりに耳を澄ませながら廊下を進んだ。呆《あき》れるほど素直に舞い上がっている盛田が、綾部主演の映画について話しているようだ。

総理自ら、「綾部さんに歳出半減についてご理解を戴けるように、君からもしっかりと伝えて欲しい」と頭を下げられているのに、何だこの男は。

なぜ、盛田のような人物が財務省の幹部として順調に階段を上がれるのだろうか。

廊下の中央に敷かれた赤い絨毯《じゅうたん》を踏みしめて進む盛田の背中を見ながら、周防は苛ついていた。

祖父の代からずっと大蔵・財務省の高級官僚だったという職員はそれなりにいる。常に財務省を支える優秀な家柄の継承者もいるし、盛田のように単にその伝統にしがみつき、事なかれ主義の役人の代表のような行動規範しか持たない者もいる。

母子家庭で育った周防自身は、国からの様々な支援がなければ今の自分はなかったと思っている。その恩返しとして若い人たちが、家庭環境に恵まれなくても希望を持てる社会を維持するために、国家財政を支える仕事をしたいと財務省職員となった。

その志は今も変わらない。オペレーションZだって、次世代の生きる道筋を作るための大工事だと思うから、何が何でもこれを完遂せねばと燃えている。

しかし、そういう者は省内では少数派だった。

だから、周防は腹を括《くく》ったのだ。

人の良さとフットワークの軽さでキャリアの階段を登るという人生設計《ライフプラン》を捨てた。

そして、目的のためなら手段は選ばないと決めたのだ。

それが財務官僚としての矜持《きょうじ》じゃないか。

だが盛田は、そんなものは、蟷螂《とうろう》の斧《おの》ぐらいにしか思っていない。

そして、この男は財務官僚としての本分も忘れて、政府にとって迷惑千万な女優との会話に舞い上がっている。

そのお気楽ぶりが無性に許せなかった。

大ホール内では、既に総理が待っていた。総理なりの綾部に対する誠意だった。

「綾部さん、ようこそいらっしゃいました。江島です」

満面に笑みを浮かべて総理は女優に近づき、両手で握手した。

「はじめまして、綾部望美でございます。この度は、官邸にお招き戴きありがとうございます。官邸内をゆっくりご案内戴き楽しゅうございました」

二人が話す傍らで、テレビクルーが最終準備に入る。

メイクや服装、照明、音声など様々なチェックが行われている間も、江島は雑談を続けていた。

「綾部さんは、陶芸をなさっていると聞きました。私も五年ほど前から楽しんでおります」

「私は最近始めたばかりで。総理はどんなものをお作りになるの？」

「ぐい呑《の》みとか湯呑みの類《たぐ》いです。お恥かしい出来ですが、自分で作ったものには愛着が湧くものですなあ」

カメラリハーサルなども終えて、生放送のカウントダウンが始まった。

午後三時ちょうどにNHKのアナウンサーが特別番組の開始を告げ、そこから先は二人のフリートークとなる。

事前に想定問答集は用意したが、江島は「あまり堅苦しくやりたくないので、任せて欲しい」とレクチャーを断った。

そして定刻に、番組が始まった。

「綾部さん、今日はわざわざ官邸までお越し戴きありがとうございます。綾部さんとの対談をとても楽しみにしておりました」

「私の投書がきっかけなんですよね」

「いやあ、あれには参りました。五年後の五〇〇万人を救うより、今日の二人を救って欲しいという箇所が、特にこたえました。当たり前すぎて言う必要がないと省略した私のミスですが、大変な誤解を招いてしまったのが辛《つら》かったんですよ」

「どういうことかしら？」

「内閣総理大臣というのは、雑務ばかり多くてね。日本国民の命を守るのが最も重要な使命であり、そのためには一命を賭《と》して当たる。今日苦しんでいる方を救うという、一番重要な使命は毎日考えております。つまり当然だと思っていたからこそ、敢《あ》えて言及しなかったんです」

「でも、将来世代のために、今の人たち、特に生活弱者を切り捨てようという政策を進めてらっしゃるのではないかしら」

「それは、我々がオペレーションZと呼んでいる歳出半減策のことですな」

綾部がゆっくりと頷く。この女《ひと》は、相当の強者《つわもの》だ。

そこで総理は、リストラされた父親のいる家族の節約意識を例に挙げた。

「前提として申し上げたいのは、一般会計の社会保障関係費がゼロになっても、国民年金の支給額がゼロになったり、医療負担が一〇〇%になるわけではないんです。社会保障関係費というのは、年金の掛け金だけでは予定していた支給額がお支払いできないための補塡《ほてん》です。これが、年々膨らんでいる。医療費の方も同様です。両方とも補塡額は、約一一兆円に上ります」

野党や一部メディアは、歳出半減策が断行されたら、年金支給がゼロになり、医療費は全額負担になるなどというデマを飛ばしている。

綾部の普段の発言にも、そう解釈している節があった。

総理は、年金や医療負担についての内訳も分かりやすく図を用いて示した。

「でも、国からの補塡がなくなれば、生活ができなくなったり、お医者様に行けなくなる方が増えるのは間違いないのでは?」

「そうならない体制を作ります。生活が苦しいお年寄りに対しては、通常通りに年金を給付し、余裕のある方からは、支給額の何割かを国がお借りするような仕組みです。健保の方は、綾部さんが気にされていたひとり親世帯などで、保険料滞納で保険証を取り上げられるような事例を精査し、もっと積極的な生活支援をしてサポートする体制も取ります」

江島はそこで、従来の生活保護などの生活弱者への対応は、申告しない限り支給しない悪弊を止め、行政や地域のソーシャルワーカーが、積極介入する方針だとも告げた。

「そんなことをしたら、またお金が必要では？」

「歳出半減と言っても、全てを削減するわけではなく、項目によっては増額するものもあります。大切なのは、限られた予算だから有効に使おうという考えを徹底することです」

「なるほど、総理が色々とお考えなのは理解できました。私自身も色々誤解がありました。日本が身の丈に合った予算にすべきだというのも大賛成です。でも、削るべき場所を間違っていませんか」

「公務員の数を減らうし、給料を安くするとかでしたら、ご納得いただけるんでしょうか。あるいは、米軍基地の数を減らし、負担金を下げたりとか」

驚いた。できれば触れて欲しくない話を江島から切り出したからだ。

「ええ。まずはそういう方から削るべきですよ」

「これも私の説明不足です。ＯＺでは、全ての歳出を削ります。公務員の給与も一律一〇％ダウン、国会議員は二〇％ダウン、大臣は三〇％下げますよ。また、米軍基地の再編については、既に防衛大臣の下に諮問《しもん》機関を設置して、アメリカと交渉を始めています。ただね、綾部さん、これらはいくら削っても、額が少ないんです。さっき申し上げた身の丈に合った削減のためには、予算の五〇％を占める社会保障関係費と地方交付税交付金に手を付けるしかないんです」

そこで、江島がパネルを一枚見せた。歳出の内訳を示す円グラフが描かれている。

「歳出の四分の一は、国債償還費用です。つまり最初から使えるお金は四分の三しかない。公務員の人件費や防衛費を削っても、財政改善には繫《つな》がらないんですよ」

どうやら綾部はそれを知らなかったようだ。食い入るように見つめている。

「しかも、税収の不足分を埋めている国債の発行については、とにかく減らさなければならない。だとすると、削る対象はおのずと絞られてしまうんです」

「理屈は分かります、でも……」

綾部が口ごもった。総理はそれを黙って見ていた。綾部が、円グラフのパネルを指でなぞっている。

「こんな歪《いびつ》な歳出を、長年放置していたなんて、信じられない」

「一言もありません。私も政治家になって二五年以上経ちます。その間、こういう状況を建て直そうと奮闘してきましたが、実際は何の結果も出せませんでした。その責めは大いに受けるつもりです。しかし、それよりも今は、この歪な状態を改善するために、オペレーションZを実現したいんです」

「なぜ、三〇年以上もかかって積み上がってきた借金体質を、一年で変えようとするんですか。そんな劇的な変化は無理では？」

なかなか綾部は、江島のペースに入ってこない。ここからが正念場だ。

「今日は、正直に全てお話ししましょう。実は無理をしなければならない事態が起きています。その前に、もう一つ誤解を解きます。国家がデフォルトしたら、ＩＭＦが助けてくれるとおっしゃる方がいます。しかし、ＩＭＦの資金額は、八〇兆円弱しかありません。その程度の額では、日本を助けるなんて到底無理なんです。また、欧米も自分たちが財政難で苦しんでいるので、日本への支援は限定的です」

綾部は表情を曇らせて頷《うなず》いている。

「私が金融担当大臣だった昨年、ＥＵの中央銀行、ＩＭＦの専務理事と米国大統領からメッセージを受け取りました。彼らは、日本の財政赤字を心配している。お願いだから、何とかして欲しい。もし、日本が破綻しても、我々は支援できない」

「それは、酷《ひど》い話ですね」

「綾部さん、実はもっと酷い意図があったんですよ。それはね、日本が破綻したら、世界経済も大恐慌《だいきょうこう》を起こす。俺たちに迷惑がかからないようにしっかりしてくれよ、という意味です」

綾部が眉《まゆ》をひそめた。

「アメリカの大統領と昨年会談した時に言われたのは、中国経済のバブル崩壊がいよいよ近くなってきた。それに備えるためにも、日本は財政健全化をして欲しいと」

「中国のバブル経済崩壊と日本の財政問題とどんな関係があるんですか」

総理が苦笑いした。

「中国経済の破綻を救えるのは、日本の経済力だけだ。隣国の危機にしっかりと対応して欲しいと、欧米は考えているからでしょうな」

無論、そんな発言を欧米首脳がしたわけではない。だが、世界経済の専門家の多くは、そう考えている。

「また日本が発行する国債は、全て国内の金融機関が引き受けているから、安心という神話があります。しかし、昨年あたりから、中国が一〇兆円以上、ロシアも一〇兆円以上、日本国債を買い増ししています」

「それは、日本国債が安定しているからでは」

「そういう側面もあるでしょう。でも、本当の理由は、国債を人質にとって、我が国との外交交渉を有利に運ぼうとしていると考えるべきでしょう」

「中国やロシアはいったい何を求めているんですか」

「中国は、自国の経済危機の際の協力でしょうな。ロシアは、おそらくは天然ガス輸出でしょう。彼らは、ハードネゴシエーターです。交渉次第によっては、躊躇《ためら》いなく国債を手放すでしょう。さすがに一〇兆円単位の国債が売られると、国内で対応できるかどうか」

綾部がついに考え込んでしまった。

「さらに、綾部さん、今やらなければならない理由がもう一つあるんです」

うつむいていた綾部が顔を上げた。

「歳出半減策なんて、まともな政治家なら、絶対に口にしません。なにしろ国民生活を圧迫する政策なわけですから、選挙に勝てません。でもね、たとえ選挙に負けようとも、火中の栗《くり》を拾って、お国の未来のために憎まれ役をやろうという政治家が稀《まれ》に出てくることもある。そういう人物が総理大臣の時しか、こんな蛮行はできないのです。つまり、今を逃せば、我々は数年後に取り返しのつかない悲惨な社会を迎えます」

綾部はずっと眉間《みけん》に皺《しわ》を寄せたままだ。

「総理のお話を伺っていると、待ったなしであるのは分かります。それでも、生活弱者が犠牲になるのを見過ごすわけにはいきません」

「大丈夫です。綾部さん、そんなことにはなりません。それどころか、オペレーションZを進めたら、今まで辛《つら》くても救いを求める声を上げられなかった人も救えるようになるんです」

「どういう意味でしょう。私にはよくわかりませんわ」

「カネに頼らない行政とは、地域での共生を重視して、声がけや介護作業などをマンパワーで補っていくという意味なんです。また、困ったら手を挙げればいいという文化が定着すれば、生活が苦しいというのは恥ずかしいと支援を敬遠していた方々も救えます。オペレーションZは、切り捨ての政策じゃないんです」

実際にそのような取り組みを始めている例として、江島は百人村について説明した。

「ＯＺは、日本人が日本人らしい生活を取り戻すための革命なんです。つまり、綾部さんが普段からおっしゃっている『やさしく行き届いた社会』を取り戻すための第一歩なんです」

綾部はなおも円グラフを見つめて考え込んでいる。

江島がさらに言葉を継いだ。

「さっき、オペレーションＺをＯＺと呼んだでしょ。これはスタッフの一人がたまたま名付けたんですがね。私はそれを聞いて『オズの魔法使い』を思い出したんです。オズの魔法使いに願いを叶《かな》えてもらうため、ドロシーは自信を失っていた三人とともに魔女退治をするじゃないですか。でも、最後は魔法ではなく、自分たちの中にある力で望みを手に入れる。そんな社会を生み出したいんです」

「私、ＯＺのお話を聞いて、少しだけ感動しています。でも、その一方で懐疑的な私がいるんです。どうしましょうか」

「良いアイデアがあります。綾部さん、ＯＺが本当に成功するためには、懐疑的な監視者の目が必要なんです。あなたにそのＯＺの監視役になって戴きたい。そして、自信を失った国民を励ますドロシー役も頼みます」

6

五日間の空転を経て再開した衆議院本会議の冒頭、野党第一党の民政党党首村野正吾《むらのしょうご》が江島内閣への不信任決議案の緊急動議を提出した。

苫野の秘書官として本会議場に詰めていた周防は、議場の空気があまりにも不穏で思わず身震いした。

本会議場では、不信任決議案の提出者である村野の提出理由が読み上げられた。

「長年にわたり保守党が積み上げてきた財政赤字の責任を放棄し」というくだりで、与党議員から「おまえたちが政権を取った時に、爆発的に赤字が増えたんだぞ！」というヤジが飛んだ。

そして、議長が採決を行う出席議員を固定するため議場閉鎖を宣言すると、与党席からかなりの数の議員が立ち上がった。退席によって与党の総数が減ると、不信任決議案可決は現実味を帯びる。

「マジか」

隣で土岐が舌打ちをしている。

「ボーダーは、四七人だ。それ以上の欠席者が出たら、不信任案が可決されてしまう」

採決欠席者の中には、先頃大臣を辞した大熊や前経産相、前環境相という顔ぶれもあった。

皆、国の立て直しよりも、江島総理を叩き潰す方を選ぶのか。

亡国の輩《やから》め。

政局にはこだわらない周防ですら、腹の底から怒りが湧《わ》いてきた。

「見ろ。梶野前総理も立ち上がったぞ」

土岐同様、それに気づいた議員が騒ぎはじめた。何人かが、手や肩を摑《つか》んで梶野を思いとどまらせようとしたが、前総理は振り払った。

その時、梶野の前に立ちはだかった人物がいた。党の重鎮で、武闘派として知られる新井だった。だが、梶野は新井が話しているにもかかわらず、体をかわして先に進もうとした。

「おい、貴様！　先輩議員が話をしている時は、最後まで聞くのが礼儀だぞ！」

新井が梶野の肩を強く摑《つか》んだ。それを梶野の取り巻き議員が退け、梶野は一瞥《いちべつ》もくれずに、会議場の出口に消えた。

「終わったな。解散総選挙だ」

土岐の諦《あきら》め声を聞きながら、周防は江島を見つめた。

総理は、本会議場で起きている全てを記憶に焼き付けようとしているのか、微動だにせず前を向いている。表情までは読み取れないが、その後ろ姿だけで覚悟の程が窺《うかが》えた。

まさしく政治生命をかけた命がけの勝負が始まる――。

女優・綾部望美は、歳出半減策を監視する内閣参与になった。そして彼女の強い要望で、盛田は綾部の秘書官に就いた。それがキャリアの終焉《しゅうえん》か、あるいはファン垂涎《すいぜん》の僥倖《ぎょうこう》なのかは、盛田には分からない。

そしてこの日、盛田は綾部との対談を機に官邸内に新たに設置された「やさしく行き届いた社会推進室」のテレビで、不信任案が可決される様子を眺めていた。

愚かなことだ。

政権与党が内部分裂を起こし、挙げ句の果てに野党の尻馬《しりうま》に乗って、総理の不信任を間接的に支持するとは……。

江島が気に入らないのであれば、党内調整で、引きずり下ろさなければならない。

それが出来ないならば、保守党は引き続き江島内閣を支えるしかないのに。そんな道理も忘れて、前総理を筆頭にした造反者が、野党に利するような愚行を犯している。

世も末ではないか。

「このままだと江島内閣への不信任案は可決されそうですね。その場合、このプロジェクトも終わってしまうのではと、綾部が心配していますが」

推進室の準備のために訪れている綾部の女性マネージャーが心配そうだ。

「江島総理はお辞めになりませんよ」

「じゃあ、選挙があるんですね」

「内閣不信任案が可決されると、総理は一〇日以内に、総辞職か解散かを選ばなければなりません。そして、衆議院を解散することを選択すると、解散の日から四〇日以内に総選挙を行うように定められております」

「そうですか……。だとすると、ちょっとまずい事態が起きるかも知れません」

「?」

モニターから目を離して振り返った。

「綾部は次の総選挙で、民政党からの出馬が内定しておりまして」

なんと……。

「初めて伺いますが」

「ええ、選挙が決まるまでは極秘にと口止めされていましたので」

「出馬のご意思は変わらないのでしょうか」

そもそも次の総選挙で、民政党から出馬するのであれば、内閣参与なんて受けてはならない。

「このところ、お互い忙しくてその話ができていないのです」

「綾部さんが民政党から出馬される件を、総理はご存じなんでしょうか」

「さあ。それがよくわからないんです」

さて、どうしたものか。

こんな日に、その情報を総理に入れるのは、あまりにも不適切だ。とはいえ、解散総選挙必至となると、そうも言ってはいられない。

しかたない。あの便利屋に頼むしかないな。

「ちょっと失礼」と盛田は廊下に出た。

周防の携帯電話は留守番電話になっていた。盛田は、苫野補佐官の執務室が近くにあるのを思い出した。

目指す部屋の手前で周防を見つけた。

「周防君、ちょっと」

苫野に同行していた周防が、補佐官に断ってこちらに駆けてきた。

「綾部さんが、次の総選挙に民政党から出馬される予定なのを知っていたかね」

周防は、盛田の言葉が理解できないような反応をした。

「周防君」

「失礼しました。あまりに仰天する話で、思考停止しちゃいました。つまり、綾部さんは、解散総選挙になれば民政党から出馬されるということですか」

「声が大きい」

不信任案が可決されたのだ。官邸内の人の動きがにわかに活発になっている。誰に聞かれるか分からないじゃないか。

「それはご本人から聞かれた話ですか」

「いや、マネージャーさんだ」

「ご本人に確認してください。ひとまず私は、松下さんの耳に入れます」

なぜ、君が私に命令するのだね、と非難する前に周防は背を向けて廊下を駆け出していた。

「知っています」

総理秘書官室にいた松下を廊下に呼び出して、周防は綾部の件を報告した。松下は驚きもせずに、そう返したのだ。

「では、既に総理もご存知なんですね」

「もちろん。放っておけとおっしゃってましたが」

放っておけだって！　解散総選挙で民政党から出馬されたら、総理としては立場がなくなるんじゃないのか。

「盛田さんから説得してもらうべきじゃないでしょうか」

「説得して聞く方だと思われますか」

そういう問題じゃないだろ。

「出馬はあり得ません！」

「きっと、されないと思いますよ」

松下は空室だった応接室に誘った。

「綾部さんが、総理のお考えに共鳴されて内閣参与となられた時、綾部さんのところに民政党の複数の幹部からの非難が殺到したそうです。綾部さんに、今すぐ総理と縁を切るか、自分たちと絶縁するかを選べと迫ったとか」

当然のリアクションではある。

「綾部さんはどうされたのですか」

「出馬を要請したのは、民政党の村野さんだから、村野さんに判断をお任せすると返したそうです」

その後、民政党党首の村野から綾部に連絡があったのかどうかを松下は知らないという。

「では、その後の経緯を確認しますか？」

「捨て置きましょう。それは枝葉末節《しようまっせつ》です」

そうは思わない。綾部望美との対談直後、内閣支持率は一〇ポイントも上昇した。インターネット上では、綾部を裏切り者、転向者と非難する声もあるが、それを上回る支援の声もある。

選挙に勝つためにも、綾部というカードは絶対必要だった。

「それより周防さんには、お金に頼らない社会システムの構築案のまとめを、急いで欲しいと思っています。あれが、選挙の看板となるでしょうから」

「本日中には、ご説明に上がります。松下さん、他にお手伝いできることはありませんか」

「それは改めて」

松下は颯爽《さっそう》と部屋を出て行った。

同日夜、江島総理は臨時閣議を開き、解散総選挙を決定した。

7

解散総選挙を決定した翌朝、江島は保守党総裁として、不信任決議で退席した四九人の保守党議員を全員除名処分にすると発表した。

これによって保守党は、単独政党としては過半数割れとなるのだが、江島は「今回の解散総選挙では、日本の未来を潰そうとした元保守党議員の選挙区全てに刺客を送り込み、議席奪取を目指す」と表明。刺客四九人の候補者を発表した。

その刺客に指名された候補者の一覧を見て、周防は目を見張った。

前財相大熊の選挙区には苫野が、前総務相の選挙区には宮城上智《じょうち》大准《じゅん》教授が指名されている。苫野の出馬は想定していたが、まさか大熊にぶつけるとは思っていなかった。そして、あの宮城が国会議員に立候補するとは。

それだけでも充分想定外なのに、それ以上のサプライズは、綾部だった。

民政党から出馬すると言ったくせに、保守党候補に名を連ねている。一体、総理はどんな手を使って、あの女優を説得したのだろうか。

しかも、標的は梶野前総理だ。梶野も平静ではいられないだろうな。

官邸の執務室で、苫野から改めて出馬の報告を受けた。

「周防君、そういうわけで、私は当分官邸を不在にします。中小路君にも選挙をお手伝いいただきますので、後のことを頼みます」

中小路は三ヶ月間は休職して、苫野の秘書兼選挙参謀に就くという。

「ＯＺの総仕上げ作業を、あなた一人に押しつけるようで申し訳ないんだけど、大熊前大臣を倒すためだから」

大熊の選挙区は、祖父の代から続く後援会が盤石で、大熊が選挙期間中不在でも、常に圧勝してきた。その牙城《がじょう》を崩しに行くのだから、中小路を引き留めるわけにはいかなかった。

果たして無名の苫野に勝算があるのだろうか。

苫野が席を外すのを待って、中小路にさっそく聞いてみた。

「圧倒的不利だけど、さすがに徒手空拳《くうけん》ではない。後援会長は、大熊さんの元後援会長にお願いできたわ」

財相としてあるまじき行為を連発する大熊を諫《いさ》めたら、後援会長を馘首《かくしゅ》された人物がいるらしい。それが、苫野を支援するというのだから、凄《すご》い武器になる。

「それと、おそらくは前大臣夫人も味方になってくれそうなの」

意味が分からなかった。大熊夫人は、地元財界の大物の次女にして賢夫人として知られ、夫が不在でも夫人がいれば、選挙は無敵だと言われていた。

「本当に?」

「近く『週刊潮流』に、面白い記事が出る。それを受けて、夫人は離婚調停をするそうよ」

大熊は艶福家《えんぷくか》で、夫人もそれは認めていると聞いていた。その堪忍袋《かんにんぶくろ》の緒が切れるようなスキャンダルが出るのだろうか。

「それは心強いな」

「でも、苫野さんは、福岡に縁もゆかりもない。相手は腐っても前財相、しかも三代続く大物だからね。落下傘《らっかさん》で降りて、果たしてその壁を破れるかどうかは微妙だと思う」

しかし、中小路がついている。彼女ならどんな状況になっても、活路を見出《みいだ》すだろう。

次いで、宮城が執務室にやってきた。

「よう、ミスター財務省、ちょっといいか」

「あっ、准教授《せんせい》。ご出馬、おめでとうございます」

宮城は長髪をかき上げながらソファーに座り込んだ。

「めでたかあないでしょ。お調子者が、ブルに頭下げられた勢いで引き受けちゃったんだから」

「でも、いいじゃないですか。窪山市破綻時に、『恥さらしは死んで詫《わ》びろ』って叫んだ相手を叩き潰せるのですから」

「言うは易《やす》く行うは難しだろ。選挙なんて、人生初の経験だ。そもそも僕は、誰かに選ばれるってのが性に合わない」

「どうしたんです。普段の強気の宮城准教授《せんせい》らしくない」

鼻先で笑ったが、当人は真剣に悩んでいるようではある。でも、公式に出馬を受諾したんだから、やるしかない。

「普段通りの宮城節を炸裂《さくれつ》させたらいいんですよ。有権者に媚《こ》びるなんて、らしくないんですから」

「なあ、ミスター財務省、君を僕の選挙参謀にしてやるよ」

それが人に物を頼む時の言い草か。

「選挙参謀はちょっと」

「僕たちがみんなブルのために、地位も名誉もかなぐり捨てて闘おうとしているのに、おまえは保身に走るのか！」

「保身じゃないですよ。僕には僕にしかできない支援方法があるんです。たとえば宮城先生が提唱された地方改革案を分かりやすく解説するツール作りとか。そういうものを万端整えるのが僕の役目です」

「なるほどな。けど、それでも僕を助ける余裕くらいはあるだろう。だから、頼む。一緒に大阪に来てくれ」

両手を合わせて拝まれた。

「休みが取れたら一日ぐらいは大阪に応援に行きますよ。でも、選挙参謀は無理です。知り合いに当確師と名乗る面白い選挙プロデューサーがいますけど、紹介しましょうか」

「いや、あれは高い。そんなカネ出すぐらいなら、堂々と落選してやる」

とはいえ、磯川の選挙区である大阪に宮城一人を行かせるのは確かに酷な話だ。

「総理は、宮城さんに応援スタッフを付けてくれなかったんですか」

「いるにはいるよ。総務省OBとか、あと磯川のところをクビになった政策秘書とかさ。それと、大阪府知事も協力してくれるそうだ」

具体的な名前を尋ねると、宮城は上着の内ポケットから皺《しわ》だらけになった文書を差し出した。

総務省OBが二人いる。一人は選挙コンサルとして名の知れた人物だし、もう一人は近畿《きんき》圏を長く担当していて、現在は磯川の選挙区で地域再生総研なるものを主宰している。いずれも実力者だ。また、府知事が後ろ盾になってくれるのも大きい。

「これだけのサポートがあれば、思う存分暴れられますよ」

「みんな知らない奴《やつ》らばっかりじゃん。僕はこう見えて人見知りするんだよ。だから、ホンネで意見をぶつけ合える同志が欲しいんだ」

宮城に同志などと言ってもらえるのは光栄な話だ。

「分かりました。では、何でもご相談ください。常駐は無理ですが、僕でお役に立つことはいくらでもお手伝いしますから」

「しょうがないな。それで許す。じゃあ、よろしくな」

そう言うと宮城はさっさと部屋を出て行った。

8

盛田は、前夜から山口県内のホテルに泊まり込んでいた。スイートには綾部望美が投宿している。

昨夕、総理から呼ばれて、綾部が保守党公認候補として、山口県の梶野前総理の選挙区から出馬すると告げられた。

盛田は総理から直々に、綾部の選挙を支援するように命じられた。公務員を辞職しろと迫られるのかと思ったのだが、休職扱いで身分はあくまでも内閣参与秘書官という立場で良いという。ただし、選挙活動にはタッチしないようにと釘《くぎ》を刺された。

だとすれば、こんな願ってもない役目はない。腹の底から「粉骨砕身、努力致します」と叫んでしまった。

午前九時に自室を出ると、マネージャーの部屋のチャイムを鳴らした。一時間後には出馬会見が始まる。

眠そうに目を腫《は》らしてマネージャーが扉を開けた。

「ご体調はいかがですか」

「一睡もできませんでした。あっちこっちから電話がかかってきて。綾部も同様に寝られなかったようです」

民政党からの出馬が噂《うわさ》されていたのに、内閣参与になったと思ったら、今度は解散総選挙に保守党公認として出馬するのだ。周囲が騒然とするのは当然だった。

しかし、綾部が眠れなかったのは、気の毒だ。

「記者会見の時刻をずらしますか」

綾部の部屋に入る前に、マネージャーに提案してみた。

「いえ、それはありえないでしょう。逆に記者会見を終えたら、一安心して眠れるのではないでしょうか」

綾部の部屋に入ると紅茶の香りがした。

「おはよう。打ち合わせまでには時間があるでしょ。アールグレイをいかが？」

綾部自らが淹《い》れたのだろう。どんなことをしても飲みたかった。

「昨晩は、充分おやすみになれなかったと伺いました」

「ちょっと興奮しちゃって。まさか、私が国会議員の選挙に出るなんて、まさに青天の霹靂《へきれき》でしょ。こんなことなら、政治家役の映画に出ておくべきだったわ」

そんなオファーがあったのか。見たかったなあ。

それ以上に、不眠の疲れも見せずに、いつもと同じ望美スマイルを浮かべる綾部に惚《ほ》れ惚《ぼ》れした。

「選挙に関しましては、盤石の準備ができているようでございます。綾部さんは、必要最小限の演説会等にだけお顔出し戴ければ充分でございます」

「そうはいかないわ。折角ですもの。できたら、一人でも多くの地元の有権者の方にお会いしてお話を伺いたいと思っています」

なんという心がけだ。我欲の強い国会議員どもに聞かせてやりたかった。

盛田の携帯電話が鳴り、綾部の選挙を支える関係者が揃《そろ》ったと連絡があった。

「どうやら皆さんがお集まりのようです。まずは、私がお会いして参ります。その上で、お呼びしますから」

「いえ、ご一緒しましょう。ねえ、盛田さん、お願いだから、私を特別扱いするのはやめてください。一立候補予定者として、できる限り選挙をご支援してくださる関係者や有権者と同じ立場で闘いたいの」

感動しながら盛田は、「畏《かしこ》まりました」と低頭した。

ホテルスタッフが利用するバックヤードから控え室に入ると、十数人の男女が立ち上がって、拍手で綾部を迎えた。

「ようこそいらっしゃいました。後援会活動の責任者を務めます森永《もりなが》と申します。三ヶ月前までは、梶野先生のところにおりました」

森永については、既に綾部に経歴を説明してあった。

「綾部です。選挙区のことを、この市で一番ご存じの方のお力添えを戴けて光栄です」

綾部は丁寧に両手で握手した。

「こちらは、梶野先生の奥様の妹に当たられる長瀬真知子《ながせまちこ》さんです。地元で一番古い老舗《しにせ》旅館を経営されておられます」

威風を感じさせる着物姿の女性が頭を下げた。梶野は四年前に妻を亡《な》くしている。梶野のせいで姉は早逝したと真知子は考えており、綾部の支援を決めたのだという。

「長瀬真知子でございます。陰ながら、綾部さんのお力添えをさせて戴ければと思い、馳《は》せ参じました。選挙期間中は、夫が経営しております旅館の離れをご利用ください」

「ありがとうございます。お姉様が心労で倒れたのに、夫である梶野さんは一顧だにされなかったというお話には、胸が痛みました。ご支援を心から感謝致します」

「梶野先生は、選挙に強いと言われておりましたが、実際は亡くなられた夫人が取り仕切っておられました。お姉様が亡くなられた前回の選挙では、真知子さんがお姉様の遺志を継ぐ形でお手伝いされて事なきを得ましたが、お姉様が梶野先生から酷《ひど》い仕打ちをされていたことを遺児である甥御《おいご》さんから聞かれて、袂《たもと》を分かちました。真知子さんが味方になってくださったからには、もはや勝ったも同然です」

豪放そうな後援会長がそう言って笑った。

「でも、何ごとも油断大敵ですから、謙虚にまいりたいと思います。可能であれば、一人でも多くの有権者の方とお会いしてお話を伺いたいと考えているんです」

森永と真知子が顔を見合わせたが、すぐに「ご希望に添うように努力致します」と返した。

同様の挨拶を続けていく内に、記者会見の時刻が迫ってきた。

「望美さん、そろそろ」

マネージャーに促されると、綾部は立ち上がった。ここから先は、選挙活動に当たるので盛田は同行を控えた。

会見場の様子は、専用のビデオカメラを設置してあるので、控え室のモニターで見られる。

マネージャーと二人、モニターの前に陣取った盛田は、食い入るように画面を見つめた。

総勢三〇〇人は収容できるはずの大宴会場は、メディア関係者がひしめいている。司会者の案内で、綾部の到着が伝わるとざわめきがやんだ。やがて姿を現した綾部に、容赦なくストロボの光が浴びせられた。

「朝早くから、こんなにたくさんの方にお集まり戴きありがとうございます。この度、江島総理のご推薦を戴き、山口一区から出馬致します綾部望美です」

綾部は、出馬に至った経緯を淡々と説明した。自身の投書のこと、江島総理との対談によって、日本の社会や政治にいかに無知だったかを痛感した等々……。

「私は『やさしく行き届いた社会』を提唱しております。ならば当事者として責任を持ってそれを実現して欲しいと総理からお言葉をいただきました。それに感じるところがあり、このたび出馬を決断致しました」

質疑応答になると、なぜ縁もゆかりもない山口県から出馬するのかという質問が飛んだ。

「梶野前総理が許せないからです」

その一言で、場内に騒然となった。

何が許せないのかという記者の声で、幾分ざわつきが収まり、綾部が答えた。

「未来の世代に負の遺産を残してはならない、それは先に生きる者としての最低限の責任であると考えています。ところが、梶野前総理は、帝国生命が保有している日本国債売却の際に、その対応を怠っただけでなく、あわや国家財政破綻の危機があったのに、それに立ち向かわないばかりか総理の職を投げ出されてしまいました。にもかかわらず、なおも国会議員を続けておられるのは、日本人として恥ずべきことだと思うのです」

綾部の勇気ある発言に感無量となった盛田は、他人の目がなければ落涙していた。

なんて素晴らしいんだ。女優としてだけではなく、綾部さんは、責任ある大人の鑑《かがみ》じゃないか。当選した暁には官房長官ぐらいの抜擢《ばってき》を総理に進言しよう。

盛田は心に固く決め、さらに続く質疑応答に耳を傾けた。

9

衆議院解散から二週間後に、衆議院議員選挙が公示され、本格的な選挙戦が始まった。

その期間、周防はほぼ官邸に泊まり込み、オペレーションZの資料づくりに専念した。

忙しかったのは、周防だけではない。財務省職員全てが身を粉にして、歳出半減の現実化に向けて知恵を絞り続けた。

さらに、厚労省版OZを立ち上げていた伏見らが、共生による低所得者支援や生活に余裕のある高齢者からの未来基金の創設などの解説文書を作成した。

また、総務省にもチームOZが立ち上がり、財政難に喘《あえ》ぐ地方自治体の改革案を打ち出した。

一方、保守党の選対本部は、「革命か亡国か」をキャッチフレーズとした。現世利益《げんせりやく》だけを追い求める無責任さで日本を滅ぼす候補者を選ぶのか、次世代の未来のために昔ながらの地域共生の復活を進める江島政権を選ぶのかを迫る二者択一選挙に持ち込もうとしていた。

対する野党は、対抗して「切り捨て無責任内閣を許さない！」というキャンペーンを張った。そして、「生活弱者は死ね！　総理のお達しです」と大書したポスターやチラシをまきまくっている。

また、保守党を除名処分になった四九人の国会議員は新たに国民党を結成、梶野前総理が総裁となって、「江島内閣の語られなかった真実」なる冊子を作成して、日本中にばらまいた。さらに民政党との選挙協力を決め、野党共闘で保守党政権打倒を訴えていた。

それでも、与党有利と予想するメディアが多かった。

しかし、保守党内で密《ひそ》かに行った世論調査の数値と主要メディアの予想に、大きな隔たりがあることが周防には不安だった。

公示日の三日後、保守党青年部長の荒垣《あらがき》が官邸に姿を見せたのを捕まえて、その不安をぶちまけた。

「ずいぶん心配そうだな。まるで、周防が財政健全化担当特別補佐官みたいだ」

「そんな皮肉を言ってないで、教えてくれよ」

「それがなあ。俺もよく分からないんだ。メディア各社の現状での選挙予想は、保守党は前回以上の二四〇から二九〇議席とあるだろ。ところが、俺たちの調査では、一九〇から二五〇というところだよ。つまり、単独与党は厳しいという数字なんだ」

衆議院の定数は四六五人だ。過半数を取るためには、二三三議席の獲得が必要になる。メディア予想では「楽勝」だが、保守党予想では「良くて辛勝、おそらく過半数割れ」だった。

「保守党が悲観的すぎるんじゃないのか」

「いや、むしろかなり楽観的に調べていると思う」

ということは、惨敗《ざんぱい》する可能性も充分にある。

「メディアの世論調査と方法が違うのか」

「ウチのはね、世論調査会社に高いカネを払って戸別訪問して調べている。この情報は各選挙区でも重要なので、一選挙区一〇〇人以上がノルマなんだ」

一方のメディアの場合は、電話による聞き取り調査が大半で、それも人間ではなくコンピュータによる電話調査もある。

「それで、暁光の児玉さんに聞いてくれたか」

周防は、青年部長に頼まれた件で、児玉と密会したと伝えた。

「そうか。じゃあ、メディア予想を、もう少し信じていいのかなあ」

「でもさ、たとえば英国のEU離脱にしても、メディア予想とは違う結果が出ているだろ。今回の選挙に、それはないのかな?」

荒垣もその点を警戒はしているという。

「それにしてもやっぱ、綾部さんは凄いねえ。前総理にダブルスコアをつけているよ。あそこまで勢いづけてくれたら陣営も気が楽だよな」

故梶野夫人の一族まで綾部側に付いたのだ。梶野陣営とすれば、既に敗色濃厚ではないだろうか。

もう一人、気にしている人物の数値を見て、周防は声を上げた。

大阪八区の選挙予想が、周防の感触と余りに違ったからだ。

「五九％対三二％で、宮城候補が当確圏内ってほんとか」

「そこにあるとおりだ。宮城准教授《せんせい》、しゃべり上手だからね。大健闘しているよ。あそこはもらったと思っているけど」

宮城からは連日泣きの電話が入っている。

――いつになったら、応援に来てくれるんだ、ミスター財務省。僕はもう帰りたいよ。こんなひでえ街の連中に推されて国会議員になるなんて恥だ。

とにかく嫌がらせが壮絶らしい。演説していると、頻繁に生卵を投げつけられるという。

その逸話を荒垣にした。

「予想以上に支持者が増えているからだろ。磯川陣営が打つ手をなくして、嫌がらせに走っているんだろう」

そうであってほしい。

明日、周防は日帰りで、宮城の陣中見舞に行くつもりだ。

10

大阪府豊中《とよなか》市の宮城の選挙事務所は、若者で溢《あふ》れかえっていた。多くが、宮城を慕って全国から集まった学生ボランティアだった。

「おお、ミスター財務省、待ってたよ」

熾烈《しれつ》な選挙戦の日々で、既に声が嗄《か》れている宮城に抱きしめられた。

「凄い活気ですね」

「ああ、彼らだけが、僕の心の支えだよ」

「でも、これを見てくださいよ。このままいけば、勝利間違いなしですよ」

保守党選対本部が作成した選挙予想を見せた。

「そんなもの、当てにならないよ。選挙事務所の実感とはかけ離れている」

豊中市は大阪有数のベッドタウンだが、ニュータウンを中心に高齢者が年々増え続けている。それを磯川は、大阪府から特別支援地区の指定を受けるなどして徹底的な厚選を実現し、浮動票が多い選挙区であるにもかかわらず、支持を固めてきた。

そのため、地元自治体は磯川に頭が上がらない。また、地元企業や労組などにも、磯川の影響力は甚大《じんだい》で、保守党でありながら、組合にも強く、ここ数回の選挙では、対立候補を擁立するだけでも四苦八苦していたのだ。

「つまり、優勢に闘っている実感がないんですか」

「まったく、ない！　一〇〇〇％負けるよ。何を言っても、全く言葉が届かないんだよ。未来より今が大事という年寄りたちにとって、磯川は神様なんだよ。だから、僕のような小僧は帰ってさっさと寝ろってところさ」

是非にと頼まれて、一緒に選挙カーに乗り込んだ。

三〇分に一度は車を降りて、宮城は演説をはじめる。

すぐに人の輪が出来るのだが、大抵はテレビで見覚えのある有名人を一目見てやろうという野次馬ばかりが集っている。年寄りや主婦から「カネがなくなったから、予算半分にするんやろうが。適当なウソつくな！　ボケー」と非難される場面にも何度か遭遇した。

宮城も負けていない。

「やっかましいわ、おばはん！　あんたみたいな人のせいで、子どもや孫が大変な目に遭うんだぞ」とやり返し、時には喧嘩《けんか》寸前まで行ってしまう。

かと思うと、女子中高生から黄色い声援を飛ばされて、嬉《うれ》しげに握手する場面もあった。

だが、彼女らのほとんどには選挙権がないのだ。

途中何度か、磯川の選挙カーとすれ違った。

相手は余裕で「今、宮城准教授の選挙カーとすれ違いました。宮城准教授《せんせい》、お互い頑張りましょう。あなたの主張は素晴らしいです。でも、その前に私たちは、まさに今、苦しんでいるお年寄りや若者を救いたいんです」とやられた。

それにムキになって反論しようとするのを、周防が止めた。

「挑発に乗ってどうするんです。そんなことをしたら、相手の思うつぼです。それより、相手の主張は現世利益を訴えているのが見え見えですね。我が陣は、現在も未来も救うと、もっと訴えましょうよ」

周防がなだめてみても宮城は悪態しかつかない。

本当にこれで、磯川に圧勝できるのだろうか。

周防の不安は膨らむばかりだった。

そして、投票日の夜――、日付が変わる前に、保守党の大敗が決まった。

同じ夜、空想作家桃地実が、心不全で急逝した。
連載中だった『デフォルトピア』は未完で終った。

第11章　未来は子どもや孫たちのもんだからね

1

午前二時を過ぎた頃、大勢が判明した。周防は、チームOZのメンバーと共に総理公邸地下のROOM Mでテレビを見ていた。

江島隆盛総理、当選。

小寺肇官房長官、落選。

薪塚佐代子厚労相、落選。

苫野修一、落選。

綾部望美、当選。

宮城慧、小選挙区落選、比例復活——。

江島総理は当選はしたものの、わずか一二〇〇票差という薄氷の勝利だった。

そして、総理を支えオペレーションZの推進役だった主要閣僚が次々と落選した。

中でも、江島期待のホープである小寺官房長官が、比例でも落選が決まった時は、保守党内に大きな動揺が走った。大熊前財相の刺客として送り込まれた苫野総理特別補佐官も、完敗だった。

小選挙区で激戦の末、わずか三四一票差で落選した宮城は、比例復活で当選を果たしたが、本人は万歳を拒否しているという。

その一方で、野党側にとっても衝撃があった。前総理であり、江島に除名処分された議員らによる国民党党首でもある梶野の惨敗《ざんぱい》だ。刺客として送り込まれたのが、人気女優の綾部望美だったとはいえ、彼女が出馬を決めたのは解散時だ。準備もろくにしていない素人《しろうと》と争って、トリプルスコアをつけられた梶野は、未《いま》だに報道陣の前に姿を見せていない。

テレビ画面に、新しい勢力図の帯グラフが示された。与党保守党は一七二議席と、改選前から五九議席を失った。ただし、国民党は、大物議員が次々と落選、四九議席から二八議席も減らした。

オペレーションZを国民の命を奪う愚策と断じ、江島への攻撃を繰り返した野党第一党の民政党は、三二議席増やしたものの一五六議席に止《とど》まり、比較第一党の座には届かなかった。

とはいえ、国民党と民政党、さらに野党共闘を結んでいたその他三党を合計すると、二二六議席に達し、政権交代が現実味を帯びてきた。

〝まもなく、保守党本部で、江島総理の会見が開かれる模様です〟

アナウンサーの声に反応した山村えみりが、テレビのボリュームを上げた。

背筋を伸ばして会見場に入場してきた江島が、演壇に立った。

〝あと数議席、比例票の開票が残っていますが、大勢は判明しました。国民の皆様から厳しい審判が下されたことを、まずは厳粛に受け止めています〟

「辞めるんでしょうか」

えみりの疑問に答えた者は、誰もいない。

周防は、会見する江島を凝視した。結果に衝撃を受けてはいるようだが、抑制は利《き》いている。

〝選挙の際に繰り返し申し上げた通り、我が国が、財政破綻《はたん》危機の崖《がけ》っぷちにいることに変わりはありません。それを踏まえた上で、私の出処進退については、熟慮と熟議を重ねた上で、改めてご報告したいと思います。いずれにしても、我が国が危急存亡の秋《とき》であるという現実を、国民の皆様にご理解戴《いただ》けなかったことについては、私の不徳の致すところだと考えております〟

江島が頭を下げた。ストロボが激しく明滅する中、顔を上げた時の江島の目は怒っているように見えた。

質疑応答が始まった。

〝敗北の責任は、総理ご自身にあるという認識でよろしいですか〟

「何言ってんだ、こいつ！　さっきそう言ったろうが」

土岐が声を荒らげて、部屋を出て行った。

江島は、責任を認めた。

〝その責任をお認めになりながら、この場で出処進退を明らかにされないのは、無責任では？〟

非難めいた質問をしたのは、暁光新聞の児玉だ。

〝選挙で負けたから、総理を辞めるというのが責任の取り方だとは、思っていませんので〟

〝しかし、憲政の常道からすれば、与党が過半数割れをしたわけです。政権を野党に譲るのが常識では〟

〝憲政の常道ですか……。そんな死語を、今さら持ち出さないでいただきたい。総理を辞めろというのであれば、いつでも辞めましょう。しかし、歳出半減策を簡単にや

めるわけにはいかないんだ〃

会見場が騒然となった。

〃それは、民意を無視して総理の座にしがみつくための詭弁《きべん》でしょ。国民は、あなたの政策にNOを突きつけたんです。一刻も早くお辞めになるべきでは〃

まるで吊《つ》るし上げのような質問が続いたところで、周防も部屋を出た。

廊下に土岐の姿はなかった。

2

綾部望美は、祝勝会が終わっても控え室から動かず、江島総理の記者会見を見つめている。

盛田は、その姿をうっとりと眺めていた。

優雅で儚《はかな》げな雰囲気は、若い頃とまったく変わっていない。にもかかわらず、この方は勝利の美酒に酔うことよりも、この国の行く末に心を砕かれている。

「あの、盛田さん」

せっかくの望美鑑賞のひとときを、マネージャーに邪魔された。

「民政党の村野党首から、お電話が入っているのですが」

「何のご用ですか」

「それが、先生を出せの一点張りで」

盛田がスマートフォンを受け取った。

「お電話を代わりました。綾部先生は、既にお休みになられております」

「失礼だが、あんたは？」

「内閣参与秘書官の盛田でございます」

「ああ、盛田さんか。久しぶりだな。梶野にトリプルスコアなんて、凄《すご》いじゃないか。あんたの縁の下の力が効いたんじゃないのか」

嫌みな男だ。昔から私を馬鹿《ばか》にしていた。

「ご冗談を。綾部先生の実力からすれば、当然の結果です。ところで、ご用件を承ります」

「いや、あんたじゃダメなんだ。頼むから、綾部さんを出してくれ」

「村野先生、大変恐縮なのですが、既に綾部先生はお休みに」

「代わります」

いつのまにか綾部が横に立っていた。

送話口を押さえてから、盛田は答えた。

「お出になる必要は、ありませんよ」

だが、綾部は折れない。盛田は、渋々スマートフォンを渡した。

「お電話代わりました。はい、ありがとうございます。いえ、私は何もしておりません。支援者の皆さまの、なみなみならぬ熱いご支援の賜《たまもの》です。えっ、なんですって……」

不意に綾部が耳から電話を離した。そばにいたので、村野のだみ声が聞こえた。

「元々あなたは、我が党と共に未来を明るくしようとおっしゃったんじゃないですか。あなたには、ぜひ文部科学大臣を務めて欲しいと思っているんです。ですから」

「村野さん、今のお話は聞かなかったことに致します。私は、江島総理のお考えに共鳴して内閣参与となりました。選挙も、私自身の意思で保守党からの出馬を決めたんです。先ほどの江島総理のご決意を伺って、歳出半減の実現に今まで以上にご協力したいと思いました。ごめんくださいませ」

綾部は電話を切ると、暫《しばら》く天井を見上げていた。込み上げてくる感情を堪《こら》えているように見える。

「みなさん、本当にお疲れ様でした。私は、これで失礼します」

綾部が控え室を引きあげると盛田も黙って後に続いた。

客室フロアに到着した時、綾部が話しかけた。

「盛田さんにも、大変お世話になりました。あなたがいらっしゃらなければ、今日の当選はなかったと思っています」

「滅相もございません。私はただただ不調法で、足を引っ張るばかりで。綾部先生の勝利は、偏《ひとえ》に先生の人望の賜でございます」

頭を下げたところで、綾部の右手が差し伸べられた。盛田はそれを両手で握りしめた。綾部に強く握りかえされた時、盛田は歓《よろこ》びのあまり気が遠くなった。

「江島総理は、お辞めになるのかしら」

「憲政の常道からして、野党に政権を譲るのが筋ではございます。しかし、あの方は非常識と思えるほどしぶとい。最後の最後まで、総理の座に執着されるかも知れません」

見苦しいが、江島はそういう男だ。

「そうあって戴きたいわ。だって、過半数割れしたとは言っても、議席を一番獲得したのは保守党なんですから」

そこまで江島を支持しているのか、この方は。

「左様でございますね。綾部先生のお言葉は、しっかりと総理にお伝えします」

綾部が自室に入るのを見届けて、盛田は松下に、綾部のメッセージをメールした。

それから、周防に電話を入れた。

3

盛田は一方的に電話でまくし立てていた。それを黙って聞いた周防は、最後に「綾部先生によろしくお伝えください」と言って電話を切った。

いい気なものだ。盛田は、すっかり舞い上がっている。新聞社に政権批判の投書を送った段階で処分ものなのに、綾部望美のお陰で命拾いした。それどころか今や江島に「辞めるな」とエールを送ってくる始末だ。

この身勝手さが腹立たしかったが、綾部が民政党への寝返りを断固として拒否し、「江島総理の歳出半減策を支持する」と明言したという話には、素直に感動した。

記者会見での江島は気丈に振る舞い、出処進退についても明言しなかったが、現実的には江島総理退陣は当然であり、民政党を中心とした政権交代が行われる。

本当にそれで、いいのだろうか。

比較第一党をキープできたのは、それだけ多くの国民が、江島政権の歳出半減策を支持したということを意味するのではないのか。

また、電話が鳴った。宮城だ。

「宮城准教授《せんせい》、当選おめでとうございます！」

「めでたくないよ。今すぐ辞職したい」

思わず笑ってしまった。いかにも、宮城らしい。

「で、聞きたいんだけど、ブルは総理を続けるんだよな」

また、その話か。

「自分でお聞きになったら如何《いかが》ですか」

「さすがに聞けないだろう。だから、教えてくれよ。ブルは総理を続けるんだよな」

この人に憲政の常道なんて説いても、鼻で笑うだろう。

「准教授《せんせい》は、辞めるべきじゃないと？」

「あったりまえだろ。俺は何のために議員になったと思ってるんだ。あの人の志に感動したからだぞ。このくそったれのニッポンが、もう一度輝くために助けて欲しいと言われたからだ。なのに、ここで総理を降りるなんて許さねえ」

まったく同感だが、民意はそうは思っていない。

「分かりました。しっかり伝えますよ。それより、准教授《せんせい》、なぜこんなに保守党は、大敗したんでしょうか」

「きまってんだろ。国民がエリートとインテリに怒っているんだよ。それを、ブルもすくい取れなかった。バカな女優の言葉じゃないけど、未来なんてどうでもいいんだ。今が不安で仕方がない俺たちを救って欲しいと思っている。だから、現世利益《げんせりやく》を連発した野党連合が勝った。

けどな、奴《やつ》らはおいしい話をしているが、そんな財源がどこにある。いずれ、野党連合を支持した奴らは、政権に裏切られる。バカが政治に関心を持つとロクなことがないんだ。それを伝えきれなかったのが、敗北の最大の原因だ」

酷《ひど》い言い方だが、その通りかも知れない。

国民全《すべ》てが政治のエキスパートである必要はない。国民は、みんな一生懸命働き、家族を養い、社会的に貢献することで義務を果たしている。なのに、その国民の義務に応《こた》えなければならない官僚や政治家が、それを怠った。

そのしっぺ返しを食らったのだろう。

「准教授《せんせい》、明日、東京に来られませんか」

「そのつもりだ。もう、一秒たりともこんな街にいたくない」

それから周防は、松下にメールを送った。

お時間があれば、お話をしたいと。

松下が即答した。

〝お待ちしています。公邸の応接室にいらしてください〟

4

「よお、来たか」

周防が訪ねると、江島がソファに体を預けて寛《くつろ》いでいた。

「夜分に失礼します。総理、ご当選おめでとうございました」

「いやあ、危なかったな。ずっとイヤな予感がしてたんだけど、ほんとに危なかった。

それで、松下君に用とはなんだね」

「その前に、総理に伝言があります」

綾部と宮城のメッセージを伝えた。

「嬉《うれ》しい言葉だな。綾部望美《ノゾミン》と准教授《せんせい》の二人に、そう言われるのが一番嬉しい。泣きそうだ」

そう言うと江島は、手にしていた酒を一気に飲み干した。すかさずお代わりを用意してから周防は、姿勢を正してあらたまった。

「お叱《しか》りを覚悟で申し上げます。綾部さんや宮城准教授《せんせい》と同様に、私も総理に続投して戴きたいと強く思っております」

「嬉しいことを言ってくれる。けどな、江島続投を訴えているのは、ノゾミンと准教授《せんせい》、他には君と松下君ぐらいだぞ。民政党は既に組閣の準備を始めている」

記者会見での強気な態度は、やせ我慢だったのか。

「憲政の常道なんてくそ食らえです」

「周防君、言葉が過ぎます」

松下に窘《たしな》められたが、江島の顔からは笑みが消えた。

「しかし、国民は江島を必要としないと審判したんだよ」

「保守党が過半数割れしたのは事実です。しかし、比較第一党じゃないですか。前の政権交代であの体たらくをみせた民政党は、一六議席も少ないんです」

何を青臭いことを。土岐でもいたら、頭を叩《たた》かれている。しかし、周防は本気だった。綾部も宮城も、敗れはしたが薪塚厚労大臣も苫野も、皆、江島に懸けたのだ。

「国民党と保守系野党三党を加えても、まだ二二六議席です。過半数には届きません」

そんなことは言わなくても分かっているだろう。しかし、江島に未来を託した候補者と有権者のためにも、ここで辞任なんて無責任だ。

「我が方に、平和党の四二議席を加えても二一四議席だ。無所属の内、二人は取り込める。それでも、二一六議席なんだよ」

平和党は、かつて連立与党のパートナーだった。だが、梶野前総理の防衛政策とカジノ合法化法案を巡って対立し、袂《たもと》を分かっている。

「平和党は、総理の政策には理解を示しているが、保守党支持には難色を示しています。それを説得できても、過半数には届かないんですよ」

松下の冷静な分析も苛立《いらだ》たしかった。

「では、共生党を仲間に引っ張り込んでは」

キャスティングボートを握っているのは、躍進した左翼政党の共生党だった。

現実主義者の江島はともかく、保守党内には、共生党を「アカ」呼ばわりして、蛇《だ》蝎《かつ》のごとく嫌う議員が大勢いる。

「篤志、さすがにそれは無茶な話だ」

「総理、オペレーションZに命を懸けるとおっしゃったのは、ウソですか！」

堪《こら》えきれなくなって周防は立ち上がった。

「そんなことはない」

「ならば、共生党を抱き込んでください。未来の日本のために、共に闘おうと彼らを説得してください」

5

伊丹《いたみ》空港発羽田行の一便に飛び乗って来たという宮城は、午前九時前に官邸の財政再建担当特別補佐官室に現れた。

ほぼ同時刻に始まった保守党の緊急幹事会の行方が気になったが、周防は、宮城を労《ねぎら》い初当選を祝った。

宮城の機嫌は最悪だったが、コーヒーを二杯がぶ飲みして少し落ち着いたようで、毒舌も徐々に復活した。

「政治ってなんだ。簡単だよ、国民の欲望の調整弁だ。皆が好き勝手に己の欲望に走らないようにバランスを取り、一部の欲望をかなえてやる代わりに、多くを我慢させる。そういうシステムだ。それが、機能不全を起こしてるんだよ」

相変わらず独特の視点が面白い。

「普段は沈黙しているマジョリティを、政治家やメディアは、サイレント・マジョリティと呼んで、声を発しない体制支援者と理解していた。だがな、それが間違いだったことを、この選挙が証明したんだ」

「インテリの敗北って書いていた新聞がありましたけど」

「傲慢《ごうまん》な言い方だな。そう言うメディア自身が国民の視点から社会や権力者を見る本来の役割を放棄し、権力者に成り下がったという自省がない」

確かにその通りだ。

「いいか、ミスター財務省。ほぼ全てのメディアが、ブル圧勝と見ていたんだ。惨敗と予想したのは、複数の週刊誌だけだ。あれは、新聞の逆張りをしたに過ぎない。つまり、メディアは、社会の木鐸《ぼくたく》ではなくなった。そして、政府も政治家も、長年国民の期待を裏切り続けた挙げ句、またもや国民に大きな負担を背負わせようとして、負けるべくして負けたんだ」

否定できなかった。ではチームOZはやり方を間違えたのだろうか——。それはそれで肯定できなかった。

「僕は有権者にもう一度だけ、チャンスをくれと訴えたんだ。そして、これは子どもや孫のため、少しはましな未来のためなんだとも言った。けどね、選挙運動を続けるうちに、こんな無責任な主張は、くそったれだと痛感した」

宮城は何を言いたいんだろう。

「要するに未来なんてどうでもいいんだよ。まず、救って欲しいのは自分たちなんだよ。次世代のことなんてどうでもいいんだよ。人類の営みというものの意味を考えないバカばっかりだ。確かに、ブルは現在も未来も救うと言った。けどな、ウェイトは未来にあった。ところが、有権者は、現在の生活維持だけに関心があったんだよ」

「じゃあ、民政党の連立内閣が政権を取ったら、それは解消されると思いますか」

「思わんよ。だから、俺はブルに、辞めるなと直談判に来たんだ」

周防は感動していた。宮城はコミュ障だし礼儀知らずだし、社会人としての偏差値は限りなくゼロに近いが、日本を少しでもまともな状態にして次世代にバトンを渡したいという誠意と情熱は太くてまっすぐで何があっても揺るがない。宮城と出会えて良かったと、今、心の底から思った。

その時、ノックもなしに山村えみりが飛び込んできた。

「周防さん、テレビを見てください！」

スイッチが入ると、いきなり「江島総裁解任　午後には総理も辞任か」というテロップが飛び込んできた。

「なんだと！」

宮城が、テレビの音量を上げた。

〃先ほどまで続いておりました保守党幹事会で、江島総理は、平和党、共生党との連立政権を提案した模様ですが、強く反対されたばかりではなく、幹事からの解任動議に賛成が多く集まり、江島総理は事実上、保守党総裁を解任された模様です〃

「おい、ミスター財務省、何とかしろ」

宮城の気持ちは分かるが、事情がはっきりしない。周防はじっと臨時ニュースを見続けた。

〃江島総理は、その解任を承知したのでしょうか〃

スタジオのキャスターの問いに、保守党本部前でマイクを持つ記者が答えた。

〃江島総理は、次期総裁が、引き続き歳出半減策を堅持しない限り、辞任しないと発言しているようで、午後から、緊急の両院議員総会が開催されることになりました〃

「よし、頑張れ、ブル！」

そうは言っても、解任されるのは時間の問題だった。

次に保守党幹事長のコメントですと伝えて、画面が切り替わった。

〝江島総理の情熱と、財政再建の不退転の決意は尊いものです。しかし、この度の選挙での惨敗について、総裁として責任を取るべきだというのは、私も同感でした。できれば、穏便に退任して戴きたかったのだが、聞き入れてもらえなかった〟

「なんだ、この他人事《ひとごと》のような言い分は。この野郎を解任しろよ！」

確かにそうだ。だが、幹事長は空気を読んだのだろう。

その時、取材陣の前に江島が現れた。記者に取り囲まれた江島は、満面の笑みを浮かべている。

〝まあ、皆さん、あんまり結論を急がないでください。〟私が固執しているのは総理の座じゃない。そんなものは、今すぐにでも明け渡しますよ。ただね、未来のために、財政再建だけは固執したいんですよ。なぜなら、未来は子どもや孫たちのものだからね〟

周囲の記者が、「では、解任動議を受け入れるのか」と尋ねたが、江島は高笑いを残して去ってしまった。

「なんだ、あのオッサンは。カッコよすぎだろ」

6

宮城と一緒に、総理から昼食に招待された。もっとも執務室に用意されていたのは、見慣れた箱弁だったが。

席上、宮城が民政党との連立政権を考えるべきだと言い出した。

「既にそれぐらいやってるよ。まだ、返事はないけどね」

総理があっさりと言い放った。

「やるじゃないですか、江島さん。僕は死ぬまであなたに付いていきますよ」

宮城も調子が良い。

「なんだ篤志、表情が暗いぞ」

「総理がそこまで手を尽くされているのに、私は何にもできないのが情けなくて」

「君はずっと闘ってるじゃないか。そもそも、俺にやる気を出させたのは、君の恫喝《どうかつ》がきっかけだぞ」

「何だって、ミスター財務省は、恐れ多くも江島総理を恫喝したの？」

宮城に言われて答えに窮していると、苫野と中小路が執務室に入ってきた。苫野の落選が決まった直後、中小路に連絡したが捕まらず、結局、電話で話ができたのは、明け方だった。その時は、福岡県の選挙区にいたのに、もう帰ってきたのか。

「出発の準備が整いましたので、総理の親書を頂戴《ちょうだい》に上がりました」

苫野は、疲労の色はあったが表情は明るかった。それにしても、出発って……。

「なんだか、慌《あわ》ただしくて申し訳ないね。何しろ私には、もう余り時間がないのでね」

江島が苫野に謝っている。

保守党総裁を解任されても、総選挙後の特別国会が招集されるまでは江島は総理だった。特別国会は、総選挙終了後三〇日以内に開くことが憲法で定められている。江島はギリギリまで招集を引っ張るようだ。

「では、略式で申し訳ないが、とりあえずここで。苫野さんは、ロシアのプロコイコフ大統領に、中小路さんは、ＩＭＦのゾフィーとウィリアムズ米国大統領にこの親書を手渡してください。そして、必ずその場で回答をもらってきてください」

「畏《かしこ》まりました。必ず、お届け致します」

二人が両手で親書を受け取った。

「何事ですか」

宮城が遠慮せず聞いた。

「私の密使として、日本の歳出削減に対して、外圧を掛けて欲しいとお願いします」

思い返せば、G20首脳会議で、米国大統領と江島が立ち話をし、別れ際《ぎわ》に大統領から「ゾフィーもよろしくって言ってたよ」と言われたことから、オペレーションZは始まった。日本の歳出半減を決心した江島が、米国大統領とIMFの専務理事に頼み込んで大芝居を打ったのだと、後に周防は江島本人から聞いた。

内政干渉を承知で日本の財政問題に嘴《くちばし》を入れられる大物に、後方支援を頼んだわけか。江島の本気度が窺《うかが》えた。

「どれほどの効果があるかは分からんよ。しかし、ロシア大統領からの親書では、歳出半減の全面支援を約してくれたばかりか、私が総理を辞するような事態が起きた時は、買い占めた日本国債を手放すという発言をしようかという提案までしたためてくれた。それが友情のためだけではないとしても、愚かなバラマキ政治をやろうとしている民政党の村野には、大変なプレッシャーをかけるだろう」

俺が命懸けで、オペレーションZを実現させると言った言葉にウソはない――。

江島はそれを行動で示したわけだ。

「前から気になってたんですけどね、なんで歳出半減策を〝オペレーションZ〟と名付けたんですか」

宮城が突然尋ねた。

「それは、IMFの専務理事がゾフィーだからでしょ」

「ゾフィーだとZじゃなくて、Sだろ」

そうだった。

「まさか、ゼブラ《ZEBRA》・リポートを実行するという意味のZですか」

江島が苦笑いしている。

「私の気持ちとしては、日露戦争の日本海海戦で秋山真之《あきやまさねゆき》参謀が、『皇国の興廃この一戦にあり。各員一層奮励努力せよ』と宣言し、Z旗を掲げたからと、言いたいんだけれどね」

じゃあ、本音は何だ。

「Zには後がないという意味がある。私たちの国は絶体絶命で、後がない作戦を遂行せよという意味だった」

そして、我々は本当に後がなくなった——。

7

午後になって開催された保守党両院議員総会では、圧倒的多数で江島の総裁解任が決議された。保守党の党則で、両院議員総会の出席者の三分の二以上の賛成がある場合、総裁を解任できると規定されていた。

江島は総裁辞任を発表するも、総理として最後の日まで歳出半減に向けて邁進《まいしん》すると記者会見した。

多数派工作を続けている民政党の党首、村野は同じ日の夜、民政党と国民党に保守系野党三党を加えた連立政権樹立を宣言した。ただ、それらの党の議席数を合計しても、二二六議席にしかならず、過半数の二三三議席に七議席足りなかった。

村野は、保守党議員の切り崩しと、犬猿の仲と言われる平和党や共生党との連携を呼びかけているが、平和党と共生党は「政策ごとに是々非々で判断する」という姿勢を崩していなかった。

そんな中、歳出半減に執着する江島は、最後の一手に出た。

江島以下一七人が保守党を離脱。新党未来創造党を結成したのだ。党首には、初当選を果たした綾部を担《かつ》ぎ、江島は幹事長となった。また、宮城が広報責任者を務めるとも発表した。

「与野党伯仲の中、キャスティングボートを握る政党が必要だと考えて、新党を立ち上げた。財政の健全化を条件に、村野政権を支援するに吝《やぶさ》かではない」

江島は、結党会見で嘯《うそぶ》いた。

そして党首に担《かつ》ぎ上げられた綾部も、「党派やイデオロギー、過去の因縁を超えた挙国一致体制の政治が求められていると信じています」と言って、連立政権にラブコールを送った。

特別国会開催期日ギリギリまで歳出半減策を進めるための法案策定を行ったが、その努力も虚《むな》しくその日はやってきた。

民政党党首村野正吾が、支持者多数で新総理に選任された。

村野新総理は、「向こう一〇年をかけて予算の健全化を目指すが、今はまず、長き不況から脱出するための財政出動と減税を推し進めたい」と宣言した。

そして――特別国会が閉会した翌日、周防らオペレーションZの主要財務官僚に辞令が出た。それは異例の人事だった。

主計局長だった根来は国税庁次長に、土岐は関東財務局の課長に出向し、中小路は退職した。そして、周防は、ナイジェリア大使館勤務を命じられた。

いずれもが明らかな左遷《させん》だったが、誰も不服一つ言わず、辞令を受け取った。

その翌日、周防は衆議院議員会館に来るよう江島から呼び出しを受けた。

「よっ、篤志、来たな」

江島は、上機嫌だ。松下も同席している。

「とんでもない辞令が出たそうだね」

「私たち宮仕えは、辞令一枚でどこへでも参ります。前からアフリカに行ってみたかったんです。むしろ楽しみです」

ナイジェリアは、アフリカ最大の人口一億八〇〇〇万を抱え、石油が豊富に産出することから、南アフリカ共和国と並ぶ経済大国と言われている。しかし、その石油利権を巡って内戦が絶えないことや、人口爆発によるスラム地域の巨大化と、それに伴う深刻な衛生環境の悪化が、国連でも問題になっている。

さらに、イスラム系過激派組織ボコ・ハラムによる武力行使や虐殺《ぎゃくさつ》も熾烈《しれつ》を極めている。

辞令を拝命した周防は、家族皆でアフリカを楽しもうという妻の訴えを退け、単身

ろうか」

「実はね、政策秘書を今、探しているんだがね。どうだろう。君にお願いできないだ

赴任を選択した。

周防は感動して涙が出そうだった。ますます茨《いばら》の道となった財政健全化への道筋を作るために、江島のそばで尽力したい！　と強く思った。

「身に余るお言葉、感激しています。でも、私は財務省で、あがいてみたいんです」

「あがく価値があるのかな。君も知っての通り、盛田君は綾部さんの公設第一秘書になって頑張っている。ここが潮時だと思わないのか」

「ここで財務省を辞めたら、敵前逃亡じゃないですか。そんなことはしたくありません。それに、私はまだ財務省に入った目的を果たせていません」

「なんだね、目的とは？」

周防は背筋を伸ばした。

「早くに両親が離婚したのですが、父が養育費もまともに払わなかった上、母が体を壊したので、私は国や恩人の様々な支援によって大学まで行くことができました。大げさではなく、私は国に育ててもらったと思っています。だからどんな時も国は国民を助けるために存在しているという安心感を、次の世代に手渡したいんです。それが、

私が財務省に入省した理由です。しかし、現実はどんどん逆方向に流れています。それを止めて、私と同様、日本に生まれて良かったと思う若い人たちを支援したいんです」

生意気で青臭い話だ。

だが、その思いが、周防のエネルギー源だった。八方美人だの便利屋だのと揶揄《やゆ》されても気にしなかった。それで財務省が機能し、結果が得られるなら、喜ばしいことなのだ――。

だから、ナイジェリア勤務だって苦にならない。経済大国と言われながら、同時に人口爆発で苦しんでいる国が、どのように国民を支えているのかを、この目で見、体感できるチャンスを得たと、むしろ意気込んでいる。

「偉そうなことを申しました。でも、私は江島さんに、命がけでOZを成功させるとおっしゃったじゃないかと非難した男です。ならば、己もそれを実行したいと思っています。

暫く、ご無沙汰《ぶさた》してしまいますが、成長して日本に戻って参ります。その時は、もう少し総理のお役に立つ財務官僚になるべく粉骨砕身闘いたいと思います！」

議員室を出たところで、周防は松下に呼び止められた。

「あなたの胸にしまって置いて欲しいことがあります」

松下は、周防を廊下の突き当たりまで連れて行った。

「暁光新聞にリークを続けていた人物が分かりました」

「ホントですか！」

驚いてはみたものの、そんな出来事は何年も前のことのように思えた。

「総理公邸の清掃員の一人が、先月から行方が分からなくなっています。この人物は、公邸内の数ヶ所に盗聴器を仕掛け、情報を暁光新聞の橋上氏に提供していたと考えられます」

なんだか、安物のスパイ映画みたいだ。

そもそも公邸のセキュリティが、その程度で大丈夫なのだろうか。

「橋上氏は一切認めていませんが、清掃員が住んでいたアパートに残された遺留品から、間違いないと思われます。警察庁長官と相談した上で、この件は不問にすることにしました」

事件を秘匿《ひとく》するのに異論は無い。こんなことが明るみに出たら、とんでもないスキャンダルになる。

「橋上政治部長は、お咎《とが》めなしですか」

松下が表情を緩めた。

「警察庁幹部が、暁光新聞の社長と接触し、容疑を告げました。橋上氏は、今月で依願退職されるそうです」

「とにかくこれで私の濡《ぬ》れ衣《ぎぬ》が晴れたのですから、結果オーライだと思うことにします。それより、公邸のセキュリティが心配ですね」

「その問題も、警察庁がぬかりなく改善してくれるでしょう」

自分があれこれ心配する必要はないということだ。

「そんな極秘事項を教えて戴き、ありがとうございます」

「いえ、私はあなたを守れなかったことが、本当に申し訳なくて。しかも、ナイジェリアに異動とは」

松下には珍しく感情が顔に出ている。

「そんなお気遣いは無用です。それより、総理をよろしくお願い致します」

松下に背を向けた時、周防は肩のあたりが軽くなった気がした。

8

送別の花束を抱えて、盛田は帰宅した。

「あなた、本当にご苦労様！」

彌生が、玄関で大袈裟《おおげさ》に抱擁した上に両頰にキスまでくれた。僅《わず》かながら蟠《わだかま》りがあったのが、それで霧消した。

「定年まで全《まっと》うできなかったことに、忸怩《じくじ》たる思いがあるんだけれどね」

「あら、綾部さんの秘書というお仕事は悪くないと思うわ。第一、あなたを大切にしない財務省なんて、こちらから願い下げでしょ」

そうでもあり、そうでもない。

とはいえ、これから四六時中綾部と行動を共に出来ると思うと、心が弾んだ。

「そうだ。ロシア大使館からあなた宛《あて》に、プレゼントが届いていますわ」

「はて。どういうことだろう」

プレゼントは、どうやらワインらしい。

彌生が包装を解《ほど》いた。

「あなた、凄いわ！　これ、クリュッグのヴィンテージよ。しかも一九八五年もの！」

そこまで聞いて送り主が分かった。

ボリゾイ、君は本当にきめ細やかな友だね。

「お手紙が入っていますわ。どなたですか？」

グリーティングカードのように見えた。

「いつか話したパリで重要な交渉を行ったロシアの高官だよ。今度、日本に赴任することになったと言ってたからね」

うっとりと高級シャンパンを眺めている彌生の横で、レターの封を切った。

〝正義！　財務省退官おめでとう！

近々会って、友情を深めよう。

綾部先生は、我が大統領も格別に注目されている。その秘書に君がなるなんて！

これで、日ロ関係は安泰だね。

とにかく、今後、何でも困ったことがあれば、相談してくれよ。僕からも、色々とお願いしたいことがあるんだ。

末永い友情を！

ボリゾイ〟

エピローグ

序章

その日、日本が死んだ。

そうなる前に、危機を叫んだ者はいた。だが、全《すべ》て無視され、「なんとかなるだろ」という天性の楽観主義が、禍《あだ》となった。

戦争をしたわけでも、疫病《えきびょう》が蔓延《まんえん》したわけでもない。ただ、カネが無くなっただけだ。

国家が破産する――誰も経験したことがなかったから、想像もできなかった。いや、する気もなかった。

賢者を自任する男が、国家破綻《はたん》の危機を前にこんなことを言った。

「別に国が破綻しても、誰かが死ぬわけじゃない。そもそも国家なんて器みたいなもんだ。あれば、まとまりはつくが、なくても中身に問題が起きるわけじゃない。不便にはなるけど、そのぶん自由になるじゃないか。私は大歓迎だ」

そう言いながら、賢者は誰よりも早く有り金をドルに替えて、とっとと国を棄《す》てた。

国が死ぬという実感を持つには、時間が必要だった。

最初は、破綻前日と何一つ変わらない社会を見て、誰もが安心した。

「やっぱり騒ぐほどのものではなかったじゃないか」と。

だが、一ヶ月過ぎると、不便さが目につくようになり、次いで何をするにも不自由になった。最初に困ったのは、電気やガスが満足に使えなくなったことだ。石油や天然ガスを外国が売ってくれなくなったからだという。

大都会に大混乱が起きた。それと併行して食糧の不足が顕著になった。米も肉も魚も日本で生産できると高を括《くく》ったのが誤りだった。

農作業や漁船に必要なガソリンが不足し、高騰《こうとう》して使えなくなった。牛やブタ、鶏《とり》のエサは全て輸入に頼っていたために、調達が不能になった。安かった輸入牛肉も手に入らない。

あらゆるものが枯渇《こかつ》した。

国が死ぬと、誰も貿易相手になってくれない——。こうなる前にもっと早く警鐘を鳴らして欲しかったと怒る国民がいた。

だが、全ての警鐘を無視したのは、今、激怒している国民たち自身だったのだから、嗤《わら》える。

富裕層と若者が、日本から出て行った。介護サービスを行うヘルパーもいなくなり、自立できない人達の衰弱死が急増する。遺体の処理も出来ず、街は本当に緩やかに死に始めた。

国が死んでから半年後、それは自分自身の死に繋《つな》がると気づいた時、国民の手元にあるのは、自殺するための包丁ぐらいだった。

——桃地実『デフォルトピア』より

謝辞

本作品を執筆するに当たり、関係者の方々からご助力を戴《いただ》きました。深く感謝申し上げます。

お世話になった方を以下に順不同で記します。

ご協力、本当にありがとうございました。

なお、ご協力戴きながら、ご本人のご希望やお立場を配慮してお名前を伏せさせて戴いた方もいらっしゃいます。

羽深成樹、香取照幸

望月泰彦、大友秀樹、村上智彦、藤倉肇、奥村真宏

本田靖人、正木英之、山村光男、永沼誠一

吉田智誉樹、久保拓哉

槙野尚、大澤遼一、金澤裕美、柳田京子、花田みちの

壇上志保

【順不同・敬称略】

二〇一七年九月

主要参考文献一覧（順不同）

『日本財政　転換の指針』　井手英策著　岩波新書
『図説　日本の財政　平成24年度版』　西田安範編著　東洋経済新報社
『現代財政学』　横山彰他著　有斐閣
『国家は破綻する——金融危機の８００年』　カーメン・M・ラインハート、ケネス・S・ロゴフ著　村井章子訳　日経BP社
『世界はすでに破綻しているのか？』　高城剛著　集英社
『日本の国家破産に備える　資産防衛マニュアル』　橘玲著　ダイヤモンド社
『マイナス金利——ハイパー・インフレよりも怖い日本経済の末路』　徳勝礼子著　東洋経済新報社
『解剖　アベノミクス——日本経済復活の論点』　若田部昌澄著　日本経済新聞出版社
『アベノミクスの真実』　本田悦朗著　幻冬舎
『アベノミクス大論争』　文藝春秋編　文春新書
『金融緩和の罠』　藻谷浩介ほか著　集英社新書
『アベノミクスのゆくえ——現在・過去・未来の視点から考える』　片岡剛士著　光文社新書
『なぜ日本は改革を実行できないのか——政官の経営力を問う』　川本明著　日本経済新聞出版社

『日本経済を創造的に破壊せよ！――衰退と再生を分かつこれから10年の経済戦略』伊藤元重著　ダイヤモンド社
『金融緩和で日本は破綻する』野口悠紀雄著　ダイヤモンド社
『財政破綻に備える　今なすべきこと』古川元久著　ディスカヴァー・トゥエンティワン
『財政破綻は回避できるか』深尾光洋著　日本経済新聞出版社
『国家破産　これから世界で起きること、ただちに日本がすべきこと』吉田繁治著　PHP研究所
『財政破綻が招く日本の危機――この十年で決まる日本の未来』鷹谷榮一郎、鷹谷智子著　文芸社
『アイスランドからの警鐘――国家破綻の現実』アウスゲイル・ジョウンソン著　安喜博彦訳　新泉社
『迫り来る日本経済の崩壊』藤巻健史著　幻冬舎
『エンドゲーム――国家債務危機の警告と対策』ジョン・モールディン、ジョナサン・テッパー著　山形浩生訳　プレジデント社
『ユートピアの終焉　イメージは科学を超えられるか』小松左京著　ディーエイチシー
『金融パニック　国債破綻後の日本を予測！』逢沢明著　かんき出版
『ＩＭＦ（国際通貨基金）――使命と誤算』大田英明著　中公新書
『ゼミナール国際経済入門（改訂３版）』伊藤元重著　日本経済新聞社

『IMF改革と通貨危機の理論――アジア通貨危機の宿題（開発経済学の挑戦）』　国宗浩三著　勁草書房
『岐路に立つIMF――改革の課題、地域金融協力との関係』　国宗浩三編　日本貿易振興機構アジア経済研究所
『IMF――世界経済最高司令部20ヵ月の苦闘（上・下）』　ポール・ブルースタイン著　東方雅美訳　楽工社
『世界に格差をバラ撒いたグローバリズムを正す』　ジョセフ・E・スティグリッツ著　楡井浩一訳　徳間書店
『新しい金融秩序〈新装版〉――来たるべき巨大リスクに備える』　ロバート・J・シラー著　田村勝省訳　日本経済新聞出版社
『1500万人の働き手が消える2040年問題――労働力減少と財政破綻で日本は崩壊する』
野口悠紀雄著　ダイヤモンド社
『税と社会保障の抜本改革』　西沢和彦著　日本経済新聞出版社
『本当の医療崩壊はこれからやってくる！』　本田宏著　洋泉社
『安倍医療改革と皆保険体制の解体――成長戦略が医療保障を掘り崩す』　岡崎祐司ほか編著　大月書店
『医療の限界』　小松秀樹著　新潮新書
『医療崩壊――「立ち去り型サボタージュ」とは何か』　小松秀樹著　朝日新聞出版

『医療崩壊の真犯人』　村上正泰著　ＰＨＰ新書
『老後破産――長寿という悪夢』　ＮＨＫスペシャル取材班著　新潮社
『下流老人――一億総老後崩壊の衝撃』　藤田孝典著　朝日新書
『老人に冷たい国・日本――「貧困と社会的孤立」の現実』　河合克義著　光文社新書
『介護ビジネスの罠』　長岡美代著　講談社現代新書
『老後の生活破綻――身近に潜むリスクと解決策』　西垣千春著　中公新書
『基本から学ぶ地方財政』　小西砂千夫著　学陽書房
『地方財政のヒミツ』　小西砂千夫著　ぎょうせい
『地方交付税　何が問題か――財政調整制度の歴史と国際比較』　神野直彦ほか編　東洋経済新報社
『追跡・「夕張」問題〈財政破綻と再起への苦闘〉』　北海道新聞取材班著　講談社文庫
『限界自治　夕張検証――女性記者が追った６００日』　読売新聞東京本社北海道支社夕張支局編著　梧桐書院
『やらなきゃゼロ！――財政破綻した夕張を元気にする全国最年少市長の挑戦』　鈴木直道著　岩波ジュニア新書
『医療にたかるな』　村上智彦著　新潮新書
『村上スキーム――地域医療再生の方程式　夕張／医療／教育』　村上智彦、三井貴之著　エイチエス

『医師・村上智彦の闘い――夕張希望のまちづくりへ』　川本敏郎著　時事通信出版局
『自治体クライシス　赤字第三セクターとの闘い』　伯野卓彦著　講談社

※右記に加え、政府刊行物やＨＰ、ビジネス週刊誌や新聞各紙などの記事を参考にした。

解　説

羽　鳥　健　一

このままでは日本は財政破綻《はたん》してしまう――悪夢のようなシナリオの本作だが、単行本で読んですぐ、これは映像化したい、映像化しないといけないと、長年テレビドラマを作り続けてきたプロデューサーとして直感した。

日本に借金が山積していることは皆わかってはいるものの、「何とかなるだろう」「誰かが何とかしてくれる」「いつかまた景気は回復していくのだろう」と楽観的に考えている人たちが多数いる。一方で「この国の行く末は本当に大丈夫なのだろうか」と考えている人たちがたくさんいるのもまた事実だ。もしかすると20代や30代の若者たちの方が、より強くその考えを抱いているかもしれない。

フィクションとノンフィクションが綯《ない》交《ま》ぜになった感覚で「一気読み」したわけだが、映像化することで――つまり実際に役者の皆さんに様々なやり取りや台詞《せりふ》を演じてもらうことで――この小説がよりリアリティを醸《かも》し出すとともに、今までボンヤリしていたことが視聴者の目の前で具体化されることで、視聴者がこの国の将来のために、それぞれの生活のなかでそれぞれの具体策を実行していく一石になるのではないかと考えたのである。読後、即座にそう感じたのだから、それぐらい魅力的な原作だということだ。

真山さんの作品は『ハゲタカ』はもちろん、やはりWOWOWで映像化された『マグマ』、そしてテレビ東京が『売国』『標的』を映像化した『巨悪は眠らせない』シリーズも観《み》ていたが、真山作品の最大の魅力は、なんといっても綿密な取材に裏付けられた「圧倒的なリアリティ」がありつつ、同時に読者にわかりやすく提示する「物語の力」を備えていることにほかならない。そして主人公をはじめとした登場人物たちのキャラクターの魅力。そのすべてが組み合わされて、「熱量」として読者や視聴者をぐいぐいと前に進ませるパワーになっているのだ。そしてその「熱量」がテレビや映画の作り手たちに伝播《でんぱ》したときに、「映像化したい」という思いが駆り立てられることになる。

本作のテーマである国家財政や財政破綻というものは目に見えにくいものである。しかし、それは映像化する上での障壁にはならなかった。むしろ「財政破綻」という重たいテーマだからこそ、「政治経済エンターテインメント・ドラマ」として具現化してみたいという、「使命感」みたいなものを感じたくらいである。真山さんがこの小説を書いた理由を語っているインタビューがあるのだが、その一言一句も、僕の背中を押してくれた。

一方でプロット（全体の構成案）を作っているときに脚本家や監督と苦労したのは、聞いたことはあるけれど詳しくその意味や内容を理解し切っているとは言えない「デフォルト（国家破綻）」や「国債」、「空売り」といった言葉の意味や仕組みをどうやって台本に落とし込んでいくのか、それをどうやって視聴者にわかりやすく映像化するのかということだった。ぼくらが作るのは教育番組ではなく、エンターテインメント・ドラマなのだから。しかし脚本家や監督だけでなくスタッフやキャストの皆さんとこのドラマの持つ「使命感」そして「熱量」を共有することができたおかげで、作品として仕上げることができると信じることが出来た。

本作の主人公の一人である江島隆盛は、「歳出半減」という劇的な政策を打ち出し、「猛牛」に例えられる政治家である。日本の「行政府の長」である内閣総理大臣たる者、最優先事項として「日本の将来のビジョン、そしてそのためにいま何をするべきか」ということを常に言葉にして伝えてほしいし、行動してもらいたいというのは誰しも思うところだ。直近に対応すべき問題が山積して大変なことは、国民の方だって百も承知である。しかし、そんな中でも将来のために有言実行していくのが総理大臣であるべきだし、政治家や官僚とタッグを組んで舵《かじ》取りをしてほしい。江島総理はこの作品でそれを実行している。江島の魅力はそれに尽きる。

草刈正雄さんに演じていただくことになったのは、草刈さんがこれまでの作品で見せてきた、何とも言えない独特の「熱量」を感じていたからだ。草刈さんにご快諾いただいたときは、これで作品の「熱量」が上がると確信した。それに「猛牛」と言われながらも、同時に洗練されたイメージの方が総理大臣を務めているというのは、国民にとって誇らしいことだ。そういう視聴者や読者の思いを汲《く》むことも、ドラマの作り手の仕事ではないかと思っている。

そしてもう一方の主人公である財務官僚の周防篤志《すおうあつし》。本作では財務官僚たちの奮闘も読みどころなわけだが、財政健全化というとすぐに「財務官僚が自らの権益を拡大するためだ」という陰謀論めいた話が出てきて、これまでは主役級には据えにくいところがあったかもしれない。しかし本作の主人公の一人である財務官僚の周防の魅力は、総理の考えに理解を示す一方で、庶民の感覚を併せ持っていて、「オペレーションZ」を遂行していくことに対する戸惑いが見え隠れするところである。そして、それでも公僕として身を粉にして働くけなげな姿。ちょっとアバンギャルドで破天荒なキャラクターである大学の准《じゅん》教授・宮城慧《さとし》や自身の妻の率直な言葉にきちんと耳を傾ける謙虚さ。「オペレーションZ」を周知させるためのアイデア力――。こんな部下がいたら可愛《かわい》くてしょうがないだろうし、信頼できる。

この役は溝端淳平さんに演じていただいた。溝端さんにお会いして、いたく感心したのは、このドラマを作ることの「使命感」と「難しさ」を深く理解して下さっていることだった。あとは草刈さんと同じく「熱量」、それも圧倒的な「熱量」があったこと。

草刈さんと溝端さん、そして同じ財務官僚であり、「オペレーションZ」の主要メンバーでもある中小路流美《なかこうじるみ》を演じる高橋メアリージュンさん、宮城役を演じる宅間孝行さん、それぞれの演者さんたちの「熱量」の化学反応が、ドラマの牽引《けんいん》役となった。

小説もドラマも、結局は熱量の掛け算なのである。真山さんの作品もそうだし、読者、視聴者、映像の作り手や演者の気持ちがひとつになり、自然とパワーを与えて同じ方向を向かせるのもまた、「熱量」なのである。それは時代が変わっても不変のことだ。

財政健全化を正面から打ち出す政治家はなかなか現れない。そこにはメディアの無理解や反対ということもあるかもしれない。しかしメディアは財政の問題を理解していないのではなく、頻発するスキャンダラスな政治ネタを追いかけることを優先してしまっているだけだろうと思う。テレビ局であればいい「視聴率」をとること、新聞や出版社であれば「販売部数」を増やすことが最優先事項だ。スポンサーや視聴者のコンプライアンス意識に対する「忖度《そんたく》」があることも否定しない。これは企業を運営していくうえでは当然のことだ。ただ、インターネットも含めたメディアの役割は、これからの時代もいっそう重要で、責任も重大だと思っている。「視聴率」や「販売部数」の低下が叫ばれて久しいが、若い世代はちゃんとテレビをインターネットで見ている。新聞や雑誌もインターネットを介して読んでいる。一方でSNSでは真偽の定かでないメッセージが飛び交っていて、それを本当のことだと信用している人が増えているのもまた事実だ。メディアを生業としている人々は、今一度深く深呼吸して、世の中を見渡さないといけないタイミングなのだろう。今年はオリンピックが東京にやってきて、大変な盛り上がりを見せるはずだが、「でもその後どうなるの？　大丈夫なのニッポンは？」と自分に言い聞かせている。そして、そう思っている人はたくさんいるに違いない。

奇《く》しくも8パーセントから10パーセントへと消費増税されたなかで、この文庫版と私たちが作ったドラマは世に出ていく。しかし今回の消費税増税による増収分はすべて社会保障費に充当され、待機児童の解消や高等教育の無償化、介護保険料の軽減などの施策のために使われることになっている。有効活用してほしいと切に願うが、財政健全化に向かっているかというと、そうではない。

　原作から若干アレンジさせて脚本に落とし込んだ、周防の妻の台詞を紹介する。

――「つまり、1億円以上の借金があるのに、500万の年収で、年間1千万以上使う暮らしをやめない人、ってことか……結論。そんなダメ亭主とは、即離婚よ」――

日本の現状は、この言葉に集約されている。

　これから大きな舵取りをしなければならないのは政治家、特に総理大臣であり、加えて官僚たちだが、一方で政治家を選択するのは選挙権を持つ我々国民だ。当たり前のことだが、国民一人一人の責任は重い。この原作を読み、映像化する中であらためて実感した。物語を楽しんでもらいながらも、若い世代も含めた読者、視聴者が「子供たち、孫たち、そして日本の将来のために何ができるのか」ということを考えたり、一歩を踏み出す一石になってほしいと。


（2020年1月、WOWOWプロデューサー）

この作品は二〇一七年一〇月新潮社より刊行された。

真山仁著
プライド
現代を生き抜くために、絶対に譲れないものは何か、矜持とは何か。人間の深層心理まで描きこんだ極上の社会派フィクション全六編。

真山仁著
黙示
小学生が高濃度の農薬を浴びる事故が発生。農薬の是非をめぐって揺れる世論、暗躍する外国企業。日本の農業はどこへ向かうのか。

山崎豊子著
約束の海
海自の潜水艦と釣り船が衝突、民間人が多数犠牲となり批判にさらされる自衛隊……。壮大なスケールで描く国民作家最後の傑作長編。

新潮文庫編集部編
山崎豊子読本
商家のお嬢様が国民作家になるまで。すべての作品を徹底解剖し、日記や編集者座談を特別収録。不世出の社会派作家の最高の入門書。

山崎豊子著
暖簾（のれん）
丁稚からたたき上げた老舗の主人吾平を中心に、親子二代〝のれん〟に全力を傾ける不屈の大阪商人の気骨と徹底した商業モラルを描く。

山崎豊子著
ぼんち
放蕩を重ねても帳尻の合った遊び方をするのが大阪の〝ぼんち〟。老舗の一人息子を主人公に船場商家の独特の風俗を織りまぜて描く。

山崎豊子著
花のれん
直木賞受賞

大阪の街中へわての花のれんを幾つも幾つも仕掛けたいのや――細腕一本でみごとな寄席を作りあげた浪花女のど根性の生涯を描く。

山崎豊子著
しぶちん

〝しぶちん〟とさげすまれながらも初志を貫き、財を成した山田万治郎――船場を舞台に大阪商人のど根性を描く表題作ほか4編を収録。

山崎豊子著
花紋

大正歌壇に彗星のごとく登場し、突如消息を断った幻の歌人、御室みやじ――苛酷な因襲に抗い宿命の恋に全てを賭けた半生を描く。

山崎豊子著
ムッシュ・クラタ

フランスかぶれと見られていた新聞人が戦場で示したダンディな強靭さを描いた表題作など、鋭い人間観察に裏打ちされた中・短編集。

松本清張著
張込み
傑作短編集(五)

平凡な主婦の秘められた過去を、殺人犯を張込み中の刑事の眼でとらえて、推理小説界に新風を吹きこんだ表題作など8編を収める。

松本清張著
黒い福音

現実に起った、外人神父によるスチュワーデス殺人事件の顚末に、強い疑問と怒りをいだいた著者が、推理と解決を提示した問題作。

オペレーションZ《ゼット》

新潮文庫　ま－39－3

令和二年三月一日発行

著者　真《ま》山《やま》仁《じん》

発行者　佐藤隆信

発行所　株式会社　新潮社

郵便番号　一六二―八七一一
東京都新宿区矢来町七一
電話　編集部(〇三)三二六六―五四四〇
読者係(〇三)三二六六―五一一一
https://www.shinchosha.co.jp

価格はカバーに表示してあります。

乱丁・落丁本は、ご面倒ですが小社読者係宛ご送付ください。送料小社負担にてお取替えいたします。

印刷・株式会社光邦　製本・株式会社大進堂

ISBN978-4-10-139053-6 C0193